QUELLO CHE UNA DONNA HA BISOGNO

JUDI FENNELL

MERJINN PRESS

PHILADELPHIA, PENNSYLVANIA

Cosa succede quando tre fratelli irresistibilmente sexy perdono una scommessa a poker con la loro intraprendente sorella? Vengono assunti per la sua impresa di pulizie. Ora, le Manley Maids sono al vostro servizio. Soddisfazione garantita. È ciò che una donna ha bisogno...

La grande star del cinema Bryan Manley è destinata alla fama e alla fortuna, non a ripetere la sua infanzia "normale" e passata a contare ogni centesimo. Soprattutto quando si ritrova costretto a fare la domestica per una donna immersa fino al collo nella "normalità". Ma sfrutterà al meglio questa sua servitù per fare ricerche per il suo prossimo ruolo, e poi tornare alla sua vita sotto i riflettori.

Dopo la morte di suo marito e il clamore mediatico che ne è seguito, tutto ciò di cui Beth Hamilton ha bisogno è una vita normale per sé e per i suoi figli. Anche un nuovo Principe Azzurro non sarebbe male, ma non si sarebbe mai aspettata che si presentasse alla sua porta, figuriamoci nei panni della domestica. Ma quando i paparazzi si mettono a seguirlo, l'unica cosa di cui Beth non ha bisogno è proprio una vita sotto i riflettori. Bryan se ne deve andare.

Ma quando il flirt si trasforma in seduzione, Bryan deve convincere Beth di essere più uomo che domestica. O attore. Perché è il protagonista di una Cenerentola al maschile, e potrebbe essere il ruolo della sua vita...

Serata tra ragazzi... più uno

Perse.

Bryan Manley fissò le carte sul tavolo davanti a sé.

Scala di colore. Fante come carta più alta.

Aveva battuto il suo full. Aveva battuto il poker di regine di Liam e la scala di colore al nove di Sean.

Perse.

Dalla sua *sorella*.

Quella che non aveva mai giocato a poker.

E non aveva solo battuto lui, ma tutti e *tre*. Mary-Alice Catherine Manley aveva battuto i Manley sul loro stesso terreno.

E ora loro avrebbero dovuto giocare al suo.

Bryan si schiarì la gola, con il disgusto che gli bruciava in fondo. Lui, protagonista, bersaglio dei paparazzi, spezzacuori di starlette e *Next Biggest Thing* di *People magazine*, stava per diventare il domestico di qualcuno.

«Io credo, cari fratelli, che vi si debbano prendere le misure per le uniformi delle Manley Maids,» disse Mac come se non fosse la campana a morto della sua immagine.

«Non metterò un grembiule.» Le parole gli uscirono di bocca prima ancora che ci avesse pensato, ma non fecero che confermare che il suo istinto era impeccabile. Ogni regista con cui avesse mai lavorato l'aveva detto, e Bryan in quel momento ne fu maledettamente felice.

Un grembiule. Cristo. I tabloid ci sarebbero andati a nozze. Il suo agente? Non proprio.

Curiosamente, nessuno dei fratelli tentò di far cambiare idea a Mac su questa ridicola penitenza. Avevano scommesso e avevano perso, onestamente.

Ma, Gesù. Un domestico.

«Quando vuoi che cominciamo, Mac?» Liam fu il primo a riprendersi—ammesso che così si potesse dire.

«Quando potete. Ho l'attività.»

Se Bryan non avesse conosciuto Mac così bene, avrebbe giurato che stava cercando di non ridere. Ma non era da Mac; aveva sempre idolatrato tutti e tre. Li chiamava i suoi cavalieri dall'armatura scintillante. O, a volte, con le spalliere da football. Ma mai questo. Mai... un *grembiule*.

Avrebbe giurato che fosse uno scherzo, ma Mac aveva puntato l'unica cosa che potesse avvicinarsi a ciò che lui e i suoi fratelli avevano messo sul piatto: quattro settimane di servizio di pulizie se avesse perso, quattro settimane di servitù per contratto se avesse vinto. Non avrebbe messo a rischio la sua attività per uno scherzo.

«Ho tempo adesso. Comincerò lunedì mattina.» Sean impilò le fiches. Meticolosamente, che era l'unico indizio delle emozioni di Sean. Era furibondo. Con se stesso, probabilmente. Avevano agito contro il loro istinto, tutti quanti, e le avevano permesso di giocare quando non poteva permettersi la posta in gioco.

Il fatto che a pagare fossero loro era irrilevante. Avevano protetto Mac, la loro sorellina, praticamente per tutta la vita, da quando i genitori erano morti e la Nonna li aveva presi con sé. Avrebbero dovuto attenersi alla loro regola Niente Ragazze per quella partita, ma lei ci teneva così tanto e loro erano sempre stati dei mollaccioni con lei, che l'avevano lasciata entrare.

E ora sarebbe diventata la loro capo.

Un domestico. Dio.

L'unico lato positivo era che pareva che le lezioni di pulizie della Nonna stessero per tornare utili. La nonna aveva avuto le mani piene con quattro bambini piccoli e loro tre, in particolare, erano stati piuttosto turbolenti e disordinati.

Non avrebbe mai pensato che sarebbe stato grato per quelle lezioni.

Diamine, aveva perfino Monica, la sua domestica dell'azienda di Mac, a tenere in ordine il suo appartamento proprio per non dover rispolverare quelle lezioni.

«Ehi, posso fare casa mia?» Prendere due piccioni con una fava, per così dire, anche se quelli della PETA probabilmente avrebbero avuto qualcosa da ridire.

Mac aggrottò la fronte. «Faresti perdere il lavoro a Monica pur di svicolare dalla scommessa? Davvero?»

Detta così...

«Non sto cercando di svicolare da niente.» Era l'ultima cosa che gli servisse che i tabloid cogliessero. «Puoi contare anche su di me per lunedì. Ho un po' di tempo tra un progetto e l'altro e stavo cercando qualcosa da fare, comunque.» Aveva sperato che c'entrassero una certa attrice, una spiaggia e un paio di Heineken, ma ormai non sarebbe successo. Almeno sarebbe stato fuori dai riflettori per un po'; magari sarebbe riuscito a cavarsela senza che nessuno lo venisse a sapere.

Sì, come no, e la Nonna avrebbe anche mollato il suo posto nuovo per la villa che lui desiderava comprarle.

Capitolo Uno

Beth Hamilton incespicò su un grosso camion giocattolo giallo, duro come il marmo, si diede una botta allo stinco contro il tavolino del soggiorno, scivolò su una pagina di adesivi lucidi e atterrò di sedere in un cesto di panni sporchi.

Di nuovo.

Sarebbe stato da sbellicarsi, se non fosse successo così spesso.

Inciampava continuamente in qualcosa. Continuamente sgomitava di lato per evitare un cane bagnato in arrivo o i gemelli che si inseguivano con le spade laser, per poi finire comunque con il sedere per terra.

La parte triste era che lì dietro aveva abbastanza imbottitura perché le cadute non le facessero granché male al corpo—non come quell'imbottitura in più faceva alla sua autostima.

Ma poi, quale madre vedova di cinque figli poteva permettersi il lusso dell'autostima? Soprattutto quando uno dei cinque aveva già raggiunto lo status di adolescente, un altro ci stava arrivando a grandi passi, e i gemelli sfornavano ogni giorno soprannomi per lei tratti dai loro film di fantascienza preferiti—tra i quali non figurava Principessa Leia. No, a lei toccavano nomi come Frodo, Chewy e l'immancabile Voldemort. Almeno non avevano optato per Barney. Ancora.

Grazie al cielo per Maggie. La cinqueenne pensava ancora che la mamma potesse fare qualsiasi cosa.

Magari fosse così.

L'orologio sul camino batté le dieci. Fantastico. Il servizio di pulizie sarebbe arrivato da un momento all'altro e casa sua sembrava appena passata da un tornado. Tornado Hamilton. Passava ogni giorno. A volte due volte, giusto per sport.

Le serviva aiuto

«Jason, hai finito di mettere in ordine la tua stanza?» Raccolse l'elicottero radiocomandato dal parquet, dove lui lo aveva fatto atterrare d'emergenza, e fece una smorfia al segno lasciato dalle pale del rotore. Probabilmente le avevano fatto la stessa cosa allo stinco.

«Uh-huh.» Borbottò Jason da qualche parte sotto la massa di capelli che lui chiamava *cool*, ma che lei chiamava taglio a scodella. Se gli avesse fatto lei quell'acconciatura da bambino, non se la sarebbe sentita finita ogni volta che tirava fuori le foto, e invece lui aveva perfino *voluto* che pagasse qualcuno per fargliela. *Adolescenti.*

«Hai messo via la biancheria e rifatto il letto?» Sì, sapeva che era sciocco sistemare prima che arrivasse il servizio di pulizie, ma se la donna avesse visto casa sua in quello stato, o sarebbe scappata o avrebbe raddoppiato la tariffa. Magari triplicata.

«Uh-huh.»

Probabilmente l'*uh-huh* di Jason avrebbe dovuto essere un *nuh-uh*, ma Beth aveva troppo da fare di sotto per salire a verificare la storia.

E Jason lo sapeva.

Beth sospirò. Erano passati due anni dalla morte di Mike e, mentre i figli le erano sembrati crescere a vista d'occhio, ogni giorno di quei due anni era parso durare più delle canoniche ventiquattr'ore.

Cosa non avrebbe dato perché il Principe Azzurro le suonasse alla porta.

Bryan si passò un dito sotto il colletto della polo e aggiustò la presa sul secchio dei prodotti per le pulizie mentre ponderò seriamente di non suonare il campanello di casa della signora Beth Hamilton.

Era una dannata cameriera. Una *cameriera*!

Controllò alle sue spalle. Nessuno lo aveva ancora visto, a meno che i tabloid non avessero mandato in giro una sfilza di giornalisti sotto copertura— evento tanto probabile quanto le storie di rapimenti alieni di cui scrivevano.

No, quelli erano come cani con l'osso e si muovevano in branco. Non gli sarebbero sfuggiti.

Tuttavia, si abbassò la visiera del cappellino da baseball di un altro mezzo centimetro. Non faceva tecnicamente parte dell'incubo color menta in poliestere della divisa delle Manley Maids, ma non gli importava. Il suo volto e la sua corporatura erano abbastanza riconoscibili; gli serviva un po' di protezione da occhi indiscreti—

Come quelli che lo fissavano da dietro la tendina del finestrino accanto alla porta.

Pescato.

Facendo un bel respiro e raddrizzando le spalle, Bryan mandò giù il rospo e suonò il campanello.

All'istante esplose un coro di abbai, strilli, e un paio di incantesimi «*Expelliarmus!*», seguito da un brutto fracasso e qualche imprecazione a mezza voce.

Poi *lei* aprì la porta.

Per un attimo, Bryan rimase solo a fissarla.

Poi scattò l'addestramento da PR e sfoderò il sorriso da Seduttore, non solo il suo marchio di fabbrica, ma anche quello che gli veniva naturale davanti alle belle donne.

E *lei* era splendida. Dai capelli castani mossi, disordinati con arte, alle curve appena accennate dallo scollo aperto della camicetta abbottonata male, fino ai pantaloni da yoga che abbracciavano gambe tornite che sembravano non finire mai, la donna era quasi alta quanto lui ed era fatta come una donna dovrebbe essere, rotonda nei punti giusti, con abbastanza da afferrare per una corsa da ricordare.

Forse non sarebbe stato poi un lavoretto così male, dopotutto.

Poi fecero irruzione i bambini, con le teste che spuntavano dietro di lei come in un numero di ballo di un musical.

E non *smettevano* di spuntare. Tre. Quattro. Cinque. Aveva la sua squadra di basket.

Bryan frenò il sorriso. Non ci provava con le donne sposate, e non ci provava con le mamme.

Soprattutto non ci provava con le mamme sposate.

Con cinque figli.

«Tu chi sei?» chiese il bambino numero due, o forse tre.

«Senti, Kelsey, non è così che si saluta qualcuno.» La donna roteò i suoi splendidi occhi color caffè mentre le dava un buffetto sotto il mento, poi si tolse l'espressione infastidita dal viso e gli rivolse un sorriso.

Stavolta il sorriso da Seduttore gli affiorò da solo. Bryan non poté farci niente. Quando sorrideva, era più che splendida, e gli faceva ringraziare di essere uomo—ma lo irritava che fosse sposata.

E mamma.

Di cinque.

«Posso aiutarla?»

In quanti modi, lasci che conti. Bryan si trattenne prima di mettersi a declamare sonetti. «Sono qui per pulirle il bagno.»

Bravo, idiota. Apertura geniale.

«Come, prego?»

Avrebbe potuto pregare ciò che voleva, e lui le avrebbe dato ogni singola cosa.

Bryan si schiarì la gola. «Sono una Manley Maid.»

Il ragazzino arruffato sbuffò prima di andarsene, incarnazione perfetta del disinteresse adolescenziale.

Bryan riformulò la presentazione. «Cioè, sono Bryan. Lavoro per le Manley Maids. Ci ha assunti per venire a fare le pulizie?»

«*È* lei la cameriera?» La bimbetta che tirava la camicia della mamma non aveva idea di essere a un passo dallo far saltare un bottone e regalare a Bry uno scorcio di qualcosa che, in qualsiasi altra circostanza, lo avrebbe mandato in visibilio. E Bryan non aveva alcuna intenzione di educarla in merito.

Ma *lei* era sposata.

E mamma.

Di cinque.

L'altro adolescente perse interesse e i due più piccoli—gemelli, a giudicare dall'aspetto—si riportarono le bacchette storte nel salotto, lasciandolo solo con la signora Beth Hamilton e una bimba in età prescolare.

Dov'era il *Mr.* Beth Hamilton?

Bryan indossò la faccia da lavoro. Aveva frequentato decine di donne bellissime. Ci aveva pure dormito con molte. Le belle donne, nel suo mondo, non si contavano.

Ma non era più nel suo mondo. Era in quello di Mac e della signora Beth Hamilton, e gli conveniva recitare la parte prima che lei lo accusasse di molestie o di inadempienza. L'una o l'altra avrebbero fatto più danni alla sua immagine pubblica che essere colto con un'uniforme da cameriera addosso.

Gli sarebbe piaciuto vederla in una divisa da cameriera—

«Sì, sono io la cameriera.» Toccò la punta del naso della bimba. «Hai bisogno che ti pulisca qualcosa?»

Grandi occhi castani lo fissarono battendo le ciglia. Seri e solenni. «Uh-huh. Il mio castello. Mrs. Beecham ha fatto un casino.»

Bryan guardò la signora Beth Hamilton in cerca di traduzione.

«La nostra gatta ama fare i pisolini nella casa delle bambole di Maggie e tende a lasciare abbastanza pelo da tesserci un tappeto, ma non abbiamo ancora letto Raperonzolo, quindi quello non succederà.»

Raperonzolo. Non era quella con i capelli e la torre? Un'immagine di cui Bryan non aveva bisogno mentre osservava i capelli scompigliati, alle spalle, della signora Beth Hamilton.

Gli piacevano così, non da servizio fotografico con vento finto. La signora Hamilton quei capelli spettinati se li era guadagnati naturalmente, e c'era qualcosa in quella mancanza di consapevolezza e in quell'abbandono che a Bryan urlava *sexy*.

Anche al signor Beth Hamilton, se quell'uomo aveva una goccia di sangue caldo nelle vene e, a giudicare dai cinque piccoli Hamilton che correvano in giro, a quanto pare ce l'aveva eccome. E sfortunatamente per Bryan, quel tizio aveva tutto il diritto di fantasticare su tutto ciò su cui Bryan non poteva.

Sarebbero state quattro settimane lunghe.

Capitolo Due

Okay, forse una donna *poteva* essere Cenerentola due volte nella stessa vita, perché il Principe Azzurro era decisamente entrato dalla sua porta.

Principe *Bryan Manley* Azzurro, ragazzo del posto diventato idolo di Hollywood. E lui era appena entrato dalla sua porta per pulirle i bagni?

Beth si pizzicò. Era da pazzi. Doveva essere uno scherzo. Qualcuno lo stava prendendo in giro? Ma allora non avrebbe dovuto essere anche lei nella burla?

Gli fece cenno di entrare e diede un'occhiata fuori. Nessuna telecamera. Ma dovevano pur esserci.

Si portò una mano ai capelli. Ti pareva. Proprio il giorno in cui non si era presa il tempo di sistemarseli, era il giorno in cui sarebbe finita in TV nazionale. Di nuovo.

Si passò una mano sul davanti della maglietta e trovò una macchia bagnata che sperava fosse solo il timbro del muso umido di Sherman e non una macchia vera. Conoscendo il cane, però, non si sarebbe sorpresa se fossero entrambe le cose.

Abbassò lo sguardo e gemette. La camicetta non era abbottonata bene. Dio, che disastro. Pareva che le sue amiche avessero ragione; le *serviva* davvero una mano in casa.

Be', *certo* che le serviva—del tipo permanente—ma questo sfizio su cui le ragazze avevano fatto colletta per ingaggiare una domestica sembrava proprio la soluzione giusta nell'attesa.

Soprattutto visto che in qualche modo avevano raggirato *Bryan Manley* per il lavoro.

«Le camerie non dovrebbero essere femmine?» Maggie ciucciò, sibilando attorno al pollice. Beth aveva provato a toglierle il vizio prima dell'incidente di Mike, ma dopo... be', era sembrato crudele. La piccola aveva bisogno di tutto il conforto possibile.

Brian si accucciò all'altezza di Maggie. «Anche i maschi possono fare i camerieri. Proprio come le femmine possono essere dottoresse e avvocati e persino camioniste.»

«O pilote. Il mio papà era pilota e mi ha detto che posso diventarlo quando sarò grande.»

Beth trasalì al passato in quella frase. E al pensiero che Maggie morisse come era morto Mike. Ancora oggi, l'idea di salire su un aereo le faceva venire un attacco d'ansia.

«Puoi senz'altro diventare pilota quando sarai grande. O che ne dici di astronauta?» Bryan si raddrizzò e Beth colse il suo rapido sguardo alla mano sinistra.

Sapeva cosa avrebbe visto: niente. Il segno dell'anello era finalmente sparito. Se l'era tolto al secondo anniversario dell'incidente, affrontando finalmente il fatto che Mike non sarebbe tornato e che niente sarebbe stato più come prima. Nessuno dei ragazzi aveva commentato, anche se l'aveva sorpresa più volte Kelsey a fissarle il dito vuoto.

Sospirò, preparandosi alle domande. *Divorziata?* era di solito la prima, accompagnata da un sorriso di circostanza che vacillava quando rispondeva *Vedova,* e spariva del tutto quando aggiungeva il dettaglio dei cinque figli. Non c'era da stupirsi se non c'era un nuovo anello al dito.

«Credo di sì,» disse Maggie, il pollice che migrò al passante dei jeans. Mai Beth aveva visto sua figlia rinunciare così in fretta al meccanismo di conforto con un estraneo. «Ma la luna è un po' noiosa. Tutta grigia e rocciosa e così. Io voglio fare la maestra. Come la mia mamma.»

Una mano umida scivolò in quella di Beth. La fiducia implicita in quel gesto non mancava mai di metterla in soggezione.

«Cosa insegni?» chiese Bryan mentre si raddrizzava, e non c'era dubbio su cosa avesse reso quest'uomo una star del cinema. Capelli neri ondulati che le imploravano le dita di affondarci dentro e splendidi occhi verdi che la facevano dimenticare che aveva i capelli in disordine, o che aveva una macchia e la camicetta storta, o che c'erano cinque bambini, un cane e due criceti che scorazzavano per casa—oh, cavolo. I criceti erano ancora nelle loro palle rotolanti da qualche parte lì intorno. Se Sherman ne avesse sentito l'odore...

Il sorriso a Beth svanì di colpo. «Scusa. Mi perdoni?» Si inginocchiò a sussurrare a Maggie dei criceti.

Sua figlia strillò e poi corse via, con Sherman che si lanciò ululando all'inseguimento.

Quei criceti avrebbero avuto fortuna ad arrivare fino a cena—e a non *essere* la cena.

Si scostò una ciocca dalla fronte. Addio all'avere una star del cinema in casa. Probabilmente si stava chiedendo in cosa si fosse cacciato. «Scusa. Sto cercando di evitare una catastrofe.» La numero sette della giornata. Un nuovo record al ribasso. Ma la giornata non era ancora finita. «Sono Beth Hamilton.»

Gli porse la mano e dovette trattenersi dallo svenire quando lui la strinse. Il carisma gli sprigionava di dosso come fumo da un falò in una sera limpida e frizzante. Anche se del suo tocco non c'era proprio niente di freddo. Accese sotto la pelle di Beth un fuoco che quasi aveva dimenticato esistesse.

Ritirò di scatto la mano. Forse aveva tolto la fede, ma a *quello* non era ancora pronta. Certo, poteva davvero esserle imputato? Era, dopotutto, *Bryan Manley*. Il prossimo Uomo più Sexy del Mondo, a giudicare dalle copertine di riviste con la sua foto in cassa al supermercato.

«Sono Bryan, ehm, Man—»

«So chi sei.» Chi non lo sapeva? «La mia domanda è: che ci fai qui?»

Lui sollevò un secchio di detersivi. «Hai ingaggiato una domestica, giusto? Sono qui per eseguire i tuoi ordini.»

Oh, il sorriso che accompagnò quella frase. L'uomo era un flirt nato.

«Sei sicuro di essere all'altezza?»

Lui inarcò un sopracciglio. Lei aveva visto quell'espressione nel suo ultimo film, proprio prima che la protagonista si innamorasse di lui. Beth aveva capito il perché nel momento in cui era successo sullo schermo, ma lì, in carne e ossa...

Da zero a piena modalità fantasia in meno di due secondi.

«Ehi, l'ho detto a tua figlia: i maschi sanno pulire bene quanto le femmine.»

«Oh, non intendevo così. Intendevo: sei sicuro di essere all'altezza di *questo*?» Fece un gesto verso il soggiorno.

Sherman aveva attraversato di nuovo lo stendibiancheria e lo aveva trascinato dentro da fuori. Era un suo trucco preferito saltare, afferrare il capo più basso, girarsi a mezz'aria e far venire giù tutto come un paracadute attorno a sé, poi trascinarlo per tutto il giardino. *Certo* che oggi doveva essere il giorno in cui decideva, per la prima volta, di trascinarlo per casa.

Mike aveva voluto un Jack Russell terrier. Lei aveva voluto un basset hound. Ma il cane era stata un'idea di lui da regalare ai bambini per Natale, e con tutta l'energia che avevano i ragazzi, era parso adeguato allora dar loro un cane ad alta energia. Adesso? Non proprio.

«Ehm... Avete avuto un'alluvione o qualcosa del genere? Un tornado?» Lo sguardo sexy e malizioso di Bryan Manley si fece in fretta perplesso.

Beth sorrise e andò al divano a spingere le sue mutandine dietro un cuscino. D'ora in poi sarebbero finite in asciugatrice o appese nel suo bagno. «Tornado Hamilton. Qui capita almeno una volta al giorno.»

«Mamma!» Mark piombò nella stanza con la sua spada laser che guidava la carica. «Tommy bara!»

«Non è vero!»

«È vero sì!»

«Non è!»

«È sì!»

«D2!» Bryan schivò le lame in aria e riuscì in qualche modo a strappargliele di mano.

«Eh?» chiesero i gemelli all'unisono, come spesso facevano.

«R2-D2.» Brian posò le spade di plastica sulla libreria alle sue spalle. «Non dirmi che combattete con le spade laser e non sapete chi è R2-D2.»

«Certo che lo sappiamo,» disse Tommy. «È il servo di Luke.»

«Ah, sì?» Bryan mise una mano dietro le spalle dei ragazzi e li allontanò dalla mensola. «Io credevo fosse il suo amico.»

«Be',» disse Mark, «ha cominciato come suo servo ma è finito per essere il suo amico.»

«E perché, secondo voi?»

«Perché Luke aveva bisogno di lui un sacco di volte e R2 lo ha aiutato,» rispose Tommy.

Non finivano ancora l'uno le frasi dell'altro, ma le risposte a ruota erano il segnale che erano tornati dalla stessa parte e la lite era finita.

«Ah.» Bryan scostò un cuscino con un calcio e una delle palle dei criceti rotolò con lui. Beth la raccolse e la posò nella fioriera prima che Sherman sentisse odore. «Scommetto che succede anche a voi, eh? Uno di voi si caccia nei guai e l'altro lo tira fuori?»

«Tommy si caccia sempre nei guai.» Mark incrociò le braccia e annuì tronfio.

Addio fine della bisticciata.

«Non è vero.»

«È vero.»

«Non—»

«Ragazzi. Un attimo.» Bryan si tolse il cappellino, liberò tre T-shirt dal divano, poi ci guidò i due a sedersi. Quindi porse a Beth il barattolo di gelato mezzo vuoto e semiscongelato dal tavolino e si sedette sul bordo di fronte a loro. Meno male che il tavolo era di robusta quercia; non voleva ritrovarsi Bryan Manley spalmato in mezzo al suo soggiorno.

La sua camera da letto, invece—

A Beth quasi si spalancò la bocca. *Che* cosa stava pensando?

Be', okay, sapeva cosa stava pensando, ma la domanda era *perché* lo stava pensando? Con tutti gli appuntamenti che le amiche le avevano organizzato negli ultimi mesi, non aveva avuto voglia nemmeno di *baciare* uno di quegli uomini, figuriamoci di averli spalmati addosso a—

Eccola, sì. Quell'immagine. Quella del primo film in cui aveva visto Bryan, tutto lucido e bagnato, che usciva dall'oceano con i boxer mimetici appesi sotto una fila di addominali da urlo.

Si costrinse a concentrarsi su ciò che stava dicendo ai suoi ragazzi. Che razza di madre era a lasciare che un perfetto estraneo risolvesse la lite di metà mattina dei figli mentre lei sbavava su di lui mentre lo faceva?

«È molto più facile guardare davanti che dietro, quindi se restate leali l'uno con l'altro, non dovrete mai guardarvi le spalle, perché ci penserà vostro fratello mentre voi lo farete per lui.»

«Proprio come fai tu con i tuoi fratelli,» dissero i ragazzi all'unisono.

«Esatto.» Diede loro una scrollata ai capelli e Beth vide le loro spalle raddrizzarsi. La postura farsi un filo più alta. I sorrisi allargarsi sui volti.

Era passato un po' di tempo da quando qualcuno—un *uomo*, in particolare—avesse parlato loro così. Il padre di Mike non aveva gestito bene la morte del figlio, scegliendo di quasi fingere che non fosse mai accaduta, e la sua famiglia... be', il patrigno non era esattamente il modello a cui avrebbe voluto che i suoi figli assomigliassero. I cinque minuti di Bryan in casa le mostrarono quanto i ragazzi avessero bisogno di un uomo nella loro vita.

Bryan incrociò il suo sguardo e le fece l'occhiolino. «Allora, ragazzi, ora che vi guardate le spalle a vicenda, sapete chi dovete proteggere anche?»

«La nostra maestra?»

«Sherman?»

«Johnny Tyler,» disse Tommy. «È un bullo.»

«No, Janey Weston. È schifosa.»

«Già, hai ragione. Janey è schifosa.»

Bryan si alzò, posò le mani sulle teste dei ragazzi e le girò verso di lei. «No, ragazzi. Dovete proteggere le vostre sorelle e la vostra mamma. È compito di un uomo prendersi cura delle donne che ama.»

Meno male che Beth aveva qualcosa di freddo in mano, altrimenti si sarebbe sciolta lì per lì.

Lei non diceva nulla.

Bryan sperò fosse un buon segno, ma per esperienza sapeva che quando una donna non diceva niente, parlava più forte che se gli avesse urlato addosso. O gli avesse detto *Va bene*. Aveva imparato a temere quella parola da parte di una donna. Eppure eccolo lì, a dare consigli di vita ai suoi figli come se ne avesse tutto il diritto.

Dov'era, diavolo, il signor Beth Hamilton e perché la *signora Beth Hamilton* non portava l'anello?

«Ehi, Beth, io—*wow*.» Il ragazzo dai capelli arruffati strabuzzò gli occhi e frenò di colpo, lasciando righe di gomma sul parquet.

Dio, ora Bryan *suonava* persino come una domestica.

«Ehi, aspetta un attimo. Non sei—»

«Sì, lo sono, e lei è tua *mamma*, non *Beth*.» Quel ragazzo doveva essere grato di avere qualcuno da chiamare *mamma*.

«Bryan, va bene—»

«No, non va bene.» Bryan si passò una mano tra i capelli. Merda. Avrebbe dovuto starsene fuori. «Senti, scusa. Non sono affari miei, ma sono stato cresciuto per trattare una donna—soprattutto la propria madre—con rispetto. Capisco la ribellione adolescenziale con...» Fece un gesto verso i capelli del ragazzo e i jeans di tre taglie più grandi che restavano su a malapena con quel no-cintura-sui-fianchi. «È stata una reazione automatica. Tuo figlio, le tue regole.»

Beth aveva il sorriso più bello. Dolce e pacato, non era tutto denti, sfacciato, "guardami", ma portava una felicità genuina che arrivava agli occhi—e arrivava dritta a lui, atterrando a metà dello stomaco con un bel *tonfo*.

Santo cielo. Da quanto non succedeva?

«Grazie, Bryan. Anche per me valgono quelle regole.» Guardò suo figlio. «Volevi qualcosa, Jason?»

«Io, eh...» Jason lo sbirciò da una fessura tra la frangia. «Kev mi porta al centro commerciale.»

«Non penso proprio.»

«Ma, mamma—»

«Jason, hai quattordici anni. Non andrai a sfilare al centro commerciale con un branco di ragazzi. La sicurezza tiene d'occhio quelli della tua età. Non ho bisogno di ricevere una telefonata.»

«Non la riceverai.»

«Appunto. Non la riceverò. Perché non ci vai. Resterai qui a sistemare la tua camera.»

«Ma, mamma!» A riprova che *aveva* solo quattordici anni, Jason batté il piede. «Non è per *questo* che è qui *lui*?» La frangia oscillò verso Bryan.

Bryan inarcò un sopracciglio al ragazzo. «Spiacente, ma non ho preso servizio da hazmat.» Era stato anche lui un adolescente; sapeva cosa c'era nella stanza del ragazzo. Non gli piaceva pulire il suo di schifo, figurarsi quello di quest'altro.

«Ma non sei tipo una grande star del cinema?» Il ragazzo si scostò i capelli dalla fronte. Gli ricaddero subito. «Che ci fai qui?»

Bryan attinse a tutta l'abilità attoriale sviluppata negli anni perché non aveva alcuna intenzione di ammettere *come* fosse finito lì. La sua pubblicista sarebbe stata fiera di lui. «Sto aiutando mia sorella. È la proprietaria di Manley

Maids e io e i miei fratelli le stiamo dando una mano.» Una mano forzata, ma pur sempre...

«Scrivile un assegno, fratello. Quella divisa è una schifezza.»

Fratello? Chi diceva ancora *fratello* in quel senso? L'ultima notizia che Bryan avesse avuto era che nessuno stava rifacendo *Fuori di testa*. Peccato, perché quel cult era un successone sotterraneo e a lui non sarebbe dispiaciuto avere fan così fedeli.

«È una divisa. Sono obbligato a indossarla sul lavoro.» Ma capiva cosa intendeva il ragazzo. Quella roba era un disastro. Pantaloni che sembravano usciti dagli anni settanta—del colore del pistacchio e altrettanto folli. Non credeva che Mac avesse trovato polo dello stesso colore. E le scarpe da lavoro nere... Diamine, poteva dire a Mac che un modo migliore di migliorare il profilo della sua attività in città, rispetto ad avere noi tre a pulire per lei, era eliminare quella stupida divisa.

Sorrise. Be', sì, dei domestici maschi nudi *andrebbero* forte.

«E poi c'è chi non vuole l'elemosina. Mia sorella, per dirne una. Si sta costruendo un'azienda e io le do una mano. A proposito... che ne dici di darla tu a tua madre e metterti a lavorare sulla tua camera? Così poi posso davvero pulirla.»

Bryan lanciò a Beth un'occhiata di sottecchi per assicurarsi di non star superando i limiti.

Lei guardava il figlio con aria aspettante.

Jason sospirò. Sul serio, il ragazzo dovrebbe fare l'attore. «Va bene.»

A Bryan quella parola piaceva ancora meno detta dagli adolescenti che dalle donne.

«Mamma, può venire Maddy? Vogliamo, ehm, guardare gli orari per il prossimo anno.» La figlia maggiore fece capolino da quella che Bryan presumeva fosse la cucina, parole rivolte alla madre, sguardo rivolto a lui.

Oh, cavolo. Quello sguardo l'aveva visto. A ogni evento che faceva. Cotta adolescenziale. Poteva essere un problema.

«Orari delle lezioni, eh? Di vitale importanza da controllare durante le vacanze estive.» Beth gli lanciò un'occhiata con un luccichio negli occhi. «Te la senti di *questo*?» chiese. «Dovevi sapere che sarebbe successo, quando ti sei avventurato tra il tuo pubblico adorante.»

Per la prima volta, a Bryan quel termine non piacque. Era ciò che aveva sempre voluto, a cui aveva aspirato—i fan adoranti possono fare una carriera—ma detto da Beth... No. Non gli piaceva proprio.

Purtroppo, non c'era nulla che potesse farci. Ci sono necessità che vanno di pari passo con la fama, e essere accessibile a chi spende denaro buono e sudato per vedere il suo lavoro era una di quelle.

«Nessun disturbo. Casa tua, regole tue.»

Lei inclinò la testa, perdendo un accenno di sorriso, quel luccichio rimpiazzato da qualcosa... Riflessività? Ammirazione?

Non gli sarebbe dispiaciuto fosse la seconda.

Sul serio. Dov'era, al *diavolo*, il signor Beth Hamilton?

«Mamma?» La figlia spostò finalmente l'attenzione su Beth.

«Solo Maddy,» rispose Beth. «Non mi serve una casa piena di adolescenti oggi, Kels.»

Kels—Kelsey—sorrise e, wow, il signor Beth Hamilton avrebbe avuto dei bei grattacapi quando quella fosse cresciuta. Aveva i prodromi della stessa bellezza di sua madre.

E lui comunque invidiò il tizio.

«Ma anche Alyson è nelle nostre classi. Dovrebbe essere qui.»

Bryan tossì e si voltò. Adolescenti... Forse non invidiava il signor Beth Hamilton.

Poi però Kelsey svanì con un sorriso abbagliante e Beth ne rivolse a lui uno più contenuto. Aveva la stessa potenza e gli accese dentro un fuoco lento.

Si passò un dito sotto il colletto di quella camicia idiota. Oltre al fatto che lei era sposata—e madre *di cinque*—lui non *faceva* la vita da sobborgo. L'unico motivo per cui si era fatto intrappolare in questa faccenda era la partita di poker mensile con i fratelli, quella a cui si sforzava parecchio di essere presente ovunque si trovasse nel mondo. Se riusciva a staccarsi dal set per qualche giorno, tornava per la partita. Con la sua stella in ascesa, il suo agente diceva che il tempo libero poteva diventare un elemento negoziabile. Ma se le partite future avessero finito per metterlo di turno come domestico, avrebbe dovuto ripensare quella clausola.

La partita era l'*unico* motivo per cui tornava in città. Gli dava l'occasione di vedere la nonna, Mac e i fratelli, ma lui preferiva lo sfarzo e il glamour della Costa Azzurra o di LA o, diavolo, qualsiasi location che non gli ricordasse i vestiti smessi e la casetta malmessa dove li aveva cresciuti la nonna e in cui sua sorella viveva ancora. No, se non fosse stato per la famiglia, in quella città non sarebbe mai più tornato.

A meno che non avessi qualcuno come la signora Beth Hamilton ad aspettarmi.

Da dove, al *diavolo*, era saltato fuori quel pensiero? Lei era sposata. E madre. Di cinque. *Sposata.* Non aveva mai ci provato con una donna sposata in vita sua e, per quanto splendida fosse, non avrebbe cominciato certo ora.

E anche se non *fosse* sposata, la bellezza non bastava a fargli buttare alle ortiche la bella vita e il successo sudato per sguazzare nella trafila di tagliare l'erba e partite di little league con ogni tanto la sagra di quartiere in mezzo. Dio lo scampasse dalla suburbia.

«Sei sicuro che ti vada bene?» chiese Beth. «Potrei dirle di no.»

«Non farlo. Come ho detto, casa tua, regole tue. Ci sono abituato. Firmerò qualche autografo e finirà lì.»

Beth gli inarcò un sopracciglio. «Di sicuro non conosci le adolescenti.»

«Ho una sorella.»

«È mai stata attorno a una star del cinema?»

«Be', no, però—»

«Appunto. Cercherò di fare da filtro, ma forse la prossima volta ti conviene considerare un completo un po' meno attillato.»

Dannazione se quel fuoco lento non divampò in un incendio furioso. Lei aveva notato il suo fisico.

Di quel fisico lui andava dannatamente fiero. Gli era costato cinque ore ogni sacrosanto giorno dell'ultimo film e una dieta tutt'altro che piacevole. Negli ultimi tre settimane dalla fine delle riprese aveva perso un po' di massa e messo su un po' di grasso, quindi gli faceva piacere sapere che il corpo fosse ancora degno di nota.

«Questa è, come dire, la divisa.»

«Già, lo so.» Gli fece scorrere gli occhi addosso.

Dov'era, al *diavolo*, il signor Beth Hamilton? Sul serio, il tizio doveva presentarsi subito o Bryan non si sarebbe ritenuto responsabile se avesse assaltato sua moglie. Lei era *così* bella.

«Però i maschi li conosci, devo dire. Grazie per aver gestito Mark e Tommy. Da quando...» Lanciò un'occhiata al muro dall'altra parte della stanza. «Be', ti sono grata di aver parlato con loro.»

Lui seguì quello sguardo.

Lì, sopra il camino, c'era una foto. Di un uomo. In uniforme. Con una teca triangolare di legno e vetro sulla mensola sottostante. Dentro era piegata una bandiera americana.

Ogni sensazione lasciò il corpo di Bryan, drenandogli dai piedi in una pozza, portandosi dietro lo stomaco.

Sapeva cos'era. Cosa significava.

Era il memoriale del signor Beth Hamilton.

La signora Beth Hamilton era vedova.

E Bryan si ritrovò nei guai fino al collo.

Capitolo Tre

Bryan non avrebbe mai pensato di essere così felice per cinque bambini come in quell'istante.

Poi cinque diventarono sette. E un cane fuori di testa. Due criceti. Un gatto che il cane fuori di testa stava inseguendo per la casa, una mamma stremata, e una vicina che chiedeva la proverbiale tazza di zucchero in mezzo a una raffica di telefonate a cui Beth continuava a dire che avrebbe dovuto richiamare.

La voce si era sparsa.

Scommetteva che fosse stata la figlia o le sue amiche. Un tweet e il suo anonimato era svanito.

Bryan sorrise alla vicina armata di misurino mentre sgattaiolò—con il suo secchio di prodotti per le pulizie e una scopa ufficiale delle Manley Maids (sul serio? Mac aveva speso soldi per far *stampare i manici delle scope* con il logo Manley Maids?)—in cucina.

Ancora più caos.

Maggie aveva deciso di organizzare una festa del tè.

Sei bambole e peluche erano seduti attorno al tavolo della cucina, ciascuno con il proprio posto davanti, con ogni snack che lei era riuscita a trascinare giù dai primi tre ripiani della dispensa disposto davanti a loro—e attraverso il quale il gatto in preda al delirio era piombato, facendo volare la maggior parte delle cose sul pavimento nella più impressionante parabola di junk food che lui avesse mai visto.

E indovinate chi doveva pulire?

Bryan alzò gli occhi al cielo, posò il secchio e mise a buon uso la scopa col logo.

«Sherman è un cane cattivo.» Maggie scivolò giù dalla sedia e si fermò accanto a lui, con un'espressione molto pensierosa mentre guardava il mucchio di snack che lui stava ammassando.

«Non cattivo. Si eccita facilmente, tutto qui.»

«Tutto bene qui—oh, no.» Il bel viso di Beth fece capolino alla porta della cucina.

E a Bryan si rivoltò lo stomaco allo stesso modo.

Oh, no, giusto. A proposito di chi si eccita con poco... Bryan era entrato in questa stanza per sfuggire all'attrazione che Beth esercitava su di lui, quindi *ovviamente* lei l'aveva seguito. Da quando si era seduto a quel dannato tavolo da poker con Mac, la sua fortuna era evaporata.

«Maggie, che cosa ti ho detto sugli snack della dispensa?»

«Che sono per gli ospiti. Quelli sono i miei ospiti.» Il pollice della bimba finì in bocca e lei fece un passo più vicino a Bryan, con la minuscola spalla che gli sfiorò la coscia.

Il cuore di Bryan si incrinò un pochino.

Le posò la mano su quella spalla. «Credo che tua madre intenda che devi chiederle il permesso prima di aprirli, Maggie. Deve programmare cosa comprare quando va a fare la spesa, altrimenti poi non ne avrà abbastanza quando le serviranno.»

«Oh.» Il succhiarsi del pollice diventò un po' più frenetico. «Scusa, mamma.»

«Va bene, tesoro, però Bryan ha ragione. Chiedimelo la prossima volta, d'accordo?»

«Lo farò.» Si tolse il pollice e volse quel faccino dolce verso di lui. «Posso chiederlo a te? Vai tu a fare la spesa?»

Sapendo che suo padre non c'era più, Bryan ebbe la sensazione che avrebbe fatto qualunque cosa Maggie gli avesse chiesto. «Certo. Posso farlo.»

«Ok. Ci serviranno altri snack se vengono gli amici di Jason.»

«Gli amici di Jason non vengono.» Beth gli prese la scopa e si accovacciò per raccogliere il mucchio nella paletta.

Bryan si gettò in ginocchio accanto a lei. «Ehi, lascia fare a me.»

«Va bene, posso—»

Le loro mani si toccarono. Poi i loro occhi. Bryan stava seriamente pensando di avvicinare anche le loro labbra, finché Maggie non infilò la faccia tra i due.

«Invece sì. L'ho sentito dire a Kevin che qui c'è una grande star del cinema. Vengono tutti.»

Beth si passò la lingua sul labbro inferiore. Rapidamente. Ma non tanto in fretta da farlo sfuggire a Bryan.

Distolse anche lo sguardo. Ma non prima che lui vedesse il guizzo d'interesse nei suoi occhi.

Da quanto tempo il signor Beth Hamilton se n'era andato?

Ed era proprio un cane anche solo per esserselo chiesto?

A proposito, quel dannato proiettile pezzato di un cane sbucò dal corridoio, puntò dritto alla dispensa che Beth riuscì a chiudere col manico della scopa, poi schizzò verso il mucchio di snack raccolti e cominciò a sgranocchiare prima che Bryan si rendesse conto che la bestiola gli fosse così vicino.

Ovviamente lo mancò quando gli si lanciò addosso. Il terrier riuscì a scappare con la bocca piena di leccornie e trascinò la scatola di Goldfish che Maggie aveva lasciato cadere.

Bryan piantò un piede sulla scatola con mille piccoli cricchiolii, ma almeno il cane mollò la presa. Subito prima di filarsela di nuovo.

Beth sospirò e si alzò, pulendosi le mani sulle cosce—il che lasciò impronte arancioni proprio dove a lui non sarebbe dispiaciuto lasciare le sue.

Aveva davvero bisogno di fare sesso. E non con la signora Beth Hamilton, per quanto lo volesse.

«*Sei* una star del cinema, Bryan?» Maggie tirò i suoi pantaloni ridicoli.

Un ricciolo le era sceso sulla fronte. Lui glielo scostò. «Sono un attore, Maggie. Lavoro nel cinema.»

«Conosci Nemo? Mi piace il suo film.»

«Nemo è un cartone, nanerottola.» Jason trascinò i piedi fino in cucina. «Bryan qui è più in alto di così. Lui conosce tutta la gente importante, vero? Tipo Bradley Cooper e Spielberg, giusto? E ti fai un sacco di tipe, scommetto.»

«Jason!» La bocca di Beth si spalancò come se non potesse credere che il suo bambino potesse sapere certe cose.

Bryan non ebbe il cuore di dirle tutto quello che un quattordicenne *davvero* sapeva. O quello che voleva sapere. A questo servivano i padri.

E, proprio come lui, Jason non ne aveva uno. Bryan sapeva *esattamente* come si sentiva Jason.

«Non ho mai conosciuto Spielberg.» Cooper era un altro paio di maniche, ma non era una storia che potesse far filtrare ai media, non ancora. E dato con quanta rapidità si era sparsa la voce che lui fosse lì, immaginò che la Twitterverse fosse viva e vegeta in casa Hamilton, quindi non aveva alcuna intenzione di far parola con gli adolescenti. E quanto alle cosiddette hot chicks—ma che vocabolario aveva questo ragazzo?—sua nonna lo aveva cresciuto per essere un gentiluomo. Non andava in giro a vantarsi. E poi non era uscito con tutte le donne che sostenevano di esserlo. Glielo lasciava dire però, perché generava buzz. Aiutava le carriere di entrambi.

«Allora ti dispiace se, cioè, invito alcuni amici? Vogliono conoscerti.»

Bryan annuì verso Beth. «È una domanda che devi fare a tua madre. È casa sua e io sono qui pagato da lei. Non spetta a me.»

Jason si raddrizzò e si scrollò il ciuffo dalla fronte. «Mamma, c'è qualche possibilità che Kev e gli altri possano venire?»

Incredibile come l'atteggiamento del ragazzo cambiasse quando voleva qualcosa da Beth.

Ma Beth voleva qualcosa da *lui*, a giudicare da quello sguardo disperato—e non era ciò che lui voleva da lei.

Bryan alzò le spalle. «Decidi tu. Come ho detto, ci sono abituato. Meglio toglierselo di mezzo, comunque.»

«La tua stanza è a posto?»

«Oh, mamma—»

«Se vuoi qualcosa da Bryan e da me, devi dare qualcosa in cambio. Ed è nel tuo interesse, Jase. Non puoi vivere in un caos del genere.»

In realtà sì, poteva eccome. Bryan se lo ricordò bene—be', per circa mezza giornata prima che la Nonna mettesse il piede giù. La riverberazione della volontà di sua nonna si fece sentire in tutta la casetta senza nemmeno che alzasse la voce.

«Va bene.» Jason emise un sospiro esasperato, abbassò la testa così che i capelli gli coprirono gli occhi e si trascinò fuori da dove era venuto. «Saranno qui fra mezz'ora.»

«Allora è meglio che ti muova.» Beth gli accarezzò i capelli sulla nuca mentre usciva dalla stanza.

«Posso invitare qualche amica? Kelsey ne ha alcune e adesso Kevin. E Mark ha Tommy e io non ho nessuno. Perfino la signora Beecham se n'è andata per colpa di Sherman.»

Ah, il gatto della leggendaria decorazione della casa delle bambole; ecco chi stava inseguendo Sherman.

«Maggie, non ci servono altre persone in questa casa. E dovremmo invitare le loro mamme e non credo che Bryan abbia voglia di conoscere altra gente. Possiamo rimandare a un altro giorno? Posso venire io alla tua festa del tè.»

«No che non puoi. Sei troppo impegnata. Sei sempre troppo impegnata.»

Il senso di colpa attraversò Beth più veloce di un coltello caldo nel burro—ma non meno doloroso. Era vero; *era* sempre impegnata. Da quando Mike era morto, era dovuta essere sia madre sia padre, e quelli erano lavori a tempo pieno. Poi c'era il suo *vero* lavoro a tempo pieno, e, diamine, come avrebbe dovuto fare tre lavori a tempo pieno *e* stare dietro alla casa e al bucato e al giardino e agli animali e alla spesa e alle bollette e—

«La tua mamma è impegnata a prendersi cura di te e dei tuoi fratelli, Maggie.» Bryan prese la mano di Maggie e la ricondusse al tavolo della cucina. La issò sulla sedia e raddrizzò la mezza dozzina di tazzine che la signora Beecham aveva lavato. Poi versò una piccola porzione del Chex Mix rimasto su ciascun piattino, e si infilò perfino una tiara in testa solo per distrarre Maggie dalla sua solitudine.

Sì, Bryan era davvero bravo in questo.

Beth scosse la testa. Doveva proprio riportare i pensieri alla realtà. Non sapeva perché lui fosse in quel lavoro, ma non poteva lasciarsi distrarre. La vita doveva andare avanti e il tempo libero grazie a una colf poteva essere usato molto meglio che sbavare sulla suddetta colf.

Ma lui *era* proprio da far sbavare.

Kara sapeva chi lei e le amiche avrebbero assunto quando avevano stipulato il contratto con l'impresa di pulizie? Tutti sapevano, ovviamente, che il fratello di Mary-Alice era *il* Bryan Manley. C'erano state un paio di sue apparizioni in città negli anni da quando era diventato famoso. Lei non lo aveva conosciuto quando lui era al liceo perché allora non viveva lì. Mike le aveva fatto trasferire lì dopo aver lasciato l'Aeronautica per pilotare aerei di linea, ma lei aveva sentito le storie. Stella del football, Più Popolare, bravo studente, persino protagonista del musical scolastico... Il tipo era d'oro.

E lo era. Dai muscoli bronzei ai capelli castani baciati dal sole al guizzo nei suoi scintillanti occhi verdi e al luccichio del suo sorriso mozzafiato, quel tipo era l'epitome del rubacuori. Avrebbe dovuto essere morta per non accorgersene.

Di certo non lo era. No, ma Mike sì—e per la prima volta dalla sua morte, lei aveva notato un uomo.

Era ovvio che dovesse essere *questo* uomo. Mr. Irraggiungibile.

Che era qui per pulirle i bagni.

C'era una certa giustizia poetica, a quanto pareva. O quantomeno, l'universo aveva senso dell'umorismo.

Sarebbe stato interessante vedere se Bryan stesse ancora ridendo quando queste quattro settimane fossero finite.

Capitolo Quattro

Dodici adolescenti, i loro genitori e qualche vicino «di passaggio» non si rivelarono poi un'intrusione così grande. In più, Beth rivide un paio di persone che non vedeva dal funerale.

Era davvero stata impegnata per così tanto tempo? A pensarci, a parte l'incontro mensile a cui le amiche la trascinavano a turno a casa loro e i pochi appuntamenti disastrosi a cui l'avevano costretta, le uniche volte in cui Beth era uscita di casa erano state per funzioni scolastiche. Davvero, era sorprendente che sapesse anche solo chi fosse Bryan, perché probabilmente aveva visto soltanto uno dei suoi film negli ultimi due anni.

Ma quell'unico bastava a farle superare molte notti solitarie...

Scacciò l'immagine di lui che emergeva dall'acqua come un dio, i capelli spinti all'indietro sulla fronte mentre l'acqua gli scivolava sul torace e sugli addominali. Come gli bicipiti si erano contratti e come gli shorts pendevano bassi sui fianchi, il peso dell'acqua che li tirava giù ancora di più.

Dietro di lui esplodevano bombe, intorno a lui scoppiava una sparatoria, ma il cuore di Beth aveva triplicato il ritmo solo perché lui era su quello schermo.

E ora lui stava davanti a lei a chiederle cos'altro volesse da lui.

Lascia che conti i modi...

«Sei sicura che nessuno dei bagni abbia bisogno di essere pulito? È *il* mio lavoro, lo sai. In realtà sono venuto qui per lavorare.»

«Lo so che l'hai fatto, e ti ringrazio. Ma davvero, ho appena pulito i bagni.» Tre giorni fa. Ma non voleva che qualcuno, tantomeno *il* Bryan Manley, vedesse il caos che cinque bambini e una piccola arca di Noè potevano scatenare in un bagno. Li avrebbe puliti lei dopo che i bambini fossero andati a letto, quella sera. «Puoi occuparmene domani. Posso solo immaginare che questa non sia una giornata normale per te e di sicuro sarai stanco.»

Lui arcuò quel sopracciglio che aveva il potere di far svenire masse di donne tutte insieme.

Rivolto a una sola donna, però, l'effetto si moltiplicava. Beth dovette piantarsi un'unghia nel bicipite femorale per ricordarsi dove si trovava. E come si chiamava. Ma non come si chiamava lui.

«Però oggi ho a malapena combinato qualcosa,» disse, sollevando il secchio degli attrezzi per pulire. Il che fece sì che i bicipiti eseguissero quella bella flessione di cui lei andava matta. «E sai che so fare anche altre cose oltre a pulire, vero? Se c'è qualcosa da aggiustare... Roba da tuttofare.»

Meglio non farla cominciare su cos'altro potesse essere «bravo con le mani»...

«Fidati. Domani sarà tutto ancora qui. Più o meno come l'hai trovato oggi.»

«Tipo *Ricomincio da capo*?» Il suo sorriso era potente quanto i suoi muscoli in tensione.

«Sì, proprio come *Ricomincio da capo*.» C'era da scommetterci che il suo punto di riferimento sarebbe stato un film. Per fortuna quello non era uscito negli ultimi due anni, quindi sapeva di cosa stesse parlando. L'unico motivo per cui conosceva almeno un po' le star della musica attuale era l'amore di Kelsey e Jason per gli iPod e per gli altoparlanti portatili che i genitori di Mike avevano comprato loro per Natale.

I genitori di Mike. Oh, cavolo. I ragazzi avrebbero dovuto passare uno dei prossimi fine settimana con loro nella casa al mare. Avrebbero voluto una settimana, ma Beth non era pronta a rinunciare ai ragazzi per così tanto. Certo, i figli le davano un gran da fare e sì, non le sarebbe dispiaciuta una pausa dalla responsabilità, ma la verità era che lei aveva bisogno di loro tanto quanto loro di lei. Un fine settimana separati era tutto ciò che al momento potevano permettersi. Lo temeva e lo aspettava allo stesso tempo da quando Donna gliel'aveva chiesto. Aveva invitato anche Beth, ma sapevano entrambe che Donna e John volevano e avevano bisogno di tempo da soli con i loro nipoti, senza la nuora tra i piedi. Festeggiare la vita di Mike invece del costante promemoria che lui non c'era più, con la vedova nei paraggi. Beth lo capiva e, davvero, le stava bene, ma per quanto cercasse di convincersi che non vedeva l'ora della pace e della solitudine di quel weekend, era una bugia. Le avrebbe solo dato più tempo per pensare all'assenza di Mike.

«Bryan!» Maggie sbucò di corsa dalla lavanderia trascinando un calzino attaccato al velcro delle sneakers, e si lanciò contro le sue gambe. «Tornerai, vero? Domani, giusto? L'hai promesso!»

Bryan, Dio lo benedica, non esitò, le staccò con dolcezza le braccine e si acquattò per guardarla negli occhi. «Certo che torno. Te l'ho detto. Adesso vado a casa mia. Il lavoro per oggi è finito.»

«Ma noi non abbiamo finito. Noi viviamo qui. Non possiamo andare da nessuna parte. Perché non puoi restare qui? Potresti essere il mio papà adesso.»

Silenzio.

Perfino l'orologio a pendolo parve smettere di ticchettare.

O forse era solo perché tutto il corpo di Beth si era intorpidito.

L'intorpidimento andava bene. Intorpidita significava che non poteva sentire dolore.

Sbagliato.

Le bruciò attraverso come un fulmine. Sua figlia voleva un padre. Dio sapeva quanto Beth desiderasse che lo avesse. Non era giusto che Maggie non ne avesse uno. Non era dannatamente giusto.

Lo aveva ripetuto spesso negli ultimi due anni. Ma nessuno le aveva promesso la giustizia. Mike lo diceva spesso; che la vita non era giusta. Era stato il suo mantra nei mesi dopo la sua morte. E ora...

«Avrai sempre il tuo papà, Maggie.» Bryan le passò una mano tra i capelli. «Anch'io ho perso il mio quando ero piccolo, sai. Ti manca poter ricevere i suoi abbracci e parlare con lui, ma lui sarà sempre con te, qui dentro.» Toccò il cuore di Maggie e la gola di Beth si strinse.

Dovette distogliere lo sguardo, sbattendo le palpebre all'impazzata per non piangere. Aveva pianto tanto. Troppo.

«Non lo dimenticherai mai e lui ti amerà per sempre. Devi solo ricordartelo quando ti senti sola, okay?»

Maggie arricciò il suo visino che assomigliava così tanto a quello di Mike da toglierle ogni volta il fiato. «È quello che ha detto anche la nonna. Ma lui mi lanciava in aria e adesso non lo fa nessuno. La mamma non è abbastanza forte da quando sono cresciuta.»

«Ah, be', questo si sistema facilmente.»

Bryan si raddrizzò, sollevò Maggie da sotto le braccia e la lanciò sopra la sua testa.

Beth non aveva mai sentito un suono più dolce dell'urletto ridente di Maggie.

«Fallo ancora!»

Be', forse quello era altrettanto dolce.

Bryan lo fece di nuovo. E ancora. E ancora.

Lo fece così tante volte che le lacrime di risa scivolavano sulle guance di Maggie.

Sulle sue, scivolavano lacrime di tutt'altro genere.

«Oh, non piangere, mamma. Bryan non mi farà male.»

Beth lo sapeva. Sapeva anche che lui poteva spezzarle *il* cuore, se glielo avesse permesso.

Lui le lanciò un'occhiata preoccupata. «Beth?»

Si morse il labbro e scosse la testa, schiarendosi la gola per far uscire le parole. «Sto bene. Va tutto bene. Continua pure...» Agitò le mani e corse in cucina, farfugliando qualcosa riguardo alla cena.

Non c'era nessuna cena da preparare. Odiava cucinare. Odiava pianificare e preparare e pulire e chi piaceva cosa e chi aveva quale allenamento e, oh Dio, stava per crollare di nuovo.

Beth si aggrappò ai bordi del piano del lavello e inspirò un paio di respiri strappati. A quest'ora avrebbe dovuto essersene fatta una ragione. O, quantomeno, avere un maggiore controllo, ma la parola *papà* aveva il potere di riportarla indietro di ottocentoottantatré giorni in un colpo solo.

Non era giusto.

«Non è giusto. Lo so.» Bryan le fece eco entrando in cucina.

Beth gli lanciò uno sguardo da sopra la spalla. Non era giusto neppure quanto apparisse composto, in ordine e perfetto mentre lei se ne stava lì, curva, con gli occhi iniettati di sangue, ne era sicura, cercando di riprendere fiato e placare il battito del cuore mentre faceva buon viso ai bambini.

«Non devi essere così coraggiosa.» Era dietro di lei, ormai. «I bambini staranno bene. Lo so. Ci sono passato.»

Già. Si ricordò qualcosa riguardo al fatto che fosse stato cresciuto dalla nonna. Ma lui aveva portato solo *la sua* solitudine. Lei portava quella dei bambini e la propria. Era troppo da sopportare. Un fardello enorme. In questi due anni... Li aveva *superati*; non li aveva *vissuti*.

«Beth.» Le sue mani le scivolarono lungo le braccia. Le strinse dolcemente le spalle. «Ogni tanto è lecito crollare.»

«No che non lo è. Non posso.» La voce le uscì in un sussurro rauco, ma almeno uscì.

Premette un po' sulle sue spalle e, prima che se ne rendesse conto, era tra le sue braccia. Avvolta da lui, le braccia che la circondavano, al sicuro, stretta, a schermare il dolore schiacciante dell'anima. E quando le premette il viso contro la spalla, quando le diede il permesso di appoggiarsi a lui, fu quasi la sua rovina.

Non l'avevano abbracciata così... dai tempi di Mike. E da allora aveva portato il peso da sola. Il genitore solo. L'unica fonte di reddito. L'unica cosa tra i suoi figli e la miseria o la perdita di una famiglia. L'instabilità. Doveva resistere. Ogni singolo giorno. Non c'era mai stata una tregua e, oh Dio, era dura. Così dura portare tutta la responsabilità.

«Maggie sta bene, Beth. Starà bene. Lo sarete tutti.» Le sue parole erano calmanti e lo erano anche le carezze leggere tra i suoi capelli.

Beth tirò dentro un respiro spezzato e serrò le palpebre, permettendosi di sentire il calore. Di accettare il suo conforto. Anche solo per qualche istante, ne aveva bisogno. Semplice contatto umano e compassione. Così facilmente dati per scontati e così tremendamente mancanti quando vengono strappati via dal capriccio maligno del destino. O da raffiche di vento su una pista ghiacciata.

«Va bene, Beth. Va tutto bene.»

No, non andava bene, ma non avrebbe discusso con lui. Per questo momento, ora, qui, avrebbe accettato questo da lui.

Gli afferrò i lati della camicia, non proprio pronta a stringerlo a sua volta, ma si aggrappò. Affondò il viso nella sua spalla, inspirando il suo calore e il suo odore. Era passato troppo tempo dall'ultima volta in cui aveva sentito quel profumo maschile. Troppo tempo dall'ultima volta in cui aveva sentito braccia forti attorno a lei, il solletico dei peli del suo avambraccio sulla pelle, la durezza tesa dei suoi addominali contro i suoi, l'ampiezza delle sue spalle a ripararla da tutto il dolore.

Dio, che bene si stava. Così bene. *Troppo* bene.

Beth inspirò. Un'ultima volta. Le bastava. Solo ancora un momento. Un momento per ricomporsi. Per rimettere il suo mondo nel giusto ordine. Bryan non apparteneva a quell'ordine e non poteva dimenticarlo. Stava essendo gentile. Compassionevole. Qualsiasi altra cosa ci avesse letto sarebbe stata solo sciocchezza. Ma gli sarebbe sempre stata grata per quel momento.

Un altro respiro profondo e si staccò. «Grazie.»

Si schiarì la gola e tirò su col naso, grata di non essersi sciolta in lacrime davanti a lui. Una cosa era permettere a un uomo di consolarti, un'altra era trasformarsi in uno straccio mentre lo fa. Soprattutto dato che quell'uomo— per tutto ciò che aveva visto di lui sullo schermo e sentito in giro—era in fondo uno sconosciuto.

Ma quello sconosciuto le fece scivolare una mano sotto i capelli e le raccolse la guancia, inclinandole il viso per guardarla negli occhi. «Va bene, Beth. Non posso immaginare cosa tu stia passando, ma capisco quello che sta passando Maggie. Ha bisogno che sua madre sia presente per lei e tu stai facendo un ottimo lavoro. Le mancherà sempre, ma finché saprà che la ami e che ci sei per lei, starà bene. Però non dimenticare di permettere a te stessa di elaborare il lutto, anche. Di sentire il dolore. Non devi essere una roccia tutto il tempo.»

Aveva ragione, lo sapeva, ma la realtà era che poteva essere forte solo fino a un certo punto e, se abbassava la guardia, poteva non riuscire più a rialzarla.

Si inumidì le labbra e deglutì, cercando di imbrigliare le emozioni impazzite. «Grazie. Per questo. Per... quello. Per averla lanciata. Non sapevo che le mancasse così tanto.»

«E non è tenuto che tu lo sappia. Le dai altro. Non dimenticarlo.»

Si costruì un sorriso sul viso. Probabilmente non il migliore, ma non era esattamente *al* suo meglio, in quel momento. Probabilmente aveva le guance arrossate a chiazze e gli occhi pieni di lacrime e, diamine, probabilmente il naso le colava. «Non lo dimentico. Grazie.»

La guardò ancora un attimo, i suoi occhi verdi in cerca dei suoi, le dita che si strinsero appena sul suo cuoio capelluto, poi tirò un respiro veloce e la lasciò andare. «Starai bene.»

Sì che ci sarebbe stata. La domanda era: quando?

. . .

Bryan non seppe come riuscì ad andarsene da lì senza mettersi in ridicolo. Era stato *a* tanto così dall'offrirle un conforto di tutt'altro genere, ma il buonsenso aveva rialzato la testa e li aveva salvati entrambi dall'imbarazzo. Gesù. Che cosa *aveva* che non andava? Okay, lei non era sposata, d'accordo, ma comunque. Una madre. Di cinque. La periferia. E con un carico di emozioni per il marito defunto che, anche se *fosse* stata pronta ad andare avanti, l'avrebbero fatto riflettere tre volte anche nell'eventualità che lui *fosse* interessato a iniziare qualcosa con lei. Cosa che non era. Non davvero. Certo, il suo corpo era prontissimo, ma Beth Hamilton non era fatta per una storiella. I suoi figli, poi, di sicuro non lo erano e Bryan era stato nei loro panni. Sapeva cosa stessero passando. L'uomo che fosse entrato nella vita di Beth Hamilton avrebbe dovuto essere non solo preparato a prendersi in carico cinque figli, ma pronto, desideroso e capace di farlo. *Lui* era capace, ma quanto a essere pronto e desideroso? Non proprio.

Così uscì dalla sua cucina, salutò tutti gli amici dei ragazzi, finì il lavoro della giornata e si lasciò alle spalle la domesticità. Scompigliò i capelli a Mark mentre se ne andava, fece segno a Tommy, ricambiò il cenno di Jason e regalò a Kelsey il sorriso Manley che l'avrebbe resa l'invidia di tutte le amiche, la sua buona azione del giorno.

Beth rimase sulla porta con Maggie sul fianco, a salutarlo mentre usciva dal vialetto. Okay, forse il cenno a Kelsey era stata la sua *terza* buona azione del giorno.

Quelle buone azioni facevano stare bene. Non che fosse per quello che le avesse fatte. Aveva sentito il dolore nella voce di Maggie e gli aveva afferrato l'anima, torcendola. Non aveva avuto nessuno che lo lanciasse in aria. Nessuno che gli mostrasse come costruire una casetta sull'albero o tagliare l'erba o aggiustare il lavandino del bagno quando ci si era appoggiato un po' troppo. La vita era già abbastanza dura; senza un padre, lo era ancora di più.

Piantala, Manley. Tu non sei il padre dei ragazzi.

Sì, lo sapeva. Andava fiero di non essere *il padre di nessuno*. Non finché non fosse stato pronto sul serio. E ciò significava un conto in banca abbastanza robusto da coprire ogni eventualità e una donna disposta a stare al gioco con il suo stile di vita folle.

Capitolo Cinque

«Dove hai imparato a fare quello?» chiese Tommy per la sesta volta da quando Bryan era arrivato.

«Scommetto che è da un film,» disse Mark. «Scommetto che eri un superagente segreto che fingeva di essere una cameriera per poter scoprire i piani del cattivo, giusto?»

Bryan afferrò la chiave per girare il dado dello scarico del lavandino. «In questo momento sto aggiustando l'impianto idraulico, ragazzi, non sto facendo le pulizie.» Sì, era questione di semantica, ma per lui il significato contava. Non voleva che i ragazzi pensassero che quello fosse lavoro da cameriera. Era idraulica, tutta un'altra cosa.

Sì, era la sua mascolinità a dettare quel sentimento. Che lo citassero pure. Per fortuna, Beth aveva accettato la sua offerta da tuttofare. Avrebbe dovuto dirlo a Mac: sarebbe stato quel qualcosa in più per distinguere la sua azienda dalla concorrenza.

«Mi passi la bacinella? Potrebbe esserci un po' d'acqua in questo sifone e non voglio finire per indossarla.»

Gli porsero una bacinella rosa. Ricoperta di immagini di gattini bianchi.

Addio mascolinità.

Per fortuna del suo ego, riuscì a separare il sifone dal tubo nel muro con una perdita minima, guidò i ragazzi a passargli il sifone nuovo e mostrò loro come sostituirlo. Le ditine non riuscivano a stringere abbastanza forte il dado in PVC, così fece qualche aggiustamento dell'ultimo minuto dopo che si furono sfilati dallo spazio angusto del mobile, senza che i ragazzi si accorgessero di non aver fatto tutto da soli.

«Che cosa mi insegnerai *a me*, Bryan?» Maggie si piantò davanti a lui mentre lui si tirava su dalla scomoda posizione con metà corpo nel mobile e l'altra metà stesa sul pavimento della cucina.

La schiena gli doleva come un figlio di put— «Che cosa vuoi imparare, Maggie?»

«La mamma dice che le ragazze dovrebbero sapere cambiare una gomma. Me lo fai vedere? Perché lei non lo sa.»

«Maggie, Bryan non è qui per fare tutto. Te lo farà vedere il nonno,» disse la *Mamma*.

Maggie arricciò il naso. «Il nonno ha un odore strano,» sussurrò a Bryan. «E non è il nostro vero nonno, quindi non vedo perché non puoi farmelo vedere tu.» Maggie gli toccò il naso, poi girò su se stessa per affrontare la madre. «No grazie, mamma. Voglio che me lo faccia vedere Bryan.»

Bryan si rimise in piedi, sussultando per la fitta alla schiena. Quelle acrobazie in Sri Lanka lo avevano spinto quasi oltre i suoi limiti e ora ne pagava il prezzo. «Va bene, Beth. Non mi dispiace. E se non lo sai, posso farlo vedere anche a te. Hai ragione: è qualcosa che tutti dovrebbero sapere, non solo i maschi.»

«Possiamo imparare *anche noi*?» chiese Tommy.

«Io lo so già.» Mark incrociò le braccia.

«Non è vero.»

«Invece sì.»

«Non è vero.»

«Invece—»

«Ragazzi.» Bryan si mise fra loro. «Dieci minuti. Vialetto. Lezione su come cambiare una gomma. Chi vuole imparare, sia lì. O non chiamatemi quando bucate. Avrete avuto la vostra occasione.»

Attraversò la cucina a grandi passi, sfiorando con un colpetto il mento di Beth mentre le passava accanto. «Vale anche per te, cupcake.»

«Cupcake? Ti ha chiamata cupcake, mamma? Che sciocchezza.» Maggie ridacchiò.

Bryan non stava ridacchiando. L'aveva detto per fare lo spiritoso ma, sì,

Beth era dolce e invitante come un cupcake. Non gli sarebbe dispiaciuto leccarle la glassa di dosso, neppure.

Fece un bel respiro e si diresse verso la stanza di Jason. Niente come il grunge di un adolescente maschio per mettere in pausa gli ormoni.

Beth cercò la sedia della cucina non appena Bryan le passò accanto e vi si lasciò cadere. *Cupcake.* Avrebbe dovuto offendersi. Essere indignata. Ma tutto ciò a cui riusciva a pensare era Bryan che le leccava la glassa di dosso, una lunga, lenta leccata alla volta.

«Ti senti bene, mamma?» chiese Tommy.

«Sì, hai un'aria un po' strana.»

Perché stava avendo una vampata di calore, e non il tipo da menopausa. Niente affatto. Bryan Manley riusciva a farle ronzare gli ormoni con uno sguardo, a mandarli in ebollizione con una parola e a scatenare un inferno con un tocco talmente insignificante che non avrebbe nemmeno dovuto chiamarsi insignificante.

«Sto bene, ragazzi.» Anche se il termine era relativo. «Perché non andate a chiamare Kelsey e Jason? Potrebbe servire anche a loro questa lezione, visto che fra qualche anno guideranno.»

Wow. Grazie al cielo era già seduta, perché quel pensiero le avrebbe fatto mancare le gambe. Jason che guidava. Avrebbe dovuto prima tagliarsi i capelli, o non avrebbe mai passato l'esame della vista. Ai tipi della motorizzazione non piaceva che un ragazzo dovesse guardare di traverso e in su da sotto i capelli per guidare.

Il suo bambino alla guida. Non era forse ieri che aveva portato a casa dall'ospedale quel fagotto urlante di energia? Lei e Mike si erano seduti sul divano con Jason in mezzo e si erano fissati, terrorizzati da morire. A cosa avevano pensato? Erano praticamente dei ragazzini anche loro, eppure eccoli lì con l'infante che avevano messo al mondo.

Non era andata troppo male. All'inizio era stato il caos, un po' di più quando era arrivata Kelsey, ma quando erano nati i gemelli, avevano trovato il loro ritmo. Erano una buona squadra. Così, quando Maggie, la "svista", era arrivata, si era inserita alla perfezione. Poi il destino aveva colpito.

Beth inspirò e ricacciò indietro l'incubo. La counselor familiare da cui portava i ragazzi ogni due settimane—e che vedeva anche da sola in qualche altra—diceva di non rimuginare sui *se*. Che i *se* non portavano da nessuna parte. Quella era la loro realtà e vivere nel paese dei balocchi avrebbe fatto più danni che altro.

Eppure, quando era sola, era bello immaginare ciò che avrebbe potuto essere. Se Mike non avesse preso quel volo. Se il tempo avesse retto anche solo qualche minuto in più. Se non fossero partiti in ritardo dal gate. C'erano un mucchio di variabili che lo avevano messo sulla pista proprio in quell'istante e una qualunque avrebbe potuto cambiare l'esito, ma la realtà era che nessuna lo aveva fatto. Tutto aveva cospirato per mettere Mike e i suoi passeggeri e l'equipaggio nel posto sbagliato al momento sbagliato, e lei e i ragazzi dovevano farci i conti.

A volte, però, la vita faceva proprio schifo.

Si ritrovarono in sei attorno al camion di Bryan nel vialetto di casa, facendo attenzione mentre mostrava loro dov'era il cric, come sistemarlo, come togliere i dadi e cambiare la gomma. I gemelli volevano arrampicarsi nel vano della ruota per vedere le "interiora" del camion, ma Bryan li tirò fuori per i cinturini dei pantaloni prima che ci riuscissero.

«Potreste far saltare il cric, ragazzi, e il camion vi crollerebbe addosso. Ricordate: prima la sicurezza. E non cambiate mai la gomma accanto al traffico in arrivo. Il rischio non vale la pena.» Guardò Kelsey. «Che cosa fai se succede?»

Beth dovette mordersi il labbro per non ridere all'espressione rapita di Kelsey. Dubitava che sua figlia avesse capito una sola parola di ciò che Bryan aveva detto. Da quando lui era arrivato, i film di Bryan erano comparsi nella programmazione del DVR e c'era stato un fermento di ricerche su Google sul portatile della sala. Beth sapeva chi ne era stata l'artefice.

«Eh, chiamo qualcuno?»

«Esatto. Chi?»

Kelsey attorcigliò una ciocca tra le dita e guardò Bryan da sotto le ciglia. «Te?» Gli porse il cellulare.

Beth avrebbe voluto gemere. Bryan Manley non era proprio il tipo su cui Kelsey dovesse esercitare le sue arti femminili.

Beth, invece...

Bryan, benedetto lui, ridacchiò piano, prese il telefono di Kelsey e ci programmò qualcosa. «No. Chiami tua madre. Lei chiamerà un servizio di assistenza stradale.» Alzò il telefono. «Qui c'è scritto ICE. In Case of Emergency. I soccorritori cercano questo sul tuo telefono, quindi devi assicurarti di avere tua madre come contatto.» Le restituì il telefono. «Domande? Jason?»

Jason scosse la zazzera. Beth avrebbe voluto che se li tagliasse, ma si morse la lingua. C'erano discussioni che doveva avere con suo figlio e altre no. I capelli rientravano nella categoria del *Non*, ma questo non significava che non potesse sperarci.

«No, sto a posto.»

«Felice di sentirlo.» Bryan rigirò la chiave a croce. «Tocca a te.»

Il viso di Jason impallidì sotto la zazzera. «A... a cosa?»

«Tocca a te. Cambierai tu la gomma.»

«Ma...»

I gemelli iniziarono a ridacchiare e a imitare la balbuzie di Jason—

finché Bryan non posò una mano sulle loro teste e le inclinò all'indietro per farli guardare lui. «E quando avrà finito lui, lo farete voi due.»

«Ma noi non lo sappiamo fare,» disse Tommy.

«È quello che stavamo imparando, babbeo,» disse Mark.

«Bene,» disse Bryan. «Allora, Mark, quando Jason avrà finito, lo farai vedere tu a Tommy.»

Kelsey, saggiamente, tenne la bocca chiusa.

Ma Bryan non scherzava. Fece cambiare la gomma a ognuno di loro—tutti e sei. Anche a Maggie, ma quello fu più per farla sentire parte dell'equipaggio come gli altri. Era davvero carinissima seduta sul ginocchio di Bryan mentre lo aiutava a far girare i dadi con la chiave a croce.

E dopo sei ripassi, Beth non si stupì più di sapere che cosa fossero un dado e una chiave a croce.

«D'accordo, allora.» Bryan posò Maggie a terra e si raddrizzò. «Qualcuno ha domande?»

«Sì,» disse Tommy. «Possiamo imparare anche a cambiare l'olio?»

Kelsey e Jason gemettero e Mark diede uno scappellotto al gemello sulla nuca. «Sei un babbeo.»

«Non è vero.»

«Invece sì.»

«Non è vero.»

«Invece sì.»

Bryan scosse la testa e rise, lasciando lì i due a azzuffarsi a parole, e tese una mano verso la casa per far passare prima Beth. «Spero che per te vada bene.»

«La lezione? Perché non dovrebbe?»

«Non voglio oltrepassare i limiti, ma visto che erano qui tutti i ragazzi, mi è sembrato il momento giusto per insegnare loro. Probabilmente lo dimenticheranno, ma potrebbe tornare alla mente, se mai dovesse servire.»

«Non ho nulla in contrario. È stata una buona idea. Grazie. Non che io voglia mai cambiare una gomma. Ho l'assistenza stradale sulla polizza, ma non fa male sapere cosa fare, nel caso. E i ragazzi l'hanno apprezzata. Credo.»

«La apprezzeranno, se mai rimarranno bloccati. Dà loro un po' di sicurezza nel sapere che possono cavarsela con una gomma a terra, se serve. Li fa sentire più sicuri ad andare in giro.»

«Non sono sicura che sia una gran cosa con gli adolescenti, ma capisco che cosa intendi.»

Intendeva che si sentivano fuori controllo. Che, con la morte di Mike, il loro mondo era stato capovolto e schiacciato—proprio come l'aereo di Mike.

Beth trattenne il fiato mentre inciampava sull'ultimo gradino nell'ingresso, l'immagine che le bruciava nel cervello. Aveva cercato di non vedere cosa fosse successo all'aereo, ma i media l'avevano trasmessa a ciclo continuo, ventiquattr'ore su ventiquattro, per giorni. Anche settimane. Non era riuscita ad andare da nessuna parte senza vedere l'inferno che erano stati gli ultimi istanti di suo marito sulla terra. La cosa davvero triste era che anche i ragazzi l'avevano visto.

E poi c'erano stati i giornalisti. C'era stata un'indagine sull'incidente. Possibile errore del pilota. La carriera di Mike era finita sotto una lente d'ingrandimento e, sebbene sapesse che non c'era nulla che potesse giocare contro di lui, la spaventava a morte. Non le serviva che il suo nome venisse infangato mentre cercava di tenere insieme la famiglia e gestire le conseguenze. La stampa non aveva fatto che aggravare tutto, al punto che i ragazzi avevano avuto paura di uscire per il timore di ritrovarsi microfoni puntati in faccia. Erano diventati reclusi in casa loro, con la gente che stava alla larga per non essere anche loro assediati da chiunque fosse a caccia di notizie.

Il National Transportation Safety Bureau e la FAA ci avevano messo fin troppo a scagionarlo e, a quel punto, il danno era fatto. I ragazzi erano diffidenti, spaventati. Chiusi in se stessi. Jason si nascondeva dietro i capelli. Kelsey dietro una risata un po' troppo rumorosa. I gemelli avevano avuto l'un l'altro, ma si erano allontanati, non finendo più le frasi uno dell'altro. E Maggie si succhiava il pollice. Tutti meccanismi di difesa, ma come si *erano* difesi? Era una domanda su cui Beth lavorava ancora.

«Tutto bene? Sei stranamente silenziosa.» Bryan le tenne la porta aperta.

«Io? Sto bene.» Bene quanto si poteva.

«Bene, eh?» Ridacchiò.

«Sì. Che c'è di male a stare bene?» Era ciò che la counselor—e lei—volevano per loro. Stare bene.

Beth non pensava che sarebbe mai più stata bene—oh. Ora capì la sua risatina.

Rise anche lei. «Voglio dire, sì. Sto bene. Grazie per averci insegnato tutto questo. L'abbiamo apprezzato.»

«È stato un piacere.»

No, davvero, il piacere era stato il suo. Se avesse continuato a sorriderle così, lei sarebbe stata molto più che bene.

Capitolo Sei

C'era qualcosa in un uomo che puliva un water.

O forse era solo *Bryan Manley* che puliva il suo water, ma aveva il sedere migliore che Beth avesse mai visto. E non era una mancanza di rispetto verso suo marito. Lei e Mike ci avevano scherzato su, perché Mike era poco dotato di lato B, anche se aveva altri buoni attributi a compensare.

Beth sospirò e si appoggiò allo stipite, incrociando un piede sull'altro. Il fatto che stesse parlando di Mike al passato era già motivo sufficiente per non elencare quali fossero quei pregi. Non le servivano altre lacrime dopo l'incidente idraulico di stamattina.

«Ti serve qualcosa?» chiese Bryan sopra una spalla, sedendosi sui talloni dopo la posizione a carponi davanti al water che non avrebbe dovuto essere sexy e invece lo era.

Beth si raddrizzò e tirò giù l'orlo della maglietta. «Mi chiedevo se ti andasse qualcosa da mangiare.»

Ma davvero? Questo era ciò che le era venuto in mente?

Anche se... in effetti... *era* ora di pranzo, quindi era una scusa buona come un'altra.

«No, sto a posto,» disse Brian, tornando alla posa da pulizia del water.

Avrebbe dovuto andarsene. Aveva fatto la domanda, lui l'aveva rifiutata, lui aveva del lavoro da fare. E lei non aveva alcun motivo per bighellonare attorno a Bryan Manley.

Cosa che, ovviamente, non le impedì di restare.

«Dove hai imparato a pulire? Non pensavo che le star del cinema dovessero sapere come si fa un bagno.»

«Mia nonna.» Gettò gli asciugamani di carta usati nel cestino, poi tirò fuori dal kit una spazzola per la pulizia immacolata e la puntò verso di lei. «Non sono sempre stato una star del cinema, lo sai.»

«Ah. Non ci avevo pensato. Immagino avessi un appartamento o qualcosa del genere? Dovevi dare il tuo contributo con i coinquilini?» Non osò chiedere se qualcuno di quei coinquilini fosse donna. Non erano affari suoi.

E se avesse continuato a ripeterselo, forse se ne sarebbe ricordata.

«In realtà, no.» Fece roteare la spazzola nella tazza con il detergente e tirò lo sciacquone. «Sono vissuto a casa fino a quando mi sono trasferito a Los Angeles. Mia nonna ci faceva pulire tutti. Ogni sabato mattina. A turno nei bagni. Sono diventato davvero bravo.»

Si sfilò i guanti di lattice e li buttò nel cestino. «Il che significa che capisco quando qualcuno ha pulito prima di me. L'hai fatto ieri sera, vero?»

Beth sentì il rossore incendiarsi sulla pelle. «Questo posto era, be', uno schifo. Non avevi bisogno di vederlo.»

«Ma è per questo che sono qui. Perché assumermi se poi non mi usi?»

Non rispondere, non rispondere, non rispondere.

«*Io* non ti ho assunto. L'hanno fatto le mie amiche.» Ecco. Quella era una risposta sicura. E gli faceva capire come la pensava sull'argomento. Era perfettamente in grado di occuparsi della propria casa—o lo sarebbe stata una volta superata questa spinta iniziale. Una volta che Bryan se ne fosse andato, la casa sarebbe stata in perfetto ordine e, si sperava, i bambini l'avrebbero aiutata a tenerla meglio di quanto non avessero fatto negli ultimi due anni.

«Le tue amiche?» Bryan fece un passo verso di lei e Beth dovette alzare il viso per guardarlo.

«Hanno pensato che mi avrebbe fatto bene una pausa. Rilassarmi un po'.» Questo era nuovo per lei. Lei era un metro e settantotto. Di rado le capitava di dover guardare un uomo dal basso. Anche Mike era stato solo due centimetri più alto.

Si infilò le mani nelle tasche posteriori, poi le tolse di scatto perché quel movimento le tendeva troppo la maglietta sul petto e non voleva che lui pensasse che ci stesse provando. Una cosa era fantasticare su Bryan *in quel modo*; un'altra era passarci davvero ai fatti.

E poi, chi era lei per anche solo *immaginare* di avere una chance con lui? Aveva star del cinema e modelle a portata di mano; non gli serviva una mamma di cinque figli un po' sciatta, con un cane indemoniato e una gatta fuori di testa.

Che proprio in quel momento sfrecciarono giù per le scale.

Beth fece una smorfia, in attesa del tonfo o dello stridio, o del «Smettila, Sherman!» che immancabilmente seguiva gli inseguimenti di Sherman contro Mrs. Beecham. Ci stava facendo così caso che quasi si perse il commento di Bryan.

«Dev'essere dura senza tuo marito.»

Quello, non le sarebbe dispiaciuto perderselo.

Beth si sforzò di ridere. O quello o piangere, e non lo avrebbe fatto. Non più. Aveva pianto abbastanza e non una lacrima le aveva riportato Mike. «Stiamo tirando avanti.»

Bryan guardò la sommità della sua testa. Il suo sguardo le scivolò lentamente sul viso. Il respiro di Beth si mozzò nel momento in cui lui alzò esitante una mano per scostarle una ciocca dal volto.

Quando le dita le sfiorarono la guancia, lei smise del tutto di respirare.

Non le capitava da, be'... Non da quando aveva conosciuto Mike. All'università.

«Sono contento di poter dare una mano,» disse piano, i suoi occhi verdi in cerca di qualcosa nei suoi.

Lei non sapeva cosa stesse cercando, non era sicura di volerlo sapere e sapeva di certo che non avrebbe avuto bisogno di respirare mai più se lui fosse rimasto dov'era.

Cosa stava pensando?

Ecco il punto: non *stava* pensando. Il suo corpo era in pilota automatico. Si ricordava cosa fare attorno a un tipo bollente anche se il cervello no. E no, non si ricordava. Non aveva mai guardato un altro uomo. Mike era stato tutto per lei.

Quindi chi era questo Bryan Manley per essersi infilato sotto le sue difese così tanto e così in fretta da farle immaginare che si infilasse sotto altre cose— cioè le coperte del suo letto?

Ora sentì il rossore divamparle in tutto il corpo. Sperò Dio che lui non se ne accorgesse.

I suoi occhi si accesero—solo un secondo, ma fu sufficiente.

Lo sapeva.

E non stava facendo un passo indietro.

Beth aveva bisogno di respirare. Disperatamente. Metaforicamente e fisicamente e non le importava in quale ordine. Lui doveva allontanarsi. Fare anche un solo passo indietro. Concederle un po' di spazio.

Tranne che... poteva arretrare anche lei. Era lei a stare sulla soglia. Sarebbero bastati due semplici passi e sarebbe stata oltre la sua portata, nel corridoio. Lontana da quei pensieri e sentimenti folli.

Dopotutto lui era *il* Bryan Manley. Rubacuori e dongiovanni. Lei era solo Beth di periferia. Mamma da bordo campo, aiutante allo spettacolo della scuola, rappresentante del PTA. Insegnante. *Non* materiale da star del cinema e di certo non da modella. Solo qualcuno legato a quella casa e a quella città da cinque paia di radici ben visibili.

Fece un passo indietro. Lontano dalla tentazione. Dalla follia. Dal che-diavolo-stava-pensando?

Dal *e se...*

Bryan la lasciò andare.

Non ne ebbe voglia, ma, sul serio, con quale diritto aveva fatto quello che aveva fatto? Lei avrebbe dovuto rifilargli uno schiaffo. Si era spinto troppo vicino troppo in fretta. Troppo confidenziale. E non era nemmeno sicuro di *voler* diventare confidenziale con la signora Beth Hamilton.

La vedova.

Con cinque figli.

Bryan tirò un bel respiro. «Be', sono contento di poter dare una mano.»

Non proprio nel modo in cui gli sarebbe piaciuto se avesse potuto scegliere, ma non poteva. E non doveva. E non gli era concesso. E... per fortuna lei aveva fatto un passo indietro.

«È che, ehm...» Si riaggiustò distrattamente la ciocca che lui le aveva sistemato. «È diventato, be', non più facile, ma più normale. Il tempo aiuta. Un po'. Mi dispiace solo che tu debba pulire dopo di loro. Sono sicura che tua sorella abbia altri lavori che sarebbero stati più semplici. Hai perso una scommessa o qualcosa del genere?»

Bryan forzò una risata per coprire quanto si fosse avvicinata alla verità. «Ehi, be', sai, è per questo che mi pagano profumatamente.» Prese la cassetta degli attrezzi con i prodotti per le pulizie. Mac dovrebbe metterci sopra un logo. E anche sul manico dello scopino. Tornerebbe utile se gliene capitasse di dimenticarne uno in giro.

E stava vaneggiando nella sua testa, cercando di coprire la reazione tanto viscerale che aveva a Mrs. Beth Hamilton.

Avrebbe voluto acquistare l'intera produzione del suo profumo. O, meglio ancora, investire nell'azienda, perché quella fragranza—bastava una sola boccata—lo accendeva più in fretta di quanto gli fosse successo da un bel pezzo.

E se non stava nemmeno indossando profumo... be', allora il livello dei suoi guai si era appena impennato parecchio.

«Mamma, Bryan può pulire la mia camera dopo?» Maggie, grazie al cielo, spuntò con la sua testolina ricciuta dalla stanza accanto, togliendosi il pollice di bocca con un sonoro *pop*! Lui aveva notato ieri che se lo succhiava spesso. Quando stava pensando a qualcosa o lo stava considerando o guardava la TV o faceva un pisolino, il suo pollice non era mai lontano. Avrebbe pensato che, alla sua età, le fosse passato. Forse la maggior parte dei bambini il cui padre non era morto lo avrebbe fatto. Non poteva negare a Maggie quel piccolo conforto.

E Beth, per il conforto, cosa faceva?

Bryan strinse più forte la cassetta e si voltò, cercando qualcosa con cui occupare l'altra mano. E la mente. Perché non aveva bisogno di preoccuparsi del conforto di Beth. Doveva preoccuparsi dei suoi water. Sì, ecco. Water. Niente di sexy in un water. O nella polvere. O nei battiscopa. O nelle bocchette di ritorno. O nei piani cottura. Tutte cose garantite per richiedere la sua piena attenzione.

«Certo, Mags. Bryan può fare la tua camera dopo.» Beth alzò delle sopracciglia perfettamente arcuate che avrebbe scommesso non avevano mai visto un truccatore in vita loro.

Da quando si era messo a notare le *sopracciglia* di una donna?

«Certo, Maggie. Arrivo subito.» Niente affatto che sarebbe passato radente a Beth. Doveva essere lei ad andarsene per prima.

Per fortuna, lei lo capì e si spostò dal suo passaggio.

Bryan tirò un bel respiro, si assestò la cassetta, e cercò di cancellare dalla mente l'immagine del fondoschiena perfettamente disegnato di Beth mentre se ne andava lungo il corridoio.

Capitolo Sette

Bryan gemette quando la sveglia suonò la mattina seguente. Era solo il terzo dei venti giorni che avrebbe dovuto passare a casa di Beth e già gli sembrava troppo. Aveva pulito la stanza di Maggie dalla sommità del baldacchino da principessa che pendeva sul suo letto, alla morbida poltroncina rosa che aveva più peli di gatto che tessuto, fino alle decine di costumi che tracimavano dall'armadio. Lei gli aveva assicurato che la sua stanza il giorno prima era stata in ordine, ma la sera prima aveva avuto un «inconveniente col guardaroba» e aveva dovuto trovare qualcos'altro da mettersi per dormire.

Considerate le lenzuola nuove sul letto, Bryan ebbe un'idea di cosa intendesse, ma non lo diede a vedere. Poteva avere solo cinque anni, ma sapeva abbastanza da vergognarsi per la pipì a letto.

Era forse un residuo del trauma che doveva aver subìto quando aveva perso suo padre?

Poi i gemelli erano entrati proprio mentre lui aveva finito, litigando ancora su chi fosse il miglior spadaccino con la spada laser, e lui era stato tirato dentro come arbitro. Il pranzo era stato un evento, che gli aveva ricordato quando lui e i suoi fratelli erano bambini. Aveva riso per il cibo di nascosto al cane sotto il tavolo, per il gatto appollaiato sul divisorio della stanza che teneva d'occhio il cane e ogni briciola che cadeva sul pavimento, per il botta e risposta continuo tra i gemelli con la voce di Maggie che si inseriva di tanto in tanto, e per Beth che si puliva le briciole di pane dal naso—e ci spalmava sopra il burro d'arachidi al loro posto.

Si era alzato di scatto per aiutarla a pulire, ma lei lo aveva scacciato con un gesto, dicendogli di godersi il pranzo.

Il problema era quello: gli era piaciuto fin troppo. Aveva passato la notte precedente duro e dolorante e si era rimproverato per tutto il tempo. Beth era off-limits. Non poteva importargli di quanto fosse bella o di quanto fosse straordinaria nel prendersi cura di quei bambini e tenere la casa e lavorare come insegnante. Certo, erano vacanze estive e la casa era abbastanza sporca da aver spinto le sue amiche ad assumerlo, quindi non la stava gestendo come evidentemente era riuscita a fare prima della morte del marito, ma comunque. Beth teneva insieme i pezzi, e lui capiva quanto avesse amato quell'uomo.

Qualcosa gli si contrasse dentro. Come sarebbe stato avere qualcuno che tenesse così tanto a lui? Essere lì ogni mattina e ogni sera? Condividere le piccole cose della vita: fare il caffè, risolvere il cruciverba, guardare il cane inseguire i conigli in giardino di primo mattino?

Guardare il sole sorgere dal letto king size al piano di sopra nella sua camera...

Gemette di nuovo e non c'entrava nulla con l'alba. Certo, era abituato ad alzarsi per le chiamate all'alba, ma una volta finito un film, gli piaceva dormire fino a tardi.

Fece scendere i piedi dal letto proprio mentre il telefono squillò.

Si passò una mano tra i capelli. Non riconobbe il numero, ma era locale. Accidenti, sperava non fosse un reporter. «Manley.»

«Bryan?» Beth. Senza fiato.

Ogni cellula del suo corpo andò in massima allerta. «Beth? Che cosa è successo?» Gli ronzavano in testa ogni sorta di catastrofi. Uno dei gemelli aveva infilzato l'altro con una spada pericolosa improvvisata? Jason aveva preso la macchina? Maggie si era soffocata con qualcosa?

Già si stava infilando un paio di pantaloncini da corsa—al diavolo la stupida uniforme. Non aveva bisogno di passare la giornata al pronto soccorso con quell'arnese, e poi i pantaloncini erano più facili da infilare con una mano sola.

«È Sherman. Devo portarlo dal veterinario.»

Sherman. Il cane. L'adrenalina di Bryan precipitò quando la minaccia immediata per Beth e i bambini svanì. Ma poi registrò la preoccupazione nella sua voce. «Che cosa è successo?»

«Io...» La voce le si spezzò. «Si è impigliato nello stendibiancheria e non so... Non è... Non so per quanto tempo sia stato senza ossigeno.»

Oh Dio. I bambini sarebbero stati distrutti. «Gli ha fatto la respirazione bocca a bocca?» Anche mentre lo diceva, sapeva che suonava ridicolo.

Beth non rise. «Sì. E ha ricominciato a respirare. Si sta riprendendo, anche, ma, non lo so. Penso che dovrei portarlo lo stesso, per sicurezza. I segni della corda attorno al collo sono piuttosto brutti.»

«Arrivo subito.»

«Non deve sbrigarsi. Volevo solo dirLe che non sarò in casa e lascerò una chiave sotto lo zerbino. Lo so, è un cliché, ma è il posto più comodo e devo portare i bambini a casa dei loro amici così posso farlo. Volevo solo farLe sapere perché non ci saremmo stati.»

«Da quale veterinario va?»

«La dottoressa Bingham su Harvest.»

«La raggiungo lì.»

«Non è necess—»

«Lo voglio, Beth.» Perché se la prognosi del cane non fosse stata buona, lei avrebbe avuto bisogno di qualcuno accanto. Aveva visto quanto ci tenesse a quel cane. E sapeva quanto ci tenessero i bambini. Beth avrebbe sofferto per sé *e* per loro se fosse successo qualcosa al bastardino.

«Oh, ma Bryan, non è necessario.»

«Il tempo stringe, Beth. Vada in macchina e si metta in viaggio. La raggiungerò lì.»

Un'ora dopo, Beth fu molto felice che Bryan avesse insistito per venire.

Maggie, che era l'unica dei suoi figli a non avere amici in casa quella mattina e che quindi aveva dovuto venire, era a pezzi. Non parlava nemmeno, tanto furiosamente si succhiava il pollice, e camminava avanti e indietro proprio come faceva Mike—proprio come aveva fatto lei quando la polizia si era presentata quel giorno con la notizia dell'aereo di Mike.

E proprio come allora, Beth aveva provato a tirare sua figlia tra le braccia, ma Maggie non aveva accettato il conforto—anche questo come Mike. Lui gestiva le cose con i suoi tempi e i suoi spazi e Maggie era proprio come lui, fin persino ai riccioli neri.

A volte la genetica poteva essere una vera seccatura quando aveva l'immagine sputata dell'uomo che aveva perso che la fissava dall'altra parte del tavolo della cucina ogni mattina.

Eppure, le dita di Beth prudettero per raggiungere Maggie e stringerla nel cerchio delle sue braccia, e stava proprio per farlo quando Bryan tornò dalla reception, dove aveva chiesto aggiornamenti su Sherman, e sollevò Maggie tra le sue braccia. «Ehi, Mags. La veterinaria ha detto che Sherman starà bene.» Guardò Beth e annuì.

Lei esalò. Diceva la verità. Non addolciva la pillola per renderla più facile da ingoiare.

«Possiamo portarlo a casa? Voglio andarmene da questo posto.»

«Non oggi. Lo terranno in osservazione per la notte, giusto per sicurezza. Ma hanno detto che è sveglio e beve acqua, e domani possiamo andarlo a prendere.»

«Ma con chi dormirà stanotte?» Il pollice tornò in bocca.

Bryan glielo tirò via con delicatezza e le baciò il dorso della mano.

Lo stomaco di Beth diede un tonfo. Le donne di tutto il mondo *ucciderebbero* per farselo fare alle loro mani. E lei era una di loro.

Era una madre orribile, a essere gelosa di sua figlia. La figlia il cui mondo era stato capovolto dalla morte del padre e ora dal pericolo per il suo cane. Eppure Beth, lì, bramava ciò che era stato generosamente donato a sua figlia.

Maggie ridacchiò. «Fa il solletico. La tua barba punge.»

Bryan le posò il palmo sulla guancia. «Succede quando non ho tempo di radermi al mattino.»

Adesso lo stomaco di Beth svolazzò. Le mancava guardare Mike radersi. Le mancava avere un uomo nella sua vita per quelle cose che erano così, beh, si poteva dirlo? Da uomo.

Bryan Manley...

Oh Dio. Era messa male. Come metà delle donne d'America. E milioni in più in tutto il mondo.

Avrebbe riso, se la situazione fosse stata divertente, per il fatto di avere una star del cinema nell'ambulatorio veterinario per un cagnolino sciocco che amava inseguire la biancheria intima. Una storia così non la si *scrive* neppure.

«Allora, che ne dici se andiamo a fare colazione?» chiese Bryan a Maggie.

«Io avrei proprio voglia di pancake, e tu? Con un sacco di gelato e panna montata?»

Maggie ridacchiò di nuovo. «Quello è dessert, sciocco.»

«Ah sì?» Bryan la assestò meglio tra le braccia, i ricci che le rimbalzavano attorno alla testa. «Nel mio mondo quella è colazione. E io me la sono persa. Allora che mi dici?»

«Anche la mamma?»

Si voltarono entrambi verso di lei, con sorrisi stranamente simili. Non avrebbero dovuto esserlo, dato che non erano parenti, eppure... lo erano.

«Mamma?» chiese Bryan con la lingua ben piantata nella guancia. «Vuole unirsi a noi?»

Dovrebbe essere lei a fargli quella domanda.

Beth balzò in piedi. «Uh, sì, certo.» *Certo* per la colazione. Che lui si unisse a loro—?

No. Assolutamente no. Dimenticalo. Brutta idea.

Be', in realtà era una buona idea. Era solo inutile da prendere in considerazione perché lui era, dopotutto, *Bryan Manley, Star del Cinema.*

Il punto fu ribadito—con chiodi piantati nella bara dei *se*—nel momento stesso in cui entrarono nella tavola calda per quei pancake che lui desiderava così tanto.

Tutti fissarono. E salutarono con la mano. E lo chiamarono come se fosse un eroe di ritorno. Anche se, in effetti, lo era. La città lo considerava uno di loro. Era nato e cresciuto lì, con abbastanza visite di ritorno da renderlo legittimo. Adoravano il loro rubacuori di Hollywood.

Era evidente da tutti i sorrisi. Dalle occhiate sognanti delle adolescenti—e di alcune delle loro mamme. E da quelle gelose di altre donne. Beth non aveva mai sentito addosso il gelo dell'animosità come allora, come se si chiedessero chi fosse *lei,* un'estranea il cui marito era finito sotto sospetto, per meritarsi di mangiare con *il* Bryan Manley.

Smettila! Smettila di pensarla così! Mike è stato dichiarato innocente e tocca a loro riconoscerlo, non a te convincerli. Sii cordiale. Sorridi.

«Che ne pensa di questo tavolo, Beth?» Bryan le posò una mano sulla schiena.

Il sorriso le venne d'un tratto naturale. «Va bene.»

Risero per quella parola.

Smetté di ridere quando lui scivolò sul sedile di fronte e la sua gamba sfiorò la sua. La sua gamba nuda, virile, pelosa contro la sua altrettanto nuda, liscia, appena rasata. (Sì, si era rasata quella mattina quando si era alzata, e no, non c'entrava nulla il fatto che Bryan avrebbe passato la giornata a casa sua, e perché si stava giustificando con la propria coscienza?)

«Tutto bene?» Lui inclinò leggermente la testa, e la sua premura le percorse le terminazioni nervose fino al cuore.

Perché doveva essere così perfetto? Certo, nel suo lavoro aiutava, ma la perfezione fisica non sarebbe bastata? Doveva essere anche così incredibilmente gentile e premuroso e attento? Capace di conquistare piccole bambine ferite di cinque anni con un solo bacio sul dorso della mano?

A pensarci, funzionerebbe con flotte di donne alte e di mezza età.

«Uh, sì, sto be—Bene. Cioè,»

La sua risata ruppe la tensione e Beth finalmente si lasciò andare. Era pur sempre un uomo. Un altro essere umano. Tutta la scenografia di Hollywood non lo definiva. Era solo una vetrina.

Per quanto, che bella vetrina.

La cameriera—o meglio, era Claire, la proprietaria—venne a prendere l'ordine. «Ehi, Bry. Non ti vedevo da un sacco.» L'insinuazione colava da ogni parola come sciroppo d'acero.

«Claire. Come va? E Roddy?»

La mano sinistra di Claire scomparve nel grembiule. «Non lo so. Si è trasferito a nord con la sua nuova fidanzata.»

Bene allora. Single e desiderosa di farlo sapere a Bryan. Sì, una punta di gelosia ribollì sotto la pelle di Beth. Gelosia che non aveva alcun diritto di provare.

«Accidenti, mi dispiace.»

Claire scrollò le spalle. «A me no. Mi stava bevendo fuori casa. Succede quando non hai abbastanza grinta per andare a prenderti quello che vuoi dalla vita. Non che tu ne sappia qualcosa, da quel che vedo.» Lanciò un'occhiata a Beth. «Non sei la moglie di quel pilota?»

Beth non poté evitare di trasalire. Era ciò che era diventata: *la moglie di quel pilota*. Faceva male. Sminuiva il loro matrimonio e la reputazione di Mike e non le permetteva mai di dimenticare un minuto dello scandalo che aveva circondato la sua morte.

«Lei è Beth Hamilton,» disse Bryan, stringendo gli occhi mentre guardava Claire.

Beth scosse appena la testa. Non era il momento.

«Conosceva il mio papà?» Il pollice di Maggie saltò fuori e lei si sporse sui gomiti. «Il mio papà era un pilota.»

«Sì, tesoro, lo so.» Claire rivolse, grazie al cielo, un dolce sorriso a Maggie.

Parte dell'animosità di Beth si dissolse. Almeno la donna era gentile con sua figlia. Questo contribuiva molto a darle il beneficio del dubbio. Forse Claire non sapeva l'effetto che *la moglie di quel pilota* aveva su di lei. Forse non voleva dire niente di male.

«E questa piccola monella è Maggie.» Bryan le scompigliò i ricci. «E lei vuole una bella pila di pancake ricoperti di gelato alla vaniglia, panna montata, salsa al cioccolato, gocce di cioccolato e una ciliegina rossa in cima.»

Gli occhi di Maggie si spalancarono e lei scattò con la testa a guardarlo ammirata. «Li voglio?»

Bryan le pizzicò il naso. «Certo che li vuoi. E li dividerai con me.»

«Devo?»

Bryan batté la mano sul sedile accanto a sé e, proprio così, Maggie si sedette. Niente suppliche. Niente preghiere. Neppure una parola per dirle cosa fare, cosa che Beth non era riuscita a ottenere con la sua testarda (proprio come suo padre) figlia.

«Sì, devi. Altrimenti ti verrà mal di pancia e dovremo portarti dal dottore invece di riportare Sherman a casa dal suo.»

«Oh. Non lo voglio.» Maggie annuì solenne.

«Lo so. E poi, sarà divertente dividere con me. Possiamo fare le cucchia-relle duellanti.»

«Che cos'è?»

Le toccò il naso stavolta. «Vedrai.» Guardò Beth. «E Lei cosa prende, Beth?»

Lei, con una bella dose extra di cioccolato caldo da leccare via fino all'ultimo—

«Uh, per me solo un bicchiere d'arancia, grazie.»

«Come? Non mangia?» Bryan *tsk-tsk*. «Non va bene. La colazione è il pasto più importante della giornata.» Guardò Claire. «Per Beth anche un po' dei nostri pancake. Meglio portarne in più.»

«Oh, però Bry—»

«E due ciliegine per lei.» Sorrise a Claire quel sorriso abbagliante da un milione di watt, e lei sembrò stordita mentre si allontanava a portare il pasto a *il* Bryan Manley.

Quel sorriso aveva abbastanza watt da risuonare anche in Beth. «Dovrà mangiarne la maggior parte, lo sa. Il mio sistema non regge tutto quello zucchero.»

«Vero. Lei è già abbastanza dolce così com'è.»

Ok, dov'era finita la sua lingua? Doveva essersela inghiottita. O si era seccata al suo commento.

Lui la trovava *dolce*? In che senso? Dolce tipo «Quella tipa è così dannatamente dolce!» tale da mandarle gli ormoni in tilt e l'ingranaggio dei *se* a mille? O un «Awww, ma che dolce!» in senso smielato, che sarebbe stato un disastro, ma almeno l'avrebbe fatta scendere da quell'altalena del mi-lascerò-o-non-mi-lascerò-attrarre-da-lui.

«La mamma non è dolce, è un fico d'India. Così diceva il papà.»

Maggie ridacchiò mentre a Beth si spalancava la bocca per lo stupore che sua figlia lo ricordasse. Aveva tre anni quando Mike era morto; come poteva ricordarlo?

Mike lo diceva con affetto—erano andati in Messico in viaggio di nozze e avevano assaggiato il frutto. Diceva che lei era proprio come quello: un esterno duro con un cuore dolce dentro. Era diventato il suo nomignolo affettuoso per lei da allora.

Il cuore le si attorcigliò al ricordo. Difficile credere che lui non ci fosse più. Ma almeno Maggie aveva bei ricordi di lui; Beth temeva che non ne avrebbe avuti affatto.

«Un fico d'India, eh?» Bryan tamburellò le dita sul tavolo. «Io la vedo più come una carambola. Dolce e tirata in cinque direzioni.»

Beth rise. «Quel tirare lo sento eccome. Sempre di più man mano che crescono.»

«Non so come faccia. Cinque figli mi stenderebbero.»

Lei alzò le spalle. «Si fa quello che si deve. E sono ragazzi fantastici. Davvero.»

«Non Jason. È lunatico.» Maggie arricciò il naso. «E la sua stanza puzza di calzini.»

«Le stanze di tutti i ragazzi adolescenti puzzano di calzini, Mags.» Bryan le passò un braccio attorno e si chinò verso di lei. «È ciò che fa crescere i ragazzi così alti. Vogliono allontanarsi dai loro piedi.»

Maggie ridacchiò di nuovo e Beth avrebbe voluto baciare Bryan per averla fatta ridere. Be', avrebbe voluto baciare Bryan per altri motivi, ma anche per questo.

Aspetta. Voleva *cosa*?

Ci stava ancora rimuginando quando Claire tornò con il loro cibo.

«Per tutti i santi!» Maggie si mise in piedi sul sedile di vinile. «Quella è una montagna di pancake.»

Lo era davvero. Dovevano essere una dozzina di pancake al latticello e un litro di gelato, e un intero barattolo di panna montata.

«Be', dobbiamo stare al passo con quella gente di Hollywood, no?» disse Claire, con lo sguardo ben piantato su Bryan.

Le spalle, pensò Beth. O forse il petto. Meno male che era seduto con un tavolo sulle ginocchia, perché Beth era certa che Claire si sarebbe fissata anche *lì*.

Arrossì quando Bryan alzò un sopracciglio verso di lei. Oh Dio. Non aveva bisogno che lui sapesse a cosa stesse pensando. O che fosse gelosa del modo in cui Claire lo guardava. Non aveva motivo—nessun *diritto*—di essere gelosa. Bryan era single. Libero. E lei... be', era libera a livello di compagno-per-la-vita, ma cinque figli erano un'ancora su cui nessun uomo con cui era uscita aveva voluto pesare.

Il che, in realtà, le andava bene. Aveva cose più importanti con cui riempire il suo tempo che cercare un padre sostituto per i suoi figli—ossia, fare la mamma ai suoi figli. Quello, più tutto il resto che doveva fare da sola nella vita, era dove doveva mettere il suo focus.

Altre persone passarono al loro tavolo una volta che Claire ebbe rotto il ghiaccio, alcune chiedendo autografi, altre foto. Bryan parlò con grazia a ciascuno. Fece sentire tutti come se avessero la sua totale attenzione, riuscendo però a non escludere Beth e Maggie. Le presentò alle persone che aveva conosciuto crescendo—ottenne persino uno o due inviti per Beth a unirsi a lui a una festa o a un incontro a cui lo invitavano. Lei, ovviamente, non ci sarebbe andata. Bryan era lì per pulirle la casa, non per *giocare* alla famiglia.

Quell'idea, però, non se ne andò, per quanto lei desiderasse il contrario.

Capitolo Otto

«Mamma, Bryan viene a giocare oggi?» Maggie saltò sul fondo del letto di Beth la mattina seguente, con la T-shirt al rovescio e le sneakers ai piedi sbagliati, ma con un sorriso così luminoso e solare che Beth non ebbe il cuore di farglielo notare.

Non ebbe nemmeno il cuore di dirle che Bryan non era lì per essere il loro amico. Anche se forse avrebbe dovuto; Maggie si stava affezionando un po' troppo al loro aiuto temporaneo.

Beth fece una smorfia. Bryan era tutto *tranne* «the help». L'altro ieri era stato l'idraulico e il meccanico. Ieri era stato il tuttofare quando erano tornati a casa dal diner. Tutte le piccole cose a cui Mike aveva programmato di mettere mano e non lo aveva mai fatto erano diventate lampantemente ovvie a Beth nei due anni in cui era stato via. Le ante storte dei pensili della lavanderia, i bordi del tappeto sfilacciati da quando Sherman era stato un cucciolo che avevano cominciato ad allargarsi per il continuo pestìo di cinque paia di sneakers che strusciavano. Poi c'era il corrimano allentato delle scale che portavano in cantina.

Bryan cominciò proprio da quest'ultimo. Disse che era una questione di sicurezza, e lo era. Lei aveva avuto intenzione di occuparsene, ma quando tornava dal lavoro, preparava la cena, supervisionava compiti e bagnetti, poi metteva da parte vestiti e pranzo per il giorno dopo, l'ultima cosa che avrebbe voluto fare era la manutenzione di casa. Di solito lo rimandava al weekend, ma Jason si era iscritto alla squadra di football quell'anno e Kelsey era entrata nelle cheerleader, e i fine settimana d'autunno si erano trasformati in grandi feste prepartita—senza alcol. Era stato divertente, e lei aveva adorato fare il tifo per i figli, ma quanto tempo portava via era incredibile. Fare il genitore single *non* era di certo per i deboli di cuore.

«Ho già apparecchiato un tè in camera mia. Pensi che a lui piaccia il girl-may o il darling?» Maggie arricciò la faccina e si picchiettò le labbra come se la scelta fra Earl Grey e Darjeeling dovesse decidere il destino del mondo libero.

«Dovrai chiederglielo tu, Mags, ma non sono così sicura che a Bryan piaccia il tè. Ieri a colazione non ne ha preso.»

Però *aveva* mangiato la maggior parte dei pancake di Maggie—una cosa positiva, perché a Beth non allettava l'idea di un mal di pancia da cinque anni. Ma se avesse detto qualcosa a Maggie sul mangiare troppo, sarebbe stata lei la cattiva. Era stufa di essere la cattiva, quindi era stato fantastico che Bryan avesse capito come risolvere entrambi i problemi mangiandosene il grosso. E Dio sapeva che lui poteva nascondere quelle mille o giù di lì calorie molto meglio di quanto potesse fare lei.

Però non se voleva quegli addominali a tavoletta che aveva avuto nel suo ultimo film.

Beth scacciò i pensieri del suo ultimo film, altrimenti avrebbe dovuto ammettere di averlo guardato la notte prima sull'iPad, grazie al suo abbonamento online, e di essere quasi arrivata al primo orgasmo non autoindotto in due anni.

Scese dal letto e si diede da fare a rifarlo per raffreddare l'ondata di calore che le avvampò il corpo mentre le immagini dei sogni continuavano a far capolino nella sua testa. Proprio come qualcos'altro aveva continuato a far capolino su Bry—

«Mark e Tommy sono già svegli?» chiese a Maggie, infilando in fretta la vestaglia sopra la T-shirt per coprire i capezzoli induriti. Era inutile chiedere se Jason e Kelsey fossero alzati; gli adolescenti d'estate non si alzano prima delle due del pomeriggio, a meno che non lavorino. E anche allora farli partire era una fatica. Beth odiava ammetterlo, e si sentiva una cattiva madre ad approfittarne, ma era molto più facile lasciare che quei due dormissero la maggior parte del giorno mentre lei si occupava degli impegni dei tre più piccoli. Era riuscita a organizzare i passaggi in macchina per la maggior parte del tempo così da avere solo un giorno di corse per tutti. Quel giorno non si faceva altro, ma andava bene così. Le piaceva il tempo che passava con i figli e i loro amici. La vita scorre troppo in fretta per perdersi quei momenti preziosi.

In più, Kelsey aveva avuto delle amiche a dormire la notte prima. Beth aveva lasciato correre la scusa risibile—Kelsey voleva sfoggiare Bryan a un nuovo gruppo di amiche, e sebbene Beth non fosse favorevole, sua figlia meritava i pigiama party. Gli sguardi languidi a Bryan sarebbero avvenuti comunque; tanto valeva togliersi il dente.

«Tommy ha portato fuori Sherman.» Maggie saltò giù dal letto, trascinandosi dietro il piumone. Era fatta così, Maggie, un disastro dietro l'altro. E totalmente ignara di tutto ciò, il che spiegava come potesse vivere nel cumulo che chiamava camera.

Beth non raggiungeva mai lo stesso livello di accettazione di sua figlia.

Sospirò e ributtò il piumone sul letto. Maggie non aveva tutti i torti—che senso aveva rifare il letto se poi ci si sarebbe rientrati la sera?

E magari qualcun altro ci sarebbe entrato, anche...

Beth raccolse un cuscino da terra e lo lanciò sulla sedia accanto al letto. Benissimo. Già era abbastanza brutto che avesse sogni erotici su quel tipo, ora il suo subconscio lo stava invitando nella stanza?

«Mamma!» urlò Mark dal piano di sotto con quel tono che poteva mettere l'istinto materno di Beth in allerta rossa in un secondo.

«Arrivo!» Le diede una pacca sulla coscia. «Andiamo, tesoro. Tommy è nei guai.»

«Come lo sai, mamma? Dal tuo terzo occhio?»

Beth si morse il labbro. I bambini avevano creduto a quella storia finché avevano creduto a Babbo Natale. Le sarebbe mancato il giorno in cui Maggie sarebbe cresciuta. «Sì, tesoro. Quindi sbrighiamoci.»

Si infilò le sneakers. La visita dal veterinario aveva lasciato a Sherman un problema di digestione iperattiva—probabilmente stava ancora riprendendosi dallo shock—e lei non aveva alcuna intenzione di uscire in giardino scalza.

Fece una doppia occhiata passando davanti alla camera di Maggie.

«Maggie?» Si appoggiò allo stipite e infilò la testa un po' di più nella stanza.

«Sì, mamma?» Maggie sporse la testa da sotto la sua, dallo stipite.

«La tua stanza.»

«Sì, mamma. È la mia.»

«È in ordine.»

«È perché l'hai dipinta tu, ricordi?»

«No, voglio dire, è tutta sistemata.»

«È perché l'ha fatto Bryan.»

«Sì, ma quello è successo ieri.» *L'ordine* non attecchiva su Maggie. Scivolava via e si accartocciava in un angolo entro dieci minuti dalla sua comparsa.

«Sì,» disse Maggie con tanta naturalezza che Beth dovette ricordarsi che stava parlando con *Maggie*. Maggie Uragano. Maggie Disordinata, come la chiamava Jason lontano dalle orecchie della mamma—o almeno così credeva lui. Maggie non conosceva il significato della parola *in ordine* a meno che non volesse dire *forte*.

«C'è qualcosa che non va, mamma?»

La sua solita faccina si alzò verso la sua con un sorriso così grande che Beth frenò la reazione di pancia—ossia chiederle se si sentisse bene.

«È molto carina.»

«Grazie, mamma. Bryan ha detto che le bambine che si prendono cura della loro stanza diventano donne di grande successo. Dovevi avere una stanza davvero pulita quando eri piccola, vero, mamma?»

Aggiungine un altro alla lista dei motivi per cui Beth voleva baciare Bryan Manley.

Se ne aggiunse un altro quando arrivò in giardino e vide Bryan che toglieva l'asse della staccionata di legno che stava incastrando Sherman, con Tommy da un lato e Mark dall'altro, entrambi pronti ad afferrare il cane iperattivo appena fosse stato libero.

«Questa estremità del martello serve per togliere i chiodi. Vedi questa V qui?» Bryan fece scorrere l'estremità ricurva del martello lungo il legno e fece leva su un chiodo. «Fate attenzione una volta tolto. I chiodi arrugginiti significano un giro al pronto soccorso.»

«Già, ti devono fare una puntura grossa. Nick Miller ha dovuto farla quando ne ha pestato uno nel parco giochi.»

Beth fece una smorfia, ricordando quando era successo. Il sangue aveva spaventato i bambini, e poi uno aveva condiviso il mito dell'ago gigante, il che aveva messo in allarme Nick e il resto dei bambini. Sarebbe stata una festa di compleanno che Nick non avrebbe mai dimenticato, ma purtroppo non per belle ragioni. Era in parte il motivo per cui i suoi tre più piccoli erano così terrorizzati dagli aghi.

«Come ogni altra cosa, ragazzi, si impara a farla come si deve e si riduce il rischio di farsi male.» Bryan tirò fuori l'altro chiodo. «Adesso tenete entrambi Sherman, perché vorrà correre quando solleverò questa tavola.»

«Ho il suo collare,» disse Mark dall'altro lato.

«Io ho la coda,» disse Tommy cercando di afferrare il mozzicone che costituiva l'appendice scodinzolante di Sherman.

«Non puoi tenerlo per la coda,» disse Mark sprezzante. Incredibile come i due minuti che separavano la loro nascita dessero a Mark la mentalità da fratello maggiore.

«Invece sì.»

«Invece no.»

«Sì—»

«Ragazzi, tenetelo e basta. Vorrà scappare. Pronti?»

«Sì,» dissero in coro, un suono così dolce per le orecchie di Beth. Non lo era stato tanto quando piangevano in coro da neonati, ma questo... Decisamente sì.

«Uno.» Bryan staccò la tavola da quella accanto con l'estremità ricurva del martello. «Due.» Le fece scivolare sotto le dita e posò il martello, poi afferrò l'altro lato. «Tre.» Tirò indietro la tavola quel tanto che bastò a permettere a Sherman di sgusciare fuori, dritto addosso a Mark che, per fortuna, non mollò il collare.

«Te l'avevo detto che riuscivo a prenderlo!»

«Ho aiutato anch'io!» Tommy era già scattato verso il cancelletto per arrivare dall'altra parte della staccionata.

«Giusto, Tom. Hai aiutato. Ora tenetelo, ragazzi.» Bryan rimise a posto la tavola, afferrò due chiodi nuovi e li piantò.

«Bryan! Ce l'hai fatta!» Maggie attraversò di corsa il giardino e gli gettò le braccia al collo saltandogli sulla schiena. «Hai salvato Sherman! Di nuovo!»

Di nuovo? *Di nuovo?* Beth dovette ammettere una puntura di dispiacere. *Era stata lei* a trovare Sherman e a liberarlo dallo stendibiancheria. *Era stata lei* a soffiargli nel muso e a portarlo in braccio fino alla macchina. *Era stata lei* a essere terrorizzata all'idea di dover dire ai figli che un'altra persona che amavano era morta. Eppure gli abbracci andavano a Bryan?

«È stata la tua mamma a salvare Sherman l'altro giorno, Maggie. Non io.»

Be', adesso *si* meritava un abbraccio per essere stato così dannatamente cavalleresco.

Beth li raggiunse proprio mentre lui staccava le braccia di sua figlia dal collo e si raddrizzava.

Le falcò il passo. Si era dimenticata di quanto fosse alto. Di come riempisse quella maglietta.

È perché nel tuo sogno stanotte non indossava una maglietta, tesoro.

Di quanto fosse osservatore... Il sopracciglio sinistro si inarcò mentre lei arrossiva per l'ennesima volta.

«Grazie.» Cercò di tenere fuori dalla voce la raucedine.

«Di niente. Il cane era riuscito a incastrarsi lì dentro per benino.»

«Non per Sherman. Cioè, sì, anche per quello ma anche per...» Abbassò lo sguardo su Maggie e le prese il mento nel palmo. «Perché non vai ad aiutare i tuoi fratelli a riportare Sherman a casa, dove deve stare?»

«Okay, mamma.»

Beth si morsicò il labbro inferiore per un secondo mentre guardava Maggie allontanarsi saltellando, poi alzò gli occhi su Bryan. «Intendevo per quello che hai appena detto a Maggie. Che sono stata io a salvare Sherman. So che non dovrebbe essere una gran cosa, ma—»

«Ehi, non devi spiegare. Né ringraziarmi.» Le toccò il braccio in modo complice—Finché una scarica elettrica non le risalì lungo il braccio. A lui, pure, a giudicare dalla reazione, perché ritrasse la mano così in fretta che fu imbarazzante.

«Io—»

«Io—»

«Cosa stavi—»

«Prima tu.»

L'imbarazzo regnò sovrano.

Ovviamente fu Bryan a romperlo. «Scusa. Non avrei dovuto—»

«No. Va bene. È solo che... non sono abituata a—»

«Giusto. Non ci avevo pensato.»

Menzogna spudorata. Non reagiva così quando chiunque altro la toccava.

Diamine, non aveva reagito così nemmeno ai pochi baci ricevuti in quegli appuntamenti finiti male, e quelli erano stati parecchio più sessuali di un semplice sfiorarsi delle dita. «No, non è quello. È solo che...» Cielo, cosa avrebbe dovuto dire per non metterli entrambi in imbarazzo?

«Beth, io—»

E ci risiamo con la faccenda del toccare. D'accordo, stavolta era la spalla, ma comunque... stessa reazione. Solo che questa volta nessuno dei due si tirò indietro.

Ma lei avrebbe dovuto. Non avrebbe dovuto contemplare ciò che stava contemplando.

Ma sembrava che anche lui lo stesse contemplando.

Era una follia. Una pazzia. Da sciocchi. Non poteva portare da nessuna parte. E si trovavano in giardino, dove chiunque poteva vederli.

Inclusi Jason e Kelsey se si affacciavano alla finestra.

«Sherman!» strillò Maggie dall'altro lato della staccionata.

Maggie. Oh Dio. E Tommy. E Mark. Non potevano vederla così vicina a Bryan.

«Sherman, no!» Questo da Mark, accompagnato da un altro strillo di Maggie e da una parola uscita dalla bocca di Tommy che Beth non si era resa conto nemmeno sapesse.

«Devo vedere che succede.» Sì, era una scusa, ma valida. Incredibile che fosse *Sherman* il suo salvatore.

«Vengo con te.»

Bryan le afferrò la mano e corsero attorno al cancelletto, mentre Beth cercava disperatamente di non badare al fuoco che le divampava lungo le terminazioni nervose dal palmo su per il braccio, e che le bruciava tutto il corpo al pensiero di ciò che avrebbe potuto essere.

Poi vide Sherman. Niente come un bel cane che si rotola nel compost per raffreddare terminazioni nervose arroventate.

«Oh, Sherman, no!» dissero all'unisono tutti e quattro gli Hamilton.

«Oh, Sherman, sì,» ringhiò Bryan mentre dirigeva i bambini a formare un cerchio intorno al cane. «Forza, ragazzi, pronti ad acchiapparlo quando scatta.»

Bryan oscillò il peso avanti e indietro, pronto a balzare, e oh, cosa faceva al suo sedere. E Beth non distolse lo sguardo.

Poi lui si lanciò e la perfezione fisica che era Bryan non fu nulla in confronto al fatto che venisse ancora una volta in suo soccorso—anche quando scivolò, piombando di testa sulla pila.

E fu quello, e il fatto che fosse riuscito a tenere stretto il suo animaletto guizzante, a far salire il suo status da cavaliere in scintillante buccia di banana di un bel po' di tacche.

Capitolo Nove

Bryan usò l'asciugamano rosa e peloso che Maggie aveva insistito per prestargli prima che entrasse sotto la doccia, e si sforzò di non guardarsi attorno nel bagno di Beth quando finì. Di immaginarla lì dentro, a farsi la doccia. Bagnata. Ricoperta di schiuma.

O anche no.

Okay, su quel fronte non se la cavò granché.

Si strofinò la testa con l'asciugamano. Ah, quello profumava di lei. Non profumo, solo una boccetta economica di shampoo, ma unito al suo odore naturale... Bam! Lo colpì dritto allo stomaco.

Come quasi lo aveva fatto quel quasi-bacio di prima.

Avrebbe dovuto farlo—beh, no, non avrebbe dovuto. C'era troppa zavorra. Compresa la sua. Ma, diavolo, quanto lo aveva voluto. Soprattutto quando era stato a un passo dal poterla assaggiare. Dal stringerla tra le braccia e scoprire tutta la dolcezza che sapeva esserci dentro Beth. Dal sentirla contro di sé, come il suo corpo si sarebbe adattato ai contorni del suo, come si sarebbe incastrata tra le sue braccia. Ci sarebbero stati fuochi d'artificio. Lo sapeva. Non sapeva come lo sapesse; lo sapeva e basta. Non aveva sentito fuochi d'artificio da, beh, anni. Anche con tutte le donne bellissime con cui era uscito, sapeva che Beth le avrebbe oscurate tutte, se solo avesse avuto la possibilità di prenderla tra le braccia e baciarla.

Ma non lo fece e gli convenne farsene una ragione e andare avanti, invece di stare lì a struggersi per qualcosa che avrebbe solo complicato le cose. Si avvolse l'asciugamano sui fianchi e cercò qualcosa da mettersi. Purtroppo dubitava che la sua uniforme fosse già uscita dalla lavanderia, ma non poteva di certo andarsene in giro per casa sua in asciugamano. Non era stupido; si impegnava per mantenere il corpo in quella forma e sapeva che aspetto avesse. Conosceva l'effetto che faceva sulle donne e, se gliene importava in presenza di Beth, con Kelsey... decisamente meno.

La vestaglia di Beth pendeva dietro la porta. Naturalmente era rosa.

Fece spallucce. I veri uomini potevano indossare il rosa, e diamine, era già con quell'asciugamano peloso con la faccina di un gatto sul bordo; una vestaglia rosa era quasi un dettaglio.

Peccato fosse troppo piccola.

Bryan sfilò via una manica. L'aveva tirata su fino al bicipite. Beth poteva anche essere l'altezza perfetta per lui, ma non era costruita come lui. E grazie al cielo per questo.

Scrollò le spalle e aprì la porta del bagno. *Non guardare il suo letto.*

Eh, già. Non funzionò.

Il letto aveva le coperte tirate su ma non rimboccate. I cuscini erano sulla sedia accanto. Si era alzata in fretta per salvare Sherman. Indossava quei pantaloncini corti con cui si era presentata fuori, per andare a letto? O dormiva nuda? Non portava il reggiseno—questo lo sapeva per certo, e la cosa lo aveva torturato per tutta la doccia.

Si riassestò l'asciugamano. Sì, era inutile. Un asciugamano non avrebbe nascosto la sua erezione crescente.

Il che significò che, *ovviamente*, proprio in quel momento la porta della camera si aprì e Beth comparve con dei vestiti in mano.

Che le scivolarono a terra.

Bryan si chinò per raccoglierli, rischiando quasi di sbatterle addosso.

«Io, eh...» Beth fece quella mossa adorabile di portarsi i capelli dietro l'orecchio e quel gesto davvero sexy di leccarsi le labbra, di cui non aveva la minima idea dell'effetto che gli faceva. *Lui* non sapeva che gli avrebbe fatto quell'effetto—come un'onda di lava che gli rovesciava sulla testa e schizzava dritta all'inguine. Santo cielo, la voleva.

Motivo sufficiente per fare un passo indietro. Cosa che fece.

Ovviamente l'asciugamano gli cadde quando lo fece.

Bryan si affannò per acchiapparlo da qualche parte all'altezza delle ginocchia, arrossendo per la prima volta in vita sua per la propria nudità.

«Oh. Merda. Scusa.» Dannato asciugamano: si era ristretto di due taglie in due secondi, e si era anche attorcigliato su se stesso, così che, se quella cosa miseramente stretta lo avesse davvero coperto, avrebbe dovuto consegnare la tessera da maschio.

Il rossore di Beth intonava alla perfezione con la vestaglia.

«Oh, cavolo. Tieni.» Gli porse un capo di quelli. Bryan glielo strappò di mano e se lo schiacciò sull'inguine. Ottimo. Niente di meglio che starle davanti tenendosi le parti, con il sedere all'aria verso la finestra dietro di lui.

Pregò che non ci fossero giornalisti là fuori. Quella foto sarebbe diventata virale in un istante.

Beth si raddrizzò e cercò di distogliere lo sguardo—ma lui colse la rapida occhiata alle sue parti basse.

Il che fece sì che le parti basse si interessassero parecchio.

Perfetto. Niente di meglio che reggere il proprio arnese *eretto* davanti alla donna che l'aveva ridotto così.

Grazie al cielo, si voltò. «Quelli sono, eh, erano di Mike. Non era, um, alto come te, ma dovrebbero andarti. Finché la tua uniforme non sarà asciutta.»

«Grazie.»

«Ti lascio... vestiti.»

Non voleva che se ne andasse.

Per fortuna, un briciolo di buon senso gli impedì di sputarlo fuori, e aspettò che lei chiudesse la porta dietro di sé prima di muoversi.

Non era sicuro di come si sentisse all'idea di indossare i vestiti di suo marito.

Del marito morto.

Già. Quella distinzione era importante. Non ci provava con le donne sposate. Le vedove, invece...

No, nemmeno con le vedove ci provava. Diamine, non ci provava con nessuna. Non ne aveva bisogno. Erano loro a provarci con lui. Ma non aveva mai accettato l'invito di una donna sposata e, finora, nessuna delle sue amanti era stata vedova.

Beth potrebbe essere la prima.

Si infilò i pantaloncini di scatto. Forse indossare i vestiti del marito morto *era* una buona idea; lo avrebbe tenuto dal fare la figura dell'idiota con lei. Sul serio, non avrebbe iniziato niente con Beth. Aveva troppe cose in ballo nella sua vita per reggere una storia senza impegno, e una storia senza impegno era tutto ciò che Bryan era in grado di fare in questo momento della sua vita. Soprattutto con una mamma di periferia.

Un leggero tocco risuonò alla porta. «Bryan?»

Si tirò la T-shirt sopra la testa. «Un attimo, Maggie. Arrivo subito.»

Raccolse l'asciugamano e lo appese in bagno a asciugare, poi aprì la porta e trovò Maggie lì, con un'espressione piena di speranza sul viso.

Proprio come quella di Kelsey e delle tre amiche dietro di lei. Quanti gruppi di amiche aveva, questa ragazzina?

«Ciao, Bryan.» Kelsey gli rivolse quel sorrisetto civettuolo a testa inclinata che avrebbe devastato i dodicenni. Beth avrebbe avuto il suo da fare tra qualche anno.

A quella bambina serve un papà.

Bryan tirò su un respiro. Doveva andare a pulire un water o qualcosa del genere. Togliersi dalla testa quell'idea da imbecille.

«Ci chiedevamo se, sai, faresti qualche foto con noi?» chiese Kelsey.

«Sì, farebbe rosicare tutti,» disse una delle ragazze.

«E anche mia madre. Ti trova un gran figo.»

Bryan si impegnò a incollarsi in faccia un sorriso. Quella conversazione era inappropriata su così tanti livelli.

«Certo, ragazze, ma scendiamo di sotto, okay?» La camera da letto *non* era il posto per un servizio fotografico. Il suo agente avrebbe avuto un infarto.

Le ragazze ridacchiarono e si spostarono verso le scale in massa, in quell'andatura strana che avevano le adolescenti. Maggie alzò gli occhi al cielo e scosse la testa mentre gli prendeva la mano. «Raquel è strana. Parla solo di ragazzi.» Il sospiro di Maggie diceva tutto su cosa ne pensasse. «I ragazzi sono fastidiosi.»

Le labbra di Bryan si contrassero. Ah, la schietta onestà di un bambino.

«Be', tranne te,» disse Maggie, fermandosi in cima alle scale. Gli diede una pacca sulla mano con l'altra. «Tu non sei fastidioso. Sei gentile.»

Gli si sciolse il cuore all'istante. Si stupì che non stesse scivolando giù per le scale, tanto lo avevano toccato quelle parole. Perché lei le intendeva davvero. I bambini della sua età erano brutalmente sinceri—e quella verità poteva ferire o scaldare il cuore.

La tirò su tra le braccia e appoggiò la fronte alla sua per qualche secondo. «Grazie, Maggie. Anche tu sei davvero speciale.»

Lei gli diede due pacche sulle guance e gli stampò un bacio sulla punta del naso. «Ora siamo amici speciali. È quello che il mio papà faceva con me prima di morire.»

Il cuore di Bryan si sciolse del tutto e riuscì solo ad annuire. Diamine, dovette persino battere un paio di volte le palpebre per non farsi vedere con gli occhi lucidi.

La portò giù per le scale, rendendo i passi un po' più rimbalzanti così che le sue strilla di gioia cancellassero l'emozione pesante che lei gli aveva infilato dentro. A entrambi avrebbe fatto bene la sua risata.

Kelsey aspettava non proprio paziente in salotto, cercando di fare l'adulta e la disinvolta davanti alle amiche. Come ricordava quei giorni. Crescere con un solo genitore era dura, e con il modo in cui suo padre era morto...

Si era documentato dopo la prima sera. Aveva letto tutta la copertura stampa. Aveva visto i sospetti che avevano gravato su Mike Hamilton nei giorni successivi alla sua morte. Non doveva essere stato facile per Beth, cercare di affrontare la sua morte *e* occuparsi dei figli *e* gestire la stampa. La stampa poteva essere spietata, soprattutto se sentiva odore di storia. E lo avevano sentito. Si era ritrovato ad arrabbiarsi mentre leggeva le speculazioni che, alla fine, si erano rivelate inutili. Mike era stato scagionato da qualsiasi illecito e il suo record era rimasto immacolato—come doveva essere.

Bryan issò Maggie sul divano e andò a posizionarsi accanto a Kelsey. Le spalle di lei si raddrizzarono. La testa si alzò un po' di più.

Poi le mise un braccio attorno. Il suo coefficiente di *figaggine* crebbe esponenzialmente; lo vedeva dagli sguardi ammirati delle amiche. Bene. Se poteva fare questo per lei, valiva la pena indossare un grembiule.

«Okay, ragazze, ho qualche minuto per farlo. Chi scatta le foto?»

«Oh, eh, giusto.» Il viso di Kelsey si rabbuiò.

«Io posso!» Maggie alzò la mano, il suo visino così pieno di speranza che Bryan era già a metà di una smorfia, perché sapeva cosa sarebbe arrivato quando Kelsey scosse la testa.

«Neanche per sogno, Mags. Vado a chiamare la mamma.»

La sua smorfia si tramutò in un sorriso che non riuscì a trattenere.

Cercò di smorzarlo quando Beth comparve, asciugandosi le mani su un canovaccio, talmente da casalinga perfettina che avrebbe dovuto farlo scappare nella direzione opposta, ma non lo fece.

Si bloccò quando lo vide, e lo sguardo che gli rivolse fu tutt'altro che da casalinga perfettina.

Dovette parlarsi per non cedere alla reazione naturale del suo corpo. *Ragazze adolescenti* divenne il suo mantra. Niente meglio per ammazzare l'effetto che Beth aveva su di lui.

L'appuntamento fotografico passò da «qualche minuto» a una buona mezz'ora, man mano che le ragazze si scaldavano e smettevano di essere abbagliate dalla star.

Poi arrivarono le loro mamme.

Beth rispose alla porta mentre lui stava finendo l'ultima foto e tornò in salotto con un'espressione di scusa sul viso. «Eh, Bryan? Le mamme si chiedevano se potevano, beh...»

«Certo. Nessun problema. Ma perché non andiamo fuori, signore?» A lui piaceva incontrare i fan e sapeva bene quanto chiunque che il suo aspetto fosse il richiamo. Non si faceva illusioni su questo, e lavorava sul proprio aspetto proprio per quel motivo. Lo aveva fatto notare, ma doveva lavorare sul mestiere per continuare a ottenere ingaggi. Non voleva finire come uno scherzo da belloccio quando tutto fosse stato detto e fatto. Ecco perché stava cercando di uscire dai ruoli da action hero. Nessuno vinceva un Oscar per quelli. Erano le interpretazioni solide di personaggi emotivamente complessi a portare i premi come Miglior Attore, e quello era qualcosa su cui Bryan aveva messo gli occhi fin dal suo primo ruolo SAG.

Posò sul patio per abbastanza foto da riempire una rivista per un intero anno, rispose a una valanga di domande e deviò un paio di inviti non proprio discreti con la sua solita, affabile e non impegnativa ironia, consapevole per tutto il tempo che Beth aleggiava sullo sfondo, lanciando un'occhiata nella sua direzione di tanto in tanto.

Non si era dimenticata del quasi-bacio. Bene. Be', forse era bene. Lui *aveva* quasi oltrepassato i confini e quello non sarebbe stato affatto bene. Per nessuno dei due.

Non scherzare, Sherlock. Ti sembra il tipo che va in giro a baciare sconosciuti?

La gelosia gli ribollì nello stomaco, il che lo sorprese perché non era mai stato il tipo geloso. Chiamatelo pure arrogante, ma se una donna voleva qualcun altro, non l'avrebbe pregata. La realtà era che le aveva in fila.

Ma con Beth... Non lo capiva. Era tutto ciò di cui *non* aveva bisogno in quel momento della sua vita, proprio mentre la sua carriera era pronta a salire di livello. Il suo agente contava su un nuovo ruolo da protagonista romantico per dargli credibilità a tutto tondo. Essere in grado di interpretare ruoli emotivi oltre a quelli d'azione. Sarebbe stato visto come un tuttofare e avrebbe sfondato.

L'ultima cosa di cui aveva bisogno era struggersi per una mamma di cinque figli nell'America della classe media. Quello era il suo momento per brillare. Per lasciare il segno. Non per restare legato con radici così profonde da non essere mai più libero.

Legato? Legato? Ma che diavolo stai dicendo, Manley?

Non lo sapeva e non voleva saperlo. Bryan si stampò addosso un grande, affascinante sorriso da star del cinema e guardò l'ultima mamma del gruppo. La fece volteggiare tra le braccia in una posa romantica classica, sapendo che avrebbe invaso Twitter nel giro di minuti e avviato le speculazioni sul suo prossimo film. Era tutta una questione di pubblicità. E sempre lo sarebbe stata.

A Beth non sfuggì una fitta di gelosia quando Lori gli avvolse le braccia al collo e restò appesa. Beth voleva essere lei al suo posto. Il che era sciocco. Ridicolo. Aveva addirittura un appuntamento quella sera e Bryan stava solo posando per una foto, non stava sollevando Lori da terra per correre verso il tramonto e un lieto fine. Bryan non era fatto per questo mondo. Questa vita. Era destinato a cose più grandi e migliori. I lustrini e il glamour di Hollywood. Settimane nel sud della Francia ai festival del cinema. Premi e red carpet e interviste...

Interviste. Ricordatelo, Beth. Pubblicità. PR.

Dio, quanto aveva odiato le interviste. Tutti avevano voluto parlare con lei quando la carriera di Mike era stata messa sotto sospetto. Aveva dovuto esporsi allora. Aveva dovuto difenderlo. Era un brav'uomo, e un grande pilota. Non avrebbe mai messo a rischio i suoi passeggeri, la sua carriera, la sua *vita*. Non era da Mike, e questo aveva detto a tutti. Eppure, avevano setacciato ogni aspetto della sua carriera mentre l'indagine ufficiale andava avanti. Mike era stato processato dalla stampa. Non avevano mai emesso un verdetto perché, aveva dedotto Beth, avevano scoperto che l'immagine di Mike era talmente immacolata che non c'era storia da raccontare.

Ma con Bryan...

No, non aveva bisogno di quel tipo di scrutinio di nuovo nella sua vita, e sebbene dovesse ammettere di provare decisamente un'attrazione per Bryan, non poteva portare a nulla. Non glielo avrebbe permesso. Non era un'avventura da set. Aveva cinque figli per i quali doveva dare l'esempio. Cinque figli che dipendevano da lei per tutto. Non poteva permettersi di perdersi nell'iperattività che era la vita di Bryan, e non poteva lasciarsi distrarre dai *se* che non si sarebbero mai avverati.

Così seppellì la smorfia quando Lori strillò e buttò la testa all'indietro, mettendo in mostra il seno rifatto da tremila dollari, e ingoiò il rospo come se non significasse nulla. Perché, in effetti, poteva—*doveva*—non significare nulla.

«Be', signore, mi dispiace interrompere, ma in realtà sono qui per lavorare. Le amiche di Beth stanno pagando per questo, e voglio assicurarmi che abbia ciò per cui ha speso.»

A Beth non sarebbe dispiaciuto riceverlo in un'altra forma di pagamento—

Aveva un appuntamento. Stasera. Con un medico. Doveva togliersi Bryan dalla testa.

Indietreggiò contro il barbecue con un *clang*. «Oh. Scusate,» disse quando tutti si voltarono a guardarla—una prima volta da quando erano arrivate, perché non avevano avuto occhi che per Bryan.

Bryan colse la distrazione e, con Maggie alle calcagna, si diresse verso la scala esterna che portava al seminterrato. Accidenti. Non aveva avuto il tempo di mettere in riga i ragazzi e Dio solo sapeva che cibo avessero lasciato laggiù.

«Dai, Beth,» chiese Julia, la moglie dell'allenatore di calcio di Mark e Tommy, una volta che lo videro scendere le scale—e Julia non *aveva* nemmeno una figlia lì con Kelsey. «Non sta davvero *pulendo*, vero? È solo una copertura, giusto?»

«Sì, ti prego, dicci che stanno girando un film qui o qualcosa del genere? Servizio per una rivista?»

«Ehi, lui può servire—»

«Mikayla!» Debbie Johnson assestò uno schiaffetto sul braccio alla Sbrodolona Mikayla McCarty—che si era guadagnata il soprannome con merito, anche se non con classe. «Le ragazze potrebbero sentirti.»

«Spero che *lui* possa sentirmi.»

Beth le guardò una ad una, tutte mamme da calcio e da PTA come lei, con gli occhi sgranati dall'aspettativa e sorrisi pieni di speranza sul viso.

Era questo ciò che erano diventate? Adolescenti in cerca di pettegolezzi in corpi di donna, a parlare di un uomo che credevano di conoscere dalla sua persona pubblica, ma che in realtà non conoscevano? A sbavare su di lui? A ridurlo a un pezzo di carne? Era questo con cui lui conviveva ogni giorno? A posare per foto con sconosciute a cui piaceva l'involucro ma che non avevano idea dell'uomo dentro?

«Spiacente di deludervi, signore, ma sì, Bryan è qui per pulire.» Sistemò il telo del barbecue, poi si avviò verso le portefinestre che davano in cucina. «Farò passare Kelsey dal davanti con le ragazze per incontrarvi.»

Attraversò il tornado di piatti della colazione che Kelsey aveva servito alle amiche, facendo una smorfia al pensiero che Bryan vedesse quello. Le aveva appena reso la cucina linda e pinta ieri; ora sembrava esplosa una bomba. Il Tornado Hamilton aveva colpito di nuovo.

Scansò con un calcio le sneaker del maggiore proprio mentre la TV prendeva vita. Ah, bene. Jason era sveglio. «Jase!»

«Sì?» La sua testa da Cugino Itt si sollevò dal divano.

«Sul serio? Sei stanco? Non hai appena dormito dodici ore?»

«Eh, non proprio, mamma. Sono stato sveglio a giocare a *Call of Duty* con i ragazzi.»

Lei odiava quel gioco. Sangue e morte e distruzione. Non poteva far bene. Ne aveva parlato con il consulente, ma il tizio aveva detto di lasciarlo giocare. Era uno sbocco sociale per Jason, un modo per connettersi con amici che non sapevano della tragedia familiare. Dava a Jason la possibilità di evadere dai ricordi. Un luogo e un tempo in cui non doveva ricordarli e poteva semplicemente essere un ragazzino.

Ma non significava che dovesse piacerle o che gli permettesse di usarlo come scusa per non fare la sua parte in casa. «Be', stacca quel sedere stanco dal divano e prendi tutti i sacchi dell'immondizia. Devono uscire oggi.»

«Ah, mamma, ma perché devo farlo io? Non è per questo che abbiamo qui il Signor Gran Sìon?»

«Non mi piace il tuo tono, Jason. E no, non è per quello che Bryan è qui.

È qui per pulire, non per essere il tuo ragazzo tuttofare personale.» Non avrebbe pensato a lui come al suo ragazzo tuttofare *personale*. «Anche se hai finito la scuola per l'estate, questa non è una vacanza. Quest'uomo ha altro da fare nella vita che raccogliere quello che lasci in giro tu. E anche io.» Gli lanciò uno dei suoi calzini puzzolenti. Non aveva avuto fratelli crescendo. Solo una sorella più grande, più una babysitter che una sorella. Essere un "incidente" non era divertente quando dodici anni la separavano dall'unico fratello.

«Oh, mamma, non può aspettare fino alla pubblicità?»

«Abbiamo un DVR, Jase. Metti in pausa e falla finita.» C'erano delle cose da dire a favore della tecnologia.

Soprattutto quando Jason bloccò lo schermo alla pubblicità successiva—una foto di Bryan che usciva da quel lago con le esplosioni alle sue spalle e addosso solo un paio di cargo calati sui fianchi, sul punto di provocare un incidente di guardaroba.

«Ehi, guarda chi c'è.» Jason scosse di lato il ciuffo, liberandosi gli occhi. «Certo che il tipo sembra diverso con un costume da cameriera.» Snortì.

«Jason, che cosa hai esattamente contro Bryan? Sei intrattabile da quando è arrivato.»

Abbassò subito la testa e si fissò le unghie. «Boh. È solo strano. Un uomo che pulisce casa nostra. Che cosa ci guadagna a starsene in casa di una famiglia qualunque? Dov'è la sua tessera da vero uomo?»

Tessera da vero uomo? Suo figlio quattordicenne parlava di *tessere da vero uomo*? Lei non sapeva come gestirla. Non era un uomo. Gli uomini sapevano di queste cose. Per quello aveva scelto un terapista uomo, sperando che potesse fornire quell'influenza maschile che lei non era in grado di dare. Ma *tessera da vero uomo*? Che cosa avrebbe dovuto rispondere?

«Viene pagato, Jase. È il suo lavoro.»

«Ma dai, mamma. Svegliati e senti l'odore del caffè. Quel tizio fa un miliardo al minuto. Non ha certo bisogno dei soldi lavorando qui. Quindi qual è il suo gioco?»

«Sta aiutando sua sorella. È la sua attività.»

Jason alzò le spalle. «Se fossi io, staccherei un assegno e basta. Non può *piacergli* mettere a posto dopo di noi. Allora qual è la storia?» Ora Jason la guardò. Fisso. Si spinse persino i capelli via dalla fronte. «Perché proprio *te*, mamma? Perché ha scelto *te* per venire a pulire?»

Lei? Jason stava facendo ricadere la cosa su *di lei*? Aveva visto ciò che per un pelo non era successo tra lei e Bryan dopo l'acrobazia di Sherman con la staccionata?

«Jason Michael Hamilton. Non mi piace quello che stai insinuando e non voglio sentire un'altra parola su questo. Bryan sta lavorando per sua sorella, e sono la signora Leopold e la signora Harte ad aver deciso che avevo bisogno di una domestica. Pagano loro. Non c'entra niente Bryan. Non so perché stia lavorando per sua sorella, ma non sono affari nostri. Il fatto è che lui è qui, sta lavorando, e la questione finisce qui. Ma non è il tuo schiavo personale, quindi raccogli tutta la spazzatura e poi affronta la tua stanza. Lì dentro sta diventando un rischio per la salute. Sono stata chiara?»

I capelli gli ricaddero di nuovo sugli occhi mentre borbottava qualcosa.

«Non ho sentito.»

«Sì, signora.»

Lei trasalì a quel «signora». Niente ti fa invecchiare di vent'anni come quel termine, ma era il massimo rispetto che le potesse concedere, quindi lasciò correre. Lui salì le scale verso la zona disastrata che era la sua camera.

Beth esalò quando lui girò l'angolo e sentì il suo passo pesante che *strascicava* su per i gradini. Dio, che cosa aveva insinuato? Pensava davvero che Bryan fosse lì per qualcosa di diverso da ciò per cui era stato assunto?

O lo *sperava*?

Non sapeva da dove le fosse arrivato quel pensiero, ma le risuonò dentro. Jason aveva dovuto crescere in fretta nei due anni dalla morte di Mike. Due anni durante i quali Jason era entrato nella pubertà, la fase più difficile della sua vita. Il tutto mentre affrontava l'orrenda morte di suo padre...

Lui non voleva essere l'uomo di casa. Neppure lei lo aveva voluto, ma Jason si era caricato addosso alcune cose. Non la spazzatura—quella gliel'aveva affibbiata lei, perché i lavori di casa erano lavori di casa e le serviva aiuto. Ma il senso di responsabilità che a volte provava, il prendersi cura degli altri bambini, i soldi che nascondeva nella cerniera del suo pouf convinto che lei non lo sapesse... E quella maledetta consapevolezza sul suo viso ogni volta che la vedeva con il libretto degli assegni, o con i nervi a fior di pelle con Tommy e Mark, o mentre tirava fuori Sherman da sotto il portico davanti... Tutte cose di cui avrebbe dovuto preoccuparsi suo marito, non suo figlio quattordicenne. Ma l'universo non la vedeva così. Ed ecco perché lei, ancora una volta, uscì a un appuntamento a cui non aveva nessuna voglia di andare.

«Se la sta cavando, lo sai.»

Beth alzò lo sguardo, scattando, e trovò Bryan sulla soglia, in controluce—l'evidenziatore perfetto per quel suo fisico da urlo che non avrebbe avuto alcun diritto di notare, ma bisognava essere morte per non farlo.

«Io... scusa? Cosa?»

Bryan si buttò uno straccio per la polvere sulla spalla ed entrò nell'ambiente con passo indolente. Oh, non lo faceva apposta, ma quell'uomo era così naturalmente sexy che la camminata ondeggiante gli veniva da sé. E le faceva venire l'acquolina, mentre si chiedeva, in glorioso Technicolor, come sarebbe stato essere schiacciata contro quel corpo, con le sue braccia attorno a lei e le sue labbra sulle sue e Dio! Che cosa *non* andava in lei? Bryan non poteva essere niente per lei. Era ridotta come Lori e Mikayla e tutte le altre mamme.

«Jason,» disse Bryan, ignaro della direzione in cui le giravano i pensieri. «La sua scontrosità fa parte dell'avere quattordici anni, ma poi gli passerà. È un bravo ragazzo. Disordinato, però è salito senza risponderti male.»

Stava per sedersi sul bracciolo del divano, ma Beth si spostò scivolando di lato perché potesse sedersi sul divano vero e proprio. *Accanto* a lei.

«E indovina?» Le fece l'occhiolino.

Le fece l'occhiolino. Non c'era da meravigliarsi se milioni di donne svenivano ogni volta che appariva sullo schermo.

«Beth?»

Oh, Dio. L'aveva colta a fantasticare su di lui. «Uh, cosa?» Quella avrebbe coperto qualsiasi cosa le avesse chiesto.

«L'ho beccato stamattina a prendere i calzini dal cassetto e a lanciarli in giro per la stanza.»

Quello spazzò via la foschia che Bryan aveva alitato sui suoi normali processi mentali. «Cosa? Perché dovrebbe farlo? Ha passato tutto quel tempo a metterla in ordine.»

Bryan sorrise, ed era letale. «Esatto. L'ha messa in ordine perché gliel'hai imposto, ma lui vuole avere il controllo sulla sua stanza. Sul suo ambiente. Sul suo mondo. Ne ha avuto così poco che quel minuscolo atto di scompigliare la sua camera gli dà piacere. Gli dà quel senso di controllo di cui ha bisogno. È una buona manifestazione. Meglio di altri modi in cui potrebbe sfogarsi per riprendere il controllo della sua vita.»

«Pensavo facessi l'attore, non lo strizzacervelli.»

Un'espressione strana attraversò il viso di Bryan e lui distolse lo sguardo.

Oh, fu breve, ma sufficiente perché Beth capisse di aver toccato un nervo scoperto.

«Io, ehm... ho... visto qualcuno per un po'. Un terapista. Per, sai, mettere a posto un paio di cose. Ho imparato tutto sul bisogno di avere il controllo.»

«I tuoi genitori.» Le parole le uscirono prima che potesse fermarle. Per fortuna, però, lui non si chiuse a riccio né se ne andò di scatto.

Invece, esalò e annuì. «Già. È stata dura.»

«Posso immaginare. Mi dispiace.»

«Non hai nulla di cui dispiacerti.»

«Be', per il fatto che tu venga a casa mia e veda lo stesso genere di cosa che devi aver vissuto.»

«Beth.»

Le posò la mano sul ginocchio. Fu un tocco leggero. Totalmente asessuato, ne era certa. O almeno probabilmente era così che lui l'aveva inteso, ma per lei non lo era affatto. Una scintilla le risalì la gamba, le attraversò la pancia, le tolse ogni stilla di fiato dai polmoni e le si bloccò tutta in gola. Proprio come quando lui aveva quasi baciato lei.

«Volevo solo dirti che, per quello che posso vedere e dopo aver vissuto qualcosa di simile, i tuoi figli stanno bene. Certo, portano addosso la perdita—quella non se ne andrà mai—ma sono bambini normali. *Tu* sei quella che vede che il loro padre non c'è più ogni minuto di ogni giorno. E io lo capisco, davvero. Ma loro no. Ci sono momenti in cui addirittura se ne dimenticano. O quando i ricordi sono belli, non dolorosi.»

Le raccontò poi che Maggie aveva condiviso con lui l'abbraccio speciale di Mike, e Beth rimase senza parole. Non solo perché Maggie aveva mostrato a Bryan quella cosa, ma perché aveva sorriso mentre lo faceva.

«Non lo dici solo per farmi sentire meglio.»

Lui rise piano. «Fidati, se i miei fratelli ti sentissero dire così, ti direbbero senza mezzi termini che non dico le cose per far star meglio la gente. Che sono brutalmente sincero. A volte troppo.» Le sue dita strinsero il suo ginocchio appena prima di lasciarlo. «No, semmai ti direi il peggio. Ma la verità è che i bambini *sono* resilienti. Hanno avuto con Mike solo tot anni. Tu ne hai avuti molti di più. Per te è più difficile adattarti perché lui è stato nella tua vita per così tanto tempo. Nei tuoi piani per il futuro. Tu hai perso tutto quello.»

«Stai cercando di farmi sentire *meglio*?» Scelse l'ironia. Perché qualsiasi altra cosa l'avrebbe fatta piangere. Incluso il pensiero che Bryan Manley stesse cercando di confortarla. Il suo mondo era cambiato così tanto in questi ultimi due anni, ed ecco che stava cambiando di nuovo.

Prese una curva brusca verso la Città dei Guai quando lui sorrise con aria imbarazzata. «Immagino di non star facendo un gran lavoro, eh?»

Stava facendo molto più di quanto sapesse.

Smettila, Beth! Le urlò il subconscio. *Questo non significa niente. Lui non significa niente. È abituato a far sentire speciali le donne. È il suo lavoro. È ciò che l'ha reso così famoso. Smettila di leggerci dentro ciò che desideri. Perché non c'è e finiresti solo per farti male.*

Male. Già. Dolore. Il dolore faceva schifo. Il dolore era cattivo. Non le serviva altro dolore.

Fece un bel respiro e si alzò, cercando di non notare quanto all'improvviso il suo ginocchio si fosse raffreddato senza la sua mano grande e forte sopra.

«Beth, che c'è?» Bryan le afferrò la mano.

Lei la strattonò via. O, almeno, provò. Lui non la lasciò andare.

Neppure il suo sguardo la lasciò andare. Non per tutto il tempo, lungo e lento, che lui impiegò per alzarsi accanto a lei, il suo sguardo alla sua stessa altezza, poi più in alto man mano che raggiungeva la sua piena statura. Si era dimenticata che fosse così alto.

Le prese anche l'altra mano e portò le mani intrecciate tra loro, poggiandole le nocche contro il suo petto.

Il suo petto molto fermo, ben definito, muscoloso.

«Beth, se questo riguarda quello che quasi è successo nel giardin—»

«Potremmo non parlarne?» Cercò di liberarsi le mani di soppiatto, ma fu una lezione di futilità. E di umiltà.

«Ovviamente dobbiamo farlo, altrimenti non solo resterà tra noi, ma crescerà e diventerà un enorme problema.»

«No che non lo diventerà. Davvero. Me ne sono già dimenticata.» Il modo in cui le sue dita erano intrecciate alle sue doveva valere come dita incrociate, giusto?

«Stai mentendo.»

Ovviamente no.

«Io...»

«Non farlo, Beth.» Fece un altro passo avanti, anche se Beth non capiva come fosse possibile dato che era già spiaccicata contro di lui. «Non negarlo. Può anche non piacerti, ma non negarlo.»

Il problema era che a lei *piaceva*. Proprio per *questo* voleva negarlo.

Poi però fece l'errore di staccare lo sguardo dal suo e guardargli la bocca. Quelle labbra che si era immaginata sulle sue e, all'improvviso, fu come se la luce del sole irrompesse in casa da ogni fessura, da ogni finestra e porta. Luce vivida, accecante, che avvolgeva lei e Bryan finché non ci fu altro lì se non lui. Che le torreggiava sopra, facendola sentire così piccola. E delicata. Come se avesse bisogno di protezione. Come se fosse lui a dovergliela dare.

Era passato troppo tempo da quando non aveva dovuto essere lei a tenere tutto sotto controllo. Sopra a ogni cosa. Capace di tenere in equilibrio tutto senza crollare sotto la pressione. Eppure con Bryan lì, che le teneva le mani, gli occhi così intensi puntati su di lei, le dita strette alle sue, per un momento, per un breve, luminoso momento, poté lasciare scivolare i suoi pesi e sapere che li avrebbe portati lui, su quelle spalle incredibilmente larghe e forti.

Voleva baciarlo. Voleva protendersi verso di lui e premere i palmi contro il suo petto, schiacciandoli tra loro, il dorso delle sue mani contro i suoi seni. Era passato così tanto tempo dall'ultima volta che un uomo le aveva messo le mani addosso e ancora di più da quando gliele aveva messe sul seno e, oh Dio, le mancava. E per questo solo motivo doveva smetterla subito di fantasticare.

«Bryan.»

«Beth.»

Il suo nome fu morbido. Soffiato. Come se si fosse appena svegliato nel suo letto, con i capelli arruffati, i resti di una notte d'amore che gli aderivano alla pelle come lei desiderava, tutto caldo e appagato e terribilmente sexy e da dove diavolo le usciva tutto questo?

«Bryan, non posso. Non possiamo.» Stava mentendo. Era perfettamente capace e Dio (e lei) sapevano che *lui* lo era di certo. Quei pantaloni non lasciavano molto all'immaginazione. «Ho dei figli.»

«Lo so.»

«Sono una mamma.»

«L'ho capito.»

«Io—»

«Tu. Sei tu.» Bryan sciolse le loro mani e le fece scorrere un nocca lungo lo sterno, lo sguardo che la seguiva per tutto il percorso finché non raggiunse la maglietta e non poté andare oltre. Non senza il suo permesso.

Lei glielo avrebbe voluto dare.

Ma non lo fece.

«Ho dei figli a cui devo dare l'esempio.»

«Lo so.»

«Non possono vedermi mentre ti bacio.»

«Lo so.»

«Non capirebbero.»

«E *tu*?»

La domanda fu morbida, ma disse moltissimo. No, lei non capiva. Non capiva come o perché *il* Bryan Manley fosse a casa sua, a raccogliere dietro ai suoi figli e al cane e ai criceti e... *a lei*. Ora stava raccogliendo dietro a lei, solo che con lei non era qualcosa di tangibile come la biancheria, il bucato, il libretto degli assegni o una padella. Bryan stava raccogliendo i pezzi in cui la sua vita si era frantumata. Forse senza volerlo, perché come avrebbe potuto sapere o *volere* sapere che cosa lei aveva passato negli ultimi due anni e che ormai definiva chi sarebbe stata da lì in poi? E perché mai avrebbe dovuto essere interessato a farlo? Non era cieca; il suo didietro si era allargato più di quanto le sarebbe piaciuto. Okay, *molto* di più. Ed era una mamma. Di adolescenti scontrosi, gemelli iperattivi e un cane che batteva il coniglietto delle pile. Come e perché *il* Bryan Manley avrebbe potuto trovarla abbastanza attraente da volerla baciare?

«No. Non capisco.»

Il suo sguardo le rovistò il viso. Le passò una mano tra i capelli, lasciando le dita un po' troppo a lungo, giocherellando con le punte, saggiandone il peso mentre se li faceva scivolare sotto per incupirle la guancia.

Il pollice le accarezzò le labbra e lei dovette attingere a ogni stilla di istinto di conservazione per non baciarlo. Per non aprirsi quel tanto da prenderlo tra le labbra.

La sua mano scese lungo la gola, il pollice ora posato sul punto pulsante dove il battito martellava.

«È una follia,» sussurrò a metà.

Beth si irrigidì. Avrebbe voluto che se lo fosse tenuto per sé. Non aveva bisogno che le confermasse i suoi peggiori sospetti.

Fece un passo indietro, ma Bryan non la lasciò. «Non scappare, Beth.» Quello fu decisamente un sussurro.

«L'hai detto tu: È una follia.»

Non le tolse mai gli occhi di dosso, ma il pollice le trovò alla perfezione il labbro inferiore e lo accarezzò. «Quello che provo per te è una follia. Quello che voglio fare con te è una follia.» Il suo pollice le sfiorò la guancia così piano, ma accese miliardi di fuochi sotto la pelle. «Voglio caricarti in spalla e marciare su per quelle scale e spalancare la porta della tua camera e restarci per almeno una settimana.»

Le si piegarono le ginocchia. Letteralmente.

Per fortuna il divano era proprio lì, perché riuscì ad accomodarci il didietro invece di sciogliersi sul pavimento, ma il sentimento dietro a quelle parole... La carnalità palese di quell'immagine mentale... Lo sguardo nei suoi occhi mentre si rifiutava di lasciarla andare con lo sguardo... Beth non poteva credere che il fuoco acceso dalle sue parole bruciasse ancora più forte di quello che il suo pollice le aveva acceso sulla pelle.

«Mi dispiace.»

Non sembrava molto dispiaciuto.

«Non avrei dovuto dirlo.»

«Hai ragione. Non avresti dovuto.»

A meno che tu non sappia mantenerlo.

Che cosa diavolo aveva che non andava?

Niente, tesoro. Sei una donna normale, in carne e ossa, che è stata da sola per due anni. Brami un legame e il buon vecchio Bry qui è un bel collegamento potente. Buttati, baby. Goditela.

Non era la voce di Mike nella sua testa, ma quasi poteva immaginare che lo fosse. Lui avrebbe voluto che lei andasse avanti. Che fosse felice. Amata. Desiderata.

Ma con *Bryan Manley*? E non era comunque una lezione di futilità? Certo, aveva detto che la voleva, ma per una *settimana*. Per quanto potesse essere buona quella settimana, a lei serviva un uomo che la volesse per tutta la vita. E magari quel tipo di stasera sarebbe stato quell'uomo. Perché metterlo a rischio per una fantasia?

Richiamando a sé quel poco di forza mentale che le restava da qualche parte dentro, Beth fece un respiro profondo, impose alle ginocchia di funzionare come si deve e si rialzò. Riuscì persino a liberarsi la mano. «Hai ragione. È *una* follia. Io non sono quel tipo di donna, Bryan. Sono una mamma. Ho dei figli. Non posso chiudermi in una stanza per una settimana e dimenticare il mondo là fuori. Deve essere bello vivere nel tuo mondo, dove puoi farlo, ma qui, su Acorn Lane, ho i passaggi in macchina, gli allenamenti di calcio, i saggi di pianoforte e un lavoro diurno.» Gli strinse la mano e sentì una stretta corrispondente nel petto. Stava facendo la cosa giusta. «Apprezzo quello che hai detto, ma è meglio che non imbocchi quella strada, neanche nei miei sogni. Tu tra qualche settimana sarai via, di nuovo nella tua vita glamour, e io sarò ancora qui. Con i passaggi in macchina, le lezioni di nuoto e—»

«Mamma!» Un enorme peluche barcollò nella stanza.

«E Chewbacca.» Lasciò la mano di Bryan, fece un altro respiro profondo e chiuse quella porta. Per sempre. «Maggie, ridai ai tuoi fratelli il loro gioco.» Mike aveva comprato una replica di peluche alta un metro e venti quando i gemelli avevano due anni, e loro ci tenevano ancora tantissimo. Il che poteva avere a che fare col fatto che gliel'avesse regalata Mike, ma che Beth attribuiva più al fatto che era abbastanza grande da poterci stare sdraiati quando guardavano la TV.

«Ma la signora Beecham ha bisogno di un accompagnatore.»

Bryan inarcò un sopracciglio. «La gatta esce con qualcuno?»

Beth alzò gli occhi al cielo prima di allontanarsi a grandi passi per anticipare il prossimo Uragano Hamilton, quando i ragazzi si sarebbero messi a inseguire Maggie per casa, l'enorme peluche a far cadere cose da ogni parete e tavolo al passaggio di Maggie. «Benvenuto nel mio mondo. Caos allo stato puro.»

A Bryan piaceva il mondo di Beth, per quanto potesse sembrare strano. Si divertì un sacco a guardare i ragazzi rincorrere Maggie con le mantelline che svolazzavano dietro, l'elmo da Stormtrooper che volava via—okay, non fu bello quello che fece a quell'affare di cristallo. E poi il cane fuori di testa si unì all'inseguimento e—

Lui strappò Chewbacca dalle mani di Maggie proprio mentre lei quasi lo travolgeva, mentre lei gli affondava la faccia contro la coscia e strillava: «Bryan! Salvami!»

Il fatto era che lui aveva la possibilità di farlo. Tutto quello che avrebbe dovuto fare era sposare la loro mamma.

Capitolo Dieci

Bryan non riuscì a uscire dalla casa di Beth abbastanza in fretta.

Sposare la loro mamma.

Per tutto il pomeriggio li aveva visti impressi in ogni stanza di quella casa. Su ogni parete. Foto, disegni, trofei, nastri... Non si era davvero reso conto di come ogni stanza della casa di Beth fosse, in un certo senso, una teca di trofei dedicata ai suoi figli e alla sua famiglia.

E Mike. Non dimentichiamoci di Mike.

Il fatto era che Bryan voleva farlo. Voleva fingere di avere il diritto di fare per Maggie ciò che lei gli aveva chiesto. Quando lei era corsa da lui, era stato come con Mac, di nuovo. Le notti in cui entrava nella loro stanza, spaventata e tremante per i sogni. Si infilava più spesso nel suo letto e lui era quello che le aveva placato le paure. Lui e Mac condividevano un legame speciale. Forse perché Sean e Liam si somigliavano così tanto. Pensavano allo stesso modo. Erano più asciutti di lui, da quarterback rispetto al suo fisico da linebacker. Entrambi stavano nel settore immobiliare, avevano sempre avuto un legame che, pur senza escludere Bryan, gli faceva capire che non era proprio come loro. Se non avesse avuto Mac, la cosa lo avrebbe infastidito.

Così, quando Maggie gli aveva chiesto di salvarla, lo aveva catapultato indietro nel passato, e tutto ciò che aveva voluto fare era stato stringerla tra le braccia e tenerla al riparo dal mondo e da qualunque cosa la stesse inseguendo.

Neppure il fatto che i suoi inseguitori fossero stati Tommy e Mark aveva smorzato quell'istinto quasi primordiale di spingerla dietro di sé e affrontarli di petto.

Ma Maggie non era Mac e lui non aveva più dieci anni. E poi c'era Beth.

Già, di sicuro non aveva più dieci anni.

Sposare la loro mamma.

Così aveva afferrato i gemelli sotto le braccia e li aveva depositati fuori nel capanno, con l'ordine di tirare fuori tutto per poi ripulirlo. Era stato un buon piano, ma purtroppo non aveva considerato quanto tempo ci avrebbero messo i ragazzi a svuotarlo (praticamente nulla, dato che l'avevano trasformato in una gara) e poi a *ri*metterci tutto (tre ore, da terminare il giorno dopo). Era stata la chiamata di Beth per la cena a fargli capire che ora fosse e a ricordargli che quella sera aveva un appuntamento.

Uno a cui non voleva andare.

Strano, perché la donna era una con cui era uscito al liceo. L'ultima volta che era tornato a casa lei aveva lasciato intendere che avrebbero dovuto riallacciare, e lui l'aveva chiamata il giorno della partita di poker. Purtroppo, ora non poteva piantarla in asso solo perché trovava più allettante passare una cena caotica con una donna e i suoi cinque figli iperattivi.

Così se la filò a casa per una doccia veloce e per cambiarsi, non volendo presentarsi all'appuntamento in uniforme.

Fu doppiamente contento di averlo fatto quando vide Beth entrare nel ristorante quarantacinque minuti dopo che lui e Amber avevano ordinato. Il che era circa quaranta minuti dopo che aveva capito che c'era una ragione per cui lui e Amber, ai tempi, non erano usciti insieme per molto.

Stava meditando modi per chiudere in anticipo l'appuntamento quando Beth era entrata con un vestito verde chiaro che rendeva i suoi capelli più lucenti—e le sue curve più procaci—e il sangue di Bryan era schizzato solo a vederla.

Schizzò ancora quando il tizio con cui era appoggiò la mano nella piccola della sua schiena mentre attraversavano il ristorante. Poi gliela fece scivolare sulle spalle, sotto i capelli e, anche da dove era seduto, Bryan vide Beth irrigidirsi. Gli venne voglia di andare a insegnare a quel tipo due o tre cosette su come si tratta una donna.

«... Allora, pensi che potrebbe interessarti?»

Bryan colse la coda della domanda di Amber e il sorriso speranzoso sul suo viso, per fortuna, prima di lasciarsi scappare qualche impegno vago che avrebbe potuto metterlo nei guai. Di che cosa stava parlando?

«Ehm...»

«Oh, non devi darmi una risposta adesso.» Amber gli posò la mano sull'avambraccio. «Abbiamo un po' di tempo. Cassidy affitta la casa al mare per le prime tre settimane d'estate, ma dopo potremmo averla, se volessimo.»

Cassidy. Cassidy Davenport. Sofisticata della città. Il padre era un pezzo grosso nel mercato immobiliare. Bryan sapeva benissimo di quale casa al mare stesse parlando Amber; era finita su Architectural Digest per il design innovativo e quella vasca idromassaggio appartata sul tetto che era praticamente un'oasi privata.

Di certo *non* ci sarebbe andato con Amber.

Con Beth, invece...

A proposito di mani, il tipo con cui era Beth teneva il braccio appoggiato sullo schienale della sua sedia e sembrava giocherellare con le sue dita con l'altra. Il linguaggio del corpo era chiarissimo: *stasera mi dice bene*.

Se solo quello sbruffone sapesse con chi era. Beth non era così. Non si sarebbe appiccicata a quel tipo, e di sicuro non poteva star godendo quella postura quasi claustrofobica.

«Bryan?»

Accidenti. Amber voleva una risposta.

Bryan staccò a fatica lo sguardo dall'Uomo Polpo e lo riportò al proprio appuntamento. «Scusa, cosa hai detto?»

Lei si morse per un secondo il labbro superiore. Bryan si impose di non reagire. Non era colpa di Amber se mangiarsi il labbro non era sexy come quando lo faceva Beth, e non poteva farci nulla se non era la donna con cui lui voleva stare in quel momento.

O che quella donna fosse seduta a sei metri da lui, a respingere le avances di un molestatore professionista. Avrebbe dovuto andare a salvarla.

Ma non poteva. Non ne aveva il diritto. Un quasi-bacio e una discussione interrotta su quel quasi-bacio non gliene davano il diritto.

La mano che scivolava sul suo ginocchio, però, era un'altra storia.

«Mi dispiace, Amber, ma c'è una cosa di cui devo occuparmi.» Si alzò e posò dei soldi sul tavolo. «Qui c'è abbastanza per il conto.» Non aggravò l'offesa dicendo che l'avrebbe chiamata. Non l'avrebbe fatto. Mai.

«Oh, ma... ma...»

Non fu elegante da parte sua lasciarla lì a balbettare, ma la mano dell'Uomo Polpo stava facendo una sortita sulla coscia di Beth e Bryan non capiva come quello non cogliesse il segnale quando Beth si irrigidiva. Avrebbe dovuto essere morto per non accorgersene.

E se quella mano fosse salita ancora, forse morto lo sarebbe diventato.

«Beth?» Bryan mise la migliore *sorpresa* da provino nella voce. «Pensavo fossi tu.» Si infilò sulla sedia di fronte a lei e al Molestatore. «Non mi hai detto che saresti venuta qui stasera quando sono uscito da casa tua prima.»

Beccati questa, stronzo. Sono stato a casa sua. Nudo sotto la sua doccia, pure.

Se non avesse riflettuto male su Beth, l'avrebbe detto.

«Oh. Bryan. Ciao.»

Non capì se nella sua voce ci fosse sollievo o sorpresa, ma lui scelse il sollievo. Beth non era il tipo a cui piace farsi palpeggiare.

Un po' come quello che volevi farle tu prima?

Dannazione, ora *non* poteva alzarsi dal tavolo. Non senza rendere molto chiaro che aveva in mente la stessa cosa dell'Uomo Polpo.

«Ehm, Bryan, lui è, ehm...» Si sistemò una ciocca dietro l'orecchio. «Lui è, ehm—»

«Rob Linders. *Dottor* Rob Linders.» L'Uomo Polpo non offrì la mano. Meglio così, o Bryan gliel'avrebbe spezzata. E allora dove sarebbe finito il *buon dottore*?

Bryan, al massimo, gli lanciò un'occhiata, più preoccupato di quanto fosse a disagio Beth. Accidenti. Era perché si era presentato lui?

Cavolo. Non ci aveva pensato quando era andato in modalità Uomo delle Caverne. Magari a lei il tocco del buon dottore *era* piaciuto. Magari la sua reazione era solo perché non ci era abituata.

«Allora, venite spesso qui?» Sì, stava sondando il terreno, ma, diavolo, doveva saperlo.

Perché?

A *quella* domanda avrebbe risposto dopo.

«Ehm.» Lei guardò il dottore. «No. È la prima volta. Il nostro primo, ehm, appuntamento.»

Si stava leccando nervosamente le labbra così tanto che a Bryan venne voglia di farlo al posto suo. Dopotutto, c'era mancato poco che non lo facesse già prima.

«Primo appuntamento?» Ora sì che guardò l'Uomo Polpo. «Oh, scusate.

Non volevo disturbare.» Sì, come no. E far venire al tipo un bel po' di pensieri. «Be', allora immagino che me ne andrò. In fin dei conti, domattina devo essere in camera tua, per prima cosa. Linders.» Ora si prese la briga di stringere la mano al tipo—così la togliesse da Beth—e mise in campo ogni goccia della leggendaria carica dei Manley. Che se la vedesse lui con *quello* mentre si chiedeva che diavolo avrebbe fatto nella camera di Beth.

Ingoia questa, stronzo, pensò mentre usciva a grandi passi dal ristorante.

L'appuntamento di Beth finì sei minuti e mezzo dopo. Lo stronzo la lasciò davvero lì. Da sola.

Bene.

Bryan aspettò dietro l'angolo del ristorante mentre l'auto del *buon dottore* si staccava dal marciapiede. Beth non uscì, però Amber sì. Peccato non fosse uscita insieme a Linders; si sarebbero potuti mettere insieme e quello avrebbe risolto due dei problemi di Bryan.

Avrebbe analizzato dopo perché fossero problemi. In quel momento, si chiedeva dov'era Beth.

Le concesse altri quattro minuti e trentaquattro secondi prima di rientrare.

Era lì, al tavolo dove l'aveva appena lasciata, a sorseggiare un bicchiere di vino, così eterea nella luce delle candele e con lo sfondo della cascata illuminata, che sembrava che un regista avesse messo in scena l'inquadratura alla perfezione. La sua grazia naturale mentre stava seduta, composta, sorseggiando delicatamente il calice che catturava i bagliori dell'acqua e li rifletteva sul suo viso sereno, fece andare il respiro di Bryan a farsi un giro. Era semplicemente... splendida.

Avrebbe dovuto andarsene. Dimenticare quelle idee che gli ronzavano in testa e lasciarla in pace. Niente di buono sarebbe venuto dal tornare a quel tavolo e condividere una cena romantica con lei. Niente.

Eppure fu proprio quello che fece.

«Ehi, non volevo rovinarti l'appuntamento.» Si risiedette sulla sedia che aveva lasciato undici minuti prima.

Lei inarcò le sopracciglia e si prese un altro sorso del suo vino.

«Okay, forse sì. Ma il tipo stava diventando appiccicoso.»

Lei fece roteare il calice e studiò il vino per un momento. «Grazie.»

«Io... cosa?» Si appoggiò allo schienale.

Posò il bicchiere e intrecciò le mani sul tavolo davanti a sé, con l'aria di una fredda principessa di ghiaccio che lui voleva sciogliere. «Ho detto "grazie". Era invadente e io ho perso la mano nel respingere certe cose. Una mia amica ci ha combinati e, beh... lo sai. Speravano che funzionasse, ma, sinceramente? Mi stava facendo sentire claustrofobica.»

«È quello che ho pensato anch'io.»

«Che cosa ci fai qui?»

«Oh. Io, ehm...» Maledizione. Non voleva ammettere che aveva avuto un appuntamento. Certo, lei era stata a un appuntamento, quindi non poteva offendersi. Non che lui avesse nemmeno il diritto di *chiederle* di offendersi. Era un adulto; poteva uscire con chi voleva.

E anche lei.

«Avevo un appuntamento.»

La sua compostezza vacillò appena appena.

Bene.

«Un appuntamento?»

Lui fece una smorfia. «Be', era una specie di cena con una che conoscevo al liceo, ma lei era... Semplicemente non mi interessa, capisci?»

Lei sospirò e riprese in mano il calice. «Già. Lo so.»

«Neanche a te interessava?» Per qualche sciocca ragione, lo stomaco gli si riempì di farfalle. Il che non aveva senso, ma poi, molte delle cose che stava facendo quella sera non avevano senso nel suo Grande Piano per la vita. Eppure non riusciva a smettere di imboccare quella strada. «Il tipo è un medico. Un buon partito.»

Lei ridacchiò. «Lui di certo lo pensava.»

Bryan condivise quella risata. «Ah. Molto preso dalla sua laurea, eh?»

Beth alzò le spalle. «Fa parte del pacchetto, immagino. So che il lavoro di Mike saltava sempre fuori a un certo punto della conversazione. Sono sicura che anche il tuo venga fuori.»

«Be', sì, succede. È perché la maggior parte della gente sa chi sono. È inevitabile.»

«La prendi con molta filosofia, tutta questa fama. Non capivo se ti annoiassi o no con tutte le mamme, a farti fotografare.»

«Ehi, il momento in cui comincio ad annoiarmi è il momento in cui dovrei smettere. Ognuna di quelle donne e ragazze oggi, e gli amici di Jason l'altro giorno... Sono tutti clienti paganti. Spendono soldi guadagnati con fatica per vedere i miei film e permettermi di fare il lavoro che amo. Se non posso prendermi il tempo di fare qualcosa di semplice come posare per delle foto con loro, allora non merito di stare in questo mestiere.»

«Come la gestisci? Essere sempre "in scena"? Avere sempre gente che ti guarda, ti fissa e pensa di conoscerti da ciò che vede sui media?»

Bryan prese una forchetta intonsa. «Fa parte del mestiere. Sapevo a cosa andavo incontro quando ho scelto questo lavoro. Speravo di doverci fare i conti, perché significa che ce l'hai fatta. Se la vedi così, come una forma di sicurezza del lavoro, non è poi così male. Finché ogni tanto posso cenare in privato con una donna bellissima, per me va bene.»

Lei era ancora più bella quando arrossiva. «Sono sicura che ti capiti continuamente.»

Era quello il problema; la maggior parte delle persone avrebbe pensato la stessa cosa. Ma questa cena con Beth non era come una cena con nessuna delle altre bellissime celebrità con cui era uscito. Neanche lontanamente. E non avevano nemmeno *ancora* cenato.

Le prese la mano, intrecciando le dita. Gli piaceva toccarla così. «No, Beth, no.» Fece cenno al cameriere per i menù. Nessuno dei due aveva avuto modo di mangiare e non voleva che lei si ritrovasse quello che aveva ordinato l'Uomo Polpo. Lei parve sorpresa e fece ruotare ancora un po' il calice. Buffo, non aveva mai fatto davvero caso alle mani di una donna prima. Non a meno che non fossero sul suo corpo.

Accidenti, ora avrebbe potuto reggere il tavolo con la festa nei pantaloni solo al *pensiero* delle mani di Beth su di lui.

Che cosa aveva, lei, che lo faceva reagire così?

«I ragazzi sanno che sei a un appuntamento?»

Oh, bene. Bravo idiota, a tirar fuori di nuovo il dottore. Ammazza il momento, perché no?

Ma lei sorrise con un mezzo sorriso e la temperatura di Bryan salì di qualche grado. Nessun momento ammazzato, lì.

«Ho detto che sono uscita con un amico. Non voglio che si affezionino a qualcuno a meno che io non sappia che sarà una cosa permanente. Hanno già avuto abbastanza scossoni nella vita, e non è giusto sfilare uomini dentro e fuori dalle loro vite.»

«C'è una sfilata?» Le parole gli uscirono di bocca prima che potesse fermarle. Accidenti, prima ancora che potesse *pensarle*. Non aveva pensato; aveva solo reagito. In questo caso, probabilmente non era la cosa migliore. Non erano affari suoi con chi Beth decidesse di uscire, né quanti fossero.

Ci credi davvero a quelle stronzate che ti stai raccontando?

Bryan fece cenno al cameriere e ordinò per entrambi. No, non ci credeva e stava iniziando a non curarsi del fatto di non crederci. Stava iniziando a tenere, punto.

«Nessuna sfilata. Ma sono stata a qualche appuntamento. Bravi ragazzi, però senza quella, sai, scintilla.»

Già, lo sapeva.

Prese un altro lungo sorso da bere. Di questo passo, gliene sarebbe servito un altro.

«Allora, parlami del tuo lavoro, Beth. L'altro giorno non ne hai avuto occasione prima che ci facessimo distrarre.» Dal modo in cui era apparsa con la camicetta abbottonata male, i capelli scompigliati dal vento e pettinati con le dita mentre cane e figli sfrecciavano per casa. Gli serviva qualcosa di ordinario per togliersi dalla mente l'immagine di quanto fosse stata sexy, lì in piedi mentre il caos le vorticava attorno—e di quanto fosse bella proprio in quel momento con un vestito che esaltava il colore dei suoi occhi e lasciava intuire la perfezione sotto. Una perfezione che lui voleva stringere forte contro di sé mentre la baciava.

L'avrebbe baciata. Magari non quella sera, ma l'avrebbe fatto. Non poteva *non* farlo.

Ma poi lei gli parlò del suo lavoro e Bryan si rese conto che non c'era niente di ordinario in quello. Beth era un'insegnante di sostegno alla scuola elementare. Con le storie che gli raccontò dei suoi bambini—a scuola, ma le diceva con lo stesso affetto e la stessa cura con cui parlava dei propri figli—Bryan si rese conto che la signora Beth Hamilton era appena diventata ancora più speciale ai suoi occhi.

Si rese anche conto che stava perdendo la testa per lei.

Bryan ci stava provando con lei?

Beth fissò quegli splendidi occhi verdi, che la guardavano così intensamente, e dovette cercarsi il respiro.

Stava parlando di lei? Intendeva dire che non aveva cenato con altre donne belle prima? Certo che sì. Stava flirtando con lei o... o poteva davvero *voler dire* ciò che stava dicendo?

E se sì, come si sentiva lei al riguardo?

Allungò di nuovo la mano verso il vino e lo sollevò alle labbra con un lieve tremito mentre Bryan le accarezzava le dita con il pollice.

«Scusa. Ti sto mettendo in agitazione.»

«No. Cioè... Be'...» Prese un altro sorso. Non sapeva come si faceva. Non sapeva quale fosse il galateo. Cosa dovesse dire. Come avrebbe dovuto comportarsi.

Bryan le tolse il bicchiere e lo posò. «Beth.»

Raccolse un po' di coraggio e lo guardò, ma la gola le era ancora troppo stretta per permetterle di dire qualcosa.

«Credo che tu sia molto bella.»

Lo stomaco le si svuotò. Bryan Manley aveva un modo di dire una frase che non aveva eguali.

E *quella* era una frase fatta. Non poteva *non* esserlo. In fin dei conti, aveva cinque figli che le avevano cambiato il fisico. Un cane che la sfiniva, e una casa che era una zona disastrata nei giorni buoni. Non aveva mai tempo nemmeno di *provare* a essere bella, figurarsi esserlo davvero.

«E so che probabilmente è totalmente fuori luogo, ma voglio baciarti.»

E lì se ne andò il resto del fiato. E tutta la sensibilità del corpo, tranne i fili di desiderio che si irradiavano dal punto in cui la sua pelle toccava la sua.

«Non qui, ovviamente. Non abbiamo bisogno che finisca sui notiziari nazionali.» Rise e, oh, cosa fece al suo viso. Quel suo viso splendido, bellissimo, da divo del cinema. «Non che lo farò, comunque. A meno che tu non mi dica che posso.»

Le stava offrendo una via d'uscita. Aveva senso prenderla. In fondo, quella non era una storia rosa in cui la casalinga di periferia finiva con l'Uomo Più Sexy del Mondo e vissero felici e contenti. Non con cinque figli, il cane e la zona disastrata. Eppure, la gola stretta non le permetteva di dire niente.

Già, certo. Dai la colpa alla povera gola stretta.

Si inumidì le labbra.

«Dio, Beth. Non farlo.» La voce di Bryan era roca. Tesa. Bassa e sensuale, e le graffiò le terminazioni nervose come un fiammifero sulla polvere da sparo. «Non a meno che non possa farlo anch'io.»

Lo stomaco di Beth fremette. No, in realtà, ondeggiò. In un modo assolutamente piacevole.

Beth si leccò di nuovo le labbra—e fece riaffiorare l'essenza della propria femminilità, rimasta dormiente in questi due anni tra le naftaline dell'anima. «Se vuoi il diritto di reclamarmi, Bryan, allora prenditelo. Non chiedere permesso. Baciami come vuoi farlo. Se mi tirerò indietro, almeno non ti pentirai di averci provato. Ma se non lo farò... be'»—si strinse nelle spalle—«chissà?»

Capitolo Undici

Bryan per poco non si inghiottì la lingua. Non aveva saputo che lei ne fosse capace.

Dall'espressione sul suo viso, neppure lei. Era una buona cosa?

Lui non se ne curò. Lei gli aveva appena dato il permesso—be', aveva detto che non avrebbe dovuto chiedere il permesso.

«Improvvisamente non ho molta fame. Almeno, non di cena.» Le passò il pollice sul dorso della mano, perché poteva e perché era dannatamente liscia e sexy e aveva bisogno di toccarla per non saltare oltre il tavolo e baciarla qui e adesso.

Però non sarebbe riuscito a trattenersi a lungo.

«Che peccato. Perché io sì.» Beth riprese in mano il calice di vino e sfiorò con le labbra il bordo. «Molto fame.»

Santo cielo. Chi *era* questa donna e che cosa aveva fatto con Beth? La *sua* Beth. Non che si lamentasse—era bello vedere questo suo lato sexy e civettuolo —ma Beth come mamma, per lui, era incredibilmente sexy.

Dov'era, diavolo, il loro cameriere?

Un'ombra di sorriso scivolò sulle labbra di Beth—proprio come avrebbe voluto fare la sua lingua. Poi lei sorseggiò il vino e i pantaloni di Bryan divennero estremamente scomodi quando colse un guizzo della sua lingua che raccoglieva il residuo d'una goccia dal bordo.

Lo stava torturando. E se la godeva.

A quel gioco potevano giocare in due.

Lui sfilò le dita dalle sue. Il suo sguardo sicuro di sé vacillò per un secondo, prima che si riprendesse.

Poi i suoi occhi si dilatarono quando lui le sfiorò la gamba con la punta della scarpa.

«Bryan!» pigolò a metà.

Fu il suo turno di prendere il bicchiere d'acqua e prendersela comoda a bere, senza mai interrompere il contatto di sguardi—o di punta del piede contro la sua gamba.

«Che c'è?»

«Io... è... Niente.» Bevve un sorso di vino con un po' d'incertezza.

Bryan si sporse in avanti e le tolse il bicchiere, poi le porse un bicchiere d'acqua. «Attenta, Beth. Ti servirà tenere la testa lucida.»

Così avrebbe potuto friggergliela del tutto un attimo dopo averla fatta uscire da quel ristorante.

No. Non *un attimo*. Non le sarebbe balzato addosso come un adolescente non appena avessero messo piede sul marciapiede. Quello sarebbe stato il loro primo bacio. Doveva essere speciale. Memorabile. Voleva che lei non lo dimenticasse mai.

Non è il tipo da avventura, Manley. Ricordatelo.

Sì, lo sapeva. Ma un bacio non significava un'avventura. Non doveva andare oltre un bacio.

Ma poi lei gli infilò l'alluce sotto il pantalone e, santo cielo, si era tolta la scarpa.

Bryan sputacchiò l'acqua appena sorseggiata e afferrò un tovagliolo. «Beth! Non puoi farlo qui!»

Il suo sguardo soddisfatto tornò. «Ma tu l'hai appena fatto.»

«Sì, ma era diverso. Io avevo tenuto la scarpa.»

«Non volevo fare danni coi tacchi.»

Doveva proprio sottolineare che indossava i tacchi? C'era un uomo *vivo* al quale non piacessero i tacchi sulle donne? I tacchi allungavano le gambe, le rendevano più slanciate, di solito la mettevano alla distanza perfetta per baciarla, e gli regalavano fantasie su tutti i modi in cui avrebbe voluto toglierli. O *non* toglierli. Solo Beth e i suoi tacchi e, oh diamine, sarebbe stato in grado di sollevare il tavolo senza usare le mani.

Ritrattenne le gambe sotto la sedia. C'era un limite alla tortura che un uomo poteva sopportare. E non si era aspettato di riceverla da Beth. Ecco quanto ne sapeva.

Non gli sarebbe dispiaciuto conoscere molte altre cose di Beth.

Cosa che fece nel tempo eccessivamente lungo che il cameriere impiegò a portare le loro portate, e poi nel tempo extra-lungo che Beth impiegò a mangiarla. Lui avrebbe potuto tracannarla in meno di sei secondi, ma il suo commento di prima del «ti butto sulla spalla» era già quanto di più caverni-colo volesse essere con lei. E, se fosse stato onesto con se stesso, stava apprez-zando quella sua lentezza. Si prendeva il suo tempo con ogni capasanta, assaporando ogni boccone, e Bryan si ritrovò con lo sguardo incollato alle sue labbra.

Il fatto era che Beth aveva lasciato tutte le sue provocazioni a quel solo tocco del piede contro la sua gamba. Il cibo era arrivato e qualunque cosa da gattina sensuale avesse provato su di lui era svanita di fronte al suo vero, spudo-rato piacere per il pasto. Avrebbe potuto guardarla mangiare per giorni.

Preferibilmente una settimana. Nella sua stanza. A letto. Proprio come aveva suggerito prima. Nudi.

Si mosse di nuovo a disagio. Doveva tenere a bada le sue reazioni o non si sarebbe avvicinato nemmeno a baciarla perché non sarebbe riuscito a lasciare quel tavolo.

«Allora perché *stai* aiutando tua sorella?» gli chiese. «Non può essere qualcosa che *volevi* fare. È ricerca per un ruolo?»

Si aggrappò a quella spiegazione con entrambe le mani. Meglio che spie-gare che Mac li aveva battuti tutti sul tempo.

«Mac aveva bisogno d'aiuto e ho pensato, perché no? Avevo un po' di tempo da ammazzare.»

«E poi tornerai alla vita glamour? In yacht fino a Monaco e guidando una Porsche su Rodeo Drive?»

«Sei mai stata su Rodeo Drive? Cerco di stare ben lontano da quella mecca per turisti. Ma Monaco? Sì, è una figata. Un bel vantaggio del lavoro.»

Poi lei gli chiese del suo lavoro, ma non come facevano la maggior parte delle persone. *Quelli* volevano sentire nomi di persone che aveva incontrato, cose di soldi, pettegolezzi dall'interno. Con Beth, era come se chiedesse com'era andata la giornata in ufficio, ed era sinceramente interessata alle risposte da un punto di vista personale, non sensazionalistico. Era bello. Nuovo e bello.

Accidenti. Si stava cacciando in qualcosa di troppo grande e gli restavano ancora tre settimane. Gli sarebbe bastato limitarsi a baciare Beth, quella sera?

Bryan scosse la testa. Si conosceva. Ma conosceva anche Beth. Se il bacio-che-sarebbe-venuto di quella sera era tutto ciò che lei avrebbe permesso, lui ne sarebbe stato felice.

Se lei lo avesse permesso davvero.

Beth giocherellava con il suo riso pilaf. Non aveva molta fame—lo stomaco le si era annodato da quando Bryan si era seduto di fronte a lei e a Rob. Be', a dirla tutta, si era annodato quando Rob era diventato troppo manesco. Ma che poi Bryan si fosse presentato...

Era assolutamente da mangiare con gli occhi con quella polo color crema e i pantaloni color kaki, con una giacca marrone che gli cadeva dalle spalle come se fosse stata cucita su misura. Cosa che probabilmente era. Il tipo era incredibilmente attraente e i vestiti, pur non facendo l'uomo—perché, davvero, Bryan era un uomo a sé—di certo facevano sembrare quell'uomo spettacolare.

E voleva baciarla.

Lo stomaco le fremette di nuovo al pensiero e fece tutto quel che poté per prendere un altro boccone di riso. Era una tattica per prendere tempo. Non aveva assaporato neppure una briciola delle capesante. Non sapeva dire se il vino fosse dolce o secco. Sapeva solo che sapore avesse l'asparago perché quel gusto non cambiava mai. Perché dal momento in cui lui aveva detto che voleva baciarla, Beth non era stata capace di pensare ad altro.

Bryan non parlava di un semplice bacio sulla guancia o di un rapido incontro di labbra come quello che aveva concesso finora ai suoi appuntamenti. No, con Bryan non ci sarebbe stato nessun casto bacio-mordi-e-fuggi.

E se avesse dimenticato come si faceva? E se non fosse stata all'altezza delle star del cinema che lui baciava quotidianamente? E se le mancasse qualcosa, in quel campo? Dopotutto, a parte Mike, non aveva davvero baciato nessuno da anni.

«Vuoi il dessert?» le chiese Bryan.

Sarebbe stato un altro modo per rimandare l'inevitabile—ma *perché* lo stava rimandando? Anche lei voleva sapere com'era baciarlo. A malapena era riuscita a togliere gli occhi dalle sue labbra per tutta la cena.

Allora di' di no e filiamo fuori di qui!

«Grazie, ma no. Il pasto è stato abbastanza sostanzioso.»

Bugiarda! Sono le farfalle a riempirti lo stomaco.

Zittì mentalmente la coscienza e si asciugò le labbra col tovagliolo, poi lo poggiò sul tavolo accanto al piatto.

Il cameriere comparve un secondo dopo con il conto e Bryan gli porse dei contanti prima che Beth avesse il tempo di battere ciglio, come se i due l'avessero coreografato. «Bryan, non devi—»

«Voglio.» Le riprese la mano, la punta delle dita a sfiorarle le nocche. «Andiamo. Usciamo di qui.»

A Beth corse un brivido all'urgenza nella sua voce. Al comando che era ancora una domanda e a cui ancora non era sicura di saper rispondere.

«Hai guidato tu?» chiese, mentre lasciavano il ristorante, con i suoni della notte e le lucine disseminate tra gli alberi che creavano subito un'atmosfera romantica.

«N...» Beth si schiarì la voce. «No. Rob. È il cugino della mia vicina Anne Marie.»

Bryan le prese la mano. «Bene, perché ora ho il piacere di accompagnarti a casa.»

La condusse al suo pick-up e le tenne aperta la portiera. A Beth un brivido corse addosso quando il vestito le risalì sulla coscia e il respiro di lui si spezzò. Niente male per una mamma di cinque. Con tanto di star del cinema, per di più.

Lo guardò camminare davanti al muso del camion. Ma Bryan non era solo una star del cinema. Era il confidente di Maggie, il compagno di giochi dei gemelli, l'eroe di Jason e la... be', la cotta di Kelsey.

E di Beth.

Ecco. Lo ammise. Lei aveva una cotta per lui quanto sua figlia, ma su tutt'altro piano. Uno che sapeva cosa poteva succedere tra un uomo e una donna, e lei era curiosa di vedere cosa sarebbe successo tra *loro*.

Bryan non disse nulla durante il tragitto, si limitò ad accendere la radio su una stazione soft rock, la mano ferma e salda sulla leva del cambio mentre scalava marcia e, di nuovo, a Beth corse un brivido nel veder come gestiva il camion. Poteva solo immaginare come avrebbe gestito lei.

E, oh, quanto desiderava essere gestita.

Entrò nel parcheggio del parco comunale e si fermò vicino al sentiero che portava al gazebo. Spense il motore e appoggiò l'avambraccio al volante, fissando davanti a sé.

Beth fissava il suo profilo. Quest'uomo era semplicemente mozzafiato.

«Ti va di fare una passeggiata?» Le voltò quegli occhi meravigliosi e il respiro di Beth si bloccò da qualche parte tra il cuore e la gola e riuscì solo ad annuire.

Le sfiorò la guancia con la punta delle dita per un istante, lo sguardo che scivolava dritto alle sue labbra, e brividi d'oca le corsero sulla pelle.

«Resta qui,» sussurrò, poi scivolò fuori dal sedile e girò rapido dal suo lato.

Aprì la portiera e Beth ebbe la sensazione di fluttuare fuori dall'auto, la sua mano ad aiutarla a scendere. Poi le infilò il braccio sotto il suo, stringendola a sé così che la sua spalla sfiorasse il suo bicipite, il suo profumo le solleticava i sensi. Non sapeva darle un nome alla colonia, ma sapeva dare un nome alla parte Bryan Manley; aveva imparato bene il suo odore a casa sua. Indugiava sugli asciugamani che lui aveva piegato e appeso dopo la doccia nel suo bagno, e sui vestiti di Mike che, prima o poi, avrebbe lavato. E sulla sua vestaglia rosa...

Poteva sentire l'odore di Bryan in tutta la casa. Persino tra i capelli di Maggie quando l'aveva baciata buona notte la sera prima.

Non era una buona cosa. Stava diventando troppo parte della sua vita. Troppo il suo punto focale. Eppure era impotente nel fermarlo.

La condusse su per i gradini verso un gazebo decorato con cestini appesi di gerani rossi e lucine di Natale lungo la ringhiera.

Bryan si fermò al centro e si pose di fronte a lei, senza mai lasciarle la mano. Anzi, intrecciò le dita più forte. La tenne più saldamente. Fece un passo più vicino e alzò l'altra mano a incorniciarle la guancia, poi le tracciò il pollice sul labbro inferiore.

Le farfalle nello stomaco di Beth presero a svolazzare così in fretta da toglierle il respiro.

«Voglio baciarti, Beth.» Le sfiorò il naso col suo.

Lei si inumidì le labbra, gli occhi attratti dai suoi. «Non hai bisogno di chiedere.»

Era tutto il permesso di cui aveva bisogno. Il suo pollice scivolò via mentre le labbra scendevano sulle sue e, oh Dio, era fantastico. Le sue labbra sulle sue, a provocare, assaggiare, scorrere sulle sue con tanta promessa che Beth dovette ansimare per far tornare a entrare l'aria.

Santo cielo, quell'uomo sapeva baciare.

Le braccia gli scivolarono attorno a lei, stringendola a sé e il bacio non fu più solo un bacio. Divenne un evento in piena regola. Beth dovette far scorrere le braccia lungo la sua schiena e afferrargli le spalle—spalle incredibilmente forti—e le sue braccia si serrarono attorno a lei. La sua lingua le affondò nella bocca, mandando le sue terminazioni nervose in *tremito* e le rubò ogni stilla d'aria dai polmoni. Ma a Beth non importava perché, se avesse continuato a baciarla, a tenerla e premerla contro di sé e a desiderarla, lei avrebbe potuto andare avanti così per sempre.

E il bacio continuò. Come aveva immaginato, non era un morsetto rapido. Bryan stava assaporando ogni parte delle sue labbra, esplorando ogni centimetro della sua bocca, il respiro caldo e pesante sulla sua guancia, le braccia forti e solide attorno a lei, le mani—Dio, le mani... Aveva un debole per le mani di un uomo e quelle di Bryan erano forti e grandi e capaci e così sensibili quando le disegnavano cerchi con la punta delle dita sulla schiena, accendendo sotto la pelle un'altra ondata di fiamme.

Non poteva star succedendo. Non poteva essere lì, sotto il gazebo con i fiori penzolanti e le luci soffuse e lo stagno che gorgogliava sullo sfondo, una specie di fiaba, a baciare *il* Bryan Manley.

No. Non *il* Bryan Manley. Bryan Manley.

Bryan.

Era lì, con i palmi che scorrevano sulla schiena larga e sulle spalle di Bryan, il tipo venuto a pulirle casa, ma che ci si era infilato dentro e l'aveva rianimata. In meno di una settimana.

Beth si irrigidì. Meno di una settimana. Non poteva provare qualcosa di così forte per qualcuno in meno di una settimana. Era follia. Era stupido. E il fatto che fosse *il* Bryan Manley, star del cinema, era incredibile. A un certo punto si sarebbe dovuta svegliare da quel sogno e fare i conti con la realtà.

Poi lui inclinò la testa dall'altra parte e Beth capì che la realtà si era spostata di qualche grado a sinistra.

Bryan le fece scorrere la mano lungo la spina dorsale, fermandosi appena sopra la curva della schiena che portava al suo fondoschiena. Dio, voleva che la toccasse lì. Che la prendesse nel palmo, stringesse e la tirasse contro di sé così da non lasciare dubbi su come si sentisse.

Ma Bryan non lo fece. Anzi, addolcì il bacio, arretrando appena così da lasciare una fessura d'aria tra loro.

Beth rabbrividì.

«Freddo?» sussurrò Bryan contro le sue labbra.

Scosse la testa—perché era troppo piena di desiderio per riuscire a rispondere in modo coerente.

Le accarezzò la guancia con le nocche, lo sguardo che le si conficcava negli occhi. «Hai ragione. Sei così bollente che ho perso la testa. Non avrei dovuto approfittarmi di te così, Beth. Posso solo dire che desideravo baciarti così tanto che non ho saputo trattenermi. Me lo chiedevo. Lo immaginavo, lo fantasticavo da quando ti ho vista per la prima volta. E quando ho saputo che eri vedova...»

Tirò un respiro tremante e poggiò la fronte alla sua. «Non sono riuscito a pensare ad altro. Dovevo averti tra le braccia. Dovevo sapere com'era baciarti.»

Beth si inumidì le labbra e sentì un brivido correrle addosso quando il suo respiro si spezzò. «E adesso che lo sai?»

Bryan le prese il labbro inferiore tra i denti, poi ne seguì il contorno con la punta della lingua. «Adesso voglio sapere di più.»

Per un istante—okay, forse due... o sette—Beth vide quell'immagine. Loro, nel suo letto. Le luci basse, magari qualche candela, musica soffusa, e Bryan sopra di lei, a guardarla intensamente negli occhi mentre le scostava i capelli dal viso, raccontandole nei minimi dettagli tutto ciò che voleva farle...

Beth serrò le cosce contro il dolore sordo lì, che non era, be', sorprendente in senso stretto perché sapeva come stavano le cose, ma era passato così tanto tempo che a volte si era chiesta se avrebbe ricordato ancora come si faceva.

Si ricordava.

Bryan colse il movimento e le tirò i fianchi contro di sé. «Ehi. Dove vai? Non mordo.» Le fece scorrere la mano in basso sulla schiena e la arrotondò oltre la curva del suo sedere, premendola a sé. «Non a meno che tu non lo voglia, s'intende.»

Lui la desiderava. Non c'era dubbio e Beth non avrebbe mai dimenticato cosa *quello* significasse. Bryan la desiderava e, Dio la aiuti, Beth desiderava lui. Qui. Adesso. Non le importava. Non le importava che fosse un parco pubblico. Che fosse contro i regolamenti. Che il suo nome sarebbe finito su tutti i giornali locali nella cronaca di polizia se li avessero beccati. Che fosse tutto aperto e chiunque potesse passare... Non importava. Bryan sarebbe stato suo.

«Beth...» Il suo respiro era caldo sul collo. «Mi stai facendo impazzire, lo sai?»

Lei riuscì solo ad annuire perché, davvero, non entrava più aria.

Soprattutto quando le mordicchiava il collo così.

«Dio mi aiuti, sei una donna bellissima.» Le incorniciò la mascella con l'altra mano e le nuzzicò l'orecchio, mandando fuochi d'artificio a razzo dentro di lei. Le ginocchia minacciavano di cederle e Beth si aggrappò come se la sua vita dipendesse da quello. In qualche modo, aveva la sensazione che fosse così.

Fu quello il momento in cui la realtà tornò a schiantarle addosso con furia. Era pazza. *Questo* era folle. Lui era Bryan Manley. Era una star del cinema. Non era il tipo da sistemarsi in periferia e lei non aveva alcuna intenzione di vivere il suo stile di vita.

Non che lui glielo avesse nemmeno chiesto.

Già. C'era anche quello.

Beth lasciò la ciocca di capelli alla base del suo collo in cui non si era resa conto di essersi intrecciata con le dita.

Disarcò la schiena così che i suoi seni—i suoi seni dolenti—non fossero più schiacciati contro quel petto magnifico. Così che il suo bacino non fosse più a contatto con quella gloriosa impennata sotto i suoi pantaloni che prometteva il paradiso, ma solo per un tempo molto limitato.

Aveva dei figli a cui pensare. Un cuore da proteggere. Bryan Manley non era ciò di cui aveva bisogno nella sua vita.

«Che c'è che non va?» Si ritrasse e le sollevò il mento con un dito. «Dov'è che sei andata?»

Lei distolse lo sguardo, ma poi tirò dentro un respiro—finalmente!—e tornò a guardarlo. «Non posso farlo, Bryan.»

Qualcosa gli attraversò il viso. Delusione? Quella sì che era una sorpresa. Non è che fosse l'unica donna in città. Diamine, parecchie mamme avevano già fatto più che chiaramente capire di essere ben aperte alla possibilità. No, doveva starci leggendo cose che non c'erano perché, anche se Bryan la volesse davvero, era solo per grattarsi questo prurito così piacevole, così *caldo*, così complicato.

. . .

Dio, era uno stronzo. Baciarla in pubblico così quando non aveva la minima intenzione di restare. Era talmente abituato allo stile di vita di Los Angeles che si era dimenticato che non avrebbe dovuto farlo, specialmente sapendo che Beth non era il tipo da rapporti casuali.

Lasciò la sua guancia. La sua guancia liscia e morbida che sapeva di buono, le sue dita che sfioravano quell'incavo sotto l'orecchio. Quel punto sensuale che sapeva di lei e lo mandava fuori di testa.

Resistette all'impulso di sfiorarle le labbra con le dita. Sarebbe stato crudele—per lui. Sapeva che gusto avessero quelle labbra. Ne conosceva la forma e la consistenza e la morbidezza. Sapeva come si schiudevano quando voleva farci scivolare la lingua in mezzo, e come si sentisse quella inferiore tra i denti. Beth era stata progettata per lui in ogni modo, tranne per il fatto che era legata a ciò da cui lui non aveva mai voluto lasciarsi legare.

Così la lasciò andare con un sospiro profondo e la staccò da sé. «È meglio che ti porti a casa.»

E la lasciasse lì.

Da sola.

Capitolo Dodici

Doveva uscire di casa prima che Bryan si presentasse.

Fu il primo pensiero di Beth quando aprì gli occhi la mattina seguente. La mattina dopo.

Dio, lo *aveva desiderato*. In senso carnale. In senso biblico. In ogni senso che possedesse. Ma poi avrebbe dovuto rinunciarci.

Lo aveva già fatto, e faceva schifo. Perdere Mike era stato devastante. Non poteva farlo di nuovo. E aveva la sensazione che perdere Bryan potesse essere altrettanto distruttivo.

Eppure... non sarebbe stato meglio almeno avere dei ricordi?

Beth strinse il cuscino contro l'addome e si girò, serrando le gambe mentre lo faceva. Le faceva male. Lo voleva. Diamine, si stava persino bagnando solo al *pensiero* di ciò che avrebbe potuto essere.

Non poteva stare qui oggi. Non poteva vederlo a casa sua, chinarsi, allungarsi, muoversi come se ne avesse ogni diritto e non desiderarlo. Perché lo desiderava. Qui, nella privacy della sua camera—la sua camera solitaria—poteva ammettere che voleva sapere com'era. Anche solo per qualche giorno.

Questo la spaventava. Si sarebbe esposta troppo. E i suoi figli... i suoi figli già lo piacevano. Se avesse portato la loro relazione a un altro livello, i ragazzi se ne sarebbero accorti? E cosa sarebbe successo quando lui se ne fosse andato?

Beth si sedette e si tirò giù la T-shirt sulle cosce dolenti. Sì, di sicuro oggi *non* sarebbe stata qui. Forse passare il tempo con cinque bambini-che-non-vogliono-andare-a-fare-compere era proprio ciò che le serviva per togliersi dalla testa un attore incredibilmente sexy.

Bryan non voleva alzarsi dal letto. Non c'entrava niente quel lavoro idiota, e tutto a che vedere con il sogno bagnato che aveva appena fatto su Beth. Già, lui. Un sogno bagnato. Non gli capitava dai quindici anni. Ma Beth... Dio, la voleva. E il suo subconscio gliel'aveva concessa.

Allungò la mano verso i fazzoletti e si ripulì. Era in un mare di guai, se lei riusciva a ridurlo così in una settimana. Gliene restavano ancora tre e non potevano passare abbastanza in fretta. Nel frattempo, avrebbe dovuto fare *qualcosa* per togliersela dalla mente.

Andare a casa sua e pulirle la camera da letto *non* era quel qualcosa.

La desiderava così tanto da spaventarsi. Come aveva fatto quella donna con cinque figli a impadronirsi così completamente dei suoi pensieri? Come era diventata all'improvviso la prima cosa a cui pensava al risveglio e l'ultima prima di addormentarsi? E ogni minuto in mezzo?

Baciarla aveva solo peggiorato le cose. Ora *sapeva* cosa significava stringerla tra le braccia. Assaporarla, sentirla, respirarla. Desiderarla. Perché la desiderava. Maledettamente tanto, e gli faceva paura.

Lei lo costringeva a mettere in discussione cose che non avrebbe mai pensato di mettere in discussione. Cose su cui si era fatto un'idea anni prima. Ma bastava un sorriso spettinato e dagli occhi verdi e lui stava rivalutando tutto. E non voleva affrontarla, vederla, sentirla, *desiderarla* mentre lo faceva—perché Beth sapeva fargli dimenticare il suo stesso nome, figuriamoci i principi fino ad allora incrollabili.

Solo il pensiero di Mac che gli faceva il mazzo lo fece alzare dal letto, entrare sotto la doccia e infilarsi quella divisa orrenda che diventava troppo stretta all'inguine ogni volta che pensava a Beth.

Fece un respiro enorme mentre stava sul suo portico, imponendosi di suonare il campanello in un modo che non gli era servito quando era entrato in quella condanna il primo giorno. Allora, era stata apprensione. Adesso... Adesso era paura. Il pensiero di tenerci a lei. Di desiderarla. Di provare a far funzionare qualcosa tra loro pur mantenendo la sua carriera e il suo status nell'industria.

Jason aprì la porta. «Ehi, amico. La mamma è a fare shopping.»

«Jason.» Bryan si tolse il cappellino delle Manley Maids, mandando un rapido *grazie* alla dea dello shopping. «Hai finito la tua stanza? Oggi conto di pulire a fondo ogni stanza.» Farsi una bella sudata e tenere mente e corpo abbastanza occupati così, se l'avesse vista, sarebbe stato troppo stanco per reagire.

Sperava che l'idea funzionasse. Diamine, lei era fuori e lui la desiderava *ancora*.

«Non ti dà fastidio pulire le case degli altri?» chiese Jason. «Fare quello che dovrebbero fare loro?»

C'era un motivo dietro la domanda, ma Bryan non capì quale fosse. Però Jason voleva qualcosa, e i suoi capelli, i pantaloni e l'aria imbronciata urlavano bisogno di attenzione, così Bryan mise da parte l'orgoglio per vedere se poteva aiutare il figlio di Beth.

«Non c'è nulla di male in una giornata di lavoro onesto. E poi, le amiche di tua madre hanno pagato perché io fossi qui. Non è diverso da un idraulico o un elettricista.»

«Sì, ma loro non indossano una roba del genere.» Jason si scostò i capelli dalla fronte e Bryan intravide gli stessi occhi verdi di Beth.

«L'abito non fa il monaco, Jason. Sono le azioni che contano. Conta la tua parola. Ho promesso a mia sorella che l'avrei aiutata. Ho accettato questo contratto, quindi sono qui.»

«Ma solo per un certo periodo, giusto? Un mese?»

«Sì, un mese.»

«Fa schifo.»

«Dipende da come lo vivi.» Bryan annuì, indicando a Jason di sedersi sulla poltrona del soggiorno, poi si sedette sul divano di fronte, costringendo Jason a guardarlo. La conversazione era un inizio, ma se voleva arrivare a quel ragazzo, se voleva avere l'opportunità di fare del bene mostrandogli la realtà della vita perché aiutasse sua madre invece di creare altro caos ogni giorno, allora doveva coinvolgerlo.

«A me non piace pulire, Jason. Ma va fatto e, una volta che lo fai, ti senti bene per l'orgoglio che hai messo nella tua casa o nella tua macchina o nella tua stanza o nel tuo armadietto, e te ne assumi la responsabilità. Quando possiedi qualcosa, sia una cosa sia un'azione, te ne prendi cura. E facendo così, ti prendi cura di *te*. Di chi sei, di come ti presenti al mondo.»

«Stai cercando di farmi tagliare i capelli? La mamma no, sai.»

Bryan si strofinò i propri. «I tuoi capelli sono i tuoi capelli. È una cosa tra te e tua madre e non so nemmeno perché l'hai tirata fuori. Non ho detto una parola sul tagliarli.»

«Però l'hai pensato.»

«Quello che penso io non conta. Conta quello che pensi *tu*.» Niente discussioni sui capelli. Il tempo si sarebbe preso la sua rivincita quando Jason avrebbe riguardato le foto di adesso. «Dico solo che devi avere cura della tua stanza e di questa casa. Non solo per tua madre, ma anche per te.»

«Amico, di questa casa non me ne frega niente.»

«Davvero? E se dovessi traslocare?»

La testa di Jason scattò in su. «Dobbiamo traslocare? La mamma ha detto di no. Che l'assicurazione sulla vita ha coperto. Che siamo a posto.»

Merda. Non aveva intenzione di preoccuparlo né di tirare fuori nulla sulla morte di suo padre. Stava rovinando tutto. «Se tua madre l'ha detto, allora lo intende. Sto solo dicendo che questa è casa tua. Tua madre sta lavorando davvero duro per farla restare tale e potresti darle una mano tenendo in ordine la tua stanza e raccogliendo un po' di più in giro. Io starò qui solo un mese. Dopo, toccherà a voi mantenere il posto in ordine. Magari non vorrai creare altro disordine. E magari potrai ottenere più libertà se in effetti fai una parte del lavoro.»

«Non ho idea di cosa tu stia parlando.» Jason tornò a imbronciarsi, incrociò le braccia e piantò i piedi sul tavolino—facendo cadere a terra una pila di riviste. E non si mosse per raccoglierle.

Bryan inarcò un sopracciglio.

Con un sospiro da premio, Jason sollevò il suo corpo allampanato dai cuscini quanto bastava per recuperare la pila. Le risbatté sul tavolo in un altro caos.

Bryan si limitò a fissarlo.

Con un altro sospiro che probabilmente si sentì fino alla contea vicina, Jason riordinò i fogli, poi fulminò Bryan con lo sguardo.

«Non è così difficile.» Bryan annuì verso la pila.

«Suppongo.»

«Bene.» Bryan si alzò. «Allora che ne dici di affrontare la stanza? Pensa a quanto sarà contenta tua madre quando torna.»

Per non parlare di quanto sarebbe stato contento *Bryan* quando Beth fosse tornata.

Ma Bryan non c'era quando Beth tornò, e Beth provò sentimenti contrastanti al riguardo.

Non riusciva a togliersi dalla mente quel bacio. Che andava a braccetto con il fatto che lei fosse *fuori* di testa. Bryan Manley era fuori dalla sua portata. Dal suo mondo. E glielo avevano sbattuto in faccia oggi nei negozi.

C'erano stati gli sguardi. I bisbigli. Era iniziato come una brezza leggera attraverso un prato quando era entrata, ma man mano che percorreva le corsie, sentiva la brezza prendere forza, la metafora di una tempesta in arrivo tristemente azzeccata. A metà del supermercato, sapeva che non avrebbe seminato i venti del pettegolezzo entro l'ultima corsia.

E come previsto, c'erano persone appostate tra gli scaffali, che la aspettavano. Le domande su Bryan...

No, non sapeva qual era il suo colore preferito, e no non sapeva quanto fosse alto (l'altezza giusta per baciare) né quanto fossero larghe le sue spalle (abbastanza da avvolgerla e farle saltare il cervello) né quale sarebbe stato il suo prossimo film o se stesse uscendo con qualcuno o perché fosse tornato in città... Le domande continuavano all'infinito, come se lei fosse la sua addetta stampa.

Qualcuno glielo aveva persino chiesto e le era venuto sulla punta della lingua di dire che no, non era la sua addetta stampa; era la donna che lui aveva baciato la sera prima al gazebo di Palmer Park, ma quello avrebbe solo scatenato altre domande e i bambini erano già provati da questo giro.

I bambini. Accidenti. Aveva dovuto portarli via in fretta. Vedeva sul viso di Kelsey la stessa espressione stralunata che aveva avuto quando una reporter—una giovane donna apparentemente gentile e premurosa—aveva parlato a bassa voce con Kelsey fino a che la diretta non era partita, per poi incalzare una bambina di dieci anni su cosa si provasse a perdere il padre.

A Beth si era annebbiata la vista dalla rabbia e aveva quasi spinto via la donna. Invece, aveva interrotto l'intervista e aveva riportato Kelsey di corsa in macchina. Fece lo stesso al supermercato.

Così adesso erano tutti a casa, con lo spettro della morte di Mike che incombeva su di loro e Beth temeva di aprire la porta d'ingresso. Non poteva affrontare Bryan. Proprio non poteva. Doveva tenersi insieme per i ragazzi, preparare la cena e far finta che tutto fosse come doveva essere.

Fece un lungo respiro e sbloccò la porta di casa, pregando che Jason non fosse riuscito a trasformare l'ordine che Bryan aveva riportato nella sua casa nell'ennesimo tornado.

Non nutriva molte speranze.

Solo che, quando aprì la porta, fissò il soggiorno con stupore. La stanza era impeccabile. In ordine. Persino la libreria era sistemata. E le riviste. Mike era stato militare e neanche *lui* avrebbe saputo impilarle più dritte.

Trascinando i quattro più piccoli e sei borse della spesa in cucina, ebbe un altro shock. La porticina per il gatto era sulla porta sul retro, lo scolapiatti era sparito, il rubinetto che perdeva non perdeva più, ogni ditata era sparita dal frigo in acciaio, *e* i disegni erano allineati belli dritti con una calamita a ogni angolo, il pavimento della cucina così pulito da poterci mangiare sopra, e le tre manopole mancanti dei pensili erano state ritrovate e rimesse al loro posto.

A meno che il corpo di Jason non fosse stato posseduto dagli alieni, era stato Bryan a fare tutto questo.

«Mark, raccogli quei marshmallow, per favore,» disse quando il figlio lasciò cadere sul tavolo il sacchetto mezzo mangiato che avevano comprato al supermercato—mancandolo, e sparpagliandoli sul pavimento, mandando in fumo il duro lavoro di Bryan in due secondi.

«Ma mamma, Sherman li mangerà.»

Era proprio quello che temeva.

E, naturalmente, come da copione, Sherman piombò nella stanza e aspirò diverse caramelle prima che lei potesse fermarlo. E poi iniziò a rantolare. Fantastico. Un'altra corsa dal veterinario.

Per fortuna, gli massaggiò la gola e fece scendere i marshmallow. Mark e Tommy si presero una bella ramanzina sui rischi di dare a Sherman cose che i cani non dovrebbero mangiare, e tutti misero a posto la spesa e il resto in modo che la cucina e le loro camere tornassero esattamente come Bryan le aveva lasciate.

Beth entrò nella sua stanza con il sacchetto dei prodotti da toeletta e non si stupì di vedere che Bryan era passato. Aveva detto che lo avrebbe fatto e lo aveva fatto.

Non avrebbe dovuto sorprenderla—e in effetti non la sorprese, non davvero—ma era stato nella sua stanza. Aveva spostato le sue cose per spolverare. Aveva visto dove dormiva. Dove si faceva il bagno.

Le cosce le formicolavano per l'intimità che ciò sottintendeva. Certo, aveva in mano i prodotti per le pulizie, ma dopo quel bacio... Era stata lei a interromperlo. Il suo istinto di conservazione era scattato e avrebbe voluto darsi un calcio. Ma i bambini venivano prima. Dovevano venire prima e lo stile di vita di Bryan non era ciò che voleva per loro. *Se* pure avesse avuto una possibilità. Un bacio non fa un impegno e la carriera di Bryan era così incredibile che non riusciva a immaginarlo rinunciarvi per questo. La vita reale.

«Ehi, mamma.»

Anche se la vita reale aveva appena virato di novanta gradi sulla destra. I capelli di Jason erano... *pettinati all'indietro con il gel?* «Jason?» Poteva davvero vederne il viso, ma non era ancora sicura che fosse lui.

«Sì, ehm, ho sistemato il seminterrato e mi chiedevo se potrei invitare alcuni amici per la serata gamer?»

Ci aveva provato altre volte con questi notturni e di solito si sgonfiavano verso le tre del mattino. Dormivano fino a mezzogiorno, poi tornavano a casa con in pancia una colazione di pancake a tarda mattinata che Jason l'aveva sempre aiutata a preparare. Se quello era il prezzo di tutto il lavoro di Jason *e* dei nuovi capelli, Beth era più che d'accordo.

Kelsey, ovviamente, dovette poi avere *le sue* amiche, e Mark e Tommy dovettero avere *i loro* amici, quindi anche Maggie, e, be', almeno l'ossessione di tenere separati nella sua casa la dozzina e mezza di ragazzi per genere ed età la tenne dal passare la notte ossessionata da Bryan.

Almeno finché non iniziarono le telefonate.

Capitolo Tredici

Di buon mattino—troppo, maledettamente troppo presto—il giorno dopo, Beth smaltì telefonate. Non avrebbe dovuto sorprendendersene, visto il circo al supermercato, ma questo non significava che dovesse piacerle.

E dopo la quindicesima chiamata, ne ebbe abbastanza. Telefonò a tutti i genitori dei ragazzi rimasti per il pigiama party, diede loro il suo numero di cellulare, poi staccò la spina del telefono di casa.

La cosa non fece che far salire la tensione. A mezzogiorno, i furgoni delle emittenti erano parcheggiati sulla sua strada.

Beth richiamò tutti i genitori e li mise al corrente di ciò che stava per abbattersi su casa sua, suggerì di venire a prendere i figli davanti all'abitazione della vicina alle sue spalle, poi chiamò la vicina per avvisarla che i ragazzi le avrebbero attraversato il giardino, radunò tutti i bambini e incaricò Jason e Kelsey di guidarli sul retro mentre lei andava sul portico, come se fosse un'operazione sotto copertura. La sua vicina, Jillian, avrebbe tenuto i ragazzi lì finché la situazione non si fosse calmata.

In teoria, avrebbe funzionato. In pratica, Beth fu un fascio di nervi a pezzi. Non voleva parlare con quella gente. A nessuno doveva importare cosa ci facesse Bryan a casa sua. Non c'era alcun motivo perché questo finisse in TV e, anche se non era lo scandalo che era stata la morte di Mike, non per questo risultava meno invasivo.

Almeno, riuscì ad allacciare bene la camicetta e ad assicurarsi di avere trucco e vestiti senza macchie, ma non è che la cosa la facesse sentire meglio. Le spinsero microfoni in faccia e le urlarono domande come se si trattasse di un'emergenza nazionale a cui tutti dovessero avere risposta subito.

«Bryan pulisce davvero o lo fa per un ruolo al cinema?»

«È una trovata pubblicitaria?»

«Come è stata scelta?»

«Cosa pensano i suoi figli del fatto che abbia di nuovo un uomo in casa?»

Quella fu la domanda che la fece gelare. Quella che la chiuse. E quasi la fece piangere.

«Bryan *non* è l'uomo di casa mia e, anche se lo fosse, non sono affari vostri. Non potete lasciarmi in pace? Lasciarlo in pace? Perché dovrebbe importare cosa fa nel suo tempo libero? Sta aiutando sua sorella e questo aiuta me. Non ha nulla a che vedere con ciò che è successo a mio... a mio marito o alla mia vita e voglio che lasciate fuori i miei figli da tutto questo e che ve ne andiate dalla mia proprietà. Subito.»

Non aspettò che le domande cessassero perché, ovviamente, non cessarono. Quella gente stava lì a fare il proprio lavoro, senza una vera idea di cosa quel lavoro le stesse facendo.

Chiuse la porta alle sue spalle e vi si appoggiò, la testa che batté contro il legno duro. *Non crollerò, non crollerò, non crollerò.*

Continuò a ripeterselo finché lo stomaco non si quietò, il respiro non tornò normale e il bruciore dietro gli occhi non cessò.

Poi squillò il cellulare. Non riconobbe il numero e non rispose. La chiamata finì in segreteria, ma prima che potesse ascoltarla, squillò di nuovo. Poi arrivò un messaggio.

Beth, sono Bryan. Per favore, rispondi. Fammi sapere che stai bene.

Bryan? Bryan la stava chiamando? Come aveva avuto il suo numero? *Perché* aveva avuto il suo numero? E come sapeva cosa stava succedendo?

«Stai bene?» Non le diede neppure il tempo di dire pronto quando rispose alla chiamata.

«Sì.»

«Se ne sono andati?»

«Non lo so. Non voglio guardare.»

Lui imprecò con fantasia. «Non dovresti *affatto* dover sopportare questo. L'ho detto a Mac che non volevo che succedesse. Mi dispiace davvero, Beth.

Avrei dovuto dare loro una battuta e chiuderla lì. Avrei dovuto rendermi conto che non potevo farla franca. L'anonimato non fa parte del pacchetto. Mi dispiace davvero.»

Beth dovette scuotere la testa per schiarirsi le idee. Per cosa si stava scusando? «Non è colpa tua, Bryan. Non li hai mandati tu qui.»

«È come se l'avessi fatto. Qualsiasi cosa io faccia, ultimamente, finisce in TV e avrei dovuto prevederlo. Mi dispiace. Non volevo trascinare di nuovo te e i ragazzi in mezzo. Come stanno?»

«I ragazzi? Stanno bene. Sono a casa della mia vicina. Li ho fatti uscire prima che cominciassero le domande.»

«E tu? Come stai?»

«Io... sto bene.» Mentiva. Le ginocchia le tremavano, lo stomaco era ancora sottosopra e un sudore freddo le imperlava la nuca.

«Senti, so di non avere alcun diritto di chiedertelo, ma se vuoi dire loro che terrò una conferenza stampa alle tre di oggi nell'ufficio della Manley Maids, così si leveranno di torno. Vogliono solo qualche informazione. Gliela darò.»

Inspirò un respiro tremulo. Non sapeva se fosse in grado di affrontarli di nuovo. Non voleva aprire la porta a quel branco di lupi.

«Beth? Mi hai sentito, tesoro?» La sua voce fu così bassa e morbida, proprio com'era stata la sera prima quando le aveva detto che aveva voluto baciarla.

Oh Dio, e se qualcuno lo avesse visto baciarla e avesse scattato una foto e adesso *quella* finisse sbattuta ovunque insieme alla storia che lui le stava pulendo casa? Se li immaginava già, i titoli, su come stessero *giocando* a fare i coniugi. Oh Dio. Non poteva farcela. Non di nuovo. Non poteva rivivere quel circo. Non poteva affrontare gli sguardi e le occhiate e i ditini puntati e le domande—sempre le domande, come se avessero il diritto di frugare nella sua vita, i suoi pensieri più intimi lì, per l'edificazione del pubblico.

«Beth, ci sei, tesoro?»

Attraverso una nebbia di panico, sentì la voce di Bryan.

«Beth, per favore rispondimi.» Nella sua voce c'era adesso un filo di ansia. A cui lei si poteva del tutto relazionare.

«Ci sono.» Il solo atto di pronunciare quelle parole, di riconoscerlo, di comunicare con qualcuno che non stesse cercando di succhiarle l'anima, aiutò Beth a calmarsi.

«Bene. Aggiusterò tutto, tesoro. Te lo prometto. Non dovrai più preoccuparti dei giornalisti. Te lo prometto. Farò assegnare da Mac qualcun altro a casa tua per il resto del mese e non dovrai occupartene né vedermi più.»

«No.» La parola le uscì di bocca prima che ci pensasse.

«Cosa?» Sembrò stupito quanto lei. «Ma se non ci sono, non ti daranno fastidio.»

«Non puoi scappare davanti ai ragazzi. Non puoi insegnare loro a rintanarsi,» anche se era esattamente ciò che lei stava facendo in quel preciso momento—almeno loro non lo stavano vedendo. «Non posso lasciare che la stampa detti la mia vita. La vita dei miei figli. A loro piaci, Bryan. Ai miei figli piace averti intorno. Lo sai che Jason ha fatto qualcosa ai suoi capelli? Posso vedere il suo viso grazie a qualcosa che hai detto tu. Ci ho provato per due anni a raggiungerlo e non ci sono riuscita. Non puoi voltare le spalle a loro adesso per questo.»

D'accordo, stava caricando molto sulle spalle di Bryan, ma avrebbe fatto qualunque cosa per i suoi figli. Maggie gli aveva mostrato quel loro abbraccio speciale che aveva avuto con Mike. Tommy e Mark avevano ricominciato a finire le frasi l'uno dell'altro. Kelsey si godeva il prestigio a scuola, e Jason... Non vedeva il viso di suo figlio per intero da prima del funerale. Avrebbe affrontato le conseguenze della partenza di Bryan quando il suo mese fosse finito, ma per ora, lui non poteva *non* esserci. Cosa avrebbe insegnato questo ai ragazzi su come si affrontano i problemi? Che te ne vai?

«Ma Beth, se io sono lì, continueranno.»

«Allora dai loro quello che vogliono alla tua conferenza stampa. La storia sei tu, non noi. Ma dopo, vogliamo che tu torni.»

Anche Bryan voleva tornare, ma Beth non aveva idea di cosa potesse succedere. Certo, *lui* era il richiamo, ma una bellissima vedova di un pilota di linea con cinque figli e lui in casa? A pulire? La storia era perfetta per i tabloid *e* per la stampa seria. La perfetta trama romantica con la star del cinema e la casalinga. Il suo agente ne aveva colto la possibilità nel momento stesso in cui gli aveva detto cosa avrebbe fatto per Mac, ed era per questo che Bryan aveva voluto volare basso. *Soprattutto* dopo aver letto della morte di Mike. Avrebbe dovuto tirarsi indietro allora. Avrebbe dovuto dire a Mac di trovare qualcun altro prima che i ragazzi si affezionassero.

Affezionassero.

Oh, cavolo.

Non erano gli unici. Ed era la sensazione peggiore e migliore del mondo. Gli piacevano i suoi figli e avrebbe mentito se avesse detto di non essere nemmeno un pochino orgoglioso del fatto che ciò che aveva detto a Jason lo avesse portato non solo a darsi una sistemata, ma a fare qualcosa a quei capelli. L'aveva sentita nella voce di Beth, la sua felicità. Una piccola cosa e lui ci aveva messo lo zampino.

Diamine, avrebbe dovuto farsi trovare da Mac qualcun altro proprio *per via* di quel piccolo tremito nella voce di Beth.

Ma non l'avrebbe fatto. Non voleva nessun altro lì dentro, a vedere la camera di Beth o i peluche di Maggie o la collezione di statuine dei gemelli, o a dire a Kelsey che stava bene e a vedersi stampare quel suo sorriso grande, bellissimo, raggiante, così simile a quello della madre, o ad aiutare Jason a diventare un uomo.

Aiutare Jason—? Santo *cielo*. Quando la famiglia Hamilton si era infilata al di sotto dell'armatura che portava intorno al cuore?

Non era affatto ciò di cui aveva bisogno in testa mentre si apprestava ad affrontare i media quel pomeriggio. Pregò che i suoi pensieri non gli si leggessero in faccia.

«Allora, Bryan,» chiese uno dei giornalisti, «questo significa che si sta tirando fuori da *The Pause Button*?»

Quella commedia romantica stava facendo parlare di sé ancor prima che la sceneggiatura fosse finalizzata, con ogni attore di Hollywood in lizza per i ruoli principali. Quando lui si era aggiudicato la parte, il suo agente gli aveva mandato una cassa di Dom. Prima o poi l'avrebbe bevuta—quando le riprese fossero finite e lui si fosse sentito soddisfatto della sua interpretazione.

«No, sarò in orario per l'inizio delle riprese. Questo lavoro di pulizie è temporaneo. L'attività di pulizie di mia sorella, Mary-Alice Manley, la Manley Maids, sta andando a gonfie vele e aveva bisogno di aiuto. Dal momento che io e i miei fratelli abbiamo lo stesso riferimento su cosa significhi una casa pulita —nostra nonna—Mac aveva una squadra bell'e pronta per i nuovi incarichi.»

«Vuol dire che si pulisce casa da solo?» chiese un altro giornalista.

«Non adesso, ovviamente. Non ci sono mai. In effetti, sono anche cliente della Manley Maids.»

Un altro cronista gli spinse il microfono in faccia mentre si faceva largo a gomitate tra gli altri. «Allora, perché proprio *quella* casa? Per via della bellissima vedova?»

Bryan fulminò con lo sguardo il giovane cronista. Anche alcuni dei veterani gemettero. Potevano fiutare una storia, ma non l'avrebbero mai avuta davvero se facevano imbestialire il loro bersaglio, e non ci voleva un luminare per capire che a Bryan quella domanda non era piaciuta.

«Sono qui per fare un lavoro per mia *sorella*. È l'unico criterio che ha contato in tutto questo.» Non negò che Beth fosse bellissima—non l'avrebbe mai fatto, perché lo era—ma doveva mettere fine alle speculazioni subito. Non aveva alcuna intenzione di portare altra pubblicità alla sua porta. Aveva visto i servizi del telegiornale quando era morto suo marito, aveva visto il panico sul suo volto, l'aveva sentito nella sua voce poco prima; non le serviva rivivere quell'incubo.

Rispose a qualche altra domanda, infilò un paio di spot per la Manley Maids, menzionò il film e pregò che lo scandalo che stava montando si fosse sgonfiato.

Per fortuna, aveva avuto la previdenza di indossare l'orrendo uniforme e accettò di posare per le foto dopo. Pubblicità migliore di così, Mac non poteva desiderarla. Dai loro ciò che vogliono e, si sperava, avrebbero lasciato in pace Beth e i ragazzi.

Proprio come si era offerto di fare lui.

Ma lei *non* aveva voluto che se ne andasse. E non per se stessa, ma per i suoi figli. Avrebbe potuto ribatterle, ma quando lei aveva impostato la questione come il meglio per i suoi bambini, non poteva. Che razza d'uomo sarebbe stato, se fosse scappato al primo segno che lei avesse bisogno d'aiuto?

Non il tipo d'uomo di cui andava fiero.

Capitolo Quattordici

«La mamma sarà furibonda con te, Mags.»

«No che non lo sarà. Lo sto facendo per Bryan. Alla mamma piace Bryan.»

Bryan stava per entrare nella cucina di Beth quando le parole di Maggie lo fermarono. Che cosa stava facendo Maggie? Perché Beth avrebbe dovuto arrabbiarsi? E quanto gli piaceva Beth, se perfino *Maggie* se n'era accorta?

E perché contava? Come quel reporter gli aveva ricordato il giorno prima, le riprese dovevano iniziare tra tre settimane e lui doveva esserci. Quel piccolo soggiorno in periferia era solo temporaneo.

«Ma ovvio, alla mamma piace. A tutte le donne piace.» Kelsey parve molto più grande dei suoi dodici anni.

«Come a te, Kels?»

Bryan si immaginò Maggie che faceva la linguaccia alla sorella e gli scappò un sorriso. Ricordava fin troppo bene quando prendeva in giro i suoi fratelli.

«Non fare la sciocca. Sono troppo giovane perché mi piaccia.»

«Allora perché fai tutta la scema quando è nei paraggi?»

Bryan avrebbe voluto sospirare. Aveva avuto a che fare con cotte di ragazzine per tutta la vita, ma non l'aveva mai turbato quanto in quel momento. Kelsey non poteva avere una cotta per lui. Non voleva ferirla. Soprattutto perché la sua cotta era decisamente per sua madre.

«Io non faccio la scema. Almeno non mi metto a fare qualche stupido collage che ha la colla dappertutto sul tavolo e che lui tanto non appenderà da nessuna parte.»

«Invece sì che lo farà. A Bryan piaccio. Apprezzerà il disegno.»

Di certo lo avrebbe fatto. Subito dopo essersi ripreso dal nodo alla gola che gli stava chiudendo il respiro. Avrebbe appeso qualunque cosa fosse alla porta del suo camerino, su ogni set in cui si sarebbe trovato.

«Alla mamma la colla non piacerà, Mags. Ti caccerai nei guai.»

«No.»

«Sì.»

«No.»

Qui doveva intervenire. Che i maschi litigassero era un conto; da gemelli avevano un legame che sarebbe stato più forte dei danni che le parole potevano infliggere, ma i sette anni che separavano Kelsey e Maggie avrebbero richiesto molto più tempo per rimarginarsi e Bryan non voleva essere la causa di discordia tra le sorelle.

«Ehi, ragazze.» Bryan inclinò la visiera del cappellino verso di loro e ottenne da Maggie le risatine che sperava. Da Kelsey ottenne il sospiro e il sorriso timido che aveva sperato *di non* ricevere.

«Che combini, Maggie?»

Kelsey aveva ragione. Sul tavolo c'era abbastanza colla glitter per decorare Rodeo Drive. In rosa.

Nascose un sorriso. Sul set si sarebbe preso un mare di prese in giro quando avesse appeso qualunque cosa fosse, ma non gli importava.

«Ti sto facendo un disegno, Bryan. Così ti ricorderai di noi.»

Adesso sì che la gola gli si chiuse. Poi guardò il disegno e sentì che lo strozzava. C'erano i cinque bambini—Jason con il nuovo taglio di capelli—con una raggiante Beth dietro di loro, le braccia allargate a coprire tutti e cinque.

Il simbolismo traboccava in quel disegno e a Bryan costò non poco parlare. «È un disegno bellissimo, Maggie. Sarò onorato di averlo.»

Kelsey sospirò.

«Ma Kelsey ha ragione. Dobbiamo pulire tutto prima che la colla si secchi sul tavolo.» Aveva il sospetto che fosse già tardi. Prese uno stick di colla glitter e lesse le scritte in piccolo. Almeno era solubile in acqua. «Kelsey, potresti riempire un secchio d'acqua tiepida?» Le avrebbe dato qualcosa di costruttivo da fare e l'avrebbe fatta uscire dalla fase da fan starnazzante in cui si stava crogiolando al momento.

«Certo, Bryan. Altro?»

Si morse il labbro di fronte all'adorazione da eroina nei suoi occhi. «Se riesci a trovare una spugna con la parte abrasiva dietro, aiuta.»

«Credo che ce ne siano in dispensa.»

«Ottimo. Grazie.» Guardò Maggie. «Dai, Maggie. Puliamo tutto prima che si secchi. Vorrai poterla usare di nuovo.»

«La mamma dice che andrai in esterna. Che vuol dire?»

«Vuol dire che andrò nel posto dove giriamo il film.»

«Pensavo che i film si facessero a Hollywood?»

«Non tutti. A volte è più facile e meno costoso andare in una location, come il mare o la montagna o una città, piuttosto che costruirla a Hollywood.»

«Lì avete i telefoni?»

«Certo. Sarà come se stessimo girando qui in città.»

«Con tutta la gente e tutte le telecamere proprio come quando è morto il papà?»

Trattenne il respiro. Aveva sentito il panico nella voce di Beth per via delle telecamere, quindi non si era aspettato che Maggie fosse così disinvolta, ma dopotutto lei aveva solo tre anni. Forse non le aveva fatto così tanta impressione.

«L'ho detto alla tua mamma che mi dispiaceva. Non pensavo che alla gente sarebbe importato che fossi qui.»

Maggie alzò le spalle. «Be', *io* sono contenta che tu sia qui. Fai sorridere me e la mamma. Ma Kelsey... si comporta in modo strano. Forse potresti farla smettere di essere strana.»

«Maggie!» Kelsey posò il secchio sul ripiano con uno schianto, facendo schizzare l'acqua oltre il bordo, e lanciò a Bryan uno sguardo sconvolto un attimo prima di correre fuori dalla cucina. «Ti odio!»

«Rimani qui, Maggie, e comincia a pulire. Torno subito.» Doveva stroncarla sul nascere prima che Kelsey la facesse crescere a dismisura.

Certo che era corsa in camera sua. Fantastico.

Bryan la sentì piangere dall'altra parte della porta e tirò un bel respiro prima di bussare.

«Vattene, nana.»

«Sono io, Kelsey.»

Ci fu silenzio. Poi un sniff. Poi un singhiozzetto. Passi strusciati sul pavimento, quindi lo scatto della serratura.

Un viso stravolto apparve nella fessura della porta. «Maggie non sa quello che dice.»

«Possiamo parlare, Kelsey?»

Chiuse gli occhi, poi spalancò la porta. «Suppongo di sì.»

«Andiamo a sederci in veranda.»

Si morsicò il labbro e lo precedette giù per le scale e fuori, verso le sedie a dondolo di legno, abbassando il capo così che i capelli le coprissero il viso.

«Riguardo a quello che ha detto Maggie...»

«È un'oca.»

«È tua sorella e alle sorelline piace stuzzicare. Fidati, lo so. Ne ho una.»

Affiorò l'ombra di un sorriso.

«Non penso che tu ti stia comportando in modo strano. Quello che provi è normale per una ragazza della tua età. E mi lusinga. Ma io sono troppo grande per te.»

Le guance le ardevano, ma era decisamente la figlia di Beth, lo affrontò con la stessa grinta. «Sì, lo so. E poi, piaci a tutte le mamme.»

Si trattenne dal far notare che le mamme *avevano* la sua età.

«Quindi ti piace la mia mamma?»

Quella non se l'aspettava. «Uh, be', sì. Tua mamma è una brava donna. E per quello che ha passato, per quello che avete passato tutti, tua mamma è una signora speciale.»

«Sì, ma ti piace-piace?»

Come aveva fatto questa conversazione a imboccare proprio il sentiero che non voleva percorrere? Aveva pensato che affrontare i sentimenti di Kelsey sarebbe stata la parte delicata... «A tua mamma voglio molto bene, Kelsey. Ma non starò qui a lungo. Tra qualche settimana ho un film e me ne andrò per mesi. Poi ce ne saranno altri. La mia carriera mi porta in giro per il mondo. Non posso stare qui. E tua mamma merita qualcuno che le stia vicino. Che ci sia per lei.»

«Oh.»

E farebbe bene a ricordarselo. Perché per un momento, lì in cucina con Maggie, e l'altra sera nel gazebo, si era lasciato andare. Aveva immaginato. Fingendo.

La sua vita *professionale* era tutta finzione; non gli serviva nella vita *reale*. E la realtà era che, per quanto lui fosse attratto da lei, per quanto gli piacesse stare con lei e con la sua famiglia, Beth era una realtà che non poteva avere.

Beth si scostò dalla porta d'ingresso. Non avrebbe dovuto origliare, ma quando li aveva visti avviarsi là fuori, stava per chiedere che cosa stesse succedendo finché il linguaggio del corpo di Kelsey non l'aveva trattenuta. E poi aveva sentito quello che Bryan aveva detto. Aveva gestito benissimo la cotta di Kelsey.

E quello che aveva detto di lei...

Aveva ragione. Ogni parola era giusta—stava per andarsene. Non poteva restare e lei doveva ricordarselo.

Ma lei gli piaceva. Era «una signora speciale». Un brivido le era corso addosso quando lui l'aveva detto. Un brivido che non provava da anni—fino alla notte nel gazebo.

Bryan se ne stava andando. Non sarebbe rimasto. I brividi non contavano, quando si trattava di questo. I suoi figli avevano bisogno di stabilità e lei anche. Lo stile di vita di Bryan non era adatto a nessuno di loro.

<h1 style="text-align:center">Capitolo Quindici</h1>

Bryan impacchettò il kit di pulizia delle Manley Maids e diede alla cucina un'ultima controllata. La colla di Maggie era stata un incubo, e i brillantini sparsi sul pavimento non erano stati uno spasso, ma loro due avevano lavorato sodo per tirar via tutto mentre il disegno che lei gli aveva fatto asciugava sul ripiano. Aveva messo dei pesi agli angoli perché non si arricciassero e insisté perché Maggie lo firmasse una volta asciutto.

Lei gli sorrise a mille quando lo fece, e Bryan seppe che avrebbe sempre custodito quel pasticcio storto e rosa. Dimenticare Maggie Hamilton sarebbe stato difficile. Dimenticare tutti gli Hamilton lo sarebbe stato. Proprio come Tommy e Mark quando irruppero di nuovo in cucina, trascinando con loro una corda infangata e lasciando impronte dal retro fino alla cucina, e se lui non fosse stato fermo sulla soglia della family room—la via d'accesso al resto della casa—quelle impronte avrebbero continuato oltre.

«Alt!» Protese il braccio. «Chi va là, soldati?»

I ragazzi si guardarono, confusi per un attimo, poi grandi sorrisi si aprirono sui loro volti e scattarono sull'attenti.

«Sono io, Sir Markus. Sono venuto a dire alla regina che il suo cane reale è scappato.»

«Cane?» Tommy alzò gli occhi al cielo. «È il *prigioniero* di Sua Maestà che è evaso. Sta correndo nel giardino del vicino.»

Sherman. Di nuovo.

Bryan posò la cassetta degli attrezzi per la pulizia sul bancone. «Avanti, uomini.»

Fu un pomeriggio di tortura. Era stato in gran forma per l'ultimo film, non credeva di essersi poi tanto rammollito, ma correre dietro a un cane con le pile Duracell e a due ragazzini gli mostrò quanto si sbagliasse.

Quel dannato cane aveva imparato un paio di trucchetti dopo la fuga dal recinto e ci volle l'«esercito» di amici di Sir Markus e Sir Thomas per circondarlo.

Bryan e una dozzina di dieci-anni alla fine accerchiarono Sherman presso la piscina di un vicino, avanzando e stringendo il cerchio. Sfortunatamente, al centro del cerchio c'era la piscina stessa e Bryan ebbe la sensazione che non sarebbe finita bene.

Soprattutto quando Sir Thomas decise di guidare la carica della brigata di spade laser.

Sette bambini finirono in acqua. Un cane uscì.

E sgattaiolò via con una scrollata, un guaito e troppa molla nelle zampe.

Bryan tirò fuori i ragazzi, strizzò T-shirt e pantaloncini, impartì loro una lezione lampo di guerra a bordo piscina per la prossima volta, poi li guidò fuori dal cancello sul retro all'inseguimento del dannato cane.

Il dannato cane si stava divertendo un mondo. Letteralmente. C'era un campo al limite del quartiere, ma era l'ultimo baluardo di sicurezza prima della strada trafficata.

«Okay, ragazzi, ecco il piano.» Bryan chiamò i ragazzi in cerchio. «Tommy, Johnny, Kevin e Kyle: voi fiancheggiate a destra.»

«Che vuol dire fiancheggiare?» chiese Kyle.

«Voi fate il giro a destra.» Bryan indicò un corniolo. «Vedete quell'albero? Voglio che passiate dietro e risaliate fino a quel ceppo. Poi entrate in silenzio, stringendovi man mano che venite avanti. Voi altri fate il giro dall'altro lato. Intrappoleremo Sherman in mezzo proprio come l'ultima volta.»

Mark raccontò agli altri dell'incidente con il cumulo del compost—completo del tuffo di testa di Bryan dentro. «Bryan ha salvato la situazione *e* il cane. È stato fantastico!»

Okay, si sarebbe preso il merito del tuffo nel compost se ai ragazzi era sembrato fantastico.

Anche la doccia successiva e il vedere Beth dopo erano stati piuttosto fantastici.

Bryan gettò un'occhiata a Sherman. Il cane era accucciato, la lingua penzoloni sul lato sinistro della bocca, quel ghigno sul muso che li sbeffeggiava. «Okay, ragazzi, camminate piano verso le vostre posizioni.»

Sherman si mosse quando i ragazzi si aprirono a ventaglio, le sopracciglia che s'increspavano. Bryan non si era nemmeno reso conto che i cani *avessero* le sopracciglia.

Il cane guardò avanti e indietro tra i due gruppi di bambini. Ogni volta che Sherman girava la testa, Bryan scivolava avanti di qualche passo. A un certo punto, Sherman gli lanciò un'occhiata e Bryan si immobilizzò.

Il cane si agitò nervoso. Bryan guardò i ragazzi con la coda dell'occhio. Erano quasi pronti per iniziare ad avanzare. Se avesse tenuto Sherman concentrato su di lui, i ragazzi avrebbero potuto avvicinarsi abbastanza da stringere il cerchio così che il cane non avesse più possibilità di fuga.

Tommy agitò un braccio. Poco dopo lo fece anche Mark.

Bryan annuì e i ragazzi avanzarono lentamente.

Sherman si alzò in piedi. Cazzo.

Bryan allargò le braccia, cercando di sembrare più grosso. Gli animali, davanti a minacce più grandi, reagivano rannicchiandosi.

Ovviamente *questo* dannato cane no.

Sherman, praticamente danzando sulle punte, girò su sé stesso, il moncherino della coda che si irrigidiva quando vide i ragazzi. Bryan colse l'occasione per fare ancora qualche passo avanti.

Il cane guardò oltre la spalla—il che diede a Tommy e Mark la possibilità di avanzare.

Bryan avrebbe voluto dir loro quanto era fiero che avessero capito la tattica, ma non voleva spaventare Sherman più di quanto già fosse.

Fece un altro passo quando Sherman tornò a guardare i ragazzi. Poi un altro. Era a meno di un metro dal cane quando uno dei bambini inciampò.

Fu tutta la scusa che servì a Sherman per filarsela.

Per fortuna, commise l'errore di tentare di passare accanto a Bryan, e Bryan gli si tuffò addosso.

E atterrò su una montagnola di palline di coniglio.

Almeno non erano di cervo o di cavallo, ma comunque... Quel dannato cane lo aveva costretto ad aver bisogno di una doccia due volte.

«L'abbiamo preso! Grande lavoro, Bryan!» gridò Mark, mentre i ragazzi si davano tutti il cinque per la loro grande impresa di squadra e Bryan teneva stretto lo Jack Russell che si dimenava e puzzava come il suo trofeo.

Infilò il cane sotto il braccio e agganciò il pollice al collare così che la peste non tentasse qualche torsione per scappare di nuovo.

Il gruppo tornò a casa in formazione, stile legione romana. Beth aveva radunato le ragazze—che a quanto pare adesso si parlavano—e porgeva un vassoio di biscotti. «Gli eroi conquistatori vanno ricompensati. Grazie, signori.»

Si avventarono sui biscotti come ci si aspetterebbe da un'orda di famelici dieci-anni. Meno male che a Bryan non andava di prenderne; l'inseguimento di Sherman gli aveva fatto capire che era meglio stare alla larga dai dolci.

Soprattutto da Beth.

«E io che cosa ricevo, mia signora?» Addio buoni propositi. Era così dannatamente carina mentre «conferiva» i biscotti ai ragazzi e lui, dopotutto, teneva in braccio il cane del bottino.

Kelsey guardò sua madre. Dannazione. Non avrebbe proprio dovuto fare quella domanda davanti a sua figlia dopo quella conversazione in veranda. Soprattutto quando Beth arrossì.

«Io, ehm, potrei farne altri?»

Kelsey alzò gli occhi al cielo. «Maaamma.» Prese Sherman da Bryan. «Devi dare un bacio al cavaliere. Non sai proprio niente?»

Oh, Beth di baci se ne intendeva eccome. Bryan poteva testimoniarlo. E riceverne uno da lei qui, davanti a tutti quei testimoni, *non* era la migliore delle idee.

Ma Kelsey non avrebbe mollato. Non con quello sguardo puntato su Bryan.

Così lui le prese la mano, si inginocchiò e le diede il bacio più rapido e casto che riuscì a gestire—nonostante il desiderio di tirarla giù e rotolarsi sull'erba tutta la notte, baciandola fino all'alba.

Invece, tornò con la testa alla realtà, si rizzò in piedi in fretta, poi fece un inchino sia a Maggie che a Kelsey. «E ora, mie signore, se mi volete scusare, ho un lavoro da finire.» Quelle impronte infangate non si sarebbero pulite da sole.

«Aspetta, Bryan.» Beth picchiettò una mano sulla spalla dei figli.

«Ragazzi, c'è un disastro in cucina con il vostro nome sopra. Che ne dite di marciare dentro e occuparvene? Non è compito di Bryan.»

I ragazzi si imbottirono i biscotti in bocca e fecero ciò che aveva chiesto.

Bryan sollevò le sopracciglia verso Beth. «Niente proteste?»

Lei alzò le spalle. «Che posso dire? Sono eroi conquistatori. Hanno salvato Sherman.»

Maggie tirò l'orlo della maglietta di Beth—abbassando lo scollo abbastanza da permettere a Bryan di intravedere un po' di scollatura.

Altri quindici secondi di tortura.

«Mamma, *Bryan* ha salvato Sherman. Gli è saltato addosso. Me l'ha detto Kyle.»

Bryan le diede un buffetto sotto il mento. «No, Maggie. È stato un lavoro di squadra. Ognuno ha fatto la sua parte. Io ero solo lì quando Sherman ha corso. Abbiamo salvato *tutti* Sherman.»

Maggie incrociò le braccia. «Macché. L'hai fatto tu. L'ha detto Kyle. Sei solo modish.»

Lo sguardo che Beth gli rivolse diceva che voleva abbracciarlo. Sperò fosse per più di un motivo che non solo dare il merito ai suoi figli.

«Kelsey,» disse, spezzando lo sguardo tra loro che era durato un battito di troppo per essere opportuno, «porta per favore Sherman nella lavanderia. Ha bisogno di un bagno.»

«Anche Bryan.» Maggie si tappò il naso. «Puuuuzza.»

E fu così che, ancora una volta, Bryan si ritrovò nudo nel bagno di Beth.

Questa volta non ebbe fretta. La volta precedente si era sentito così a disagio con quell'intimità, ma adesso, dopo averla avuta tra le braccia, dopo l'effetto che aveva su di lui... voleva tutta l'intimità possibile. Il gazebo non aveva fatto che stuzzicare la sua curiosità.

Non avrebbe dovuto baciarla. Non avrebbe dovuto torturarsi in quel modo. Proprio come non avrebbe dovuto torturarsi adesso, immaginandola lì con lui, a insaponarsi tutto il corpo, a strofinarsi contro di lui sotto l'acqua che le perlava sulla pelle, a sollevare il piede per agganciarlo dietro la sua coscia, a premere il seno e i capezzoli contro il suo petto e, oh, cavolo, sarebbe venuto nella sua doccia se non avesse interrotto quel treno di pensieri.

Abbassò la temperatura dell'acqua e decise di *non* indugiare. L'asciugamano rosa che Maggie aveva insistito usasse anche stavolta aiutò a stemperare la situazione e, quando poté aprire la porta della sua camera, si era rimesso sotto controllo.

Tranne che ora fissava il suo letto.

Le immagini tornarono prepotenti e così anche la sua erezione. Dio, la desiderava. Voleva stenderla su quel letto e baciarla dai suoi occhi splendidi a quel nasino all'insù e a quelle labbra dannatamente sexy. Fino al mento, poi far scorrere la lingua sotto, giù per la gola, solleticando la fossetta della clavicola prima di banchettare con i suoi seni. Voleva le mani su di loro, le labbra, la lingua, prenderla in bocca e farla impazzire di desiderio.

Era stata nel momento con lui in quel gazebo. Lo aveva voluto. Aveva fatto bene a non lasciar andare le cose troppo oltre—per il bene di entrambi—perché lui l'aveva desiderata da morire. Non poteva *non* averlo capito.

Si strinse l'asciugamano rosa in vita, sperando in un po' di sollievo alla pressione, ma l'attrito del cotone sulla testa sensibile non fece che farlo pulsare di più. Voleva Beth e cominciava a temere di non essere abbastanza forte da resistere alla tentazione.

Bryan scosse la testa. Ridicolo. Aveva migliaia di donne—modelle bellissime e sexy—che si lanciavano tra le sue braccia. Poteva avere chiunque volesse.

Ma voleva solo Beth.

Strappò via l'asciugamano, mezzo sperando nella frustata dell'estremità acuminata che gli colpisse la coscia e gli distogliesse l'attenzione dal fatto che il suo cazzo era duro, pulsante e desideroso di affondare profondamente dentro di lei. Beth. Madre vedova. Di cinque.

Per la prima volta, quel pensiero non gli fece più una paura fottuta.

Afferrò i boxer dal letto e si schioccò l'elastico sugli addominali, sperando che il pizzicore deviasse ciò che provava. Niente. Ancora duro come la roccia. Prese allora i pantaloncini. I pantaloncini del *marito* di lei.

Se li infilò con calma, immaginando Mike fare la stessa cosa. Dopo aver fatto l'amore con Beth. *Quello* avrebbe dovuto raffreddarlo.

Non lo fece. Lo fece solo desiderarla di più.

Stava impazzendo. Stare lì lo stava logorando. Aveva bisogno di una pausa. Terreno neutro. Qualcosa su cui concentrare la mente.

Infilò il braccio nella T-shirt—anch'essa di Mike—e compose Sean sul cellulare.

«Ehi, Bry, che c'è?»

Il suo cazzo, ma se lo avesse detto, Sean non gliel'avrebbe fatta passare liscia per il resto dei suoi giorni. E *non* sentirne parlare era esattamente il motivo per cui stava chiamando suo fratello. «Ti serve una mano in quella tua tenuta? Ho un po' di tempo da ammazzare e non mi dispiacerebbe fare un po' di fatica.»

«Ti offri volontario ad aiutare? Gratis o ti aspettavi che ti pagassi? Ai prezzi da star del cinema non arrivo in questo periodo.»

Il solito Sean, che ci infilava sempre una stoccata. I suoi fratelli *erano* felici del suo successo, ma era troppo facile per loro scherzare sul suo stile di vita sfarzoso e poco suburbano.

«Consideralo sweat equity.»

Aveva già investito una bella fetta di soldi per essere socio nella tenuta che suo fratello progettava di trasformare in un resort esclusivo. Anche Liam era della partita, e non appena il testamento fosse stato dichiarato esecutivo, la proprietà sarebbe diventata di Sean. Allora sarebbe cominciato il lavoro vero. Al momento, Sean aveva avuto la fortuna di essere assegnato lì da Mac, quindi era perfetto per tutti. Soprattutto se questo avesse tenuto Bryan fuori da casa di Beth per qualche ora e gli avesse dato un po' d'aria.

Capitolo Sedici

«Secondo me dovresti portarlo all'happy hour.»

«Oooh, ottima idea, Jenna. Così potremmo conoscerlo tutte.»

Beth alzò le sopracciglia alle due amiche che si comportavano più come coetanee di Kelsey che come donne adulte. Jenna e Kara volevano sbirciare Bryan. Erano entrambe felicemente sposate, ma non era un segreto che Bryan Manley fosse in cima alla Hall Pass List di ciascuna.

Poveri mariti loro. Quando, durante una conversazione, era saltata fuori la Hall Pass List, i ragazzi avevano scherzato su e l'avevano presa alla leggera, ma ora che il numero uno sulla lista di entrambe era davvero in città e in casa sua...

«Non è un trofeo da mettere in mostra, Kar.» Guardò Mark correre lungo il campo da calcio e fece una smorfia quando venne sgambettato alla caviglia. Da suo fratello. C'era da aspettarselo. I due *erano* letteralmente due piselli nello stesso baccello.

«Allora, tesoro, non l'hai guardato abbastanza. Che fai quando si piega per rimboccarti i cuscini? Te ne vai?»

Un rossore fiammò sul viso di Beth e lei frugò nello zainetto in cerca delle bottiglie d'acqua di scorta dei ragazzi che portava sempre, nel caso avessero finito l'altra. «Non è un pezzo di carne.»

Jenna neppure finse di guardare la partita. Ma poi, suo figlio Ben era in panchina in quel momento. «Tesoro, è un gran pezzo di manzo e non puoi dirmi che non l'hai notato. Quel rossore che ti sta venendo dice tutto, anche se tu non dici niente.»

«Va bene. Sì, è un bel tipo. L'ho capito. Ma non è qui per essere oggettificato, e voi due non lo pagate per stare qui dopo l'orario, quindi no, non lo inviterò all'happy hour.»

Era una tradizione d'estate. Ogni venerdì sera qualcuno ospitava una festa. Tra loro la chiamavano happy hour—per i bambini la chiamavano family hour perché, davvero, non era una buona idea insegnare ai piccoli che gli happy hour erano la norma. Inoltre, a scuola sarebbe venuto un colpo quando le maestre avessero letto i diari estivi dei bambini.

«Dai, Beth. Almeno chiediglielo. Che c'è di peggio che potrebbe fare, dirti di no?»

No, il peggio sarebbe stato se avesse detto di sì. Negli ultimi due giorni Bryan era uscito da casa sua alle quattro in punto. Arrivava alle otto spaccate, si prendeva un'ora di pausa pranzo—al minuto—e poi se ne andava non appena poteva. In realtà, lei gli aveva detto che poteva andarsene prima se aveva da fare, ma lui l'aveva solo guardata e aveva detto che avrebbe lavorato fino alle quattro.

Non sapeva cosa fosse successo. Perché fosse passato da quel cavaliere in scintillante uniforme verde pistacchio a questo... cortese estraneo. Ma per qualche ragione aveva deciso di tenere lei e i bambini a distanza. Per sé, le stava bene, perché aveva pensato a lui fin troppo, ma ai ragazzi mancava la complicità che avevano condiviso. E a lei era mancato sentire le loro risate.

L'arbitro fischiò e Mark uscì dal campo imbufalito, con il viso rosso come il suo, ma di rabbia. Stava per scendere dalle tribune quando il suo allenatore, il signor Weston, gli mise un braccio attorno e lo ricondusse in panchina, parlandogli per tutto il tempo.

Il cuore di Beth doleva. Ai bambini serviva un padre. Mike avrebbe saputo cosa dire a Mark. Le cose che probabilmente stava dicendo l'allenatore, ma avrebbero avuto lo stesso peso dette dal padre del suo amico Eric invece che dal suo?

Ancora una volta, l'ondata di tristezza che l'aveva travolta dopo la morte di Mike minacciò di sommergerla. Il gruppo di sostegno diceva che col tempo la sensazione si sarebbe attenuata, ma non sarebbe mai scomparsa del tutto. Che i *se* sarebbero sempre rimasti in agguato sullo sfondo della mente.

Detestava quei film mentali. Non poteva vivere nei *se*; lei era qui e ora.

Come i suoi figli. Quindi, qualunque parola di saggezza servisse a Mark, era abbastanza realista da sapere che doveva essere l'allenatore a dargliela.

Poi vide Bryan procedere a grandi passi verso il campo dall'altro lato del parco. Ancora nella sua uniforme verde, l'uomo era *ancora* uno spettacolo, e quelle farfalle che lui le aveva svegliato nello stomaco al gazebo si risvegliarono e drizzarono le antenne, con le ali che le fremevano nel ventre in attesa.

Ma non venne verso di lei. Per un attimo, le ali delle farfalle si afflosciarono, però quando lui si diresse verso la panchina, strinse la mano all'allenatore, poi si accovacciò davanti a Mark e parlò con lui, le farfalle impazzirono.

«E tu pensi che *quello* non sia un premio? Ma sei cieca?» Jenna si sventolò. «Sul serio, Beth, non lo vedi *quello*?»

Quello era il problema. Lei lo vedeva eccome. E diventava sempre più difficile distogliere lo sguardo più a lungo lui restava nei paraggi.

Così non lo distolse. Lo guardò con suo figlio. La partita andò avanti intorno a loro, i bambini andavano e venivano dalla panchina, i fischi risuonavano, la folla esultava o si lamentava, e Jenna di tanto in tanto le diceva qualcosa, ma Beth aveva occhi, orecchie e ogni altro senso puntati su ciò che stava accadendo su quella panchina davanti a lei.

Le spalle afflosciate di Mark si distesero piano piano. La schiena si raddrizzò un po', i cenni del capo si fecero più convinti. Poi si rifilò le scarpe e si alzò, saltellando da un piede all'altro, tirando la maglia dell'allenatore per attirare la sua attenzione.

A un certo punto Bryan scavalcò la panchina e si ritrasse di qualche passo fino al bordo della pista che circondava il campo interno. Si infilò le mani nelle tasche davanti—cosa che faceva cose molto piacevoli alla parte posteriore dei suoi pantaloni, un'altra cosa da cui era difficile staccare gli occhi—e annuì quando Mark si voltò a guardarlo.

Mark riuscì finalmente ad attirare l'attenzione dell'allenatore e si scambiarono un rapido cuore a cuore. Il signor Weston lanciò un'occhiata a Bryan, poi annuì a Mark. E allora suo figlio entrò in partita.

Le lacrime punsero gli angoli degli occhi di Beth. Per quel solo momento, Bryan fu il suo Principe Azzurro.

«Oh mio Dio. Sta venendo qui!» Kara sibilò le parole tra i denti. «Presto! Jenna! Hai della gomma?» Si mise la mano davanti alla bocca e respirò dentro.

«Seriamente? Pensi di avere una *chance* di baciare Bryan Manley adesso? Qui? Con Beth seduta accanto a noi?»

Questa volta Beth non arrossì. Stavolta lasciò che le parole di Jenna affondassero. Le rigirò sulla lingua per assaporarle.

Magari...

No. Scosse la testa. I *magari* erano tanto perniciosi quanto i *se*.

«Ehi.» Bryan salì le tribune, quei pantaloni che abbracciavano cosce potenti e la camicia tesa su un gran bel paio di spalle. Tutte cose che lei aveva notato di lui la prima volta che l'aveva visto sullo schermo, ma adesso, vederlo qui in carne e ossa... E questo non faceva che aggravare il problema.

«Che cosa è successo con Mark?»

Le amiche si scostarono come il Mar Rosso, dandogli la possibilità perfetta di sedersi accanto a lei.

Per sua fortuna, lui colse l'occasione. O forse non così tanta fortuna, perché una di quelle cosce sode ora le premeva contro e il sentore della fatica della sua giornata le aleggiava intorno, indugiando sulla sua lingua, sfidandola ad assaggiarlo.

Dio, quanto lo voleva.

Ma non lo avrebbe fatto. Aveva bambini impressionabili da considerare. E mamme che la osservavano con invidia.

E un teleobiettivo puntato su di loro dalle tribune sull'altro lato del campo.

Porca miseria.

«Aveva detto un paio di paroline al fratello per averlo sgambettato alla caviglia. L'allenatore voleva stroncare la cosa sul nascere prima che degenerasse.»

Lei avrebbe voluto stroncare sul nascere qualcos'altro, ma temeva che, se gliel'avesse detto, avrebbe generato ancor più pubblicità che non voleva. «E tu che cosa gli hai detto?»

Bryan alzò le spalle. «Che Tommy l'aveva preso per sbaglio ed è famiglia. Alla tua famiglia non manchi di rispetto e non la insulti, punto. Non lo fai con nessuno, ma soprattutto non con quelli che ci saranno sempre per te.»

«Oh, che dolce.» Kara tese la mano. «Kara Leopold. Sono un'amica di Beth. E questa è Jenna Harte.»

«Piacere.» Neppure Jenna perse l'occasione di toccarlo e stupì Beth quanto poco le piacesse. «I nostri figli giocano a calcio con i gemelli.»

«Ben e Nick.» Kara si sistemò una ciocca dietro l'orecchio e inclinò appena la testa, con un sorrisetto sulle labbra che Beth non le aveva mai visto.

Oh, per piacere. Davvero? La donna era felicemente sposata con il suo amore del liceo, eppure un sorriso—okay, *era* devastante—di Bryan e convenientemente si scordava di essere cotta dell'uomo che conosceva dalla quarta elementare?

«Piacere di conoscervi, signore.» Bryan era un esperto nel tirarsi fuori da situazioni appiccicose—situazioni con le donne; l'aveva visto con Kelsey—e ora mise a frutto l'esperienza. «Stamattina i ragazzi e io abbiamo fatto proprio una conversazione sull'avere le spalle del fratello, quindi quando ho visto la faccia di Tommy, sono rimasto un po' sorpreso.»

«La faccia di Tommy?» Beth non riuscì a celare la *sua* sorpresa.

Bryan annuì. «Ho visto l'azione e la reazione di Mark, anche se non ho sentito cosa si sono detti. Ma poi Tommy sembrava sul punto di piangere. Con quello di cui avevamo parlato stamattina, beh...» Si massaggiò la nuca. «Spero di non aver oltrepassato i limiti, Beth, ma dato il discorso, ho pensato di poter aggiungere qualcosa al sermone dell'allenatore.»

Beth non sapeva per che cosa mettersi a piangere per prima. Per essere una madre tanto incapace da non aver notato il dolore di Tommy, o perché Bryan aveva avuto parole di saggezza per i suoi ragazzi che lei non avrebbe mai avuto. Sperava solo che il fotografo non avesse immortalato quell'istante.

Che cosa avrebbe fatto con quel fotografo? Per quanto le piacesse, non poteva fingere che non ci fosse. Non li faceva mai sparire.

«No... no. Va bene. Apprezzo che tu abbia trovato il tempo per farlo.»

«Nessun problema. Me l'hanno chiesto loro.»

Davvero? Novità per Beth. Ai ragazzi il calcio non entusiasmava più da quando Mike non era più il loro allenatore. Aveva dovuto corromperli con la gelateria dopo e un grande discorso sul non lasciare nei guai i compagni prima che si mettessero la divisa a ogni partita. Sapere che Bryan sarebbe stato lì spiegava perché oggi non le avevano fatto storie. La sua famiglia si stava affezionando un po' *troppo* a Bryan Manley.

Come Kara, che si era avvicinata ancora un poco e aveva girato il corpo quel tanto che Beth avrebbe quasi giurato che stesse sporgendo il petto—già di dimensioni notevoli grazie al regalo d'anniversario del marito per il loro ventesimo. Non qualcosa che Beth avrebbe voluto, ma Kara ne era stata contenta.

Ora, vedendola cercare di attirare l'attenzione di Bryan e l'interesse palese che mostrava, Beth dovette chiedersi se quelle tette fossero state un tentativo di salvare il matrimonio più che di impreziosirlo.

«Maggie!» Beth chiamò verso la sabbiera dove Maggie stava lavorando a un castello in miniatura con la sua terza bottiglietta d'acqua. Beth aveva imparato a portarne almeno sei perché Maggie aveva trovato il suo mezzo nella sabbia bagnata. Beth giurava che la sua piccola sarebbe diventata un'artista, un giorno. Forse una scultrice.

«Che c'è, mamma?»

«C'è Bryan. Vuoi mostrargli cosa stai facendo?»

Sì, era sbagliato usare sua figlia per distrarre Bryan e toglierlo dalla linea di tiro del fotografo, ma niente che potesse fare avrebbe distratto Kara. Beth aveva la sensazione che se il marito di Kara fosse salito qui tutto nudo non l'avrebbe distratta. Un altro motivo per togliere Bryan dal mirino di quel teleobiettivo.

Maggie balzò fuori dalla sabbia, distruggendo il castello nel farlo, prima di lanciarsi a corsa sull'erba verso le tribune. «Bryyyyyyaaaaaaaaaaannnnnnnnnnnnnnn!»

Accidenti, Beth aveva sperato di portare Bryan laggiù e lontano non solo dal fotografo ma anche dalla tentazione rappresentata da Jenna e Kara. *Non* che lui sembrasse minimamente tentato. Tentatore, sì. Tentato da loro, no.

Poi guardò *lei* e Beth fu a metà tentata, lei stessa.

«Sicura che non ti dispiaccia che sia qui?» chiese. «So che questo è il tuo tempo con i bambini, ma visto che i ragazzi me l'hanno chiesto...»

«Non mi dispiace affatto. È bello per loro avere qualcun altro che fa il tifo.» Lui pensava che lei volesse questo tempo da sola con i bambini? Non si rendeva conto che aveva così tanto tempo con i bambini che il tempo della partita era per *lei*? Per l'occasione di parlare con altri genitori mentre i piccoli erano occupati e felici? C'era stata così tanta tristezza nelle loro vite in questi due anni che stare all'aperto alle partite, tra amici, era una benedizione.

«Bryan! Sei venuto!» Maggie salì le tribune a quattro zampe, come una scimmiettina che sgambettava, poi si lanciò tra le braccia impreparate di Bryan.

L'abbraccio lo fece indietreggiare così che afferrò Maggie con una mano e si puntellò con l'altra sulla panca dietro di lei e per un momento—un breve, minuscolo momento di *se*—Beth immaginò che quel braccio le fosse scivolato attorno e che lui ne avesse il diritto. Che lei avesse il diritto di aspettarselo e accettarlo.

Il desiderio le colpì il ventre così forte e rapido da toglierle il fiato. Santo cielo, lo voleva. Voleva che Bryan le passasse un braccio intorno. Che fosse suo. Che *volesse* essere suo e rivendicasse davanti a tutti.

Compreso il fotografo che di certo stava scattando a raffica foto di Bryan e... Maggie.

Oh, assolutamente no. Non avrebbe permesso che quelle foto venissero pubblicate da nessuna parte. Sua figlia aveva diritto alla privacy e Beth piuttosto si sarebbe dannata che lasciare a qualche paparazzo avido di soldi il potere di portargliela via.

Si alzò. «Bryan, puoi tenere d'occhio Maggie? Torno subito.» Ne aveva piene le tasche di quella roba.

«Ehi, piano, piccola! Mi hai quasi buttato giù dal seggiolino.» Bryan si raddrizzò e sistemò Maggie sul ginocchio, cercando di riprendere fiato mentre guardava la sua mamma scendere le tribune. Be', a dire il vero, il fondoschiena di lei che ondeggiava giù per quelle gradinate aveva la sua parte nel togliergli il respiro, ma il resto del lavoro lo aveva fatto il ginocchio di Maggie nello stomaco.

«Sei venuto, Bryan! Proprio come avevi detto che avresti fatto.»

Il suo sorriso completò l'opera di rubargli l'aria. «Certo che sono venuto. Perché dirlo, se poi non lo fai?»

Maggie gli baciò la guancia, togliendo ogni residuo d'aria dai polmoni. «Jason ha detto che non saresti venuto. Che eri troppo occupato per venire. Io gli ho detto che si sbagliava e adesso gliel'hai dimostrato.»

Si passò una mano sorprendentemente incerta tra i capelli di lei. «Io mantengo sempre la parola, Maggie. Puoi contarci.»

Oh Dio, che cosa stava facendo? Non avrebbe dovuto essere lì, a dirle che poteva contare su di lui, o a dispensare consigli paterni a Mark o compassione a Tommy. Tenere Maggie tra le braccia e sul ginocchio, felice da matti di averla lì. E stare vicino a Beth...

Una delle sue amiche aveva negli occhi uno sguardo affamato, e l'altra era in adorazione, ma lui aveva occhi solo per Beth. L'aveva vista seduta sugli spalti nel momento stesso in cui era sceso dall'auto nel parcheggio. Come un faro, il sole le aveva illuminato i capelli e l'aveva chiamato a sé. Aveva visto il suo sorriso accenderle il viso ed era come se l'avesse stregato; aveva quasi fluttuato attraverso il prato per raggiungerla.

Avrebbe fluttuato fin su alle tribune se non fosse stato per il fischio dell'arbitro e le parole di Tommy e Mark. Il loro litigio l'aveva strappato alla nebbia in cui si trovava da quando i ragazzi gli avevano chiesto di venire oggi, mentre lui non riusciva a pensare ad altro che a stare con Beth e la sua famiglia.

Le tribune attorno a loro esplosero in un boato, e Bryan si strappò di dosso lo sguardo da Beth mentre lei camminava sulla pista per guardare i ragazzi dare il cinque a un altro bambino che se ne andava in giro con il pallone da calcio stretto orgoglioso sotto il braccio.

«Oh, guardi, signora Harte! Ben ha fatto gol!»

La donna—Jenna?—smise finalmente di fissarlo e iniziò a fare il tifo. «Vai, Benny!»

Suo figlio alzò lo sguardo e scosse la testa.

«Accidenti. Ho dimenticato che non gli piace quel nome,» mormorò la madre.

«La maggior parte dei ragazzi smette di usare i nomignoli prima delle loro mamme. Mia nonna mi chiama ancora—» Bryan si morse la lingua. *Quello* era personale. Non aveva bisogno di farlo finire sui giornali. Oltre a essere imbarazzante, sua nonna ci sarebbe rimasta male se la gente avesse preso in giro il suo nomignolo per lui. E "Baby Bry-Bry" non era qualcosa con cui volesse essere conosciuto. Solo la nonna poteva chiamarlo così e farla franca.

Doveva ammettere che gli piaceva quando lo faceva. Di solito era quando l'aveva stretta in un grosso abbraccio e lei gliela sussurrava all'orecchio. «Sei il mio preferito, Baby Bry-Bry.»

Sapeva che non era vero, che lo diceva a ciascuno di loro, ma l'aveva sempre fatto sentire speciale. Desiderato. Amato. Ne aveva avuto bisogno negli anni dopo che i loro genitori erano morti.

«Come ti chiamava, Bryan?» Maggie gli tirò il colletto.

«Un nomignolo speciale solo per me. È privato, Maggie.»

«Io non ho un nomignolo privato. Kelsey mi chiama Mags. Jason mi chiama tappo.»

«I fratelli più grandi sanno essere fastidiosi. Lo so, ne ho due.»

«Io ho tre fratelli. Tommy e Mark non mi chiamano con i nomi, solo Jason. E Kelsey. Ma quello era solo perché era 'mbarazzata perché non voleva che tu sapessi che le piaci.»

Vidé l'interesse drizzarsi nelle donne. Fantastico. A Kelsey non sarebbe piaciuto che quel pettegolezzo circolasse più di quanto non le fosse piaciuta la rivelazione gioiosa di Maggie.

«Non avresti dovuto dirmelo, Maggie. Sapevi che le avrebbe fatto male.»

Le labbra di Maggie si torsero e smise di dargli pacche sul braccio. «Immagino di sì.»

«Ti sei scusata con lei?»

«No.»

«Penso che dovresti farlo quando torniamo a casa.»

Il viso di Maggie si illuminò con un sorriso identico a quello di sua madre ed ecco un altro motivo perché l'aria nei suoi polmoni prendesse e se ne andasse.

«*Vieni* a casa con me? Pensavo non volessi vivere con noi.» La voce di Maggie salì di un'ottava e di qualche decibel. L'interesse delle due donne all'improvviso non fu più rivolto alla partita.

Fantastico. A *Beth* non servivano pettegolezzi del genere in giro. «Come alcune persone vanno in un ufficio, o in un ristorante, o nei negozi a lavorare—»

«O su un aeroplano.»

«O su un aeroplano. Proprio come loro vanno al lavoro, io vado a casa tua a lavorare. Non ci vivo.»

«Ma potresti. A noi serve un papà. La nonna l'ha detto l'ultima volta che sono venuti lei e il nonno.»

Dalla bocca dei bambini. E dei nonni.

Anche se, a essere onesto con se stesso, doveva dire che l'idea un po' gli piaceva.

E quel pensiero gli attraversò il cervello come una bruciatura, riaccese il sistema nervoso e si conficcò da qualche parte nella cassa toracica. Proprio vicino al cuore.

Capitolo Diciassette

«Dammi la macchina fotografica.»

«Stia alla larga, signora.» *Clic, clic.*

Lo stronzo non smise neppure di scattare. Beth ebbe la sensazione che le avesse scattate per tutta la sua attraversata del parco.

«In quelle foto c'è mia figlia e non permetterò che lei venda quelle fotografie.»

«Le sfoceremo il volto. Con i minori facciamo così.»

«E il mio?»

«Senta, signora. Bryan Manley è una grande notizia. Lei è una grande notizia. Voi due insieme mi potreste pagare l'affitto per un anno.»

«Affitto? Si tratta del suo *affitto*?» Beth avrebbe voluto strappare la macchina dalle mani di quel tipo, ma per quello si sarebbe cacciata in più guai che a lasciare uscire delle foto su di lei. Non le serviva anche una foto segnaletica, oltre a tutto. «Stiamo parlando della mia *famiglia*. Della mia privacy. Della mia vita. Come può giustificare il suo affitto con la mia famiglia? Non avete già fatto abbastanza danni? Sa che cosa significa dover calmare i miei figli quando le macchine fotografiche non smettono? Rispondere alle loro domande sul perché la gente non li lascia in pace? E adesso vuole ributtarmi sotto i riflettori?»

«Allora non dovrebbe stare in giro con una star del cinema. Fa parte del pacchetto, capisce?»

«Non sto *in giro* con lui. Lavora per l'impresa di pulizie. Sta facendo un lavoro. Lo lasci in pace.»

«Mi sembra fin troppo protettiva con uno che lavora per lei. Tipo che ha qualcosa da nascondere.»

Serrò i pugni, cercando disperatamente di non staccargli la faccia a morsi. Dimenticare la macchina. Trasse un respiro profondo e contò fino a dieci, sapendo che non sarebbe servito a nulla. Non quando minacciava la sua famiglia.

Provò un'altra tattica. «Come si chiama?»

«Neanche per sogno, signora. Non glielo dico. Non ho bisogno di essere citato in giudizio.»

«E a chi pensa di vendere queste foto?»

«Di nuovo, non glielo dico. Non ho bisogno che lei faccia mosse minacciose prima che mi paghino. Una volta che saranno loro, mi quereli quanto vuole. Io sarò a posto.»

«Non se mi tocca, no.» Con una mossa che non si sarebbe aspettata nemmeno da sé, Beth si strappò da sola la manica della maglietta e si scompigliò i capelli. «Una parola. Un mio urlo e per lei è finita. Non mi costringa a farlo.» Aveva le mani sulla cintura dei pantaloncini.

«Gesù, signora, è pazza.»

«No, sono una madre che protegge i suoi figli. Farò tutto ciò che serve per salvarli dall'inferno in cui sta per trascinarli. Mi dia la scheda di memoria.»

«Col cavolo.» Fece un passo indietro, per fortuna smettendo di fare altre foto.

Beth tirò i pantaloncini e il bottone saltò via. Fece un passo verso di lui. «Un altro passo e inizio a urlare.»

Il tipo parve esitante. Bene. Che si chiedesse se facesse sul serio. *Lei* non se lo chiedeva; avrebbe fatto qualunque cosa per recuperare quelle foto e proteggere la sua famiglia.

Aprì ancora un po' i pantaloncini. «Se la sente di rischiare? Io non ho nulla da perdere che lei non mi stia già per far perdere con quelle foto.»

Il tipo si guardò intorno come se si aspettasse che qualcuno saltasse fuori dagli alberi.

Beth trasse un respiro profondo, sorprendentemente calma per ciò che stava per fare. Schiuse la bocca per urlare.

«Non lo faccia.» Il fotografo si strozzò sulla parola. «Non posso rischiare. La mia carriera sarà finita anche solo per il sospetto. Mia moglie... mi lascerà.»

«Ne vale la pena? Pagare l'affitto in questo modo? In cambio di tutto quello che perderà?» Beth tenne una mano sui pantaloncini e tese l'altra. «Mi dia la scheda di memoria.»

Il tipo sembrò pronto a darsela a gambe.

«Non farlo, Steve.»

Lui la guardò, con gli occhi sgranati.

«Steve McAllister. È scritto sulla sua borsa della macchina. Posso identificarla.»

«Merda. Fottuta merda.»

«Dammi la scheda di memoria, Steve.» Voleva continuare a ripetere il suo nome; fargli capire che lo sapeva.

«Cazzo.» Guardò il retro della macchina. Poi lei. Poi gli alberi dietro di loro.

«Dammi la scheda, Steve, o urlo. Subito.» Si passò la mano tra i capelli per rendere il tutto più credibile. «Vuoi rischiare tutto?»

«Col cazzo, signora.» Aprì la macchina e tirò fuori la scheda. «Tenga pure le sue fottute foto. La sua privacy è bruciata comunque. Tutti sanno chi è. Chi sono i suoi figli. Chi era suo marito. Non avrà mai pace.»

Non abboccò alla provocazione. Prese soltanto la scheda di memoria e se la infilò nel reggiseno. Se lui ci si fosse avventato, allora sì che avrebbe avuto qualcosa da imputargli.

«Se ti rivedo, dirò a tua moglie che mi sei saltato addosso per una storia. La convincerò; non credere che non lo faccia.»

Ebbero la soddisfazione di vederlo impallidire. Bene. Adesso sapeva che cosa si provava ad avere la propria famiglia e la propria vita privata minacciate.

Fu sorprendentemente calma mentre tornò alle gradinate. Si era sistemata i capelli, si era chiusa la zip dei pantaloni, ma il bottone non c'era più e lo strappo nella maglietta sarebbe stato attribuito a un ramo.

«Mamma!» Maggie scivolò giù dal grembo di Bryan e saltò giù dalle gradinate per raggiungerla. «Bryan può venire in gelateria con noi? Può?»

«Va bene, tesoro.» Perché no? Era al suo peggio, si sentiva irritabile e i suoi vestiti erano strappati. Assolutamente il momento migliore per farsi vedere in giro con Bryan Manley, che riusciva a sembrare da mangiare con gli occhi in una divisa che avrebbe dovuto succhiargli via ogni traccia di virilità.

«Beth? Stai bene?» Bryan scese dopo Maggie, la preoccupazione scolpita sul suo bel viso. E la curiosità scolpita su quello di Kara e Jenna. «Dove sei andata?»

«Mi è sembrato di vedere il cane dei Dynert.» La povera Muffy mancava da più di una settimana. Beth si sentì in colpa per aver usato la perdita dei Dynert, ma avrebbe fatto qualunque cosa per proteggere la sua famiglia. E quella, in quel momento, includeva Bryan. Non aveva bisogno che lui sapesse del fotografo.

«Era lei, mamma? Muffy torna a casa?»

Le prese il mento tra le dita, triste di dover dare a sua figlia un'altra brutta notizia. «No, tesoro, non era Muffy. Credo fosse una volpe.» Astuta e scaltra, che lei aveva battuto, grazie a Dio.

«Oh.» Il labbro inferiore di Maggie tremò. «Mi manca Muffy. Vorrei che non fosse andata via anche lei.»

Oh, cavolo. Beth si sentì alta un palmo. Non avrebbe dovuto usare il cane come scusa, ma era tutto ciò che le era venuto in mente. E anche così, non era sicura che Bryan le avesse creduto del tutto.

Si tirò giù la maglietta per coprire il bottone mancante. Il viso serio di Maggie le tirò il cuore. «Possiamo andare a cercarla domani, se vuoi.»

«Sì. Mi piacerebbe.»

Le diede una pacca sulla schiena. «D'accordo allora. Che ne dici se raduniamo i maschi e andiamo a prendere un gelato?»

«Quella partita non è ancora finita», disse Bryan.

Sì, Bryan vedeva fin troppo e lo sguardo che le stava dando diceva che aveva delle domande.

«Oh. Giusto.» Gettò un'occhiata al campo. Entrambi i ragazzi erano in panchina in quel momento, quindi almeno non si era persa il loro tempo di gioco. Ma non avrebbe potuto rischiare che il fotografo la facesse franca con quelle foto, quindi se si era persa una frazione di una partita, pazienza.

Mentre tornavano alle tribune, attorno a loro esplosero altre ovazioni e nel giro di dieci minuti la partita finì, la squadra dei gemelli vinse e i tre più piccoli le stavano urlando contro gli ordini dei gelati.

«Un attimo, ragazzi, non sono la cameriera. Glielo dite quando arriviamo.»

«Vieni con noi, Bryan?» Mark faceva girare i parastinchi sulla punta di un dito.

Beth glieli afferrò per non farli volare via. Quella plastica dura poteva fare male.

«Sì, Bryan viene. E sono sicura che ordinerà anche qualcosa di fantastico.» Afferrò la borsa da palestra e ci infilò dentro i parastinchi di entrambi i ragazzi.

«Posso venire con te, Bryan?» chiese Tommy, correndo al fianco di Bryan senza aspettare risposta.

«Anch'io!» Naturalmente, si accodò anche Mark.

«Be', non so se—»

«Per me va bene, Beth.»

«Posso venire?» chiese Maggie.

«Ma Maggie, la mamma ha bisogno di bambini con lei,» disse Mark.

«Jason e Kelsey possono andare con lei. Tanto non parlano, così la mamma ha il suo pezzo di quiete.»

Bryan scompigliò i capelli a Maggie. «Magari tua madre *vuole* parlare. Forse dovresti andare con lei.»

«Ma io voglio venire con te!»

Bryan guardò Beth. «Per te va bene?»

Andava così bene che faceva quasi paura. No, rettifica. Faceva proprio paura. I suoi figli si erano attaccati a lui come le cozze allo scoglio e se lei l'avesse *voluto*, non sarebbe successo.

La domanda era: adesso che era successo, lo *voleva*?

La festa dell'amore continuò anche al Buster's Ice Cream Shoppe, con i più piccoli che facevano a gara per sedergli accanto. Beth aveva dovuto fare da arbitro, dato che c'erano solo due posti vicino a Bryan, convincendo Tommy e Mark ad alternarsi ogni mezz'ora mentre l'altro sedeva di fronte a lui. Questo, per fortuna, tenne Kelsey fuori dal giro, ma la figlia maggiore si sedette all'angolo da cui non poteva fare a meno di guardare Bryan.

È una sensazione strana essere gelosa dei propri figli, ma Beth lo era. Bryan con loro era così naturale, rideva e faceva battute. Riuscì persino a far aprire

Jason e a fargli raccontare dove si era tagliato i capelli: dalla madre della sua ragazza.

Aveva una ragazza? Beth quasi svenne a quella notizia. Come aveva fatto a perdersi quel traguardo del primogenito?

Dio, a volte si sentiva una tale fallita come genitore, soprattutto adesso, guardandoli tutti con Bryan. Aveva un'affinità naturale con i bambini e non si limitava ai suoi. Lo aveva osservato quando la partita era finita e tutti i ragazzi avevano voluto stringergli la mano. Bryan Manley era qualcuno in quella cittadina e tutti volevano un pezzo di lui.

Lei compresa.

Ecco, lo ammise. Difficile non farlo. Bryan stava cominciando a riempirle la maggior parte dei pensieri durante il giorno. Si svegliava pensando a lui e andava a letto pensando a lui—con la voglia addosso. Poteva guardarlo lavorare in casa tutto il giorno. Aveva perfino iniziato a potare la siepe sotto la finestra della cucina. Lei aveva obiettato che non rientrava nella sua mansione, ma lui aveva ribattuto: «Mac dice di assicurarsi sempre che il cliente sia soddisfatto. Quindi è quello che sto facendo.»

Lei conosceva altri modi in cui avrebbe potuto soddisfare questa cliente...

Beth ansimò e si ficcò in bocca una grossa cucchiaiata di dessert gelato. La fine del mese non poteva arrivare abbastanza in fretta.

Perché se avesse continuato a pensare a cose come lui che la soddisfa, lo avrebbe fatto anche lei.

Capitolo Diciotto

Bryan arrivò presto al lavoro la mattina seguente.

E sapeva esattamente perché l'avesse fatto.

Quelle ore del primo mattino erano preziose in casa di Beth. Di solito le usava per rifare ciò che il giorno prima aveva fatto e che i bambini avevano disfatto, ma quel giorno c'era il disastro che i ragazzi avevano lasciato mentre rientravano a casa dopo la gelateria. Se li avesse portati lui a casa, avrebbe potuto farlo allora, o almeno sorvegliarli per far sì che *non* lasciassero una scia dietro di sé.

Avevano proprio bisogno di un padre.

Lasciò cadere il mocio nel secchio. Era completamente fuori di testa a pensare ciò che stava pensando. Sì, certo, avevano bisogno di un papà, ma non avevano bisogno che *lui* fosse quel papà. Non era fatto per fare il padre.

Eppure la sera prima... Dio, era stato così bello. Così divertente. Lui, Beth, i bambini, tutti a chiacchierare in gelateria. A punzecchiarsi, a rivivere i momenti salienti della partita. Persino a discutere dell'episodio del pestone alla caviglia. Era stato tutto così bello. Così normale. Come quella volta con i suoi fratelli e Mac e la Nonna—

Il respiro di Bryan si spezzò. Si era dimenticato di quando la Nonna li aveva portati al market di Papa Gino. Un emporio con un banco gastronomia, una macelleria e una fontana di bibite. Avevano preso delle root beer float e si erano seduti in uno dei divanetti, una chicca per «quelli che pagano», come aveva detto la Nonna. Non aveva molti soldi, quindi quelle float erano state speciali.

Bryan riusciva ancora a sentire com'era stare a quel tavolo e avere la cameriera che lo guardava con un sorriso gentile e gli chiedeva cosa volesse. Liam e Sean avevano saputo all'istante, ma lui e Mac avevano avuto troppe scelte per decidere così facilmente. La Nonna si era limitata a sorridere, gli aveva dato una pacca sul braccio e aveva detto alla cameriera che avrebbero dovuto pensarci ancora un po'.

Ah, la pazienza che aveva avuto nel prendersi cura di quattro bambini spaventati e tristi. Certo, li amava, ma non doveva essere stato facile. Vedova senza più che la sua vecchia casa intestata, la Nonna in qualche modo si era arrangiata. Li aveva salvati dall'affido e per quello lui le sarebbe sempre stato grato. Era il motivo per cui pagava il sovrapprezzo alla sua residenza per anziani per l'appartamento che lei voleva. Non lo sapeva nessuno, né Liam o Sean, né Mac, e soprattutto non la Nonna. L'accordo era tra lui e il direttore e lui aveva comprato l'unità di tasca propria così che alla Nonna non restasse che pagare l'assistenza. Avrebbe sistemato anche quella per lei, ma la Nonna aveva la sua dignità. E lui sapeva tutto della dignità.

Passò il mocio sopra i segni dei tacchetti sul parquet e si occupò anche delle impronte infangate di Sherman. Persino il cane cominciava a piacergli.

Rimise il mocio nel secchio con uno schiocco. Ancora due settimane e mezzo. Come avrebbe fatto a sopravvivere senza innamorarsi di tutti loro?

Il suo cellulare squillò, grazie al cielo, riportandogli la testa alla realtà.

Era il suo agente.

«Ehi, Don, che c'è?»

«Mi hanno chiamato: vogliono iniziare le riprese prima, se riescono a mettere abbastanza gente sul set. Te la senti?»

Se la sarebbe sentita, ma avrebbe significato rompere l'impegno preso con Mac. Avrebbe anche significato lasciare Beth e i bambini. Non *poteva* farlo.

«Sono impegnato con questo lavoro, Don. Non posso davvero tirarmi indietro. Sarà un problema?»

Uh, eccome se sì. Stai mettendo la tua carriera in pausa per fare le pulizie?

«La vedova, eh? C'è qualcosa che dovrei sapere? Ho visto qualche borbottio sulla stampa.»

«Sai com'è la stampa. Qualsiasi storia riescano a trovare. Qui non c'è nulla.»

Bugiardo.

«Peccato. Sarebbe un'ottima pubblicità. Sicuro che non vuoi far scoppiare qualcosa?»

«Non hai appena detto questo.» Era sorpreso. Certo, sapeva che la gente piantava storie per creare interesse e rendersi più vendibile, ma lui non l'aveva mai fatto. E Don lo sapeva. Ne avevano parlato. Avrebbe fatto carriera per i suoi meriti o non l'avrebbe fatta, ma mai e poi mai avrebbe mentito per andare avanti.

«Scusa.» Don non suonava molto dispiaciuto. Non che Bryan potesse biasimarlo, ma era il lato squallido del mestiere. I divani dei provini erano un'altra cosa. Chi diceva che non esistessero più ai giorni nostri non ne aveva viste abbastanza.

«Allora dico a PJ che per l'anticipo delle riprese tu sei fuori, giusto?»

Bryan sorrise. Ecco perché Don era un agente così bravo; voleva chiarimenti su ogni punto sia dagli studios sia dalla sua stessa clientela. La sua carriera era in buone mani con Don.

«Niente da fare, Don.»

«D'accordo. Tra due settimane da venerdì sarai sul set.»

Diciassette giorni in totale. Era tutto ciò che gli restava con Beth e i bambini. «Sì, è così. Sarò lì allora.»

Anche se non ne aveva voglia.

«Bryyyyyaaaannnn!» Maggie attraversò di corsa il pavimento della cucina, le braccia spalancate e un sorriso così grande da coprirle quasi tutto il viso. Dio, gli sarebbe mancato questo. Lei gli sarebbe mancata. Gli sarebbe mancata la sua venerazione per lui—ma non per i suoi film o per quello che faceva per vivere. Maggie lo amava per quello che lui era.

Maggie lo amava.

Merda. Era così.

Guarda quella faccia. Quegli occhi luminosi. Quel sorriso da orecchio a orecchio. Voleva che lui si trasferisse. Che fosse suo padre.

E lui stava per lasciarla.

Non era colpa sua se lei aveva bisogno di un papà. Lui era lì per pulire. Così aveva dato una mano. Si era affezionato. Gli piacevano la sua curiosità. Le sue domande. I suoi tea party e i suoi disegni pasticciati. Perché questo doveva farla innamorare di lui? Perché non poteva semplicemente godersi il tempo e l'attenzione e che non fosse un gran problema?

Perché ha cinque anni, le manca suo padre e ha trovato un sostituto proprio in casa sua, ecco perché, idiota.

«Mi fai un panino con burro d'arachidi e purea di mele?» Gli ammiccò con i suoi grandi occhi marroni.

Un giorno avrebbe spezzato cuori. Sperava solo, santo cielo, che il suo non fosse rotto quando se ne sarebbe andato perché *quello di lei* lo era.

Aveva bisogno di tirarsi indietro. Di non essere così coinvolto nella vita dei bambini. Doveva creare quella distanza perché non si turbassero quando se ne sarebbe andato. Diamine, questo non sarebbe dovuto succedere. Sarebbe dovuto entrare, pulire la casa e andarsene. Vivere la sua vita lontano dalla ditta di Mac.

Ma aveva accettato dei progetti extra—quel giorno stava facendo gli armadi dell'ingresso—per aiutare «la vedova».

Beth.

Madre di cinque.

Vedova madre di cinque.

Sensuale vedova madre di cinque.

Che riusciva a farlo impazzire con un solo sguardo.

E con un bacio... fargli pensare cose che non avrebbe mai pensato di pensare.

«Vuoi un panino a colazione?»

«Già. A papà piacevano i panini a colazione. Mi manca.»

Un altro colpo di coltello al cuore. Non poteva *essere* il papà di Maggie.

Ma quel panino glielo avrebbe fatto. «Sicura che vuoi la purea di mele nel panino? Non la crema di mele?»

«Crema di *mele*?» Maggie arricciò il naso. «Il burro viene dalle mucche, non dalle mele.»

Ok, allora. Purea di mele fosse. Non stava per mettersi a discutere su come si fa il burro perché aveva la sensazione che avrebbe perso contro le convinzioni di Maggie.

Appoggiò il mocio nel secchio e si lasciò guidare per mano di nuovo verso la cucina. Addio distacco.

Maggie aveva già iniziato a prepararsi il panino. Le prove colavano dai ripiani giù per i pensili. Sherman era in un'orgia di piacere, correndo tra i mobili per leccare i vari ingredienti.

Bryan sperò, santo cielo, che il burro d'arachidi non facesse male ai cani. Anche se al meticcio sarebbe servito di lezione se gli venisse il mal di pancia.

«Prima cosa, mettiamo Sherman fuori.» Raccolse il cane in braccio e cercò il guinzaglio. Lo trovò incastrato dietro la cassetta delle patate.

Una volta che Sherman fu fuori, ad abbaiare e a tirare contro il guinzaglio, Bryan chiuse la porta sul retro per attutire il rumore, poi prese un set di spugne dalla dispensa. «Forza, Maggie. Puliamo il pasticcio prima di farne un altro.»

«Be', è sciocco. Dovremmo continuare a fare lo stesso, così dobbiamo pulire solo una volta.»

Perle di saggezza da una cinqueenne.

«Hai mai mangiato burro d'arachidi e purea di mele quando eri piccolo, Bryan?»

Cercò di ricordare—perché negli anni successivi aveva cercato con tutte le forze di dimenticare. «Non la purea di mele, no. Ma mangiavo burro d'arachidi e banana.» Entrambi alimenti base del sistema di assistenza.

Lo stomaco gli si contrasse. Aveva giurato di non mangiare mai più burro d'arachidi una volta trovato un lavoro, e ora stava per farlo proprio.

Sorprendentemente, la purea di mele stava bene con il burro d'arachidi. Si spalmava anche sulla faccia di Maggie ogni volta che dava un morso e gocciolava nel piatto, una volta con una goccia così grande da schizzarle la purea sul mento.

Gli occhi di Maggie scintillarono di risate mentre ridacchiava e se la asciugava. «Kelsey dice che mangio in modo disordinato.»

«Penso che tu mangi cibi disordinati.»

Inclinò la testa di lato con un'espressione che gli mozzò il fiato perché assomigliava così tanto a sua madre. «Credo che hai ragione. Mi piacciono le cose disordinate. La colla glitter, la purea di mele, il burro d'arachidi, la mia camera. Be', tranne Mrs. Beecham. Non mi piacciono i suoi disastri. Ma lei mi piace. È coccolosa.»

Bryan aveva intravisto più di una volta il gatto Maine Coon. «Coccoloso» era una buona parola. Anche «disordinato» lo era. Il gatto perdeva abbastanza pelo da poterci lavorare a maglia una coperta invernale. Era quello che si ritrovava a pulire più spesso, specialmente negli angoli della sala da pranzo sul parquet. Altro che coniglietti di polvere, il gatto perdeva pallini di *micetti* di polvere. Una volta l'aveva persino guardato mentre puliva il suo pelo. Seduto lì a leccarsi la zampa anteriore mentre si lavava i baffi, con una posa di completa noia. I gatti erano strani in quel modo. Ma cominciava a piacergli quel dannato coso quasi quanto gli piaceva Sherman.

Aspetta. Quand'è che diavolo aveva deciso che gli piaceva il cane?

Bryan scosse la testa. Cani, gatti, bambini... sarebbero tornati tutti a non avere importanza una volta scaduta la data del contratto.

E già che ci sei, Manley, ti interessa comprare un ponte a Brooklyn?

«Ci aiuti a cercare Muffy, Bryan? Tra poco io e la mamma usciamo a cercarla. Sei così bravo a trovare Sherman, scommetto che trovi anche Muffy.»

Nessuna pressione... A Bryan non venne nemmeno in mente di provare a svicolare. La verità era che *voleva* aiutarle a trovare il cane scomparso, anche se non era così sicuro di credere alla storia di Beth di ieri. C'era stato un luccichio nei suoi occhi e un'intenzione nel passo che non gli erano sembrati da missione «trova-cane», ma quando gliel'aveva chiesto, lei aveva tenuto il punto.

Voleva sapere qual era la verità e perché lei la stesse nascondendo, quindi solo per questo sarebbe andato con loro.

Per stare con Beth... be', inutile dirlo.

E a proposito del diavolo—ehm, dell'angelo—Beth irruppe in cucina proprio in quell'istante, e si fermò di botto quando lo vide.

«Bryan! Che ci fai qui?»

«Lui lavora qui, mamma,» rispose Maggie, con tutta la saggezza dei suoi cinque anni. «E ci aiuta a trovare Muffy.»

Ottimo. Beth aveva contato di poter riportare Maggie a casa in mezz'ora dicendole che doveva essersi sbagliata. Ma con Bryan... Non l'avrebbe bevuta così facilmente.

Dopo la partita di calcio, lui aveva guardato lo strappo sulla sua maglietta, il bottone mancante e i suoi capelli. Glieli aveva lisciati e per lei era stata una lezione enorme di autocontrollo non sciogliersi addosso a lui e dirgli la verità.

Soprattutto dopo aver guardato le foto la sera prima. Se avesse rivisto il signor Steve McAllister, sarebbe stato troppo presto. Le sue foto facevano sembrare che ci fosse qualcosa tra loro. Aveva immortalato lei, Maggie e Bryan che ridevano, con Maggie sulle ginocchia di Bryan. Non ricordava nemmeno che Bryan le avesse messo una mano sul ginocchio, ma Steve McAllister aveva catturato quell'istante per i posteri.

Aveva tenuto la scheda di memoria invece di distruggerla. L'aveva infilata nella cassaforte dove nessuno tranne lei avrebbe mai potuto vedere quelle foto. Qualora se ne presentasse il bisogno, s'intende.

O qualora *volesse* rivivere quei giorni sorprendenti negli anni di solitudine a venire.

«Uh, certo, è fantastico se lui vuole venire. Un altro paio d'occhi fa sempre comodo.» Anche se sarebbe stata una tortura per le sue doti di attrice mantenere la messinscena. L'attore era lui, non lei. Non sapeva nemmeno mentire bene su Babbo Natale. Era Mike che aveva mantenuto viva quella magia per i loro figli. Quando era morto e Maggie era così presa da Babbo Natale e dal Coniglio Pasquale, e dalla cicogna... Il Natale era stato duro negli ultimi due anni.

L'ora successiva fu dura quasi quanto il Natale.

«Sicura di aver visto qualcosa qui?» chiese Bryan per l'ennesima volta, scostando rami.

Beth annuì. Oh, sì, aveva sicuramente visto qualcosa, ma era stato molto più in alto dei rami alti appena al ginocchio che Bryan stava frugando. Il signor Steve McAllister era alto almeno un metro e ottanta, e così anche il suo treppiede. Peccato non avesse usato la macchina fotografica—la macchina fotografica molto grande e molto costosa—per trovare un cane smarrito invece di rubare la privacy e la serenità di qualcuno.

«Non vedo niente. Di sicuro non una tana di volpe.» Lasciò che i rami tornassero al loro posto. «Sei *certa* che fosse questo il punto?»

«Sì, ma non significa che la volpe viva qui. Poteva essere in giro.»

«Non di giorno. Le volpi sono notturne.»

Accidenti. Questo lo sapeva. Sapeva anche che Maggie *non* lo sapeva. «Magari era rabbiosa?»

«E tu sei andata dietro a un animale rabbioso?»

Lì l'aveva beccata. Non lo avrebbe mai fatto. «Pensavo fosse Muffy.»

Inarcò di nuovo quel sopracciglio, ma non disse niente. Meno male che non aveva scelto la recitazione come carriera.

Beth li lasciò vagare per un'altra ora, sapendo benissimo che non erano sulla pista di Muffy, ma non voleva spaventare i figli né far sentire Bryan più in colpa per i paparazzi di quanto già non fosse.

«Ehi, ma tu sei Bryan Manley?» Un ragazzino sullo skateboard fece un'impennata per fermarsi accanto a loro.

«Sono io.» Bryan si fermò a parlare con il ragazzo. Beth apprezzava questo di lui, il fatto che non si fosse dimenticato da dove veniva e non dimenticasse di ringraziare i fan, che erano il motivo per cui poteva fare ciò che faceva.

«Possibilità che mi firmi la tavola?»

«Hai un pennarello?»

«Sì.» Il ragazzo tirò fuori un pennarello—Beth non aveva idea del perché ne portasse uno—e ringraziò Bryan per la firma prima di allontanarsi.

«Perché la gente vuole che firmi le cose, Bryan?» Maggie gli tirò la maglietta.

La sollevò e la sistemò sul fianco. «Dimostra alla gente che mi ha incontrato.»

«Perché vogliono incontrarti?»

«Immagino che piacciano i miei film e che incontrarmi li faccia sentire parte di tutto questo.»

Eh… no. O almeno, non era quello il motivo per cui le amiche di Kelsey e le loro madri volevano incontrarlo. Ma Beth era grata che non avesse condiviso quell'informazione con Maggie. Lo avrebbe imparato presto. E quando avrebbe saputo che Bryan l'aveva tenuta tra le braccia…

«Ehi, posso farvi una foto voi due?» Tirò fuori il cellulare. Quello era un ricordo per Maggie, non uno scatto pubblicitario.

«Evviva, mamma!» Maggie avvolse le sue braccine attorno al collo di Bryan e posò la testa contro la sua guancia.

L'espressione sul viso di Bryan era impagabile. Stupito e felice insieme.

A Beth salì un nodo alla gola. Lui teneva stretta sua figlia, una mano sulla schiena, l'altro braccio a tenerla premuta contro il fianco, e il sorriso sul viso di Maggie…

Beth forzò un sorriso oltre il nodo. «È bellissima, Maggie. È una bella foto di entrambi.» Non che qualcuno dei due venisse male in foto.

«Fammi vedere!» Maggie scalciò con le gambe.

Per fortuna, i riflessi di Bryan scattarono e così evitò qualche, ehm, danno.

Beth nascose un sorriso mentre mostrava loro la foto.

«Oh, che forte! Magari me la firmi, Bryan?» Maggie gli riavvolse le braccia al collo e gli stampò un bacio sulla guancia. «Per favore?»

Bryan distolse gli occhi da quelli di Beth. Poi si schiarì la voce. «Uh, sì.

Certo, Maggie.» Le diede un'ultima stretta, quindi la posò a terra. «Che ne dici se proviamo ancora qualche minuto a cercare Muffy e poi torniamo a casa? Tua mamma può stamparla.»

«No, torniamo a casa adesso. Muffy non verrà da questa parte. Non le piace il cane dei McNulty, Bruiser. È un prepotente.»

Un bull*dog*, ma era abbastanza vicino. Beth afferrò la mano di Maggie. «Ok, cucciola, torniamo a casa.»

Maggie tese la mano verso Bryan. «Dai, Bryan. Devi camminare con noi.»

Bryan ebbe la fortuna di non inciampare all'indietro. Troppa emozione gli ostruiva il petto, rendendo difficile respirare. Nel momento in cui aveva tenuto Maggie tra le braccia e lei gli aveva cinto il collo... L'espressione sul viso di Beth, poi quella foto...

Non ce l'avrebbe mai fatta a superare il resto del tempo senza fare qualcosa che probabilmente avrebbe vissuto per rimpiangere.

Ma, diamine, se non avesse fatto niente, avrebbe vissuto per rimpiangere anche quello.

Per fortuna, Liam chiamò per dire che il loro amico Jared aveva rimediato dei biglietti dell'ultimo minuto per il baseball, quindi i quattro avevano programmi per la serata. Lasciò persino la casa di Beth prima, anche se Maggie lo pregò di restare a cena, ma quella era troppa tentazione. I suoi fratelli non gliel'avrebbero mai fatta passare liscia se li avesse piantati per una cinqueenne. Be', e per sua madre. Ma comunque...

Ma nonostante fosse fuori con i suoi migliori amici al mondo, per non parlare delle trentamila altre persone nello stadio, si rivelò una serata piuttosto solitaria quando tutto ciò a cui riusciva a pensare erano le sei persone che aveva lasciato indietro.

Capitolo Diciannove

«Oh no, Sherman, di nuovo!»

Bryan fece una smorfia quando sentì il lamento di Kelsey.

Beth sbucò di corsa dalla cucina. «Che cosa ha combinato stavolta?»

Bryan sbirciò dall'angolo della lavanderia. Quella stanza gli avrebbe preso tutta la giornata per essere pulita; i figli degli Hamilton avevano preso il nome fin troppo alla lettera. Inoltre, c'era uno strappo nel vinile del pavimento che avrebbe richiesto un po' di lavoro per essere riparato. Più che un servizio di pulizie, a Beth serviva un tuttofare. Decise che ne avrebbe parlato con Mac per aggiungere il servizio.

«Ha trascinato le mie mutande nel giardino dei Templeton.»

Il filo da bucato. Di nuovo. Faceva quattro volte da quando lui era lì. Non c'era da stupirsi che avessero così tanta biancheria: il cane creava lavoro extra.

Basta; le avrebbe costruito uno stendibiancheria autoportante a cui il cane non potesse arrivare.

«Ehi, Jason. Vieni con me? Devo passare dal ferramenta.»

«Non proprio.» Il ragazzo era sdraiato supino sul divano con un portatile in mano, i pollici che martellavano furiosamente.

«Ehi, amico.» Bryan gli tirò via il gioco dalle mani. «Non era proprio una domanda. Andiamo.»

«Uffa, ma dai. Devo proprio?» Jason fece dondolare le sue lunghe gambe ossute giù dal divano e guardò sua madre. «Ho roba da fare oggi, Be—mamma.»

Beth sollevò le sopracciglia. «Che tipo di roba?»

«Eh, lo sai. Roba. Roba di scuola.» Jason ci appese sopra un sorriso come se avesse pensato che Beth gli avrebbe creduto.

«Potrai farla dopo che sarai andato con Bryan. Sono certa che non te l'avrebbe chiesto se non fosse importante.»

Non era una richiesta, e Bryan apprezzò il sostegno.

Toccò Jason sulla spalla. «Dai. Muoviamoci. Prima andiamo, prima torniamo così puoi dedicarti alla tua roba.» Roba che sia lui sia Beth sapevano non esistere. Jason avrebbe potuto aiutarlo una volta tornati. Gli avrebbe fatto bene imparare qualcosa sugli attrezzi e sul costruire. Mike aveva una bella serie di elettroutensili in garage.

Beth non poté fare a meno di guardare suo figlio andarsene con Bryan. Non poté fare a meno di immaginare quanto tutto questo potesse essere reale. Com'era stato e come sarebbe stato se Mike fosse stato ancora vivo. Avrebbe portato Jason lì e gli avrebbe mostrato le cose, insegnato a tagliare il prato, a riparare il tosaerba, magari perfino a usare alcuni degli attrezzi che aveva accumulato negli anni. Anche se... *lei* con il trapano se la cavava piuttosto bene; poteva mostrargli—mostrare a tutti loro—come si aggiustano le cose.

Strano, ma non ci aveva davvero pensato fino a quel momento. Era stata una lotta continua assicurarsi che la loro salute mentale reggesse a tutto questo e continuare a essere la loro mamma. Essere anche il loro papà era tutt'altro elemento, e stava diventando più importante di quanto avesse capito. Se le servivano dei promemoria, la lezione sul cambio della gomma glielo aveva ficcato in testa. Jason non stava ringiovanendo. Ancora due anni e avrebbe guidato. Poi Kelsey due anni dopo. Guarda cos'era successo negli ultimi due anni. Quei settecentotrenta giorni non erano lunghi quanto avrebbe voluto.

«Mamma, perché fai quella faccia?» Maggie alzò la testa dal tavolino da caffè dove stava disegnando, ancora una volta. La terapeuta aveva detto di darle un album e dei pastelli, dato che era stata troppo piccola per scrivere quando Mike era morto. Quell'album era diventato il compagno costante di sua figlia e si era scoperto che Maggie aveva un vero talento in quel campo. Beth aveva tolto le immagini spaventose che aveva disegnato subito dopo l'incidente, una volta che i disegni avevano iniziato a trasformarsi in cose piacevoli. Farfalle, fiori, Sherman, Mrs. Beecham—un'altra aggiunta suggerita dalla counselor e che Maggie aveva battezzato come la sua maestra della materna.

«Che faccia, tesoro?»

«Come se volessi andare con Bryan e Jason?»

Beth uscì dalla specie di foschia in cui era precipitata. Maggie aveva colto *quello*? Le cose stavano sfuggendo un po' di mano. No, non le *cose*. Le sue *emozioni*. Doveva prendere le distanze da Bryan. Doveva farlo fare anche ai bambini. La partenza di Mike non era stata una sua scelta; quella di Bryan lo sarebbe stata. Necessaria, perché lui aveva una carriera a cui tornare, ma i bambini non l'avrebbero vista così. Lui era lì solo per un breve momento nella loro vita; lei aveva la sensazione che non lo capissero. Così, quando se ne fosse andato, sarebbe stata un'altra persona a cui tenevano che li lasciava.

Bryan sentiva il cappio stringersi. I ragazzi gli stavano entrando sotto pelle. Jason aveva brontolato per tutto il tragitto fino al ferramenta, soprattutto a causa del magnete con il logo dell'azienda sul camion e di quanto fosse *poco cool*. Bryan gli disse che il *cool* stava nel comportamento della persona, non nei suoi orpelli, e infilò il camion in un parcheggio con una manovra impressionante che uno stuntman gli aveva insegnato sul suo ultimo film. Questo aveva catturato l'attenzione di Jason e aperto la porta a parlare di cosa stessero facendo al ferramenta.

«Sei sicuro che Sherman non arriverà a questo?» chiese mentre aiutava Bryan a caricare il legname sul camion.

«Abbastanza sicuro.»

«Allora perché lo fai se non sei totalmente sicuro? Quel cane è un mostro.»

Bryan dovette concordare con Jason su quello, ma non lo disse. «Penso che possiamo inventarci qualcosa per battere in astuzia un cane.» Incrociò le dita.

«Non so.» Jason sollevò il rotolo di corda di nylon. «Scommetto che quel bastardo se la mastica in un giorno.»

«Affare fatto.» Non che insegnare a un quattordicenne a scommettere fosse una buona cosa, ma lo avrebbe tenuto coinvolto nel progetto una volta finita la costruzione. «Quindi mi aiuterai a costruirla, giusto?»

Jason scostò con un gesto i capelli inesistenti dalla fronte e parve sorpreso di non trovarli. O forse la sorpresa era per quello che Bryan gli aveva appena chiesto. «Io? Costruire? Non lo so fare.»

«Meglio.» Bryan gli strinse una mano sulla spalla. «Così non avrai cattive abitudini che dovrò toglierti. Imparerai a farlo nel modo giusto fin da subito.»

«Perché lo fai? Non è nel tuo mansionario.»

«Perché Sherman crea più lavoro per tutti. Un piccolo sforzo adesso ci risparmierà un sacco di lavoro più avanti.»

«Ma non è nel tuo mansionario.»

«A volte, Jase, non si tratta di quello che dovresti fare. A volte si tratta di ciò che è giusto fare. E la cosa giusta qui è impedire al cane di continuare a fare quello che fa. Renderà la vita più facile a tutti.»

Jason guardò fuori dal finestrino e borbottò qualcosa.

«Come? Non ti ho sentito.»

Per un secondo, Bryan non fu sicuro che Jason lo avesse sentito—o che avesse intenzione di rispondere. Ma poi girò la testa e lo guardò. «Ho detto che sarebbe bello per la mamma se la vita diventasse più facile. È stressata da quando papà è morto.»

Bryan trattenne il fiato e pregò di trovare le parole giuste. «Allora è una buona cosa che stiamo facendo questo. Ogni piccolo aiuto che possiamo dare per facilitarle la vita sarà utile.»

«Già. È per quello che ho sistemato la mia stanza. Avevi ragione.»

Fu un momento. Un adolescente che gli diceva che aveva ragione. Bryan avrebbe dovuto registrarlo per i posteri.

Ma... perché? Lui se ne sarebbe andato, ricordava? Jason avrebbe avuto altri momenti così con il prossimo uomo nella vita di Beth.

Bryan non voleva che ci fosse un altro uomo nella sua vita—il che era ridicolo, visto che lui non poteva esserlo.

Già, non aveva senso, ma poi, molte cose di queste ultime due settimane non ne avevano.

O forse ne avevano e lui si rifiutava di ascoltare...

«Ma Jason, il cemento lo voglio mescolare io. Bryan ha detto che potevo.» Mark fece la linguaccia al fratello maggiore.

Jason tenne la cazzuola sopra la testa. «Sei troppo piccolo, Mark. Non hai abbastanza forza nelle braccia. Va fatto a fondo e in fretta, e tu non ce la fai.»

Bryan prese la cazzuola da Jason e si inginocchiò vicino al buco del palo. «Diventerà inutile se non mescoliamo e non mettiamo su il palo, ragazzi. Quindi lavoriamo insieme, okay?» Si asciugò il sudore dalla fronte con la spalla. Il giardino aveva molta roccia di scisto sotto la superficie, così era dovuto tornare dal ferramenta per un po' di cemento a presa rapida. Ovviamente Maggie aveva voluto mescolarlo, poi si erano aggiunti i gemelli, e all'improvviso, mescolare il cemento era diventato un affare di famiglia.

E lui era proprio lì, in mezzo. I suoi fratelli si sarebbero sbellicati se lo avessero visto ora, no? E dato che quella sera aveva cena con loro e con la nonna, non aveva bisogno di dare loro nessun indizio su ciò che stava succedendo lì.

Che cosa sta *succedendo qui, Manley?*

Non voleva analizzarlo troppo.

«Okay, ragazzi, fissiamo il palo.» Aveva predisposto quattro tiranti e diede a ciascuno dei più grandi, Kelsey compresa, una corda con un picchetto all'estremità. «Maggie, tu controlla la livella per assicurarti che la bolla d'acqua resti al centro, va bene?»

«Aye aye, capitano.» Maggie lo salutò. Per qualche ragione, associava il cemento secco alla spiaggia e aveva fatto riferimenti nautici per tutto il pomeriggio.

Qualsiasi cosa funzionasse.

Bryan tenne il palo dritto mentre i ragazzi conficcavano i picchetti nel terreno. Aveva mostrato a Jason come regolare le corde così, una volta messi, poteva passare a tenderle tutte.

«Bene, mentre quello tira, costruiamo lo stendibiancheria. Pronti a dare una mano?»

«Sì!»

«Forte!»

«Certo.»

«Come vuoi.» L'ultima era di Kelsey, che non era entusiasta quanto i maschi ma che, nondimeno, aveva scelto la costruzione invece di aiutare sua madre a preparare il pranzo.

A proposito, di tanto in tanto Beth usciva sul deck con i suoi shorts rosa e la blusa bianca svolazzante, i piedi nudi e i capelli nel loro stato naturale, spettinati dal vento, e Bryan doveva ritrovare il fiato per l'ennesima volta perché lei continuava a rubarglielo.

Per fortuna, il ronzio della troncatrice a smusso era abbastanza per rimettere sotto controllo la reazione del suo corpo—niente come avere una lama d'acciaio rotante con denti cattivi all'altezza dell'inguine.

Misurò l'angolo, lo confrontò con il disegno che aveva fatto e lo predispose perché Tommy facesse il taglio. «Ricordati, Tom, vai piano. Non devi calare la lama troppo in fretta, altrimenti il legno scheggia e a noi non serve.» Gli abbassò sugli occhi gli occhiali di protezione. «Ricorda, prima la sicurezza.»

«Lo so. La mamma lo dice sempre.»

Certo che lo diceva, perché Beth era una madre fantastica.

Ognuno dei ragazzi ebbe il suo turno alla sega e al trapano, ma già al secondo paio di viti la novità era svanita. Solo Maggie restò ad aiutarlo a montare il telaio e a far passare la corda. Finirono proprio mentre Beth portava un vassoio di panini sul patio.

«Pranzo!» chiamò.

I bambini arrivarono di corsa da ogni parte della casa. Alcuni neppure di Beth.

«Kelsey, tu e Amanda portate qui il tè freddo, per favore. Mark, prendi i bicchieri. Tommy, il ghiaccio. Kevin, tu porta un cucchiaio grande e, Jason, sull'isola ci sono patatine e frutta.»

«E io, mamma? Voglio prendere qualcosa.» Maggie le tirò di nuovo la maglietta.

E proprio come prima, Bryan non ebbe alcuna intenzione di dirle di smetterla. Soprattutto quando lo scollo s'abbassò di più e l'accenno di scollatura che aveva in mostra non fu più solo un accenno.

Non che avrebbe potuto dire qualcosa comunque, perché la bocca gli si era asciugata. Anche la gola, e il petto gli si stringeva mentre il flusso sanguigno scivolava a sud.

Dio onnipotente, era un cane. I suoi figli erano lì, per l'amor del cielo. Anche i figli dei vicini. Era inopportuno. Era stupido. Era semplicemente sbagliato.

Ma non gli impedì di guardare.

Indossava un reggiseno rosa. Rosa chiaro, una tonalità più scura della sua pelle, e l'immaginazione di Bryan andò a mille. Voleva sfilarle quella maglietta, tirarla su oltre la testa, poi far scivolare i palmi lungo le sue braccia e attorno alla schiena, slacciarle il reggiseno e toglierglielo, rivelandola a lui in piccole, stuzzicanti occhiate, sfiorandole la pelle con la punta delle dita, facendola rabbrividire. Poi l'avrebbe accarezzata a coppa, i pollici a sfiorarle i capezzoli, guardandoli indurire mentre chinava la testa proprio mentre lei diceva—

«Vuoi qualcosa, Bryan?»

Grazie a Dio alzò lo sguardo senza dirle esattamente ciò che voleva. Grazie a Dio alzò lo sguardo prima di prenderselo e basta.

Tutta la sua famiglia lo stava fissando.

«Stai bene, Bryan? Hai un'aria un po' strana.» Tommy gli porse un bicchiere di qualcosa. «Visto? Te l'avevamo detto che era troppo lavoro. Per questo io e Mark ci siamo presi una pausa.»

Trangugiò la bevanda. Tè freddo. Bene. Gli serviva qualcosa per schiarirsi le idee.

Finì il bicchiere con un grande *aahhh,* poi si pulì la bocca con l'avambraccio, giusto per i ragazzi.

Beth alzò gli occhi al cielo e gli porse un tovagliolo. «Giuro, voi maschi non crescete mai.»

«Hai ragione. È troppo divertente.» Usò il tovagliolo per provare di non essere il selvaggio che lei avrebbe pensato se avesse potuto leggerti i pensieri.

«Allora quando mettiamo la parte sopra del palo?» chiese Mark, allungando la mano sul tavolo per le patatine.

«Mark Joseph Hamilton, non si allunga il braccio sopra la tavola. Soprattutto quando abbiamo ospiti.»

«Ma Bryan non è un ospite. Lui è—»

Questo lo mise in difficoltà. Mise in difficoltà anche Bryan. Che cosa, esattamente, era? Non un dipendente—non lavorava per lei. Lavorava per Mac. Poteva essere un fornitore esterno, ma dubitava che i ragazzi sapessero cosa significasse.

«È un membro della famiglia!» Maggie sbucò da sotto il tavolo da picnic, stritolando tra le braccia il gigantesco gatto. «Proprio come Mrs. Beecham!»

Il gatto emise un lungo miagolio infastidito, «*Mrrrrooooowwwww,*» facendo ridere tutti.

Meno male, perché Bryan stava per fare tutto fuorché ridere.

Un membro della famiglia. Era così che Maggie lo vedeva? Era così che lo vedevano tutti? Be', i ragazzi. Beth sapeva meglio. Ma cosa pensava lei della dichiarazione di Maggie?

Rischiò un'occhiata verso di lei. *Atterrita* era la parola che gli venne in mente.

Oh, perfetto. Era inorridita. Sconvolta. Per nulla d'accordo con l'idea. D'altra parte, neppure lui lo era. Ma i ragazzi… Questo non andava bene per i ragazzi. Non potevano pensare questo di lui.

Sapeva che lasciarsi trascinare non era stata una buona idea, ma lui ci stava dietro. I ragazzi, invece… Doveva fare qualcosa.

Bryan finì presto.

Beth avrebbe dovuto essergliene grata. E lo era. In un certo senso.

Dovevano parlare. Quello che Maggie aveva detto a pranzo…

Non riusciva a togliersi l'idea dalla testa. Ed era un'idea sbagliata. Sbagliata per i suoi figli pensarlo. Sbagliata per lei *desiderarlo*. Sbagliata perché Bryan aveva avuto l'aria di uno a cui avessero ficcato un ferro rovente su per il—

Dalla bocca di una bimba di cinque anni, e non c'era nulla che Beth potesse fare per cancellarlo. E lei *doveva* fare qualcosa. Maggie era stata distratta da Mrs. Beecham, e poi Kelsey aveva saggiamente continuato a tenerla occupata così da lasciarlo in pace, ma la sua affermazione aleggiava ancora su di loro.

Un membro della famiglia.

Non avrebbe mai pensato che ci sarebbe stato un altro uomo che avrebbe anche solo preso in considerazione di avere nella casa di Mike. Nel letto di Mike. Ma Bryan, con il suo fascino sexy e il modo incredibile in cui baciava, e soprattutto per come stava con i suoi figli—e con lei, a dire il vero—le era scivolato sotto le difese e l'aveva fatta desiderare che la descrizione di Maggie fosse vera.

Aveva detto qualcosa sul sistemare il garage, e se n'era andato. Non aveva nemmeno chiesto a Jason di aiutarlo, cosa di cui avevano parlato prima. Lei era stata indecisa se insistere o meno al momento, ma Jason all'improvviso aveva deciso di tenere occupati i fratelli minori. Non avendo mai ricevuto quel tipo di attenzione da lui, l'avevano assaporata e tutti e tre erano andati a progettare un campo da Quidditch. Anche Kelsey, all'improvviso, si era appassionata a intrecciare i capelli di Maggie e le due erano sparite di sopra per il resto del pomeriggio. Beth aveva quasi paura di vedere il disastro in bagno quando aveva sentito aprire l'acqua della vasca, ma il disastro che incombeva sul tavolo da picnic era abbastanza per una giornata.

Il cellulare squillò mentre chiudeva la porta d'ingresso dopo che Bryan era andato via. Sciocca lei, il cuore le prese a battere pensando fosse lui. Anche se perché mai l'avrebbe chiamata quando non le aveva rivolto due parole per tutto il pomeriggio restava un mistero.

Era Kara Leopold, purtroppo. No, *per fortuna*. Inutile desiderare ciò che non poteva—e non doveva—essere. «Ehi, Kar, che c'è?»

«Domani sera. Devi *per forza* portarlo. Mio nipote viene. Vuole entrare nella recitazione e se potesse solo parlare con Bryan, magari avrebbe una chance.»

«Kar, non gli ho nemmeno chiesto di venire.» E non l'avrebbe fatto adesso. «Potrebbe essere impegnato.» Oh, era impegnato. Che lo sapesse o no.

«Mi stai prendendo in giro! Non gliel'hai chiesto? Perché? Stai cercando di tenertelo tutto per te? Non vuoi nessun altro intorno a lui?»

Beth allontanò il telefono dall'orecchio e lo guardò sorpresa. Sì, c'era il nome di Kara sul display, ma la donna al telefono? Beth non sapeva chi fosse. «Sei impazzita? Ti senti quando parli? Non mi sto tenendo Bryan Manley tutto per me e *non* lo inviterò all'happy hour così puoi interrogarlo su come far entrare Dylan nell'ambiente. L'uomo è in pausa da tutto questo. Mi sta pulendo la casa, per l'amor del cielo.»

«E le tue tubature? Sta pulendo anche quelle?»

Beth spalancò la bocca e scosse la testa. «Non mi piace ciò che stai insinuando. Sei *tu* che l'hai scelto per questo lavoro, non io. Io non ho avuto voce in capitolo. Anzi, ricordo benissimo che tu *e* Jenna avete detto che se avessi rifiutato il vostro regalo non mi avreste più rivolto la parola.» In quel momento, suonava quasi allettante.

«Penso solo che sia piuttosto egoista da parte tua tenerlo a casa tua tutto il giorno e non lasciare che nessuna di noi esca con lui.»

«Non è qui per farsi degli amici, Kar. È qui per lavorare, ricordi?»

«Già, be', tutto lavoro e niente svago rende Bryan un tipo molto annoiato. Portalo.»

Neanche per sogno. Aveva intravisto cosa scatenavano le orde femminili quando c'era Bryan; non avrebbe scatenato le sue amiche contro di lui. Chissà, le altre potevano finire per diventare folli come Kara e lei si sarebbe ritrovata senza amiche. E senza Bryan.

Un membro della famiglia.

No. Non avrebbe avuto neanche quello. Ed era giusto così.

Capitolo Venti

«Stai benissimo in verde, Bryan. Ti mette in risalto gli occhi.»

Bryan serrò i pugni mentre aspettava nel soggiorno della nuova residenza assistita di Gran. Sean adorava punzecchiarlo e, per quanto per lo più sapesse tenere testa, quella sera non era *proprio* la serata. «Non tirarla, Scene.» Ecco. Che Sean rimuginasse sul suo vecchio soprannome. Da bambini lo mandava sempre su tutte le furie e, in quel momento, a Bryan non sarebbe dispiaciuto che qualcuno cercasse rogna con lui. Doveva sfogare questa... questa...

Questa cosa? Rabbia? No, non era arrabbiato. Terrore? Sì, forse era quello.

Frustrazione?

Dannazione sì. Era decisamente frustrato.

E quella maledetta divisa non aiutava.

Prese una copia di *People* e la sfogliò, ma le foto di donne mozzafiato in abiti succinti non aiutavano neanche quelle. Nessuna era bella come Beth.

Gettò la rivista sul tavolino. «Sul serio. Come si aspetta Mac che ci facciamo chiamare *Manley Maids* quando indossiamo i pantaloni meno *virili* nella storia delle divise da lavoro? Ecco, *questa* sì che è una divisa da lavoro.»

Era lo scatto promozionale del suo ultimo film, con esplosioni alle spalle, una pistola per mano e una donna aggrappata a ciascun braccio. Donne in bikini. Ai tempi in cui non era *frustrato*.

«Ehi, io ci sto a dare a Mac i soldi per nuove divise.» Liam diede uno scappellotto sulla spalla a Sean quando arrivò. «In quei vestiti mi sento una cavolo di ragazza.»

«E potremmo pure cantare come una,» disse Sean, aggiustandosi. «Chi diavolo le ha disegnate?»

«Io.»

Oh, merda. Gran.

«Devo dedurre che c'è un problema?»

«Mi dispiace, Gran,» disse Sean. «Non sapevamo—»

«Lo so, Sean. So che voi ragazzi non mi ferireste mai deliberatamente.» Sfiorò il braccio di Bryan e lui si chinò a baciarle la guancia, cercando di rimediare almeno un po' al danno che i loro commenti dovevano averle fatto.

«La divisa va benissimo, Gran,» le sussurrò. Avrebbe sopportato quella roba pur di non ferirla.

Lei alzò un sopracciglio, lo scetticismo inciso in volto. «Allora ditemi voi cosa bisogna sistemare e io lavorerò a un altro modello.»

Bryan riconobbe quello sguardo. Era determinata ad aggiustare il tiro. E se nessuno le avesse dato indicazioni, Dio solo sapeva in che direzione sarebbe andata.

Inspirò a fondo e fece il salto. Almeno magari ne sarebbe uscito qualcosa di buono per tutti e tre se parlava subito. «Sono un po', ehm, stretti, Gran.»

«Stretti in che senso?» chiese Gran come se la risposta non dovesse metterli tutti terribilmente in imbarazzo, guidandoli lungo il corridoio verso una saletta da pranzo privata come la padrona del maniero.

«Sai, Gran, *stretti*.» Bryan annuì ai residenti che incrociavano. Lì, era solo il nipote di Catherine Manley e gli piaceva poter essere soltanto quello. Le luci della ribalta erano splendide, ma a volte era bello essere semplicemente se stesso.

Liam tenne la porta aperta alla nonna e loro la seguirono come anatroccoli. Bryan si nascose un sorriso. I suoi fratelli lo chiamavano il brutto. Quella foto su *People* raccontava tutt'altra storia e, se il suo viso e il suo corpo erano il biglietto per non doversi più preoccupare di mettere il cibo in tavola, tanto meglio.

«Sean, porta il pollo in tavola. Liam, le patate. E Bryan, tu puoi versare il vino. Ma non quei bicchieri formato Hollywood a cui sei abituato. Non voglio che vi ubriachiate, ragazzi.»

«Sì, signora.» Alzò gli occhi al cielo. Bevande *formato Hollywood*. Aveva provato a portarla sulla West Coast un paio di volte per farle vedere che non era la Sodoma e Gomorra che credeva, ma Gran non ne aveva voluto sapere. *Lei non saliva su un aereo alla sua età e Bryan lo vedeva meglio in TV che circondato da orde di persone con microfoni puntati in faccia.*

Conosceva il discorso a memoria perché glielo aveva ripetuto ogni volta che aveva affrontato l'argomento. Gran lì, in quel paesino, era serena: un sentimento che lui non aveva mai capito.

Poi un'immagine di Beth e dei bambini alla partita di calcio gli balenò in testa e per un attimo—un attimo veloce quanto quel lampo—ci pensò.

No. Neanche per sogno. Aveva faticato troppo per andarsene. Per andare oltre. Per salire. Non sarebbe tornato lì per sua nonna, figuriamoci per una vedova con cinque figli.

Cinque bambini che avevano bisogno di un papà.

Una vedova che aveva bisogno di un uomo nella sua vita.

Gesù Cristo. Non era lui quell'uomo e poteva togliersi quella dannata idea dalla testa. Doveva iniziare un film. Un altro era già in post-produzione. Tour promozionali. Cerimonie di premiazione. Sponsorizzazioni da valutare. Finalmente le cose si stavano muovendo; non era *certo* il momento di buttare tutto per partite di calcio e lavoretti a dita.

«Non alzare gli occhi al cielo con me, giovanotto. Tu magari pensi di sapere tutto perché sei una grande star del cinema, ma posso ancora darti una bella bacchettata sul didietro se ti monti la testa.»

«È quello che sto cercando di dirti, Gran.» Le posò il vino davanti. «Io *sono* troppo grosso per quei pantaloni.»

«Bryan Matthew Manley, non c'è motivo di essere volgare.»

Sean si strozzò col vino e Liam sembrò sul punto di farlo.

A Bryan venne solo da star male. «Io... io non volevo...» Non aveva *assolutamente* voluto dire nulla del genere; era pur sempre sua *nonna,* per l'amor del cielo!—

E, per aggiungere il danno alla beffa, Sean gli scattò una foto col cellulare.

«Che diavolo l'hai fatta a fare?» Bryan stava ancora cercando di elaborare il fatto che Gran fosse andata sul doppio senso.

«Assicurazione. Contro la povertà.» Sean si sedette. «Sono sicuro che qualche rivista pagherebbe un sacco di soldi per quell'espressione da bellimbusto.»

«Sean Patrick Manley, smettila di prendere in giro tuo fratello,» disse

Gran come se non avesse appena parlato di... *quella cosa*. «Dammi quel telefono.»

«Oh, Gran—»

«Il telefono.» Mosse le dita in un cenno.

Bryan provò una discreta soddisfazione quando Gran cancellò la foto. Dovette persino trattenere una risatina quando cancellò anche il resto delle foto di Sean—ovviamente per sbaglio, ma comunque... gli stava bene.

Ciò che *non* gli stava bene erano le complicazioni del progetto su cui stavano lavorando e a cui alcune di quelle foto erano legate—un progetto in cui Bryan aveva investito un bel po' di soldi.

«Che genere di complicazioni?»

Sean fece una smorfia. «Merriweather ha messo un piccolo bastone tra le ruote. Sta dando a sua nipote la possibilità di ereditare la tenuta.»

«Figlio di puttana.» Bry gettò il tovagliolo sul tavolo. La tenuta avrebbe dovuto essere la proprietà di punta di Sean e il primo dei progetti dei *Manley Brothers*. Se la perdevano, non ci sarebbe stato un secondo progetto.

«Linguaggio, Bryan.» Gran addentò un pezzo di pollo, e quelle due parole furono un richiamo più che sufficiente. Era sempre riuscita a richiamare la loro attenzione con una sola parola o uno sguardo. Erano stati tutti troppo preoccupati di perderla per problemi di salute per volerla contrariare.

«Scusa.» Bry rimise il tovagliolo in grembo. «Che cosa hai intenzione di fare, Sean?»

Suo fratello si passò una mano sulla bocca. «A quanto vedo, ho tre opzioni. La prima, assicurarmi che Livvy fallisca e procedere con la vendita come previsto. La seconda, volevo chiedervi se volete coprire la differenza. Con un ROI commisurato, ovviamente.»

«Quindi saresti il socio di minoranza?» chiese Liam.

Sean annuì. «Ovviamente non era quello che volevo quando l'ho pianificato, ma possiamo definire i termini e vi ricomprerò gradualmente. Se potete anticipare i soldi, quella è la mia seconda opzione. La terza sarebbe coinvolgere investitori esterni, ma così si diluirebbe la quota di tutti.»

«Quell'opzione è fuori discussione.» Liam si strofinò il mento. «Questo dovrebbe essere un progetto dei *Manley Brothers*. Se coinvolgiamo qualcun altro, perdiamo quell'elemento distintivo, sia nel decidere la rotta sia in termini di pubblicità.»

«Ma avete Bryan,» disse Gran. «È la migliore pubblicità che possiate desiderare.»

Bryan scosse la testa. Tre settimane prima, forse avrebbe detto di sì. Adesso? Non avrebbe fatto—beh, più di quanto già facesse—da catalizzatore per puntare i riflettori su Beth e i suoi figli. Ed era esattamente quello che sarebbe successo se si fosse esposto pubblicamente in un'attività locale. «No, Gran. Io sono il socio silenzioso. Non ho le competenze che hanno loro due per questo settore. Se cominciamo a spiattellare la mia faccia dappertutto, diventerà un circo. I media sono fantastici finché non lo sono più. Sean ha già quello che posso permettermi.» Per non parlare del fatto che non aveva alcuna intenzione di coinvolgere Beth e i bambini più di quanto non lo fossero già.

«Allora, come vanno i vostri incarichi, ragazzi?» chiese Gran.

«Come va?» A Bryan le parole andarono di traverso prima di riflettere sulle conseguenze di dirle. Conseguenze che cercò in fretta di mitigare quando Gran lo guardò di sbieco. «Davvero non capisco perché la gente si riproduce. Dovresti vedere quei cinque. Metto tutto in ordine bello lindo, e quando finisco l'ultima stanza devo ricominciare da capo. È come se ogni bambino fosse un tornado a sé. Inversamente proporzionale alla misura, pure. La più piccola... *mamma mia*. Riesce a creare un disastro di proporzioni epiche.»

«Soffre, Bryan. Sta provocando. Abbi pazienza,» disse Gran. «Suo padre era il pilota di quell'aereo precipitato qualche anno fa. Triste.»

Molto più triste di quanto chiunque avesse immaginato. E dato quello che era successo ai *suoi* genitori, Bryan era nella posizione perfetta per empatizzare, da cui i suoi *problemi*.

Tagliò una fetta di pane. «So *perfettamente* cosa sta provando, Gran.»

«Lo so.»

Gran gli strinse la mano e, per un momento, lui si ritrovò nella chiesa il giorno del funerale, quando lei aveva fatto la stessa cosa prima che lui crollasse del tutto.

E proprio come allora, lei cambiò argomento. «Liam? Come va con Cassidy?»

Liam scosse la testa. «È Cassidy.»

«Adesso, Liam, non giudicarla da quello che dice la gente.»

Che fosse una socialite viziata senza la minima idea di come si vivesse una vita normale, dato che il padre ricco pagava tutto. Vuoto pneumatico.

Il punto era che sarebbe stato più facile gestire Cassidy Davenport e la sua inconsapevolezza che Beth e la sua semplicità. La sua autenticità. E i bambini... Dio, i bambini. Il fatto che lui sapesse cosa stessero passando... Perché Mac aveva dovuto affidargli *questo* incarico? Perché non poteva essergli capitata una vecchietta con cinquant'anni di ragnatele e batuffoli di polvere da affrontare? O, diamine, anche Cassidy. Avrebbe scelto Cassidy qualsiasi giorno pur di non desiderare Beth al punto che il petto gli faceva male solo a pensarci.

E ci pensava spesso. Si perse metà della conversazione a tavola pensando a quanto desiderava Beth. Cristo. Era un disastro. Bevve un sorso di vino. Doveva davvero tirarsene fuori finché era in tempo. «Allora, che ne dici di scambiarci, Sean?»

Sean scosse la testa. «Scusa, che hai detto?»

«Il tuo incarico. Dev'essere una gran gnocca se non ci hai detto neanche una parola su di lei. Sto pensando che potrei darle un'occhiata se non ci stai mettendo il cappello sopra. Magari ci scambiamo i lavori.» Appena lo disse, capì che non l'avrebbe fatto. Sean magari non recitava nei film, ma era un bell'uomo. E del posto. Beth e i bambini avrebbero potuto affezionarsi a Sean tanto quanto si sarebbero affezionati a lui.

«Tu hai già la tua cliente di cui occuparti.»

Gran lo trafisse con lo sguardo. La gente chiamava i suoi occhi blu ardesia; Bryan li chiamava d'acciaio. Sua nonna era fatta di tempra dura e non le sfuggiva nulla. Da bambino era stato difficile farla franca e pareva che, negli anni, le cose non fossero cambiate. «Ed è molto bella, se ricordo bene dal giornale.»

I giornali non rendevano giustizia a Beth. «Sì, è uno schianto, ma ha cinque figli. Nulla fa sparire più in fretta l'attrattiva di una donna che una fila di bambini attaccati.» Stava mentendo. Beth poteva averne dieci e non sarebbe cambiato nulla in ciò che provava per lei, quindi chi stava cercando di convincere?

I suoi fratelli. Perché se avessero avuto anche solo il sentore della lotta che stava affrontando riguardo a Beth e alla sua famiglia, non gliel'avrebbero fatta passare liscia.

«Ehm.» Gran lo trapassò con gli occhi. Quegli occhi duri, freddi, blu d'acciaio.

Perché?

Oh, cavolo. Gran aveva cresciuto quattro figli e lui aveva appena fatto quella sciocchezza... «Io, ehm, scusa, Gran. Io, eh—»

Gran alzò la mano. «Ti ho cresciuto meglio di così, Bryan Matthew.

Quella donna ha molto da offrire a qualcuno, e quei bambini sono delle benedizioni. Dovresti ritenerti fortunato se lei anche solo *pensasse* di uscire con te. Con commenti del genere, non te la meriti.»

Lo sapeva. Non se la meritava. E, ancor più importante, lei meritava di meglio.

Allora perché, qualche ora dopo, quando ebbe superato la cena sotto lo sguardo da falco di Gran, balzò all'occasione di passare il venerdì sera con lei quando l'amica Kara chiamò per invitarlo all'happy hour del quartiere?

Perché era palesemente un inguaribile cercaguai.

Capitolo Ventuno

Fu decisamente un masochista; passò l'intero giorno seguente a sistemare gli armadi nelle camere di Beth. Lei gli aveva lasciato un elenco di cose da fare—lui si rifiutò di chiamarlo una lista da tesoruccio-fallo-tu perché avrebbe implicato che lui fosse il suo tesoro e non *aveva* bisogno di quelle implicazioni—e la cosa più urgente parevano essere le aste degli abiti allentate. Non aveva messo in conto cosa, esattamente, avrebbe toccato.

O forse sì.

Eccolo lì, spalla a spalla—e guancia a guancia—con i suoi vestiti, a toglierli, a posarli sulle braccia, a sentire la seta che gli scivolava sulla pelle, immaginandola fare lo stesso sulla sua. Immaginando *lei* che gli scivolava addosso. Rivivendo il bacio nel gazebo all'infinito finché il suo *cazzo* avrebbe potuto reggere tutti i vestiti. E il suo profumo... Indugiava nell'aria del suo armadio, lo circondava, lo tentava con qualcosa che non aveva alcun diritto di desiderare.

Per fortuna lei era fuori per tutto il giorno. Almeno, quando andava in giro con un'erezione abbastanza grande da appendiciarci i vestiti, non c'era nessuno a vederlo.

«Ehi, dimmi che non ti piacciono i vestiti da donna, ti prego.»

Tranne Jason.

Merda. Aveva dimenticato che Jason era abbastanza grande da non seguire Beth in ogni sua uscita.

Eh, pazienza. Niente sgonfiava più in fretta un'erezione del figlio della donna per cui ce l'aveva.

«Sto sistemando l'armadio di tua mamma.»

«In realtà, quello è di mio papà.»

Doppia merda. Erezione sparita; empatia schizzata a sei ziliardi di gradi.

Silenzio. Jason lo fulminò con lo sguardo, sfidandolo a dire qualcosa.

E lui lo fece.

«Allora forse dovresti aiutarmi a sistemarlo.»

Jason sbatté le palpebre. In fretta. Un paio di volte. Si voltò via anche solo per un attimo. Poi però si fece coraggio, ricacciò indietro le lacrime che Bryan capì ribollire appena sotto la superficie, e annuì.

Bastò.

Beth fissò il cartellino del prezzo. Di nuovo. Non sapeva nemmeno da quanto lo stesse fissando, né quanto *fosse* il prezzo, perché la mente era a un milione di miglia da lì. Be', a quattro virgola due miglia per essere precisi. Era esattamente la distanza tra la sua porta di casa e quel negozio. Ci guidava fino a lì centinaia di volte l'anno, ma non era per questo che sapeva che distava quattro virgola due miglia da casa. No, lo sapeva perché aveva guardato il contachilometri crescere man mano che si allontanava da casa quella mattina. Prima che arrivasse Bryan.

Non aveva voluto essere lì. Be', non proprio. Non aveva voluto *altro* che essere lì, ed era questo il problema. Bryan. Stava. Partendo. Doveva ficcarselo in testa, attraverso la spessa foschia indotta dal suo carisma che le si era infilata nel cervello il giorno in cui lui si era presentato.

«Mamma, lo prendi quello o no? Perché io mi sto annoiando.» Maggie piantò il mento sul palmo e la guardò con gli occhi di Mike.

Beth lasciò il cartellino e scosse la testa. «Non è esattamente quello che voglio.» Perché ciò che voleva non si poteva comprare da un appendiabiti.

Altre due settimane. Il servizio di pulizie era stato il regalo perfetto, ma più Bryan lavorava in casa sua, più la sistemava esteticamente, più la metteva a posto emotivamente. Mentalmente. Spiritualemente.

Era bello avere un uomo in giro per casa. Bello vedere le sue spalle larghe arrivare dove lei non arrivava, fare cose per cui non aveva tempo. Rimettere in sesto la casa. Come se una spruzzata di testosterone fosse tutto ciò che serviva per riportarla a com'era prima che Mike fosse uscito quella mattina.

Tranne che quel testosterone non poteva essere quello di Bryan. Forse avrebbe dovuto uscire e cominciare a cercare qualcuno. Qualcuno per lei. Forse era di questo che si trattava. Il richiamo crudo, palese, da farle saltare le calze della sessualità di Bryan l'aveva risvegliata. Le aveva fatto tornare la voglia. Le aveva fatto tornare la fame, e si era dimenticata com'era. Dimenticata com'era desiderare qualcuno. Voler essere vicina a qualcuno, fisicamente ed emotivamente. No, Bryan non poteva essere quell'uomo, ma diavolo se non era il miglior campanello d'allarme possibile. Lo doveva ai suoi figli, trovare qualcuno. Far tornare la casa una casa. E lo doveva a se stessa, amare ed essere amata. Ritrovare quella compagnia che il capriccio di Madre Natura le aveva strappato.

Happy hour stasera. C'erano parecchi single in zona. Molti dei suoi amici portavano i loro amici. Forse sarebbe uscita un po' dal guscio e avrebbe davvero parlato con qualcuno con un'idea di appuntamento, invece di nascondersi dietro alla sua vedovanza. Forse era finalmente ora di tornare a vivere.

«Possiamo prendere gli hot dog, mamma? Per favore?» chiese Tommy.

«Sì, io voglio la senape. E i crauti,» disse Mark.

«A te non piacciono i crauti.»

«Sì che mi piacciono.»

«No che non ti piacciono.»

«Invece sì.»

«Invece no.»

«Sì.»

«No.»

«Siete due imbecilli!» Kelsey posò una mano sulla testa dei gemelli e gliele fece ruotare per farli guardare verso di lei. «Vi ricordate cosa ha detto Bryan? Dovete guardarvi le spalle a vicenda. Non potete farlo se litigate, quindi piantatela. A te non piacciono i crauti, Mark. Hai detto che sanno di vermi da mal di mare e non abbiamo bisogno che tu vomiti durante il viaggio di ritorno.» Kelsey alzò lo sguardo e scosse la testa verso Beth.

Vi ricordate cosa ha detto Bryan... Fantastico. Adesso i suoi figli lo citavano. Vivevano secondo le sue regole. Secondo l'esempio che aveva dato.

Non sarebbe mai riuscita a rimpiazzarlo nella sua vita.

Poi arrivò all'happy hour e capì che, almeno per stasera, non ne avrebbe avuto bisogno.

Capitolo Ventidue

«Hai *visto* chi c'è?»

«Oh, santo cielo, è Bryan Manley!»

«Bryan *Manley* è qui!»

«Una *star* del *cinema* è sul *patio* di Kara!»

«Sto per avere un orgasmo proprio adesso!»

Beth si ritrovò in ogni commento. Soprattutto nell'ultimo, anche se era assurdo che venisse dall'insegnante di matematica di Jason. Già era abbastanza strano vedere la signora Shuman in vestaglia a prendersi il giornale la domenica mattina nel loro quartiere, ma adesso questo?

Qualcuno le si accostò e le scivolò un braccio intorno alla vita. «Beth! Sono così contenta che tu abbia deciso di condividerlo.»

Beth guardò la donna accanto a lei. Bethany Cavanaugh. Viveva quattro case più in là, guidava una Jaguar ed era single. Beth le aveva parlato forse sei volte in tutti gli anni in cui la donna aveva abitato lì e adesso erano amiche del cuore? «Io, eh—»

«Oh, non è stata Beth.» Kara si fece strada tra la folla con un sorriso sornione e porse a Beth un bicchiere di vino. «L'ho invitato io.»

«Come hai avuto il suo numero?» chiese Bethany la domanda che Beth avrebbe posto se fosse riuscita a parlare.

«Ho i miei mezzi.» Kara portò la spavalderia a un livello tutto nuovo.

Certo che li aveva. E certo che li avrebbe usati per farlo venire lì. Beth avrebbe dovuto aspettarselo. Ma che diavolo significava? Kara era sposata. Felicemente, o almeno così avrebbe pensato Beth, ma in fondo non si poteva mai sapere cosa succedesse nei matrimoni altrui. Sorseggiò il vino.

«Ma guarda, la padrona di casa con una marcia in più.» Bethany si strusciò contro Kara.

A Beth venne all'improvviso voglia di farsi una doccia.

Ancora di più—e in un modo del tutto diverso—quando Bryan alzò lo sguardo proprio in quel momento e la colse a fissarlo.

Voleva farsi la doccia con *lui*. Sudare e poi insaponarsi con lui. Strusciarsi contro di lui tra le sue lenzuola, poi sotto la doccia e, diamine, magari persino sul tappetino del bagno.

«Quindi tu *non* sapevi che lui sarebbe venuto?» sogghignò Bethany. Anche se i loro nomi erano simili, Beth era la *semplice Beth* mentre Bethany era liscia e sexy come la sua Jaguar. «Tesoro, *io* eccome se lo saprei se stesse per *venire*.»

Oh, le allusioni. Beth non ne aveva affatto bisogno.

Bethany, a quanto pareva, sì. Lasciò la sua nuova *bestie* Kara per pavoneggiarsi verso Bryan.

Beth provò un vago moto di soddisfazione nel vedere Bryan dare un'occhiata a Bethany, valutare il suo arioso abito estivo con spacchi nei punti giusti, poi tornare a guardare *lei* con un lieve sorriso sulle labbra che diceva che ci era già passato.

Era sbagliato che la rendesse felice sapere che Bryan vedeva attraverso la donna?

Fedele alla sua cortesia e al suo charme, però, quando Bethany si piantò davanti a lui e gli porse la mano perché la prendesse—con il dorso in su come se si aspettasse che lui gliela baciasse—Bryan accese il fascino. Beth avrebbe potuto dirgli di non sprecarsi; Bethany era sua per la presa, anche se lui avesse voluto ripassare le battute mentre lei lo soddisfaceva. Era quasi ridicolo.

Quasi.

«Allora per quanto tempo ancora te lo potrai godere?» chiese una delle altre donne.

«Ti ha già sistemato i cassetti?»

«Ha cucinato nella tua cucina?»

«Ti ha cambiato le lenzuola?»

Le allusioni non finivano più, e sebbene Beth sapesse apprezzare l'umorismo e la presa in giro bonaria che c'era dietro, faceva fatica a mantenere la calma.

Poi lui apparve al suo fianco. «Ehi, Beth. Signore.»

Aveva messo lei in evidenza. L'invidia negli occhi delle altre donne era quasi palpabile. Soprattutto in quelli di Bethany quando lui si chinò a sussurrarle all'orecchio. «La tua amica Kara mi ha invitato stasera.»

«Così ho sentito.»

«È stata gentile.»

Gentile non c'entrava niente con il motivo per cui Kara lo aveva invitato.

«Grazie per aver fissato le aste nei miei armadi. Erano incidenti in agguato.»

«Già, erano parecchio lasche. Jason mi ha aiutato.»

«Jason?»

«Sai, tuo figlio? Prima aveva uno spazzolone in testa ma adesso si vede la faccia? Ragazzo scontroso.»

Dio, quell'uomo era uno spettacolo quando la prendeva in giro.

Concentrati sulla conversazione, non sulle sue fossette.

Prese un rapido sorso di vino. «Ah. Lui. Già, credo che ci siamo conosciuti. Però il Jason che conosco io non aveva il minimo interesse ad aiutarmi in casa.»

«Be', all'improvviso si è interessato. Mi ha aiutato anche con il resto del progetto del filo per stendere.» Le sue dita tamburellarono alla sua vita e Beth all'improvviso si interessò anche lei a qualcos'altro.

Be', no. Non era vero. Lei si era interessata a *quello* dal momento in cui lo aveva visto sul suo portico.

Scacciò quel pensiero, prese un altro sorso di vino e riportò il cervello nella loro conversazione. Dopotutto, stavano parlando di suo *figlio*, santo cielo. Avrebbe dovuto riuscire a tenere a bada i pensieri lubrichi mentre discuteva del suo *bambino*. «Ha un interesse personale per il filo da stendere. Non vuole che i suoi boxer finiscano di nuovo nelle siepi dei vicini.»

Il sopracciglio sinistro di Bryan si alzò e, oh, quanto gli stava bene. «Di nuovo?»

Beth annuì. «Sherman umilia senza fare distinzioni.»

«Ah. Allora si spiega l'entusiasmo di Jason quando alla fine l'abbiamo eretto.»

Doveva proprio usare *quella* parola? Beth fece una fatica enorme a non guardargli l'inguine.

Diverse donne, però, non furono così caute e Beth rimase stupefatta nel vedere Bryan arrossire.

«Allora, ce ne sono altri come te nella scuderia di Mac? Se sì, iscrivimi per un contratto a vita,» disse una delle donne, strappando una bella risata generale.

«Spiacente, signore. I miei fratelli e io siamo prenotati per il mese, ma sono sicuro che Mac assumerà altri ragazzi visto che c'è parecchio interesse.»

No, *lui* era ciò che causava l'interesse. Mac Manley aveva saputo bene il fatto suo quando aveva messo i fratelli al lavoro.

Proprio come Kara aveva saputo cosa faceva quando lo aveva invitato alla festa. Andò avanti più a lungo di qualsiasi altro happy hour fosse mai durato prima, al punto che i bambini cominciarono a crollare come mosche e la taverna del seminterrato di Kara divenne un gigantesco pigiama party perché nessuno dei genitori voleva andarsene.

Il fatto era che Bryan li conquistò tutti, non solo le donne. Gli uomini superarono l'ostilità iniziale per parlare dei suoi film e delle acrobazie e di com'era lavorare con «belle gnocche», e di tutte le star con cui aveva collaborato. Bryan fu sorprendente nel deviare molta dell'attenzione, però. Quando la conversazione continuava per un po' sulla sua vita, la rigirava e chiedeva agli altri che lavoro facessero o dove andassero in vacanza o come andassero i loro figli nello sport o a scuola o negli scout... L'uomo sapeva davvero come gestire una folla e farlo sembrare autentico.

Ma poi, Bryan *era* autentico. A Beth quello piaceva più di ogni altra cosa in lui. Certo, era bello da guardare e avrebbe potuto baciarla finché non le saltassero i vestiti, se ci avesse messo abbastanza impegno, ma alla fine era davvero un bravo ragazzo. Niente arie, niente «guardatemi-sono-meglio-di-voi», niente finta modestia, solo un'autenticità e un'onestà autoironica che lo rendevano ancora più attraente.

«Allora, Beth, perché non porti Bryan domenica?» Dena Reardon si sistemò dietro l'orecchio l'unico ricciolo che le sfuggiva dallo chignon con un'inclinazione seducente del capo.

Solo in quel giro un invito a un parco divertimenti includeva anche un avance.

«Domenica?» Bryan inclinò a sua volta la testa, ma in modo del tutto naturale e privo di invito.

Ciò non impedì a Beth di desiderare di far scorrere le labbra lungo la sua mascella, baciarlo fino alla gola e affondargli le dita tra i capelli—

«Eh, andiamo al Martinson's Amusement Park. I bambini volevano andarci da quando ha aperto ad aprile, ma con la scuola è stato difficile organizzare. Ho promesso che saremmo andati all'inizio dell'estate e domenica è l'unico giorno che va bene fino ad agosto.»

«Mi ricordo del Martinson's.» Il volto di Bryan si illuminò in un sorriso. Se non fosse già stato una star del cinema, quel sorriso avrebbe chiuso l'affare. «Da ragazzo non mi bastava mai quel posto.»

«Dovresti venire,» disse Dena, ora attorcigliando quel ricciolo ribelle.

Sul serio?

Poi si toccò l'angolo della bocca con la punta della lingua. «Porto i miei ragazzi. Sono amici di Tommy e Mark.»

«E Alex,» intervenne Beth. «Porti Alex, giusto?» Alex era il marito di Dena. Una persona importante da includere.

Dena staccò a malincuore lo sguardo da Bryan. Per circa un minuto. «Eh, sì. Certo che Alex viene. Adora fare le giostre con i ragazzi. Quindi, dovresti portare Bryan. Così Alex non sarà l'unico uomo.»

Niente come essere messi alle strette. Entrambi.

«Grazie dell'invito, Dena,» disse lui e Beth sorrise. Ecco la sua via d'uscita.

«Ci devo pensare.»

Ci avrebbe *pensato*? Non *ho già altri impegni, perché mai dovrei infilarmi nella suburbia con cinque bambini, per non parlare di una mamma che non regge il confronto con tutte le attrici con cui ho a che fare ogni giorno?*

«Dovresti *portarlo*, lo sai.» Kara tirò Beth contro il muro di pietra quando qualcuno si mise tra lei e Bryan.

«Non vuole passare la giornata al parco divertimenti con i miei figli.»

«No, scommetto che vuole passare la giornata al parco divertimenti con *te*, e i tuoi figli vengono nel pacchetto.»

A quanto pareva, Beth era l'unica con i piedi per terra quando si trattava di Bryan. «Non se ne parla.»

«Peccato.» Kara si concesse un sorso misurato del suo drink, ma Beth non si fece ingannare. Kara magari la fissava, ma la sua visione periferica era tutta su

Bryan, e il lampo calcolatore nei suoi occhi diceva che non aveva nessuna intenzione di porre fine alla questione. «Allora... ancora due settimane, eh?»

Beth si trattenne dal roteare gli occhi. «Già.»

«Non puoi *lasciarlo* andare.»

«Kara, non ho alcun potere su di lui.»

Kara *si* concesse un'occhiata al cielo. «Oh, per favore. Vedo come ti guarda.»

«Ti sbagli.»

«No, affatto. Continua a voltarsi come per assicurarsi che tu sia ancora qui. Avresti dovuto chiedergli di venire qui stasera con te. Dovresti chiedergli di venire con te domenica. Metti il tuo marchio, così non tutte le donne qui cercano di piantargli gli artigli addosso.»

«Anche tu?»

«Ehi, se pensassi di avere una possibilità, chissà?» continuò mentre Beth cercava di richiudere la bocca. «Ma sono sposata, mentre tu... tu *hai* una possibilità. E sei single. Non c'è niente che ti impedisca di cogliere l'occasione, Beth. Diamine, se non per te, fallo per tutte noi.»

«Non vorrai dire, *scopalo* per tutte voi?» Il sarcasmo le scivolò via dalla lingua.

«Diamine, sì.»

Quel sarcasmo, ovviamente, scivolò via dalla schiena di Kara.

«Voglio dire, perché no? Sei giovane, single, e quell'uomo è da togliere il fiato. Trasuda sesso ovunque. Sarebbe davvero un caso di sacrificio per la squadra, perché sai che ogni donna qui tornerà a casa stanotte e immaginerà com'è stare con lui. Immaginerà com'è essere te.»

Due anni fa non avevano voluto essere lei. Alcune di loro non lo volevano ancora—beh, fino al momento in cui Bryan Manley aveva varcato la sua soglia.

«Oh, tesoro, realizza solo le *tue*. Basterà per tutte noi.»

«Come siamo arrivate a questa conversazione?» Che fine aveva fatto la sua vita normale, di tutti i giorni? Quel wind shear aveva sballottato più del solo aereo di Mike e Beth stava ancora barcollando per gli effetti, non *ultimo* l'avere Bryan Manley in casa.

«Non l'hai ancora capito, vero? Jess e io non abbiamo assunto Bryan per *pulire* casa tua, Beth. L'abbiamo assunto per *te*. Dal momento in cui ho sentito Mac dire cosa stava pianificando e chi intendeva usare, ho capito che dovevamo farlo per te. Chi è più perfetto, per tirarti fuori dal tuo autoimposto lutto da vedova, di uno dei fratelli Manley? E Bryan sopra tutti!»

Beth fermò il bicchiere a metà strada verso la bocca. Non poteva *aver* sentito ciò che pensava di aver sentito. «Volevate *accasciarmi* con lui?»

«Ehm, ovvio. Se dovevamo spendere tutti quei soldi per tirarti su, di certo non sarebbe stato per le pulizie. La polvere torna dopo poche settimane; soldi buttati. No, tesoro. Abbiamo comprato Bryan Manley per te.»

A Beth venne da star male. Le sue amiche avevano appena trasformato uno dei ragazzi più a modo in un gigolò. O almeno, ci speravano.

«Sei impazzita, Kara?» Beth trasse Kara in disparte e abbassò la voce a un sussurro da palcoscenico. «Quella è prostituzione.»

«Solo se ci vai a letto.» Kara sogghignò e agitò le sopracciglia. «E anche allora, *tu* non lo stai pagando. E noi paghiamo che lui ci vada a letto o no, quindi non è che venga pagato specificamente per fare sesso.»

Beth tornò a guardare Bryan, sperando che il sorriso che gli lanciò non dicesse che stava per stare male, e pregando allo stesso tempo che lui—e chiunque altro—non avesse sentito Kara. «Oh mio Dio. Ti rendi conto di quello che dici? Come puoi pensare che sia una cosa accettabile?»

«Oh, dai, Beth. Non puoi dirmi che non hai pensato a come sarebbe. Diamine, ogni donna qui dentro ha fatto quel pensiero. *Tu* hai davvero la possibilità di scoprirlo. Sei l'invidia di ogni donna qui. Cosa ti trattiene? Di certo lui è interessato. Non vorrai dirmi che tu non lo sei. Mike se n'è andato da due anni. Una donna ha dei bisogni, e chi meglio dell'Uomo più Sexy del Mondo per soddisfarli?»

Beth non riuscì nemmeno a parlare. Non le uscì una parola. Era... incredibile. Sbalorditivo. Nel suo quartiere succedevano cose come il sesso a pagamento e le sue amiche pensavano che fosse una buona idea? Non conosceva più quelle donne.

E di certo loro non conoscevano lei se pensavano che avrebbe avuto una scappatella occasionale con qualcuno. E poi *ne avrebbe parlato*?

«Devo andare.»

«Beth—»

«No, Kara, basta. Non posso restare qui. Prendo i bambini e me ne vado. Dobbiamo alzarci presto comunque.» Si diresse verso l'ingresso del seminterrato dal vialetto in modo da evitare gli sguardi troppo curiosi che le venivano rivolti.

«Ma Bryan?»

E lui che c'entrava? Non era il suo custode e, a quanto si vedeva, si stava divertendo. Perché sottoporlo al ridicolo di ciò che le sue cosiddette amiche avevano fatto? Che vivesse nell'ignoranza, perché la consapevolezza era così... così... squallida.

Ecco la parola. Un po' antiquata ma era quella giusta. Quello che Kara aveva fatto era talmente al di sotto di ogni standard che era l'unica parola calzante.

Dio, Bryan non doveva mai scoprirlo. I *tabloid* non dovevano mai scoprirlo.

«Bryan sarà al lavoro lunedì come lo è stato nelle ultime due settimane. Questo non cambierà o ci saranno troppe domande, ma te lo giuro, Kara, se insisti, se dici qualcosa a qualcuno, la nostra amicizia è finita. Non riesco a credere che mi metteresti—che metteresti Bryan—una situazione del genere e poi ci *ammetteresti*. Che fine ha fatto il tuo buon senso? Ho dei figli, Kar. Figli che non hanno bisogno di una sfilata di uomini attraverso la nostra porta di casa e la mia camera da letto.»

«E quello di cui *tu* hai bisogno, Beth? Due anni sono troppi per stare sola alla tua età. Sei giovane. Vibrante. Sexy. Hai bisogno di un uomo nella tua vita.»

«Nella mia *vita* è molto diverso che nel mio *letto*, Kar.»

«No che non lo è. È parte della cosa.»

«Parte, non il tutto. E con Bryan, quello sarebbe tutto ciò che potrebbe esserci.»

«Ah! Quindi ammetti che potrebbe esserci qualcosa.»

Beth ebbe voglia di sbattere la testa contro il muro. O la testa di Kara, in realtà. «Questa conversazione è inutile. Non dire niente a nessuno, d'accordo? Non succederà.»

«Ed è un peccato.»

«Dovresti *vergognarti*. Che razza di donna credi che io sia?»

«A rischio di essere incolpata di ripetermi, sei una donna normale, sana, vibrante che ha bisogno di divertirsi un po' nella vita.»

Divertirsi suonava bene; soffrire, molto meno. «La tua definizione di divertimento è diversa dalla mia.»

Kara strinse le spalle e Beth capì che il suo discorso cadeva nel vuoto.

«Dico solo: vivi un po', Beth. Smettila di sentirti in colpa per il fatto di essere viva. Goditi il momento.»

Santo cielo, quella era stata dura. Bryan udì quella frase e volle precipitarsi a fare a pezzi la Dragona di Beth perché chi diamine diceva cose simili a una vedova che stava ancora soffrendo?

Tranne che quella notte nel gazebo lei non stava soffrendo. Quella notte, erano stati solo loro due.

«Fatti gli affari tuoi, Kara. Questa è una cosa che non ti riguarda.»

«Sei mia amica, Beth. Odierei vederti chiuderti fuori dal mondo.»

«Ho cinque figli da accudire, un lavoro e una casa. Non mi sto chiudendo fuori, anche volendo. Ho delle responsabilità.»

«E quello è tutto ciò che hai. Che fine ha fatto il divertimento? Una giornata alle terme tra ragazze? Hai usato quel buono regalo che ti hanno fatto le donne della chiesa?»

«Non ho avuto tempo.»

«Non ti sei *presa* il tempo. E che mi dici del pranzo al Bistro? O del babysitting che Courtney e le sue amiche ti hanno offerto?»

«Non scapperò a farmi un trattamento al viso mentre delle adolescenti poco più grandi dei miei cercano di tenere la situazione sotto controllo. Le gemelle da sole sono un impegno.»

«E sopravviverebbero per due ore. Ma tu quel tempo non te lo concedi, Beth. Sei sempre in giro a fare per i tuoi figli. È fantastico, ma a volte devi fare qualcosa per te.»

Bryan colse il punto. Beth amava i suoi figli, ma Kara aveva ragione; le serviva del tempo per se stessa. Per essere Beth. Non Beth Mamma, o Beth Vedova, o Beth Insegnante, ma la donna sotto tutto questo, perché se non nutriva *lei*, se non si prendeva cura di *lei*, non ci sarebbero state quelle altre Beth a fare tutto ciò che andava fatto. E se quella donna fosse andata al tappeto, in casa Hamilton sarebbe scoppiato l'inferno.

«Lo so che è difficile, ma devi uscire. Mike non avrebbe voluto che diventassi un'eremita.»

Beth aspirò un respiro duro. «Non tirare in ballo Mike.»

La sua voce ebbe un tremito netto. Se fosse di rabbia o di pianto, Bryan non era sicuro di volerlo sapere. Non avrebbe gradito gestire né l'una né l'altra cosa.

«Non hai idea di ciò che a Mike sarebbe piaciuto o no.»

«Davvero? Vuoi dirmi che sarebbe felice di vederti appassire nel tuo stato di vedova quando c'è un gran figo in casa tua che ti guarda come se non vedesse l'ora di prenderti in braccio e portarti via da qualche parte?»

Questo era ciò che Kara vedeva? Cristo. Aveva creduto di aver tenuto le sue emozioni nascoste meglio di così.

«Stai esagerando, Kara.»

Non esagerava.

«No. L'uomo ti desidera, e sarebbe antiamericano non desiderarlo. Che diamine stai aspettando?»

«Lo fai sembrare come qualcuno lì per eseguire i miei ordini. È una persona, Kara. Non puoi costringerlo a fare qualcosa che non vuole fare, così come non puoi costringere me. Quindi piantala, vuoi? Andrò avanti nella mia vita con i miei tempi, non con i tuoi.»

Be', se gli serviva un'ulteriore prova che una storia con Beth non fosse una buona idea, eccola. Che ironia. Da che si ricordasse, le donne si erano sempre buttate ai suoi piedi che lui lo volesse o meno, eppure l'unica donna con cui *voleva* davvero avere a che fare era quella che non voleva averne con lui.

Capitolo Ventitré

«Bryan, che ci fai qui?» Non era la persona che Beth si sarebbe aspettata di vedere a suonarle alla porta alle nove di mattina, di sabato. Soprattutto perché lei era uscita dall'happy hour prima di lui, quindi Dio solo sapeva a che ora fosse rientrato.

E lei non voleva saperlo. Magari stava tornando a casa dal letto di qualche casalinga fortunata.

Probabilmente era per quello che gli ringhiò contro.

«Sono venuto a salvarti», disse con il suo sorriso più affascinante.

Avrebbe potuto anche funzionare, se lei non se lo fosse immaginato che sgattaiolava fuori dal letto della signora Shuman. O di Kara. O di Bethany.

Si sollevò Maggie più in alto sul fianco. La più piccola aveva messo su un po' di peso. «Me la cavo bene da sola, grazie.»

Lui inclinò la testa e, maledizione, gli donava. «Tutto a posto?»

No. «Sto bene. È solo che oggi ho un sacco di cose da fare. Sherman ha deciso che i bidoni della spazzatura sono più divertenti dei fili per stendere e ha capito come infilarsi nell'armadietto della cucina per arrivare al nostro, e a un certo punto oggi devo andare al supermercato, e Kelsey ha un appuntamento dall'ortodontista, e Jason vuole andare a casa del suo amico.»

«E io vado da Carly!» intervenne Maggie, con un sorriso che le occupava quasi tutta la faccia.

«Sì, tesoro, ci vai. In qualche modo.» Guardò Bryan. «Quindi vedi, sto andando in sette direzioni diverse contemporaneamente.»

Lui le prese Maggie dalle braccia. «Allora è una fortuna che io sia qui.»

«Perché *sei* qui?» Le sembrava strano non avere Maggie tra le braccia, eppure non le sembrava strano vederla in quelle di Bryan. E *questo* le sembrava strano.

«Ho deciso che ti serve una giornata di riposo.»

«Ho tutta l'estate libera.»

«Hai l'estate libera dal *lavoro*. Non dall'essere genitore.»

«Non *esistono* giornate di riposo dall'essere genitore. Soprattutto quando...» Lo fissò in modo eloquente. Non voleva tirare in ballo Mike davanti a Maggie.

«Be', oggi *è* quella giornata. Tu vai a fare qualche cosa da femmina e io porto fuori i ragazzi. Sbrighiamo tutte le tue commissioni e io lascio Maggie e Jason dove devono andare.»

«Ma Kelsey deve andare dall'ortodontista. Non puoi farlo tu; può andarci solo un genitore.»

«Non devo andarci oggi.» Kelsey, grazie al cielo, spuntò nel momento più opportuno. «Non è che la dottoressa Taylor non abbia già cambiato questo appuntamento cinque volte.»

«Tre, Kelsey. Non esagerare.»

«Come vuoi. Dico solo: non lasciare che io ti impedisca di farti una giornata da ragazze. Bryan ha ragione; ti serve davvero. Io posso andare da Maddy.»

«Visto?» Bryan sfoderò il suo sorriso famoso e Beth sentì la propria determinazione indebolirsi. «Problema risolto.»

«È stata Kara a metterti su questa cosa?» L'ennesima trovata della sua amica benintenzionata ma fuoristrada?

«No. Perché?»

Che fregatura che fosse un attore così bravo: non riusciva a capire se mentisse o no. Ma poi, non aveva motivo di sospettare di lui e a nutrire i suoi timori era solo la paranoia per i macchinamenti di Kara. «Per niente. E apprezzo lo sforzo, però...»

«Vai, mamma.»

«Cosa?» Adesso anche la più piccola si univa alla messinscena?

Maggie annuì così forte che i ricci le rimbalzarono sulla faccia di Bryan. «Devi andare dalla parrucchiera e diventare tutta bella.»

Perfetto. Quindi adesso sembrava uno straccio. Con Bryan Manley proprio lì davanti. Non c'era da stupirsi che non ci fosse speranza che succedesse qualcosa. Perché perdere tempo con la mamma di periferia quando poteva avere le donne più belle del mondo?

«Maggie, tua madre è bellissima così com'è. Questa è una giornata per farla *sentire* bene. Tipo un massaggio o una pulizia del viso o qualcosa del genere.» Bryan baciò la sommità della testa di Maggie e guardò Beth con lo sguardo che gli aveva lanciato la carriera, e il bello era che gli veniva del tutto naturale. «Non cambiare un capello, Beth. Non ne hai bisogno.»

Un *tonfo* le colpì la bocca dello stomaco, riempiendola di calore e di quelle farfalle di nuovo. Perché doveva essere così dannatamente gentile?

«Vai. Divertiti. Ai ragazzi ci penso io. Pensa a te stessa.»

Lei voleva. Davvero. Eppure, voleva anche restare lì con lui.

Ed ecco perché andò. Un cambio totale di scenografia le avrebbe fatto bene.

Cinque ore dopo, *Bryan* fu quello a cui servì un cambio di scenografia. Aveva scherzato quando si era lamentato con i fratelli e con la Nonna del caos che cinque bambini potevano scatenare, ma ora... Solo Mark e Tommy bastarono a mandarlo fuori di testa.

Riprogrammò l'appuntamento dall'ortodontista e lasciò Jason, Kelsey e Maggie dai loro amici, poi portò i gemelli a fare la spesa con lui. *Ovviamente* s'imbatté in Sean, che lo avrebbe preso in giro senza pietà per il suo ruolo da mammo, e poi i ragazzi buttarono giù una torre di scatole di mac'n'cheese mentre correvano per le corsie con spade laser immaginarie, pregando per avere la soda per tutto il tempo.

La cliente di Sean, Olivia Carolla, era lì, e per quanto lui e i suoi fratelli volessero toglierla di mezzo, la donna aveva dato ai ragazzi un esperimento da provare con la soda che, disse, li avrebbe guariti per sempre dalla voglia di bibite, quindi non poteva essere tutta cattiva. Solo scomoda per i loro piani.

Così ora si ritrovò nella cucina di Beth, a versare tre bicchieri di cola—perché *sapeva* che Maggie avrebbe voluto partecipare a questo esperimento—e a mettere un uovo sodo in ciascuno.

«E adesso?» chiese Mark, piantando il mento sul palmo.

«Sì, e adesso?» Fece lo stesso Tommy, solo a specchio. Erano gemelli eterozigoti, ma alcune cose che facevano erano inquietantemente simili.

«Adesso aspettiamo. La signora Carolla ha detto che se lasciamo stare, succederà qualcosa all'uovo.»

«Cosa?» chiese Tommy.

«Bryan non lo sa,» disse Mark.

«Che invece sì.»

«No che no.»

«Invece sì.»

«Ragazzi.» Bryan si acquattò accanto a loro con i gomiti sul piano. «Va bene non sapere. È per questo che facciamo l'esperimento. Lo controlleremo domani e vedremo cosa è successo.»

«Quindi non possiamo bere la soda, giusto?»

«Dal bicchiere? Con l'uovo dentro? No. Perché mai vorreste?»

Ai due comparve lo stesso identico ghigno, si scambiarono uno sguardo e dissero all'unisono: «Per vedere che succede.»

Lui scoppiò a ridere. Non riuscì proprio a fermarsi. Soprattutto quando i due cominciarono con le risate di pancia e allora fu via libera alle risate. E poi arrivarono le solleticate—loro a lui.

In qualche modo Bryan finì seduto per terra con tutti e due che gli saltavano addosso, facendogli il solletico finché non riuscì più a respirare.

Si contorse sul pavimento della cucina e si appoggiò alla lavastoviglie. «Ragazzi, datemi tregua, vi va? Sono un vecchietto.»

«Non sei vecchio,» disse Tommy.

«Sei ben stagionato,» disse Mark.

«Eh?» Ridacchiò. «Dove l'avete sentita?»

Tommy alzò le spalle e si sedette accanto a lui. «Il nonno. Lo dice sempre alla nonna quando la sua 'trite comincia a darle noia.»

Mark si sedette dall'altro lato. «Che cos'è la 'trite?»

Dio, amava quei bambini. «È una cosa di cui non dovete preoccuparvi per un bel po'.»

«La nonna non morirà, vero?»

«La 'trite la farà morire?»

Oh, cavolo. L'atmosfera si fece seria e Bryan si rese conto di quanto la sua risposta sarebbe stata importante per tutti e due. «No, ragazzi. L'artrite non farà morire la nonna.»

«Evviva!» dissero insieme, dandosi il cinque davanti a lui.

Perfetto. Adesso, quando la loro nonna *sarebbe* morta, avrebbero pensato che aveva mentito. «Però sapete che prima o poi succede. Moriamo tutti.»

«Già, il nostro papà è morto,» disse Tommy.

«Ma non doveva,» disse Mark. «Lo dicono tutti.»

«Già, è vero.» Tommy annuì con aria saputa. «Ma non è che così torna indietro.»

«È perché è in paradiso,» disse Mark.

«Macché, sciocco. È sotto terra.»

«Be', prima è andato sotto terra, ma poi è andato in paradiso,» disse Mark come se stessero parlando di piantare fiori o qualcosa del genere.

Ma poi tutto cambiò quando Mark aggiunse: «Giusto, Bryan? Papà è andato in paradiso.»

Merda, merda, merda. Bryan non era preparato. Non conosceva le convinzioni religiose di Beth. Non voleva indirizzare i bambini su una strada che lei non avrebbe voluto, ma doveva pur dire qualcosa.

«Vostro padre sarà sempre con voi, ragazzi. Proprio qui.» Toccò i due sul cuore, e sentì il suo *tonfo*. Ti prego, Dio, fa' che dica la cosa giusta. «Ricordatelo sempre com'era per voi e sappiate che vi ha voluto un bene enorme. Se avesse potuto sopravvivere all'incidente per stare con voi, lo avrebbe fatto.»

Certo che Mike lo avrebbe fatto; è quello che fanno i genitori. Bryan sperò che l'incidente fosse accaduto in fretta e che Mike non avesse avuto il tempo di capire cosa stava per succedere o di preoccuparsi della sua famiglia.

Nessun bisogno di preoccuparsi, amico. Ci penso io a loro.

Il pensiero gli balenò in testa e Bryan si ritrovò all'improvviso a fissare, attraverso la porta della cucina, quel memoriale sopra il caminetto.

Che diamine stava facendo a promettere qualcosa a un morto, qualcosa che non aveva alcun diritto nemmeno di pensare?

Capitolo Ventiquattro

Beth si infilò la camicetta e abbottonò con dita molli. Dio, non si faceva fare un massaggio da anni. Si era dimenticata di quanto fossero fantastici.

Non si sarebbe, però, dimenticata di quanto fosse stato fantastico Bryan a renderglielo possibile oggi.

«C'è qualcos'altro che posso prenderti?» chiese Molly, la receptionist, porgendole il conto.

Beth fu quasi tentata di dire «Bryan Manley», ma ci era già passata con Kara la sera prima.

Ma la sera prima lui era stato *Bryan Manley*. Oggi era solo Bryan. Un uomo tanto premuroso da occuparsi dei suoi cinque figli solo per permetterle di prendersi una pausa.

Perché?

Quella era la domanda che si era fatta per tutto il giorno. Certo, era un bravo ragazzo, ma questo andava ben oltre il *bravo* e lei era sicura che fare da babysitter non rientrasse nei doveri delle Manley Maids. Doveva pur avere altro da fare un sabato. Soprattutto considerando che sarebbe tornato da lei lunedì.

A quel pensiero si sentì addirittura euforica.

Scuotendo la testa, Beth prese il resto, arrotolò alcune banconote per la mancia alla massaggiatrice e le porse di nuovo a Molly. «Puoi darle a Hayley?»

Molly non volle prenderle. «Preferirebbe l'autografo di Bryan Manley. Ne stavamo parlando.»

Ovviamente. E, si rese conto Beth, anche tutte le altre donne nel salone. Con le fettine di cetriolo sugli occhi, la musica New Age che filtrava dagli auricolari che le avevano dato e il puro rilascio di tensione tra viso e massaggio, Beth non si era accorta degli sguardi. Ora sì, però.

«Vedrò cosa posso fare.» Non voleva farlo. Non voleva chiederglielo. Ma era una cosa così piccola e avrebbe significato tanto per Hayley che Beth dovette mandare giù l'imbarazzo. Lui l'avrebbe fatto; lo sapeva. Non era quello il problema. Il problema era che non voleva essere solo un'altra fan sfegatata.

Già, ma lo sei, tanto vale farci pace.

Avrebbe preferito abbracciare lui. E non per quello che era professionalmente, ma per quello che era personalmente. Quella giornata era stata un regalo. Alcune ore preziose in cui non aveva dovuto preoccuparsi dei figli o interrompere quello che stava facendo per portare qualcuno da qualche parte.

«Vedrò cosa posso fare,» ripeté, infilando le banconote nel portafoglio.

Se solo Kara non avesse detto ciò che aveva detto la sera prima, Beth non si sentirebbe così in imbarazzo a chiederglielo. Diamine, a malapena era riuscita a parlargli la sera prima dopo quella rivelazione. Dio, se mai lui l'avesse scoperto o, peggio, pensasse che lei fosse stata complice del piano, non sarebbe mai più riuscita a guardarlo in faccia. Eccolo lì, a comportarsi da persona normale, e le sue amiche volevano "affittarlo" come fantasia da una notte. Dov'era finita la sua vita normale?

«Sembra davvero un bravo ragazzo,» disse Molly.

Il pompaggio d'informazioni non si sarebbe fermato finché Bryan non se ne fosse andato. E anche allora, Beth era certa che le domande sarebbero continuate per mesi. Tirò fuori le chiavi, facendole tintinnare in modo che non ci fossero dubbi che stava uscendo e che la fonte dei pettegolezzi di paese si sarebbe presto prosciugata. «Lo è. Molto bravo. Fa anche un ottimo lavoro in casa.»

«Se fosse a casa mia, lo farei solo sedere lì a guardarlo quanto è bello.»

Oh, questo no. Molly avrebbe mirato ad altre attività. Come metà delle donne lì dentro, stando a Kara. «Credici o no, ci si stufa. E poi, non è tutto nell'aspetto di una persona.»

Molly, poco più che ventenne, guardò Beth come se parlasse una lingua straniera. Per una sui vent'anni, probabilmente lo era. «Sul serio? Non ci credo.»

Beth alzò le spalle e si mise la tracolla della borsa. «Dopo che hai passato quello che ho passato io negli ultimi due anni, capisci che è la persona dentro a contare, non l'aspetto.»

«Sì, però quanto è bello quando l'esterno combacia con l'interno?»

Hmmm. Per essere una ventenne, Molly aveva davvero una buona intuizione.

Fu qualcosa che rimase con Beth per tutto il tragitto verso casa. E tornò a bruciare quando entrò e trovò Bryan e i suoi tre più piccoli rannicchiati attorno al tavolo della cucina, intenti a guardare qualcosa sull'iPad.

«Ewww. Che schifo.»

«Stanno mentendo. Non è quello che succederà.»

«Vedi? La mamma dice sempre che la soda fa male. Se continui a berla, finirai col sembrare il Bombinabile Uomo delle Nevi senza denti.» Maggie si appoggiò allo schienale e incrociò le braccia con un deciso cenno del capo. «Vero, mamma?»

Altri tre paia di occhi si volsero verso di lei e per un secondo le parve che Bryan avesse tutto il diritto di essere lì e lei tutto il diritto di aspettarsi che lui lo fosse.

«Eh, giusto su cosa?»

«Una signora al supermercato ha detto a Mark e Tommy che la soda ti mangia i denti. È vero?»

Guardò Bryan per questa. «Ti mangia i denti?»

«Distrugge lo smalto.» Sollevò l'iPad con una foto davvero schifosa. «Vedi?»

«Eh, no grazie. Non voglio guardare.» Andò là e spinse l'iPad di nuovo sul tavolo, con la foto a faccia in giù.

Bryan le sorrise e, un attimo dopo, si ritrovò il suo braccio attorno alla vita e lei seduta sulla sua gamba.

E si stupirono entrambi nello stesso istante.

«Io—»

«Uh—»

«Dovrei—» Beth si alzò.

«Scusa.» Bryan incrociò le braccia e si nascose le mani nelle pieghe dei gomiti. «Non volevo— Cioè, non avrei dovuto toccare— Non so perché l'ho fatto.»

Non lo sapeva? Accidenti. Aveva sperato fosse per la stessa ragione per cui lei lo aveva permesso. Non che ci fosse stato un pensiero conscio; era semplicemente successo. Lui l'aveva tirata a sé e lei c'era andata. La cosa più naturale del mondo. Lei e Mike l'avevano fatto migliaia di volte.

Ma Bryan non è Mike.

Come se avesse bisogno del promemoria.

«Mamma, perché hai quella faccia strana?»

E ora le si accendeva il viso di rosso. «Perché ho appena fatto un massaggio e avevo la faccia in un buco del lettino.»

Questo portò ad altre ricerche su internet per poter mostrare loro com'è un lettino da massaggio—navigazione su internet *accorta* perché cercare «massage» era quasi come digitare «porn». Alla fine dovette allontanarsi dall'iPad mentre Bryan faceva la ricerca, perché alcune immagini erano troppo esplicite per guardarle con Bryan Manley nella sua cucina davanti ai suoi figli.

Soprattutto perché non le sarebbe dispiaciuto *provare* qualcuna di quelle immagini con Bryan Manley in cucina, ma di certo *non* davanti ai suoi figli.

Per fortuna i bambini si stancarono dell'argomento massaggio, poi le mostrarono i loro esperimenti con le uova e poi, ovviamente, pretesero di sapere cosa ci fosse per cena. Era così stufa di pensare a cosa fare per cena. Chi avrebbe mangiato cosa, cosa aveva in casa, da quanto non mangiavano quel determinato piatto. Se fosse dipeso dai bambini, avrebbero mangiato hot dog e hamburger tutte le sere—ed era probabilmente quello che avrebbe scelto anche lei stasera perché era facile.

«Perché non usciamo a cena? Offro io?» Bryan spense l'iPad e si alzò. «Possiamo prendere Kelsey e Jason lungo la strada. Di cosa avete voglia? Beth?»

Quello di cui lei aveva voglia non era qualcosa da cena. «Bryan, non devi farlo.»

«Lo so, ma ti sei rilassata oggi. Non serve che torni a casa e cucini. Usciamo. Sarà divertente.»

«Sì! Andiamo! Io voglio i tacos!»

«Io voglio i bastoncini di pesce!»

«Io voglio il gelato!»

«Non puoi mangiare il gelato per cena,» disse Mark, dando uno schiocco al ricciolo di Maggie.

«Posso se voglio, vero, Bryan?» Sua figlia volse quei occhioni marroni verso Bryan e Beth lo vide sciogliersi visibilmente.

«Questa la devi chiedere alla mamma, Maggie.»

«Ottimo. Fammi fare la parte della cattiva,» mormorò Beth in modo che lo sentisse solo lui.

«Scusa. Non era mia intenzione,» le sussurrò di rimando.

«Eh già.» Poveretto, aveva la stessa faccia di un cervo abbagliato, il che era parecchio divertente considerando che aveva fatto il giro dei talk show, gestito centinaia di giornalisti e strade affollate di fan, ma non sapeva che risposta dare a una cinqueenne sul gelato?

«Possiamo prendere il gelato dopo cena, Maggie.» Le scostò i ricci dal viso. «Ma prima devi mangiare qualcosa di sano.»

«Ma tu hai detto che il gelato è sano, mamma. È fatto con il latte. E quello alla fragola ha dentro la frutta.»

Accidenti. Odiava quando le rigiravano le sue stesse parole. Soprattutto per una sera in cui non le andava di cucinare e aveva ceduto all'idea del gelato per cena. «Solo nelle occasioni speciali, Maggie.»

«Stasera è speciale. Bryan è con noi.»

Kara aveva fatto da coach a Maggie?

Bryan tossì. «Facciamo il gelato come dessert, okay?»

«Doppia pallina?»

Bryan guardò Beth.

Lei annuì.

«Okay, doppia pallina sia. Prendiamo tuo fratello e tua sorella e saliamo sul camion.»

«Sul van, sciocco. Non ci stiamo tutti nel tuo camion.»

Bryan non avrebbe mai pensato di vedere il giorno in cui avrebbe guidato un minivan in un posto diverso da un set cinematografico, eppure eccolo lì a farlo nella sua città natale. Ma con Beth e i bambini a bordo con lui, era buffo come non gli dispiacesse.

Sei nei guai fino al collo, Manley.

Ed era buffo che non gli dispiacesse neanche *questo*.

Non gli dava fastidio il minivan, non gli davano fastidio gli sguardi mentre entravano tutti insieme al ristorante. Non gli dava fastidio che la cameriera a stento riuscisse a prendere l'ordinazione, e davvero non gli diede fastidio l'incidente dei piselli che mandò Beth fuori di testa. A quanto pare, i gemelli differivano sull'opinione dei piselli e Mark si divertiva a infilarli di nascosto nel purè di Tommy. Tommy poi si divertì a cacciarglieli giù per la maglietta.

«Mark Joseph Hamilton, scambia posto con Jason immediatamente,» sibilò Beth attraverso il tavolo.

«Ma ha iniziato lui.»

«No.»

«Sì.»

«Non mi importa chi ha iniziato, voglio che finisca. Muoviti, giovanotto. Subito. O domani starai fuori da un sacco di giostre.»

A testimonianza delle doti genitoriali di Beth (o della minaccia), Mark *si* mosse davvero. Ancora più impressionante, Jason non si lamentò di dover sedere tra Tommy e Maggie.

Non che Maggie desse problemi. Il "rifugio di tronchi" che stava costruendo nel piatto con le patatine fritte la teneva molto ben occupata.

«Posso ancora andare sul Whirring Devil domani visto che ho cambiato posto?» chiese Mark con una voce contrita che Bryan non aveva sentito negli undici giorni trascorsi con la famiglia.

«Si chiama Whirling Dervish e sì,» rispose la madre, riuscendo a essere incredibilmente bella in una semplice T-shirt bianca e un paio di orecchini rosa pendenti che Maggie aveva annunciato orgogliosa di aver chiesto a Beth di indossare visto che uscivano a cena. Maggie li aveva scelti per Beth al mercatino di Natale della scuola l'anno precedente.

«Forte. Lo faccio tutto il giorno.»

«Ti verrà da vomitare,» disse Jason, ingurgitando spaghetti come se stesse imballando fieno. «Un tizio John nella mia classe, ha fatto così. Dice che da allora non può più avvicinarsi a quella giostra. Gli viene da star male solo a pensarci.»

«Si è sentito male sul serio? Tipo proprio sulla giostra?» Tommy si dimenticò delle mine nel suo purè mentre Jason snocciolava la storia perfetta per un adolescente, mentre le ragazze continuavano a dire «Che schifo» e «Bleah» e Beth diceva a Jason di piantarla almeno tre volte. Non con quelle parole, ma forse avrebbe dovuto, perché Jason doveva arrivare in fondo alla storia prima di fermarsi.

«E tu su quali giostre sali, Bryan?» chiese Maggie, sua paladina in casa Hamilton. Gli scaldava il cuore quanto volesse sempre includerlo. Un'idea sbagliata, lo sapeva, perché si stava affezionando troppo, ma Bryan non riusciva a imporsi di rimetterla in riga e dirle che quello che stava facendo—quello che sperava—non sarebbe mai successo. Lui e Beth non sarebbero stati insieme.

«Vieni al parco con noi?» Jason si rianimò. «Forte. Tutti ne parleranno.»

">Kelsey uscì dalla sua trance da messaggi. «Davvero? Vieni? Devo scrivere a Maddy. Deve assolutamente venire al parco domani.» Tornò al telefono, ma stavolta con un sorriso invece che con un broncio.

«Aspettate ragazzi, non ho detto che vengo.» Doveva essere *Beth* a dire che lui veniva. Ci sarebbe andato in un attimo, ma solo se lo avesse voluto *lei*, non perché lo volevano i suoi figli.

«Devi venire!» Tommy si infilò una forchettata di purè in bocca e non fece nemmeno una smorfia per il pisello che Bryan vide in fondo.

«Sì, devi fare le montagne russe con noi. Sono pazzesche!» disse Mark. «Per favore, mamma? Può venire Bryan? Pago io il suo biglietto.»

«Anch'io!» disse Tommy.

«Anch'io. Ho dei soldi nel mio salvadanaio,» disse Maggie.

Kelsey e Jason si unirono al coro e Bryan quasi si strozzò con l'ultimo boccone di bistecca. La generosità dei bambini lo commosse quasi fino alle lacrime.

«Be', Bryan, immagino che questo significhi che sei invitato al parco con noi domani.» Beth lo disse con un sorriso, ma lui non era sicuro che l'invito fosse davvero sentito.

Non che importasse, perché le urla di gioia dei bambini non gli lasciarono via d'uscita. Ci sarebbe andato o si sarebbe ritrovato cinque bambini molto delusi lunedì.

Prese un sorso d'acqua per schiarirsi la voce. «Verrei volentieri, ma a una condizione.»

«Quale?» dissero i bambini all'unisono, guardandolo con occhi così speranzosi che gli si chiuse di nuovo la gola.

Prese un altro sorso. «Dovete venire tutti sul Whirling Dervish con me.»

«Maggie non può. È troppo piccola.»

«Allora tu farai un'altra giostra con me, Maggie. Due volte.»

Il broncio di Maggie si trasformò in un sorriso proprio come lui sapeva che avrebbe fatto. «Okay. Possiamo fare le tazze. Girano in tondo.»

Beth tossì a metà dietro il tovagliolo e aveva gli occhi che brillavano. «Spero che tu non soffra il mal d'auto.»

«Fidati. Con alcune delle acrobazie che ho fatto, le tazze non sono niente.»

«Se lo dici tu.»

Così fu deciso. Sarebbe andato al luna park con loro il giorno dopo. Poi sarebbe tornato da Beth lunedì. Dodici giorni di fila con il clan Hamilton.

Qualcosa diceva a Bryan che non fosse una buona idea, ma non c'era modo di tirarsi indietro, ormai.

Inoltre, qualunque cosa gli dicesse di scappare, un'altra voce, altrettanto insistente, lo spingeva a restare.

Non c'era proprio da pensarci su quale delle due ascoltare.

Capitolo Venticinque

Quello era stato il giorno migliore che Beth avesse avuto negli ultimi due anni.

I suoi figli sorridevano, ridevano e si rincorrevano con una spensieratezza e una felicità tali che era quasi come se l'incidente aereo non fosse mai successo.

Quasi.

Perché, al posto di Mike, loro padre, c'era Bryan. Il loro aiuto di casa.

Beth rise. Stava sempre terribilmente bene con i pantaloni e la camicia verdi che sua sorella aveva scelto come divisa, ma quel giorno stava ancora meglio con i bermuda cargo e una T-shirt. Si riaggiustò il berretto da baseball —che, sorprendentemente, aveva tenuto a bada gli sguardi perché nessuno si sarebbe aspettato che *il* Bryan Manley se ne andasse in giro da Martinson con una banda di ragazzini.

«Forza, lumache!» urlò a Beth, Maggie e Kelsey, in coda al gruppo. «Vi lasciamo a mangiare la polvere.»

«Non c'è polvere, mamma,» disse Maggie, parecchio interdetta mentre si guardava attorno. «È tutto asfalto.»

«È un modo di dire, Mags.» Kelsey continuava a twittare alle sue amiche senza sosta, ma aveva promesso a Bryan che non avrebbe menzionato il fatto che fosse con loro. La stava uccidendo, quella rinuncia, ma Beth era fiera di lei per aver resistito alla tentazione.

Probabilmente era solo l'idea di vedersi fotografata con i «capelli da giostra» a frenarla, ma a Beth stava bene qualunque cosa funzionasse. Quella giornata era solo per loro. L'occasione per Bryan di essere semplicemente Bryan, il fratello di Mac, l'amico dei suoi figli e il suo... be', qualunque cosa fosse. Era semplicemente bello non doversi preoccupare di giornalisti e telecamere e del fatto che qualcuno potesse registrare qualcosa da estrapolare e travisare in un articolo. Non capiva come potesse vivere sotto una campana di vetro simile, ma era un bene che ci riuscisse, visto che andava con il mestiere.

E sicuramente non s'era disperata quando Dena aveva chiamato per dire che suo figlio aveva la febbre e non potevano unirsi a loro, ma magari lo avrebbero fatto un'altra volta? Beth non aveva ricordato a Dena che non ci sarebbe stata un'altra volta con Bryan, una volta che lui fosse partito.

Bryan tornò indietro di corsa e sollevò Maggie tra le braccia. «Dai, Mags. Devi guidarci tu.»

«Evviva! Mi piace farlo. L'ho fatto a scuola una volta. Ero in testa alla parata di Halloween.»

Quello era stato l'ultimo Halloween in cui Mike era stato vivo. Ovviamente, allora non lo sapevano, ma Dio, come Beth lo ricordava adesso. Erano stati entrambi al settimo cielo tra risate indulgenti e lacrime quando Maggie, vestita con il suo costume da principessa preferito, aveva perfezionato il saluto reale mentre guidava i compagni lungo il percorso della parata all'asilo. Poi si era fermata proprio davanti a loro, aveva fatto una riverenza e aveva mandato un bacio dicendo: «Vi voglio bene, mamma e papà», abbastanza forte da farsi sentire da tutti i genitori. Ancora adesso, il cuore di Beth batteva forte al ricordo. A volte Dio ti faceva dei doni in modi inaspettati, e erano quei momenti a coglierla sempre di sorpresa e a farle apprezzare tutto ancora di più.

Come in quel momento. Bryan teneva sua figlia sulle spalle e lei aveva la testa rovesciata all'indietro mentre rideva con la sua risata contagiosa di pancia. Aveva contagiato anche i maschi, poi il riso era rimbalzato su di lei e Kelsey. Un attimo sospeso che avrebbe custodito per sempre; quando un uomo nuovo era entrato nella sua vita e aveva riportato la risata.

«Voglio fare il tronco!»

Per circa un minuto.

«Io voglio fare la parete di roccia!»

«No, la rete da scalare!»

«Il ragno!»

«La ruota panoramica!»

«Ragazzi,» disse Bryan, catturando la loro attenzione con una sola parola come nessun altro sapeva fare. «Staremo qui tutto il giorno. C'è tempo per tutto. Quindi facciamo prima quello che vuole Maggie, poi a turno facciamo quello che vuole ognuno degli altri. Compresa la vostra mamma.»

Bryan le sorrise e Beth si sentì sciogliere le ginocchia.

«E tu, Beth, cosa vuoi fare?»

Le stava chiedendo quello e Beth, con sua vergogna, pensò subito a un letto e a loro due nudi.

«Il tronco.» Non c'era neanche da pensarci. Le serviva qualcosa che la rinfrescasse.

Così si ritrovò di nuovo a camminare dietro Bryan, quella volta con i bermuda incollati al suo didietro, a godersi lo spettacolo senza farsene un cruccio. Essere una lumaca aveva i suoi vantaggi.

La ruota panoramica venne dopo, così potevano scrutare il resto del parco —e perché far aspettare Maggie sarebbe stato una tortura per tutti loro.

Beth e Bryan salirono in una cabina con Maggie e i gemelli, mentre Kelsey e Jason ebbero una cabina tutta loro, con un severo ammonimento di tenersi a posto da parte di Bryan.

Beth nascose un sorriso. Quei due sapevano meglio che fare sciocchezze su una ruota panoramica. Le mancava circa un anno e mezzo prima che Jason tornasse alle bravate da adolescente scemo, ma per ora, la paura continuava a essere il suo fattore motivante. Eppure, il fatto che Bryan badasse ai suoi figli le fece tornare le farfalle nello stomaco.

«Oh, guarda il nostro furgone laggiù!» disse Maggie, sporgendosi un po' troppo eccitata oltre il bordo della cabina. «Sembra una delle macchinine di Mark e Tommy.»

Beth allungò la mano per afferrarla, ma Bryan teneva ben saldo l'elastico dei suoi shorts.

«Dove?» Tommy salì sul sedile e Beth dovette avventarsi per impedirgli di oltrepassare il bordo. «Thomas John Hamilton, siediti al tuo posto immediatamente.»

«Uffa, mamma, così non riesco a vedere il nostro furgone.»

«Se voli oltre il bordo, non lo vedrai *mai più*.» Bryan tirò la gamba di Tommy. «Seduto.»

Non gli uscì neanche una parola di protesta. Con lei avrebbe discusso e razionalizzato le sue azioni. Beth era sicura che da grande sarebbe diventato un avvocato.

«Già, Tommy, sulla ruota panoramica bisogna stare seduti,» disse suo fratello, tronfio. «Non sai proprio niente?»

«So che sei uno scemo.»

Maggie ridacchiò, il che non aiutò.

«Io no.»

«Sì che lo sei.»

«Ragazzi.»

E, così, di colpo, i due tacquero. Persino Maggie smise di ridacchiare al tono di Bryan. Erano bravi ragazzi e di solito ascoltavano lei, anche se con un po' più di fatica rispetto a Bryan, ma lui era una novità per loro. Una novità attraente. La sua parola pesava più della sua, perché loro ascoltavano lei da così tanto tempo. Aveva dimenticato quanto fosse più facile con un partner con cui bilanciare i compiti genitoriali.

Un *tonfo* le cadde nello stomaco. Compiti genitoriali. Proprio così sembrava. Lo era stato, da quando Bryan si era presentato quella mattina. Era stato tutto incentrato sui bambini. Le aveva rivolto un sorriso rapido—un sorriso rapido e *sconvolgente*, che aveva messo in moto ogni sorta di scenari da *e se*—poi aveva iniziato a preparare tutti e a farli entrare nel furgone per il parco come se l'avessero già fatto una dozzina di volte. Beth rimase stupita—e preoccupata—di quanto in fretta lei—e loro—l'avessero accettato.

La corsa finì con un piano per le giostre del resto della mattinata e poi il pranzo. Con cinque figli, qualcuno aveva sempre fame e di solito era Jason. Beth non riusciva a immaginare il giorno in cui tutti e tre i maschi sarebbero stati adolescenti. Avrebbe dovuto prendersi un secondo lavoro solo per sfamarli.

«A pranzo mi prendo tre hot dog anch'io.» Ovviamente Mark, perché Jason aveva appena detto che lo avrebbe fatto, e Mark aveva preso a emulare il fratello maggiore dalla morte di Mike. Prima, voleva solo essere come Mike.

A Mark serviva un padre. Così come a Tommy. E anche a Jason.

E alle femmine... alle femmine serviva il loro padre.

«Gara, Bryan!»

Kelsey stava sfidando Bryan a una corsa? Kelsey non correva—le rovinava i capelli e la faceva sudare. Odiava sudare. L'unico motivo per cui non si era messa chili di eyeliner e mascara—che aveva sgraffignato da qualcuno, perché a

Beth non piacevano le dodicenni truccate—era la minaccia degli occhi da panda per il caldo.

Ma a quanto pareva tutto passava in secondo piano con Bryan nei paraggi, e i lunghi capelli castani di sua figlia le volavano dietro come la coda di un cavallo mentre partiva verso il Tilt-A-Whirl, con le sue gambe lunghe che mangiavano la distanza.

Sarebbe diventata bellissima. Tutti i segnali c'erano, e l'interesse per apparire carina per i ragazzi... A Beth bastava vedere come sua figlia guardava Bryan per capire che gli ormoni si erano messi in moto.

Una ragazza dovrebbe avere un padre che la aiuti a orientarsi nel mondo complicato dei maschi adolescenti in preda agli ormoni.

Smettila. Non stai mettendo Bryan Manley in quel ruolo. Sta per andarsene, ricordi? Ha una vita che non include i tuoi cinque figli. Né te. Ficcatelo in testa e starai molto meglio. Kara non sapeva proprio che diamine dicesse.

Forse ci avrebbe creduto, alla sua vocina interiore, se non avesse aggiunto quell'ultima parte. Kara sapeva *esattamente* quello che faceva, sia nell'aver assunto proprio Bryan, sia nello sputare il rospo all'happy hour, mettendole così l'idea in testa. O meglio, rendendo quell'idea *più grande* nella testa di Beth.

Scuotendosi quel pensiero *di dosso*, o almeno relegandolo in un angolino remoto, raggiunse i figli e Bryan alla giostra. Da bambina, quella le piaceva da morire.

«Mamma, devi salire con Bryan e Maggie o ci sarà uno squilibrio di peso.»

«Stai dicendo che peso quanto Bryan?» Le scompigliò i capelli con la mano.

Kelsey si tirò indietro. «Mamma! I capelli mi si spettinano.»

«Eh, ormai lo sono già.» Maggie alzò gli occhi al cielo con una mondanità tale che Beth ebbe quasi paura di chiedersi da dove venisse. «Hai corso.»

«Bryan ti ha battuta, sai,» disse Jason, raggiungendoli finalmente con la sua andatura inconfondibile che non cambiava per nulla e nessuno.

«Macché. Ho vinto io. Vero, Bryan?» La mano di Kelsey si posò sul braccio di Bryan e il sorriso sul suo volto era così genuino che a Beth mancò il respiro. Quanto le veniva naturale toccarlo, fargli una domanda, avere quella complicità tra loro.

Se solo lui non dovesse andarsene. Se solo potesse restare e avere una vita normale con loro.

Gli *se solo* erano inutili quanto i *e se*, quindi Beth chiuse a chiave quella porta mentale e si concentrò sul fatto che stava per salire su una giostra che l'avrebbe sbattuta contro l'uomo più sexy del mondo. C'era forse un lato negativo?

Salirono e tirarono indietro la barra di sicurezza. Beth stava in mezzo, Bryan alla sua destra e Maggie alla sinistra, per permettere alla forza centrifuga di scaraventarli addosso a lui.

Beth cercò di evitare. Ci provò, ma la giostra era troppo forte e, dopo il primo giro in cui li frullò nella cabina, con i polsi che le dolevano per la stretta mortale alla barra, Beth si arrese. Le spalle di lui erano abbastanza larghe e forti da reggere il suo peso. Sapeva a cosa andava incontro quando era salito.

Maggie strillava mentre il secondo colpo li investiva, prima del cambio di direzione. Beth avvolse un braccio attorno alla più piccola mentre la forza la ributtava contro Bryan.

Il suo petto era forte quanto quelle spalle. E, santo cielo, che sensazione davano quei muscoli che si flettevano contro la sua schiena...

E poi c'era il braccio che lui le avvolse attorno alle spalle, incollandola al suo fianco.

«Resta qui,» le disse all'orecchio, la musica a tutto volume e gli strilli dei bambini a far sembrare la sua voce un sussurro—completo del brivido di pelle del suo fiato lungo la nuca. «Tieni stretta Maggie e andiamo con il flusso.»

Altroché, lei voleva proprio andare con il flusso.

«Rilassati, Beth. Non mordo, promesso.» Rise mentre lo diceva, ricordandole come l'aveva detto sotto il gazebo quando l'aveva baciata.

La giostra li fece girare di nuovo e l'altra mano di Bryan atterrò accanto alla sua sulla barra di sicurezza e, oddio, i brividi di pelle salirono di livello fino a diventare tremito. Poi spostò il piede per puntarsi meglio, il polpaccio che le sfiorò il suo, e a Beth scappò un fremito.

Sul serio? Aveva fremuto?

«Tutto bene?» le disse ancora all'orecchio, regalandole *altri* brividi.

Accidenti, detestava che l'idea di Kara avesse un suo perché. *Avrebbe* dovuto proprio fare una storia con lui. Aveva dei bisogni, e Bryan poteva di sicuro soddisfarli.

Poteva farlo? Avere una storia?

Ma certo...

Okay, fisicamente ovvio che poteva, ma mentalmente? Emotivamente?

Non l'aveva mai fatto. Lei era il tipo da relazione. Com'era, per una volta, prendere l'avventura e lasciarsi andare un po'?

«Beth?»

Lo guardò sopra la spalla e proprio in quell'istante la giostra cambiò traiettoria, e in qualche modo le labbra di Beth finirono sulle sue.

Santo cielo, era fantastico.

La mano che lui le teneva sulla spalla per tenerla contro di sé adesso si impigliò nei suoi capelli. Bryan non la lasciò muovere (non che lei ne avesse intenzione) mentre compiva alcune deliziose mosse da brividi di pelle e dita dei piedi arricciate con le sue labbra sulle sue.

Quello che forse era iniziato per effetto della forza centrifuga stava continuando grazie alla forza della natura.

Stava baciando Beth.

Non avrebbe dovuto.

Doveva fermarsi.

Non era una buona idea.

Tutto questo gli attraversò la mente, ma Bryan non si fermò. Non poteva. Quello era...

Era Beth.

La giostra cambiò ancora, ma Bryan si rifiutò di lasciarla allontanare. Inarcò le dita tra i suoi capelli, tenendole la testa proprio lì dov'era, così da tenere le sue labbra esattamente dove le voleva—lì dove le voleva—e le strinse l'altra mano sulla barra di sicurezza, il massimo contatto fisico che potesse ottenere in quel momento. Voleva di più, ma si sarebbe accontentato.

E, Dio, lo voleva. Voleva lei. Voleva assaporarla di nuovo, inspirare quel profumo e quel sapore che erano solo di Beth. Quelli che non lo avrebbero fatto dormire la notte quando se ne fosse andato.

No, non avrebbe pensato di lasciarla. Non ancora. Non adesso.

La giostra cambiò e, dannazione, li separò. Lo sguardo stupito di Beth incontrò il suo e lui poté vedere quanto quel bacio avesse colpito anche lei. Respirava a tratti e la stretta con cui teneva la barra di sicurezza sotto le sue dita diceva molto.

«Beth.» Non sapeva cosa dire, ma doveva dire qualcosa e il suo nome era musica per le sue orecchie. Un nome tanto semplice quanto bello, che poteva essere detto in un sospiro pieno di sentimento, o ringhiato in un momento—o un'ora—di passione, o sussurrato piano con tutta l'emozione dietro. Era un nome perfetto, proprio come lei.

Poi lei si inumidì le labbra e, santo inferno, il resto di lui volle partecipare alla festa.

Gli venne da ridere. Eccolo lì, in pubblico, su una giostra di un parco divertimenti, dove poteva vederli tutto il mondo, con sua figlia di cinque anni dall'altro lato, e tutto quello a cui Bryan riusciva a pensare era girare Beth per affrontarlo, sfilarle gli shorts e sistemarla sopra di lui. Quella *sì* che sarebbe stata una gran giostra.

Per fortuna, quella corsa finì prima che i suoi ormoni avessero la meglio sul giudizio e lui le sfiorò la guancia con il dorso delle dita, riluttante a smettere di toccarla ma sapendo che doveva. «Grazie.»

Lei lo guardò sorpresa. «Per cosa?»

Lui fu contento di sentire la sua voce tremante. E velata.

«Per quel bacio. Ne avevo bisogno.»

Lei guardò Maggie che, per fortuna, era troppo assorta nei suoni e nelle immagini di ciò che succedeva attorno a loro per badare a quello che stava accadendo dentro la cabina. «*Bisogno?*»

Cavolo. Non aveva intenzione di arrivare fin lì. Le scostò una ciocca dal viso proprio mentre le barre di sicurezza scattavano in apertura. «Parliamone dopo.»

Parlare. Bryan voleva parlare.

Non era quello che Beth voleva fare. Che cosa avrebbe dovuto dire? *Dio, sì, ti salto addosso?*

Come, esattamente, si dava a un tizio il via libera per far partire una cosa del genere?

E lo *voleva* davvero, farla partire?

Mentre lo guardava issare Maggie sulle spalle, poi fare cenno ai gemelli di camminargli accanto, chiedendo a ciascuno com'era andata la giostra, ringraziando Jason e Kelsey per aver badato ai fratelli, Beth seppe che la risposta era un inequivocabile *sì*. Voleva Bryan, e se poteva averlo solo per una notte, sarebbe stata sciocca a non cogliere l'occasione.

Ma non avrebbe condiviso niente con nessuno. Qualunque cosa avrebbero fatto insieme sarebbe stata solo per lei.

Capitolo Ventisei

Bryan non ricordò un giorno in cui si fosse divertito così tanto. O in cui fosse stato così sfinito. E aveva creduto che girare scene di stunt fosse un lavoro duro? Niente si paragonò al tenere d'occhio cinque bambini in un parco divertimenti, dar da mangiare a quella tribù, *e* fare da arbitro alle loro liti su tutto, dal pranzo al gusto di zucchero filato da scegliere fino a chi dovesse sedersi dove durante il viaggio di ritorno in furgone.

Grazie a Dio i tre più piccoli si addormentarono e i due grandi avevano gli auricolari nelle orecchie.

Lanciò un'occhiata a Beth, il volto illuminato dal cruscotto e dai lampioni. Era bella in un modo pacato, grazioso. Rasserenante. Rassicurante. Be', tranne quando lui la toccava. E la baciava. E la stringeva.

O *pensava* di fare una qualunque di quelle cose. Desiderò Beth con un'intensità che sfidò la logica, dato che lei avrebbe dovuto essere tutto ciò che lui non voleva.

Eppure era tutto ciò che voleva.

Le cercò la mano. I due più grandi erano imbambolati e nessun altro se ne sarebbe accorto.

Gliel'avrebbe lasciata tenere?

Lei lo guardò, sorpresa, poi si voltò indietro e si rilassò quando vide ciò che lui aveva visto.

Le strinse dolcemente le dita. Lei guardò le loro mani, poi tornò a guardarlo.

Si passò la lingua sulle labbra.

Dio, cosa gli fece. Sapeva che sapore avesse la sua lingua. Voleva sentirla di nuovo sulle labbra. Voleva attirarla a sé e premere contro di lui quel suo corpo morbido e sinuoso, e lasciarle sentire che effetto gli faceva.

Te ne pentirai, Manley.

Probabile. Ma in quel momento non gli importò. Quella giornata era stata perfetta. E cosa poteva esserci di più perfetto che concluderla con lei tra le sue braccia?

Le portò la mano alle labbra e ne baciò il dorso. Gli splendidi occhi color cioccolato di Beth lo seguirono per tutto il tragitto, le labbra che si socchiudevano in una O soffice di cui probabilmente neppure si rese conto.

Ma lui sì. Notò il battito accelerato alla base della sua gola e il modo in cui gli si spalancarono gli occhi quando passò il pollice sul punto appena baciato prima di baciarlo di nuovo.

Arrivarono nel vialetto di casa sua e Bryan, a malincuore, la lasciò per manovrare il furgone nel garage.

Kelsey e Jason uscirono dalla loro trance quando la porta del garage si alzò e la luce si accese, ma i tre più piccoli non fecero un plissé.

«Li porto dentro io, se tu tieni le porte.»

Beth scosse la testa e afferrò Jason per la manica mentre stava per passarle accanto. «Jase, prendi Tommy. Bryan porterà Mark e io prenderò Maggie. Kelsey, per favore, tienici la porta.»

Le tolse di dosso i vestiti sudati e impolverati ai bambini addormentati, infilò loro delle T-shirt, poi li rimboccò a letto prima di andare in cucina a ringraziare Bryan prima che se ne andasse.

Non voleva affatto che se ne andasse.

Quando entrò, lui le porse un bicchiere d'acqua con ghiaccio, poi le passò dietro per spegnere la luce della cucina, così che solo il chiaro di luna filtrato dalla finestra-serra sopra il lavello e dalle vetrate che davano sul terrazzo illuminasse la stanza.

«Andiamo fuori sul terrazzo,» disse, con la voce così bassa che lei pensò che lui avrebbe sentito i battiti del suo cuore sovrastarla.

Beth inghiottì il sorso d'acqua che aveva preso e lo precedette sul terrazzo dopo che lui fece un gesto ampio per invitarla a farlo.

Lo guardò chiudere le vetrate dietro di sé, concedendosi di gustare ogni passo che fece finché non fu al suo fianco.

Sorseggiò nervosamente di nuovo l'acqua, sentendo gli occhi di Bryan su di lei per tutto il tempo.

Quando lei ebbe finito, lui le tolse il bicchiere. «Hai ancora sete?»

Lei scosse la testa. Se avesse provato a dire qualcosa, avrebbe mentito, perché all'improvviso la bocca le si era asciugata e riuscì a malapena a mandar giù quell'ultimo sorso.

«Oggi mi sono divertito un mondo,» disse, scostandole una ciocca dalla fronte.

«Non dovrebbe essere la mia battuta?» Eccola lì, abbastanza lucida da scherzare con lui. Non lo avrebbe mai creduto.

«Non è una battuta.»

Ecco, di nuovo le ginocchia le si sciolsero. Lo avrebbero fatto. Lo avrebbero davvero fatto.

In cosa, esattamente, *consistesse* quel «lo» restava da vedere, ma Beth era più che pronta a scoprirlo.

«Oggi mi sono divertito un mondo con te e con i tuoi figli, Beth. Più di quanto ricordi da molto tempo.» Fece un passo più vicino e le farfalle nello stomaco di Beth tornarono a farsi vive.

«Lo stai dicendo e basta. Non puoi dirmi che stare in un parco divertimenti locale batte gli Academy Awards.»

«Sì, se non sono in gara per un premio. E anche allora... quelli sono solo gli orpelli della mia professione. Quello che abbiamo fatto oggi... quello era reale. È questo che conta nella vita.»

Il cuore di Beth ebbe un sussulto. Cosa contava nella vita? Dove voleva andare a parare? Le stelle del cinema non facevano la spola con Hollywood dalla periferia.

Si leccò di nuovo le labbra. Non poté evitarlo; erano così secche.

Il suo sguardo si fissò sulla sua bocca e le farfalle diventarono libellule. Anzi, draghi e basta, perché dentro di lei c'era un incendio, un groviglio di fili che si attorcigliavano di desiderio e bisogno e se *lui* non faceva *qualcosa* avrebbe dovuto farlo lei.

«Beth—»

«Bryan—»

Fecero entrambi qualcosa. Si piegarono in avanti e le loro labbra si incontrarono, e fu come se non avessero mai lasciato il parco divertimenti. Lo stomaco di Beth riprese le stesse curve e torsioni delle montagne russe e il suo corpo si sentì di nuovo come sulla giostra che ti sballotta, solo che stavolta Bryan le era addosso in ogni punto e le sue braccia la stringevano come si deve, e lei poteva far scorrere le mani su tutta la sua schiena forte e scolpita, scendendo fino alla linea dei fianchi, con la tentazione di verificare quanto fosse perfetto il suo sedere che quasi la scosse fuori da quel momento.

Quasi.

«Dio, Beth, ti voglio,» mormorò da qualche parte tra la sua mandibola e la fossetta sotto l'orecchio, le parole che le solleticavano la pelle mentre il loro significato le faceva correre brividi per tutto il corpo.

Era quello. Il momento. Sì o no?

«Bryan—»

«Lo so. Capisco. Me ne andrò e tu non sei quel tipo di donna, ma ti prego, posso solo baciarti e tenerti un po'? Non mi resta molto tempo e»—le posò un altro bacio capace di farle cedere le ginocchia sulle labbra—«voglio conoscerti, Beth. Voglio esplorare ciò che c'è tra noi, anche se fosse solo tenendoti e baciandoti. Non ti dimenticherò mai, Beth Hamilton. Sei una donna speciale.»

Era una donna che si *scioglieva*. Il suo desiderio, il suo rispetto, il suo autocontrollo, il modo in cui si comportava con i suoi figli... e con lei... Avrebbe potuto innamorarsi di Bryan con estrema facilità.

«Sì, Bryan,» sussurrò prima di protendersi a baciarlo. Sì a tutto quello che lui voleva, e a molto di più che lei desiderava. Gli avvolse le braccia al collo e premette i seni dolenti contro il suo petto, la sottile T-shirt di cotone che lui indossava non fece nulla per nascondere la perfezione che c'era sotto. Dio, lo voleva. Voleva lui.

Lui le afferrò il sedere e la tirò contro di sé.

Anche lui la voleva.

Come sarebbe stato possibile? La logistica era un po' complicata, dato che la sua stanza era oltre le altre in cima alle scale. Avrebbero dovuto passare davanti a tutte le stanze dei ragazzi e non poteva dare loro un simile esempio.

Destinati al fallimento ancora prima di cominciare.

Lui si appoggiò alla ringhiera del terrazzo e la tirò tra le proprie gambe. Non c'era modo di fraintendere quanto lui la desiderasse e Beth non poté evitare una vampata d'orgoglio per averglielo provocato. Lei. Madre di cinque figli, e lui la voleva ancora.

Non è che voglia sposarti; è un uomo e tu sei una donna. Niente di che.

Tranne che per lei lo era. Quindi non avrebbe permesso a dubbi o insicurezze di rovinare tutto.

Gli affondò le dita tra i capelli, adorandone la consistenza e i ricci e il fatto che stesse baciando un uomo nuovo, godendo appieno ogni secondo e senza averne mai abbastanza. I goffi tentativi sulla porta di casa, agli altri appuntamenti... Quelli non erano nulla in confronto a questo.

Lui le lasciò la bocca e fece scorrere le labbra lungo la sua mandibola, baciando ogni centimetro, poi giù lungo la gola. Lei rovesciò la testa all'indietro, concedendogli un accesso migliore, mentre ogni punto che lui sfiorava le faceva vedere le stelle. Dio, cosa le faceva quel tocco.

«Hai un sapore dolcissimo,» le sussurrò.

La brezza notturna le sfiorò la pelle accaldata ma non fu quella la causa dei brividi che la avvolsero all'improvviso. No, la colpa la mise tutta sulle punte delle dita di Bryan—letteralmente, perché l'aveva stretta così forte che le sue dita sfioravano i lati dei seni e, santo cielo, cosa le fece alle viscere. E all'esterno —i capezzoli erano così tesi che le facevano male.

Gemette nell'aria notturna e fu abbastanza da spaventarla e farle aprire gli occhi. Oddio. La luna piena illuminava il suo terrazzo come un faro da palcoscenico, proprio lì dove stava baciandosi con Bryan Manley. Era impazzita? Chiunque poteva vedere.

Persino Jason e Kelsey, se avessero guardato fuori dalla finestra.

«Bryan...» Gli sfilò le dita dai capelli e le posò sui suoi bicipiti per fermarlo. «Qualcuno potrebbe vederci.»

Lui si prese un ultimo bacio sulla sua clavicola e le sfiorò con il naso la pelle appena sotto, facendole di nuovo pizzicare i capezzoli, prima di sollevare il capo.

«Immagino di sì,» sospirò. «Ma, Dio, Beth, ho desiderato farlo per tutto il giorno. E molto di più.»

«Non possiamo.»

«Lo so.»

«È, ecco, non è una cosa saggia.»

«Lo so.»

«E non potremmo, cioè, la mia stanza, è oltre le camere dei ragazzi.»

«Oh, fidati. So esattamente dov'è la tua stanza.»

Il suo corpo si scaldò al pensiero di lui lì dentro, a toccare le sue cose. A tenerle in mano, a rimetterle a posto. A vedere la parte più intima della sua casa, dove dormiva e sognava e si struggeva per lui.

Era stata sola per così tanto tempo.

«La casetta sull'albero.» Le parole le uscirono di bocca prima ancora che ci pensasse.

«La cosa?»

Ormai non poteva tirarsi indietro. L'aveva detto e, francamente, l'idea di fare l'amore con Bryan nella casetta sull'albero—dove nessuno lo avrebbe mai saputo, dove sarebbero stati solo loro—era di un'attrattiva enorme.

«La casetta sull'albero.» Accennò con il capo alla grande quercia all'angolo in fondo al suo giardino. «Potremmo andare lì.»

Bryan sorrise con quel sorriso devastante e le baciò la punta del naso prima di mettere un po' di spazio tra loro. «Per quanto quell'idea sia allettante, e per quanto tu mi faccia sentire come un adolescente, Beth, non mi metterò a fare l'amore con te in una casetta sull'albero. Ho molta più classe di così e tu meriti molto di più.»

Al diavolo la classe; lo desiderava così tanto che avrebbe preso in considerazione persino quel terrazzo, se solo avesse avuto un tetto per evitare che i suoi figli li vedessero per caso. Dei vicini, chissenefrega. Che si rodessero pure il fegato.

Oddio, chi era quella donna? Esibizionismo? A cosa poteva spingerla quell'uomo?

Le fece scorrere il dorso delle dita sulla guancia, poi passò il polpastrello del pollice sulle sue labbra. «In più, non è il momento giusto, adesso. Devo partire tra poco per il set e tu, be', tu hai tutto questo da gestire. Tu non sei una donna da una notte e non ti farò compromettere i tuoi principi. Non ti serve quello, né che io ti complichi la vita.»

«Ma se volessi che tu me la complicassi?» Di nuovo, chi era quella donna, e grazie a Dio che fosse venuta fuori.

«Ah, Beth, mi tenti proprio a farlo.» Le diede un bacio rapido—non abbastanza, per nulla. «Ma non potrei guardarmi allo specchio.»

E non sarebbe vissuto con lei. Non detto, ma sospeso tra loro.

Avrebbe dovuto essere felice che fosse così premuroso. Felice che rispettasse lei e i suoi figli abbastanza da non accettare la sua offerta. Ma ciò non significò che non facesse schifo.

Appoggiò la fronte alla sua. «Grazie per una giornata stupenda. Non la dimenticherò mai. E non dimenticherò questo.» Le sfiorò il naso per poterla guardare negli occhi. «Non dimenticherò te.»

Allontanarsi da Beth fu la cosa più difficile che avesse mai dovuto fare. La lasciò sul terrazzo, appoggiata alla ringhiera, i capelli scompigliati dalle sue dita, le labbra gonfie per i suoi baci, i capezzoli chiaramente in rilievo sotto la T-shirt, e aveva sentito l'umidità tra le sue cosce quando le aveva premuto il ginocchio in mezzo. Aveva udito il suo sospiro quando le aveva fatto scorrere la lingua lungo la gola.

E quell'idea della casetta sull'albero...

Scosse la testa mentre saliva sul camion, si sistemò per poter sedere comodamente sui sedili avvolgenti, ma ebbe la sensazione che non si sarebbe più seduto comodo vicino a Beth. La desiderava. Terribilmente. E lei aveva desiderato lui. Gli aveva proposto *la casetta sull'albero*, fra tutti i posti. Per un attimo ci aveva pensato, ma poi... no. Ciò che aveva detto era vero. Sì, avrebbe placato la passione del momento, ma fare l'amore con Beth era un momento da custodire, non qualcosa da sbrigare alla bell'e meglio nella casetta sull'albero dei figli. Se mai avesse portato Beth a letto, lo avrebbe fatto con tutti i crismi del romanticismo: champagne, petali di rosa, musica soffusa e un letto abbastanza grande da permettere loro di godersela in tanti modi, perché una volta avuta Beth tra le lenzuola, non avrebbe più voluto uscirne.

Uscì dal vialetto e vide Beth nella sua stanza, la sagoma illuminata dalla minuscola fila di lucine che teneva nell'albero di seta del suo salottino. Stava guardando lui che se ne andava, quando tutto ciò che lui voleva era essere lassù con lei.

Cambiò marcia, grato per la distrazione. Voleva Beth, ma non poteva averla. Per quanto i tabloid lo chiamassero playboy, quella sua nobiltà d'animo lo avrebbe ucciso.

Capitolo Ventisette

«Ehi, non è questo il film che stai facendo, Bryan?» Kelsey ficcò il giornale in faccia a Bryan nel momento stesso in cui lui varcò la soglia la mattina dopo.

I suoi occhi incrociarono quelli di Beth prima che prendesse il giornale.

Beth tornò a raccogliere i giochi del cane che Sherman aveva, ancora una volta, trascinato per tutta la casa. Il cane non aveva ancora capito che doveva giocare con i giochi, non con il cestino, e farli finire tutti in una sorta di cinquanta e due pick-up. Almeno era meglio del filo da stendere, ma comunque... Il cane era più impegnativo dei bambini.

«Dice che l'attrice ha fermato il set per qualche giorno. Vuol dire che non devi andare?»

Bryan prese il giornale e si tolse il berretto da baseball. Jason glielo prese e lo appese al gancio delle chiavi vicino alla porta, poi gli sbirciò il braccio per leggere l'articolo.

«Hmm.» Bryan scorse il resto, poi aprì il giornale alla pagina successiva. «Il mio agente non ha chiamato, quindi per quanto ne so io, sono ancora a posto per partire.»

«Che cosa è successo?» chiese Beth con quel nodo allo stomaco. Non voleva che lui partisse e non voleva parlare del suo film e *davvero* non voleva parlare dell'attrice con cui avrebbe lavorato. E probabilmente baciato. Nella maggior parte dei suoi film baciava donne bellissime.

E anche nella sua vita privata, non dimenticarlo.

Come se potesse.

Lanciò un'occhiata alla mensola del camino. Alla foto di Mike. Lui avrebbe voluto che lei fosse felice; ne avevano parlato in quel modo del tipo "tu cosa faresti", come fanno le coppie sposate, anche se lei aveva dato per scontato che stessero parlando di *sposare* qualcun altro, non di una notte di passione.

Dio, adesso le servirebbe proprio.

«Dice che l'attrice ha fatto una scenata isterica e ha distrutto il set.» Kelsey sembrò fin troppo contenta di riferire la storia.

Beth lanciò i giochi di Sherman di nuovo nel cestino. Ovviamente uno mancò il bersaglio. «Kelsey...»

Bryan afferrò la pallina da tennis fuggitiva. «Il pezzo dice che Carina Dempsey ha contestato l'impostazione della scena e voleva cambiarla.» Scorse ancora un po', poi ripiegò il giornale e se lo infilò sotto il braccio. «Non puoi credere a tutto quello che leggi, Kels.»

«Sì, lo so.» Kelsey si lasciò cadere sul divano e incrociò le braccia con un'aria acida.

Beth doveva stroncare il pettegolezzo sul nascere, prima che creasse problemi più avanti. Le adolescenti potevano essere feroci.

«Tipo quando i giornalisti dicevano che papà aveva bevuto prima del volo.»

Beth sarebbe stata molto più felice se il broncio di Kelsey *fosse* dipeso dai pettegolezzi.

«Eh no. Hanno *ipotizzato* che avesse bevuto.» Jason, ossessionato dalla reputazione del padre, aveva letto ogni articolo che Beth non era riuscita a impedirgli di vedere. Aveva imparato il concetto di *ipotizzato* entro la prima settimana ed era diventato il suo mantra. Sembrò passare un'eternità prima che il NTSB pubblicasse i risultati dello screening tossicologico e riabilitasse Mike. «E si sbagliavano.»

«Quindi vuoi dire che lei *non* ha messo a soqquadro il posto?» Il potere del pettegolezzo prese il sopravvento.

Beth scosse la testa. Adolescenti...

«Difficile capire come stiano le cose,» disse Bryan. «Ne saprò di più quando arrivo là.»

«Quando parti?»

«Devo essere sul set tra due settimane. Posso andare quando voglio, quindi potrei partire il weekend prima. Mettere a posto il trailer, prendere confidenza con l'ambiente, vedere chi c'è già. È utile sapere con chi lavori prima di presentarti a girare.»

«Vai a girare?» Mark, ovviamente, *si* drizzò all'istante. «Una pistola? O un laser?» Brandì la sua spada laser.

«Scommetto una mitragliatrice,» aggiunse Tommy, afferrando la pistola ad acqua che il padre di Mike aveva comprato loro per il compleanno. Accidenti. Doveva portare quella roba fuori. C'era già stata una guerra d'acqua in bagno.

«No, un cannone.»

«Un carro armato!»

«Già, un carro armato sarebbe fortissimo!»

Niente di ciò che riguardava la partenza di Bryan era forte. Beth si chinò per nascondere i sentimenti che quel pensiero le suscitava e trovò almeno otto calzini sotto il divano che Sherman doveva aver sottratto. Stava per cambiargli nome in Mostro dei Calzini, e chiamarlo semplicemente Mostro per abbreviare. Calzava a pennello.

E *ovviamente* il mostro appena ribattezzato la centrò sul retro delle cosce, facendola carambolare contro il divano, colpendo, *ovviamente*, l'intelaiatura di legno, e per un attimo vide le stelle. Peccato non fossero del tipo che aveva visto con Bryan la notte prima.

«Sherman!» Tommy corse a soccorrere la peste che aveva rimbalzato ed era scivolata sul parquet.

«Mamma!» Maggie corse in aiuto di Beth, scostandole i capelli dal viso. «Stai bene, mamma? Devi andare in ospedale?»

Maggie aveva una paura irrazionale degli ospedali. Nella sua esperienza, lì si andava a morire.

«No, tesoro, sto bene.» Beth si strofinò il bernoccolo e si sedette sul divano.

Bryan si inginocchiò davanti a lei e, oh, l'immagine che ne scaturì.

Accipicchia, si doveva essere davvero fatta male.

«Qui. Lascia che dia un'occhiata.» Le scostò i capelli dalla testa. «Hai fatto un uovo.»

«Un uovo? Perché mamma ha un uovo in testa? Non l'hai preso dal nostro speperimento, vero, mamma?»

«L'esperimento!» Tommy saltò giù dallo schienale del divano, pistola ad acqua alla mano.

«Il mio uovo!» Mark gli corse dietro.

Dopo un attimo di indecisione, anche Maggie corse in cucina.

«Beh, direi che questo mi fa capire a che livello di importanza mi colloco qui dentro.»

Bryan sorrise e il suo mal di testa si attenuò parecchio. Le sfiorò la guancia con il dorso delle dita. «Si sono assicurati che stessi bene, poi sono corsi dietro a quello che, cito, è l'esperimento più forte del mondo. Se rivedo la cliente di Sean, dovrò proprio ringraziarla.» Toccò di nuovo la protuberanza. «Nel frattempo, mettiamoci un po' di ghiaccio.»

«Perfetto. Proprio quello che mi ci voleva. Un bel bernoccolo sulla fronte.»

Le tese la mano per aiutarla ad alzarsi. «La buona notizia è che è sotto l'attaccatura dei capelli. E il blu ti dona.»

Lei lo urtò con la spalla, eccessivamente contenta che lui avesse notato quale colore le stava bene, e infastidita con se stessa per esserne contenta.

Il campanello suonò proprio mentre arrivavano in cucina a vedere tre bambini molto concentrati che studiavano le uova nei bicchieri.

«Vado io,» disse Bryan. «Tu vai a vedere cosa combinano Louis Pasteur, Madame Curie e Pavlov lì dentro,» disse Bryan mentre si avviava alla porta d'ingresso come se fosse di casa.

Ma non lo era. E non poteva esserlo. Così rivolse l'attenzione ai bambini che *ci* vivevano, che *erano* il centro della sua vita e il motivo per cui non poteva mettersi a inseguire Bryan sui set cinematografici.

Però lo andò a cercare qualche minuto dopo, quando non era ancora tornato, per vedere quale fosse l'intoppo.

Doveva immaginarlo. C'era un branco di sciacalli affamati, cioè, giornalisti, sul suo portico.

«Non ho commenti in merito,» stava dicendo Bryan. «Non sono lì quindi non so cosa stia succedendo.»

«Hai in programma di volare là prima del previsto?»

«Come potete vedere, ho impegni presi.» Bryan accennò con il capo verso casa sua. «Sarò sul set quando devo. Per il resto, non posso commentare. Adesso, se non vi dispiace andarvene così questa famiglia può riavere la propria privacy, ve ne sarei grato.»

«Ti aspetti che Carina venga licenziata?»

«Ci sono state altre notizie da altri set che ha rovinato quando non era contenta.»

«Si dice che stiano cercando di sostituirla.»

«Continueresti con il film se la sostituissero?»

Le domande non si placarono, ma Bryan le parò colpo su colpo. Beth dovette ammirare la sua professionalità e la sua etica nel non buttare l'attrice sotto il treno, anche se *lei* aveva sentito le stesse cose su Carina, nota per le sue scene sul set. Francamente, Beth aveva sempre pensato che la donna lo facesse apposta per tenere il suo nome sui giornali. Come si diceva a Hollywood, non esisteva cattiva pubblicità. In periferia, però, era tutta un'altra storia. Beth avrebbe fatto volentieri a meno che il suo nome comparisse di nuovo su un giornale.

Il che significò, *ovviamente,* che un giornalista decise di tirarla dentro la conversazione.

«Signora Hamilton, le andrebbe di commentare i servizi che Bryan presta a casa sua?»

Oh, le risatine che *quella* domanda strappò alla folla radunata—e oh, la rabbia che strappò a Bryan. «Beth *non* c'entra con questo. Lasciatela fuori.»

«Ma di certo a sua sorella farebbe piacere la pubblicità per la Manley Maids, no? Ci serve solo una dichiarazione dalla sua *cliente*.»

Sì, il giornalista stava calando pesante con le allusioni. A Beth venne la nausea.

Bryan si arrabbiò ancora di più. «A mia sorella le allusioni non piacerebbero.»

Era vicino a perdere il suo aplomb professionale e questo non sarebbe stato un bene per la sua immagine—né per la reputazione di lei, perché nel momento in cui avesse iniziato a difenderla, la gente avrebbe pensato che ne avesse il diritto, il che avrebbe implicato che ci fosse qualcosa tra loro e avrebbe scoperchiato un altro vaso di Pandora.

«Mac gestisce un servizio professionale e commenti come i vostri non ci entrano nulla. Conferenza stampa finita, signori.» Si voltò ed entrò in casa sua senza uno sguardo indietro—ma con una decisa sbattuta di porta. «Scusa per questo.»

«Non è colpa tua.»

«Be', tecnicamente sì. Se non fossi qui, non dovresti averci a che fare.»

«Sei qui solo per qualche altro giorno. Sono sicura di poter resistere fino ad allora.» Era un piccolo prezzo da pagare per averlo intorno, perché almeno c'era una fine all'orizzonte.

Aspetta. Doveva essere una cosa positiva?

«Sono felice che *tu* possa.»

«Eh, come?»

Bryan guardò dietro di sé fuori dalla porta d'ingresso, poi la guidò nello studio, lontano dagli sguardi indiscreti della stampa ancora sul portico.

Chiuse la porta. Poi le mise una mano dietro il collo e la trascinò in un altro bacio da far sciogliere le ginocchia.

Cinque minuti dopo—o forse trenta—alla fine la lasciò andare. E, diamine, lei fece una gran fatica a lasciar andare lui.

«Scusa,» disse quando le sue labbra si staccarono dalle sue. «Non avrei dovuto farlo.»

«Baciarmi?»

«Già.»

«Perché? Voglio dire, lo hai fatto anche ieri sera, e non mi sono lamentata, se ricordi.»

«Ricordo. Ed è questo il problema.»

«È un problema che non ti chieda di smettere di baciarmi?»

«Sì. Perché se me lo chiedessi, smetterei. E allora non penserei a cos'altro vorrei fare con te.»

«Cos'altro *cosa*?»

Sollevò un sopracciglio. «Andiamo, Beth. Hai avuto cinque figli. Presumo non siano state concezioni immacolate.»

Arrossì. «Certo che no.»

«Allora sai di cosa sto parlando.»

«Be', sì, però... Però tu stai per partire.»

«Esatto. E questo sta mandando all'aria il mio autocontrollo. Non posso averti; non sei quel tipo di donna, ma non smetto di volerti. E quando parlo di partire, di non vederti più, di uscire dalla tua vita così che qualcun altro possa entrarci, be', non è quello che voglio.»

«Che cosa *vuoi*, Bryan?» Dio, poteva sperare in così tanto...

«È proprio questo, Beth. Voglio *te*. Ma non voglio questo.»

«Questo?» I suoi figli? La sua vita? Il suo mondo? Dio, che male. In una frase le diede tutto e nella successiva glielo strappò via.

«Ho una carriera che sta decollando. Non posso voltarle le spalle adesso. Ho lavorato troppo per arrivare fin qui.»

«Non ti chiedo di voltarle le spalle.»

«Lo so. Ma io ci sto pensando.»

Dio, anche lei. Ma se aveva mai pensato che potesse esserci un compromesso tra i loro stili di vita tanto diversi, quell'evento mediatico sul suo portico ci aveva messo la parola fine. I suoi figli non meritavano quel trambusto. E lei non meritava il cuore spezzato. «Allora forse dovresti andartene adesso, Bryan. Rendere il distacco più facile.»

Per un momento, lui ebbe un'espressione di dolore. Ma era un bravo attore, capace di richiamare emozioni a comando, e lei lo vide farlo. Lo vide incassare, mettere via tutto, e tirare fuori il suo lato professionale.

Si passò la mano che non era ancora dietro il suo collo tra i capelli. «Sì, forse sarebbe meglio. Hai ragione; la tua famiglia non ha bisogno di questa intrusione. Avete già passato abbastanza. La mia carriera e tutto ciò che comporta sono una mia scelta, e non è giusto imporla a voi. Mi dispiace, Beth. Per così tante cose.»

Per quello che avrebbe potuto essere...

«Vado solo a salutare i ragazzi e—»

«Preferirei di no.»

«Cosa?»

Fece un respiro profondo, sapendo che stava facendo la cosa giusta, ma sapendo anche che sarebbero rimasti male se lui non avesse salutato. Ma meglio uno strappo netto che uno strazio fatto di lacrime e promesse di ciò che non sarebbe mai potuto essere. «Non hanno bisogno del teatrino della separazione. Vai. Dirò loro che ti hanno chiamato sul set e che sei dovuto partire. Se resti e fai una scena della tua partenza, le daranno più importanza di quanta ne meriti. Dopo una settimana o giù di lì, andranno avanti.»

Bryan non pensò che avrebbero potuto strappargli le viscere più di quanto fosse successo quando lei gli aveva chiesto di andarsene, ma sentirsi dire che i ragazzi avrebbero voltato pagina... Quello lo finì.

Come attore, conosceva il potere delle parole, ma come uomo non si era mai trovato di fronte ai sentimenti veri che esse evocavano.

Soffocò quell'emozione, sbatté le palpebre un paio di volte perché, sì, faceva male, poi tirò fuori dal repertorio il *facciale impassibile.* «Hai ragione, ovviamente.» Flesse le dita dietro il suo collo, sorpreso di scoprire che la stava ancora toccando lì. Due minuti prima la stava baciando, con le dita affondate in quei ricci di seta che voleva sparsi su un cuscino sotto di loro, e adesso doveva lasciarla andare.

Espulse il fiato e lasciò cadere la mano. «Ti auguro tutto il meglio, Beth.»

«Anche a te, Bryan.» La sua voce era roca e, se non fosse stata lei a chiedergli di andarsene, lui avrebbe giurato che fosse commossa.

«Be'...» Si schiarì dalla gola il suo stesso impasto di emozione. «Immagino che prenderò il cappello e andrò. Mac può passare a prendere eventuali forniture che ho lasciato.»

«Sì. Va bene.»

«Addio.»

«Addio, Bryan. Buona fortuna con il tuo film.»

Dannata commedia romantica, per cui in quel momento non provava neanche un briciolo di gioia, perché avrebbe interpretato sullo schermo ciò che forse aveva appena rinunciato ad avere nella vita vera.

Capitolo Ventotto

I bambini rimasero delusi. Be', Kelsey ne fu devastata, convinta che la sua popolarità appena conquistata avrebbe fatto un capitombolo su Twitter. Anche Jason parve spento, tornando a quel broncio da adolescente che aveva perso nelle ultime due settimane.

I gemelli continuavano a ripetere, «Quando Bryan tornerà», e Maggie aveva predisposto un angolino speciale sulla sua scrivania per fare un elenco di tutto ciò che le accadeva durante le giornate, così da ricordarsi di raccontarlo a Bryan quando fosse tornato a ripulire la sua casa delle bambole dal pelo di Mrs. Beecham.

Beth non ebbe il cuore di dirle che non sarebbe successo. Se ne sarebbero accorti tutti, prima o poi, sperabilmente quando l'eccitazione per la sua presenza si fosse attenuata. Non voleva distruggere i loro sogni.

Ma, Dio, i *suoi* sogni. Ogni singolo aveva Bryan per protagonista. Si svegliò il giorno dopo con un dolore tra le cosce che non c'era stato nemmeno quando lui *era* lì.

Avrebbe dovuto andarci a letto. Avrebbe dovuto costringerlo ad accettare quell'offerta della casetta sull'albero. Avrebbe dovuto crearsi i ricordi che l'avrebbero sostenuta nelle settimane—mesi, forse—seguenti, finché non lo avesse superato. Maledizione; odiò che Kara avesse avuto ragione.

Il telefono squillò, per fortuna offrendole la distrazione di cui aveva bisogno—finché non sentì chi era.

«Pronto, signora Hamilton. Sono Mac Manley. Capisco che Lei abbia interrotto l'incarico di mio fratello e volevo capire quale fosse il problema. Mi piacerebbe risolverlo, se posso.»

L'unico problema era che lui era troppo sexy per il suo bene. «Non c'era alcun problema. È solo che ha fatto tutto ciò che c'era da fare e, be', ha quel film in arrivo—»

«Che non avrebbe dovuto iniziare per un'altra settimana e mezzo. Ha fatto qualcosa? Ha rovinato qualcosa?»

Solo lei, per un altro uomo.

Ripigliati!

Beth scosse la testa per schiarirsi le idee, perché Mac non poteva vederla farlo. «No. Bryan lavorò benissimo. Andò oltre il dovuto, ma, be', aveva finito. Non ho altro con cui tenerlo occupato, e sembrava sciocco fargli perdere tempo inventando lavori. Ho pensato che sarebbe stato meglio per lui stare sul set.»

Mac sospirò dall'altro capo della cornetta. «Potrei mandare qualcun altro. Gratis, naturalmente. Le rimborserò il saldo di quanto pagato.»

«Non è necessario, davvero. Bryan lavorò in buona fede. Sono stata io a lasciarlo andare. Tenga i soldi. E, no, non voglio nessun altro.»

Ebbero la sensazione che non l'avrebbe voluto mai, peraltro.

Okay, Beth, davvero. Ripigliati! Non sprecherai il resto della tua vita struggendoti per questo tizio. Lui è andato avanti; devi farlo anche tu.

«Di certo non terrò i soldi se Manley Maids non li ha guadagnati», disse Mac. «Li restituirò.»

«Perché non li dona allora? Alla biblioteca o alla scuola o a qualcuno. Qualcuno che possa usare i vostri servizi ma non possa permetterseli. Davvero, non è necessario. Bryan fece un ottimo lavoro; è solo che ormai è finita.»

Cosa che si sarebbe ripetuta a se stessa per molte notti a venire.

«Che cosa hai fatto?»

«Mac—»

«Senti, Bryan, che cosa hai combinato?»

«Mac—»

«Mi lasci un messaggio del cavolo e devo chiamare la mia stessa cliente per scoprire che cosa è successo. E *lei* non mi ha voluto dire niente. Hai messo in scena qualcuno dei tuoi numeri da Rico Suave, l'hai fatta innamorare e poi l'hai scaricata come la starlettina di ieri?»

«Mac—»

«Quattro settimane, Bry! *Quattro* settimane! Era tutto ciò che ti chiesi. Era la nostra scommessa, ricordi? E non sei riuscito nemmeno in quello? Sul serio, che cosa *diavolo* hai che non va? Devi correre dietro a tutto ciò che porta una gonna? Pensavo che una donna con cinque figli sarebbe stata un deterrente sufficiente, invece, nooo. Non mio fratello, lo stallone. Deve fare un'incisione su ogni testata del letto, immagino. Non posso credere—»

«Ora basta, Mary-Alice Catherine Manley!» La pressione salì a Bryan insieme alla voce e lasciò cadere i boxer che stava cercando di ficcare nel borsone. La macchina sarebbe arrivata in meno di cinque minuti. Non *aveva* tempo per questo. «Non sono un Neanderthal che deve fare conquiste ovunque vada e lo sai. Non dirmi quelle stronzate! Fui soltanto circospetto con Beth e i suoi figli.»

Be', tranne quando la baciava. Allora era arrapato da morire. Ma lo era anche Beth, quindi dubitava che lei lo avesse spifferato a sua sorella.

Raccolse i boxer e li spinse nel borsone, poi lo chiuse—e *ovviamente* la dannata cerniera s'impigliò nel tessuto. Incastrando il telefono tra l'orecchio e la spalla, cercò di strappare via la stoffa. «Beth aveva problemi con l'attenzione dei media che viene nel pacchetto Bryan Manley e non posso biasimarla. Dopo quello che lei e i suoi figli avevano passato... Perché diavolo mi hai mandato da lei?» Qualcosa che Mac aveva detto gli tornò in mente. «Cazzo. Mi ci hai mandato *perché* aveva cinque figli? Perché sai che è l'*ultima* cosa che voglio nella mia vita e sei così preoccupata che ci provi con le clienti che hai dovuto mandarmi da quella che pensavi non mi sarebbe piaciuta?»

Si sentì insultato. Non aveva mai dato a Mac motivo di dubitare della sua professionalità o della sua parola. E le aveva *dato* la sua parola che sarebbe stato professionale mentre lavorava per lei—d'accordo, intendeva nel modo in cui avrebbe pulito le case, perché, dopo tutto, aveva provato a tirarsi fuori da quella maledetta scommessa, ma sul serio? Pensava che ci provasse con le clienti?

«Oh, non girarla su di me, Bryan Matthew. L'ho fatto per te. Voglio dire, nessuno penserebbe che ti interessi una vedova con figli, tanto meno lei. Era l'incarico più sicuro che potessi inventare. Riesci a immaginare se un'altra cliente avesse messo gli occhi su di te? Cambieresti lenzuola e lampadine e cassetti del comò in camera sua chiedendoti come cavartela alla fine della giornata. Ti ho fatto un favore.»

Non stava per dirle quanto grande fosse il favore che gli *aveva* fatto. Be', glielo *avrebbe* fatto, se questa cosa con Beth avesse potuto andare da qualche parte. Ma non poteva. E Beth, donna intelligente, lo aveva capito al punto da chiedergli di andarsene.

Cercò con lo sguardo la cartellina con il copione. Avrebbe dovuto ripassare le battute perché non era stato diligente come al solito nel memorizzarle, essendo stato così occupato con Beth e i bambini. «Non ho fatto nulla, Mac, ma pagherò il resto del mese.»

«Lei non mi lascia restituire i soldi. Mi ha detto di donarli.»

Ah. Ecco la cartellina sopra l'isola in cucina, in mezzo a una mezza dozzina di bollette che sarebbe stato meglio pagare prima di partire. Merda, non aveva tempo. Le infilò dentro la cartellina. «Scegli un'associazione per le vittime. Raddoppierò qualunque cifra tu doni.»

«Sei un principe, Bry.»

«Sì, sì, così dicono.» Infilò la cartellina nella tasca anteriore della borsa del portatile.

«Ero sarcastica. Lung lungi da me gonfiare ancora di più il tuo ego.»

Era un vecchio mantra. Mac non gli avrebbe mai permesso di montarsi la testa, per amore.

«Allora siamo a posto?» Lanciò uno sguardo in giro per casa sua per vedere se avesse dimenticato qualcosa. Tristemente, il posto era terribilmente povero di *cose*. Solo una TV ad alta definizione, un impianto audio da scoperchiare il tetto e alcuni quadri che una decoratrice che aveva assunto gli aveva detto di comprare. Non gli piaceva neppure l'arte impressionista, eppure era lì sulle sue pareti. Quel posto era accogliente quanto la casa delle bambole di Maggie. Anzi, la casa delle bambole era più accogliente, dato che il pelo di Mrs. Beecham le dava un'aria vissuta, mentre il suo posto sembrava più una stazione di passaggio. «La smetterai di starmi addosso su come se avessi fatto qualcosa per farla arrabbiare?»

«Mi prometti che non l'hai fatto?»

«Lo prometto.» Far arrabbiare Beth non era mai stato il suo obiettivo.

Accenderla, farla ardere di desiderio, sì. Tutte le cose che Mac aveva deciso nello specifico che a Beth non sarebbero interessate.

Mac non era stata in quel gazebo. E neppure sul terrazzo, la notte scorsa.

Si mise le cinghie del borsone sulla spalla mentre la limousine si fermava davanti. Bel vantaggio, quello. «Devo andare, Mac. Manda qualcun altro da Beth. Si merita una pausa.»

«Come ho detto, Bry, sei un principe.»

«E adesso vado a farne uno al cinema. Sto andando sulla costa.»

«Mi sei ancora debitore, fratellone.»

«Cosa?» Giostrò telefono e chiavi mentre chiudeva a chiave.

«La scommessa. Doveva durare quattro settimane e tu te ne vai prima.»

«Non basta che la paghi? Raddoppiata?» Buttò le chiavi nel borsone. Non ne avrebbe avuto bisogno per un po'.

«Rinunci sempre a una scommessa?»

«Non lo faccio mai.» Si rimise le cinghie in spalla, giostrando il telefono e il cattivo umore. «Bene. La prossima volta che avrò una pausa tra un film e l'altro, farò gli otto giorni rimasti.»

«Ti ci terrò.»

Accennò un saluto all'autista che aprì la portiera, poi scivolò sul sedile posteriore. «Fallo.»

«Lo farò.»

«Bene.»

«D'accordo.»

«Ciao, sorellina.»

«Ciao, fratellone.»

Lei, naturalmente, riattaccò prima di lui. A Mac piaceva avere l'ultima parola e adorava prenderlo in giro chiamandolo fratellone. Era il più giovane dei tre fratelli e non smetteva mai di mandarlo in bestia quando i fratelli lo chiamavano *il bebè*. Be', gliel'aveva fatta vedere. Il nome più grande sul cartellone di quel film sarebbe stato il suo. Era finalmente sulla strada del grande successo.

Peccato che gli sembrasse più di essere semplicemente in cammino verso un lavoro.

. . .

«Te lo sei lasciato scappare?» Kara per poco non lasciò cadere la bottiglia di vino, che in Kara-Land era un peccato mortale.

Beth gliela tolse di mano e la posò sul tavolo di ardesia del patio. «Non l'ho *lasciato* fare nulla. Aveva finito, quindi se n'è andato.»

«Non ci credo.» Jess alzò le mani. «Nessuno, e dico *nessuno*, lascia andare via Bryan Manley prima del tempo. Ce l'avevi in casa, sul palmo della mano se volevi, ed era sotto contratto per restarci, e tu lo hai lasciato andare? Sinceramente, Beth, stai cercando di sabotare la tua vita sentimentale?»

Beth cercò l'apribottiglie. Qualcosa per distrarle da quella conversazione. Il vino doveva riuscirci. «Non *esiste* una vita sentimentale, ragazze. È questo che sto cercando di dirvi. Solo perché l'avete messo a casa mia non significa che sarebbero scoccate scintille.»

«Uh-huh.» Si appoggiarono allo schienale entrambe, incrociando le braccia.

«Vi dimenticate che vi abbiamo viste all'happy hour. Abbiamo visto *lui* all'happy hour. L'uomo non riusciva a toglierti gli occhi di dosso.»

Lei li aveva sentiti. O almeno, aveva sperato fosse quello, ma realisticamente, si era detta che era solo il desiderio di crederci.

Tutta la *faccenda* con Bryan era stata un desiderio di crederci.

«Possiamo cambiare argomento? Sono un po' stufa di parlare di lui.» Questo perché i reporter non se n'erano andati. Buffo che lei e Bryan avessero concordato che lui se ne andasse per porre fine all'invasione, ma quello aveva soltanto innescato un altro giro d'interesse. Erano stati addosso ai suoi compiti in casa sua e al perché lei lo aveva licenziato.

Così, ovviamente, aveva dovuto smorzare quella voce, e poi erano arrivate le domande su come i suoi figli stessero affrontando la loro nuova fama, dato quanto era accaduto due anni prima, e non era stato piacevole mentre cercava di proteggere i bambini da domande e commenti, cercando insieme di mandare via quelle persone dalla sua proprietà e di non mostrare quanto fosse doloroso, perché per esperienza sua, più una questione era emotiva, più ci ronzavano intorno come api. Se faceva sembrare che non fosse un grosso problema, si sarebbero allontanati.

Così Beth dovette ingoiare il rospo e fingere che tutto quel trambusto nel suo giardino non la stesse trasformando in un fascio di nervi, sorridere dolcemente e rispondere alle loro domande nel modo più non impegnativo possibile. Da qui, la riunione di stasera a casa di Kara, con i bambini in piscina e in sala giochi, e lei con un bicchiere di vino davanti, ora che aveva estratto il tappo e versato per tutte.

«Okay, dunque, di cos'altro vuoi parlare?» Kara prese il suo bicchiere e lo fece roteare come una sommelier. «Il nuovo filo da stendere in giardino? Oh, aspetta. Quello l'ha fatto Bryan. Che ne dici del nuovo lavandino nel bagno dei bambini. Oh, aspetta. Ancora Bryan. E che dire del buco nella recinzione che è stato chiuso—ops, di nuovo Bryan.» Punteggiò ogni frase con un roteare del vino. «La gita a Martinson's Amusements? Oh, Bryan era con voi, vero? E il medico con cui hai cenato? Sai, quello che è stato sbattuto fuori dal ristorante dal signor Bryan-Manley-in-soccorso. Cavolo, Beth, cos'altro c'è di cui parlare?»

Beth lanciò a Kara un'occhiataccia sopra il bordo del bicchiere. «Che ne dici dei campi estivi? Delle vacanze? Della veranda che stai aggiungendo, Jess? Degli insegnanti che hanno avuto i tuoi figli per l'anno prossimo? C'è tanto di cui possiamo parlare e non deve per forza ruotare attorno a Bryan.»

«Non capisco proprio. Non vuoi qualcuno nella tua vita?» Il vino di Kara roteava ancora. «Non vuoi tornare a sentirti desiderata, Beth? Avere un compagno?»

Al diavolo. Beth tracannò il vino. Non che fosse molto, avendone versato solo un quarto di bicchiere, ma comunque, fece piacere dare un segnale.

«Certo che lo voglio. Ma non con Bryan. Su, ragazze, sapete che vita fa. Non posso crescere figli in quell'acquario. E chi dice che ne avrei anche solo la possibilità? Bryan non vuole crescere i figli di un'altra. E di certo non cinque.»

«Mi è sembrato bello a suo agio con i tuoi bambini tutte le volte che l'ho visto», disse Jess.

«E si è presentato alla partita di calcio quando non era tenuto a farlo.» Ancora gesti con il bicchiere da parte di Kara. Meno male che Beth le aveva versato poco; sarebbe traboccato se ce ne fosse stato di più. «E poi c'è la gita al parco divertimenti. Quello era il suo giorno libero, eppure lo ha passato con voi. Tutti e sei.»

Non erano argomentazioni che Beth non avesse già considerato. Ma era stata lei a sentirlo dire che ciò che lei aveva, lui non lo voleva. Lei conosceva la realtà; perché le sue amiche non riuscivano a mettersi in pari con il programma? «Ci è andato perché glielo hanno *chiesto*. È un bravo ragazzo; non avrebbe detto di no, se non doveva.»

«Sul serio? Un grande divo del cinema come lui non ha niente di meglio da fare che passare una giornata a un parco divertimenti perché un bambino *glielo ha chiesto*? Sarebbe ai parchi divertimenti ogni giorno, se facesse così. I tuoi figli non sono gli unici che vorrebbero passare la giornata con un divo del cinema.»

«Non gliel'hanno chiesto *perché* è una star. Gliel'hanno chiesto perché gli vogliono bene.»

«Esattamente il nostro punto.»

Kara si appoggiò indietro con un'aria soddisfatta e sollevò il bicchiere. «Ai tuoi figli lui piace. E a lui piacciono loro. *A te* piace lui e a lui piaci *tu*. Che cosa non funziona in questo quadro?»

Accidenti. Avrebbe voluto non aver finito il vino, perché le servivano un paio di minuti per elaborare una replica. Le era sembrata buona, quando se l'era detta da sola. «Okay, quindi a tutti piacciamo a tutti. Ma non significa che avremo una relazione. Lui ha una carriera che non si concilia con crescere dei figli e io ho dei figli che non si conciliano con il girare il mondo in jet. Non funzionerebbe.»

«Non lo saprai finché non ci provi.» Kara sfoggiò un sorrisetto da gatto del Cheshire mentre sorseggiava il vino.

«Per far funzionare una relazione servono due persone, Kar. Lui se n'è andato nel momento in cui l'ho proposto. Ha persino»—diamine; avrebbe voluto avere ancora un po' di vino per mandare giù la parte successiva—«detto che ciò che ho io non è ciò che lui vuole.»

«Non l'ha detto.»

«Sì che l'ha detto.»

«Non intendeva quello che pensi.» Jess si sporse in avanti, rigirando tra le mani lo stelo del bicchiere.

«Non importa in *che* senso lo intendesse; se n'è andato. È sul set. Sta facendo il suo lavoro. Vive la vita che vuole. Non posso biasimarlo per questo. E di certo non gli darò un ultimatum o altro.»

Kara posò il bicchiere con un *clink* sull'ardesia. «Sembra che l'ultimatum gliel'hai già dato.»

«Cosa?»

«Gli hai detto che non avrebbe funzionato per te e lui se n'è andato. Avete parlato di un compromesso? Gli hai chiesto se potevi andare sul set? Un sacco di attori hanno le famiglie che li raggiungono sul set. Non gli danno dei trailer enormi? Scommetto che il suo potrebbe ospitare tutti e sette. Soprattutto se voi due condividete il letto.»

Cosa non avrebbe dato Beth per condividere un letto con Bryan—tranne la stabilità e il senso di sicurezza dei suoi figli. Quelli erano non negoziabili. I suoi figli erano tutto per lei. Il suo tempo sarebbe arrivato quando fossero stati tutti grandi e autonomi. Equilibrati e in piena fioritura. Allora sarebbe stato il suo tempo.

Chissà? Forse allora Bryan sarebbe ancora libero.

Lui? Sul serio? Non hai appena passato due settimane con quel tipo? Qualcuno se lo porterà via nel momento stesso in cui anche solo penserà di mettersi in riga. Hai perso la tua occasione, tesoro.

«Io dico che dovresti andare dove sta girando.» Kara riempì di nuovo il bicchiere di Beth, e stavolta non fu solo un quarto.

«Stai cercando di ubriacarmi?»

Kara le porse il bicchiere. «Sì. Magari questo ti metterà un po' di sale in zucca, perché la sobrietà non ti sta aiutando.»

Beth non lo toccò. «Non andrò sul suo set.»

«Perché no?»

«Perché non mi ha invitata. E poi ci sono i bambini.»

«Allora portali.» Spinse il bicchiere più vicino a Beth.

«Oh, certo. Come se potessi piombare sul suo film con cinque figli al seguito.»

Kara fece spallucce. «Perché no? Se finirete insieme, i bambini saranno comunque in trasferta con te. Tanto vale cominciare ora.»

«Io e Bryan non finiremo insieme.»

«Be', non ci finirete se non vi *mettete* insieme. Quello deve succedere prima.»

«Io dico che prendi il rimborso che Mary-Alice ti ha offerto», disse Jess, «e compri i biglietti aerei per te e i bambini per andare a San Francisco. Non è lì che stanno girando? Fanne una bella vacanza in famiglia e vedi Bryan mentre sei laggiù. Quand'è stata l'ultima volta che sei andata in vacanza?»

Circa tre mesi prima della morte di Mike. Non era più salita su un aereo da allora e dubitava fortemente che lo avrebbe fatto ancora.

«I bambini andranno con i genitori di Mike questo weekend.» Sua madre aveva chiamato stamattina per ricordarglielo. Grazie al cielo Donna lo aveva fatto, perché con tutto quello che stava succedendo con Bryan nelle loro vite, Beth se n'era dimenticata.

«Quindi fammi capire.» Kara tamburellò con l'unghia sul piano d'ardesia. «I tuoi cinque figli vanno via per il weekend con i nonni, e tu hai mandato via, probabilmente, l'uomo più sexy del pianeta? Ti rendi conto che sarai da sola questo weekend, vero, Beth? Voglio dire, l'uomo non ti avrà mica mandato in corto circuito il cervello fino a non fartelo capire. Potresti averlo tutto per te per due giorni interi! Che ci fai seduta qui? Dovresti essere fuori a comprare lingerie sexy.»

«Ehi, io sono pronta per un giro di shopping.» Jess tracannò il resto del vino. «Chiamo un taxi.»

«Non lo farai.» Beth spinse il suo bicchiere al centro del tavolo. Niente per lei, grazie tante. Non le serviva niente che le annebbiassi il giudizio o avrebbe finito col lasciarsi trascinare in quell'idea ridicola. «Non passerò il weekend con Bryan. Non può portare a nulla, quindi che senso ha?»

«Oh cielo.» Kara bevve un po' del vino di Beth. «Sul serio? Un weekend bollente di sesso pazzesco dopo che sei stata casta per due anni? Non ne vedi il vantaggio? Non è che tu debba sposarlo. Divertiti e basta.»

«A meno che...» Gli occhi di Jessica si strinsero. «Tu non *voglia* sposarlo.»

«Okay, hai bevuto troppo.» Beth rovesciò il resto della bottiglia oltre la ringhiera del terrazzo, nella aiuola. «Lo conosco da due settimane e mezzo. Io non *sposo* Bryan Manley.»

«Peccato.» Kara tirò fuori un'altra bottiglia dalla ghiacciaia. «È proprio quello che ti serve, Beth. Un brav'uomo a cui piacciono i tuoi figli e a cui sei piaciuta parecchio anche tu. E di certo può mantenerti nello stile a cui ti sei abituata. Non vedo lati negativi.»

«Be', a parte il fatto che servirebbe il suo consenso, c'è l'aspetto dell'acquario pubblico della sua vita. Non ti ricordi com'è stato quando Mike è morto? Tutto quell'assillo della stampa? I bambini erano terrorizzati di uscire di casa. Non potrei farlo loro di nuovo, anche se Bryan fosse anche solo *lontanamente* interessato a una relazione. Cosa che non è.»

«E questo come lo sai?»

Accidenti. Stavano prendendo una strada in cui non voleva andare con quelle donne. Potevano essere le sue due migliori amiche, ma certe cose erano troppo personali per essere condivise.

«Ne avete già parlato, vero? Avete parlato del mettervi insieme.» Jess sollevò il bicchiere per farselo riempire da Kara con un sorrisetto soddisfatto. «Lo sapevo.»

«Ha solo detto che vuole il glamour della sua vita da star. La periferia non offre lo stesso luccichio e lo stesso glamour, temo. Non succederà, ragazze, quindi possiamo chiuderla qui, per favore?»

«Okay, d'accordo, ma questo non significa che tu non possa concederti questo weekend. Vai. Prendi un aereo per dove sta girando. Goditela. Poi torna lunedì e riprendi la tua vita normale. Pensa a quanto ti divertirai e ai ricordi che ti farai. Nessuno dice che devi essere una santa, Beth. Sei una donna normale, con bisogni come il resto di noi. Bryan può soddisfarli.»

Le sarebbe piaciuto andare. Davvero. Kara e Jess avevano argomentato bene e, se non gli fosse già piaciuto così tanto, forse l'avrebbe fatto. Ma il problema era che le *piaceva* già troppo. Se fosse andata, temeva che quel *piacere* si sarebbe trasformato in altro e non avrebbe sopportato quel dolore.

No, per spirito di autoconservazione e maturità, sarebbe rimasta dov'era.

Fare l'adulta responsabile faceva proprio schifo, a volte.

Capitolo Ventinove

Bryan scese dalla limousine davanti al suo trailer sul set. Un trailer nuovo. Era sparita la roulotte standard da comprimario. Per lui avevano fatto le cose in grande.

Diede la mancia all'autista. Certo, non avrebbe dovuto; allo studio pensavano loro a quello, ma non si era dimenticato quanto fosse difficile guadagnarsi un dollaro e, ora che ne aveva più del necessario, gli piaceva condividere la fortuna.

«Ehi, Bry. Che piacere vederti!» Uno dei macchinisti principali, Josh, aveva lavorato con lui nell'ultimo film.

«Non sapevo che avresti fatto questo film.»

«Già, mi hanno chiamato all'ultimo. Forte, anche se non sarà la corsa contro il tempo che è stata l'ultima, eh? Niente pistole, esplosivi e gnocche in bikini.»

«Carina sta parecchio bene in bikini.» Ed era abbastanza sicuro che in questo film ci fossero un paio di scene in bikini. Buffo che non se lo ricordasse con certezza, anche se stava lavorando con una delle attrici più sexy del settore.

Avrebbe preferito vedere Beth in bikini. O *non* in bikini.

Cristo. Doveva togliersela dalla testa. Quella parte della sua vita era F-I-N-I-T-A.

«Carina magari viene bene su pellicola, ma tra me e te,» Josh si sporse per sussurrargli da palcoscenico, «il suo atteggiamento di merda la sta rendendo davvero poco attraente. Al guardaroba sono pronti a mollare, sono tutti incazzati perché vuole costumi nuovi. La signora pensa che una casalinga di periferia debba andare in giro in abiti da ballo.»

Beth aveva avuto un paio di bei abiti da sera nel suo armadio. Probabilmente qualche evento elegante a cui era andata con il marito.

Gli sarebbe piaciuto vederla in uno di quelli, il tessuto aderente che le luccicava addosso seguendo ogni curva. Beth era fatta come deve essere fatta una donna e le dita gli prudettero dalla voglia di scorrerle ovunque sul corpo.

Anche il suo cazzo prudeva.

Dannazione. Doveva davvero farsela passare.

«Allora è ancora sul set? Da quello che ho letto sui giornali, non ne ero sicuro.»

«Sì, è qui. Non ne è felice e PJ non è felice di lei. Girare è proprio uno spasso, sai?»

PJ, il regista, aveva diretto una mezza dozzina di successi romantico-comici e aveva reso Carina ciò che era oggi. Con quei due su questo film, a Bryan avevano assicurato un bel po' di attenzione, ma se Carina avesse reso tutto difficile, l'intera cosa avrebbe potuto essere un disastro. Allora avrebbe lasciato Beth per niente.

Spalancò la porta del suo trailer. «Grazie dell'avvertimento, Josh. Vado a farmi un pisolino prima di avventurarmi fuori. Mi sa che mi serviranno energie per stare dietro a Carina.»

«Se dipende da lei, quell'energia ti servirà per molto altro, quando si tratta di lei. Ha già avvertito tutte le donne della troupe di starti alla larga.»

Bryan si fermò sul terzo gradino. «Mi stai prendendo in giro?»

«Ehi, amico, che ti devo dire? La donna ti vuole.»

«Già, beh, io potrei non volere lei.»

«Sul serio? Quella è una gran figa. Una rottura di scatole, ma che differenza fa se te la stai scopando?»

«Non mi scoperò Carina Dempsey.» A Bryan venne da vomitare solo all'idea.

Strano: in passato forse l'avrebbe aspettato con ansia, ma adesso? Voleva solo girare le scene e tornare al suo trailer. PJ aveva detto che poteva giocare con il piano di lavorazione quando aveva saputo che Bryan sarebbe arrivato in anticipo. Lo aveva persino ringraziato per questo. Ora Bryan capì il perché.

Josh continuava a intrattenerlo con i teatrini di Carina, ma Bryan fece solo finta di ascoltare. Tirò fuori il fascicolo con il copione per vedere quali scene avrebbero girato per prime. Pregò Dio che non fosse una di quelle romantiche. Era l'ultima cosa di cui avesse bisogno dopo aver desiderato Beth così tanto.

Nel fascicolo c'era il disegno di Maggie.

Lo rimandò dritto a quella casa. Alla cucina e al caos che lei aveva fatto mentre lo aveva creato. A come la sua linguetta aveva sfiorato l'angolo della bocca mentre aveva lavorato così intensamente.

C'erano tutti e cinque i bambini — Jason con i capelli corti — e Beth.

Sprofondò sul sedile a panca in pelle al tavolo e si scostò i capelli dalla fronte con un gesto un po' più brusco del necessario. Questo avrebbe spiegato la smorfia e l'umidità negli occhi.

«Tutto bene, Bry?» chiese Josh a metà di un altro disastro firmato Carina. «Hai bisogno di qualcosa? Credo che ti abbiano riempito il frigo di birra.»

«No, sto a posto.»

Per modo di dire.

«Ok, amico. Beh, se ti va, stasera c'è una partita di poker nella camera 232 all'Holiday Inn. Va avanti da cinque giorni di fila. Sono in positivo di cento-cinquanta. Sei il benvenuto, se vuoi.»

Una partita a poker? Era ciò che l'aveva cacciato in questo pasticcio; non aveva alcuna intenzione di ricascarci. Solo Dio sapeva che cosa gli avrebbe fatto la prossima partita.

Capitolo Trenta

«Sei sicura che non verrai con noi, mamma?» Maggie abbracciò Mrs. Beecham un'ultima volta. Anche la povera micia sembrava aver bisogno di una pausa.

«Tesoro, te l'ho detto. Questa è una cosa per voi e per i nonni. È un momento speciale. Non ti accorgerai nemmeno che non ci sono.»

«Invece sì. Il nonno russa e la nonna ci fa le uova bavose. A me non piacciono le uova bavose.»

La povera Donna cercava di farle le uova stra-cotte al punto giusto, ma Maggie era schizzinosa. Appena oltre il colante ma non ancora rassodate. Mike era stato l'unico capace di farle come si deve—fino all'incidente, poi Beth si era fatta più di tre ore e sei dozzine di uova per perfezionare la colazione preferita di sua figlia.

«La nonna ci prova, tesoro. E magari potresti provare a mangiare quello che ti prepara senza lamentarti. Se potesse farle come piacciono a te, lo farebbe, ma almeno ci sta provando.»

Maggie tirò un grande sospiro da «cinquenne-che-sa-tutto». «Lo so.» Mrs. Beecham prese un altro stritolamento. «Ciao Mrs. B. Non sentirti sola senza di me.»

«Ha Sherman per farle compagnia,» disse Tommy, scompigliando le orecchie del mostriciattolo—un'azione che fu come premere l'interruttore ON di un Jack Russell terrier.

Sherman iniziò a rimbalzare—letteralmente—contro i muri. Sapeva che i bambini stavano per partire e la cosa non lo rendeva felice. Gli sarebbe rimasta solo la gatta da infastidire e Mrs. Beecham aveva perfezionato l'arte di ignorare il cane quando possibile. Gli sarebbe rimasta anche Beth, prospettiva che non rendeva felice nessuno dei due.

«Allora posso farmi le extension, mamma?» chiese Kelsey, diventando all'improvviso una Valley Girl. Adolescenti. Sempre a cercare di definirsi, il che spiegava questa ultima richiesta della figlia maggiore. «Costano tipo tre e cinquanta l'una alle bancarelle sul lungomare e posso prenderle di tutti i colori. Jenna dice che sono fighissime e che quest'estate le stanno prendendo tutti.»

«Tre. Te ne puoi fare tre. Non di più.» Le infilò quindici dollari in mano. «E voglio il resto.»

«Devo lasciargli la mancia, lo sai.»

«Va bene, d'accordo. Ma solo tre.»

«E un piercing all'ombelico?»

Beth alzò gli occhi al cielo. Kelsey cercava sempre di forzare il limite. «Fuori. Adesso. E non tornare a casa con più buchi nel corpo di quanti te ne abbia messi Dio.»

«Ugh, che schifo.» Tommy fece un rumore da conato.

Mark, ovviamente, dovette prendere in giro Kelsey. «Kelsey ha i buchi nel corpo. Kelsey ha i buchi nel corpo,» cantilenò.

Kelsey gli piantò il palmo in cima alla testa come fosse un pallone da basket. «Ti dico io chi avrà i buchi in testa se non la smetti.»

«Ooooh, Kelsey ha detto "zitto"!» Maggie fece un gesto di *tsk-tsk* con le dita—il che fece sì che lasciasse andare Mrs. Beecham, che sgattaiolò via nel momento stesso in cui vide—e sentì ringhiare—Sherman.

Grazie al cielo allora arrivarono Donna e John. Il caos da nonni era molto meglio del caos da bambini-inseguono-cane-che-insegue-gatta e Sherman si sarebbe calmato non appena tutto il baccano se ne fosse andato.

«Ciao ragazzi! Pronti per divertirvi al mare?» John aveva una voce tonante proprio come l'aveva avuta suo figlio.

Il cuore di Beth si strinse al pensiero che Mike non avrebbe mai fatto per i loro nipoti ciò che John riusciva a fare.

Dio, come avrebbe fatto a sopravvivere alla nonnitudine da sola? Beth rifuggì dall'immaginare come fosse per i suoi suoceri. Ci era arrivata, durante l'organizzazione del funerale, ed era stato troppo. Non era stata capace di reggere la propria tristezza, quella dei figli e la loro paura—anche la sua—*e* immedesimarsi nei genitori di Mike. Non c'era stata abbastanza forza dentro di lei e ora, due anni dopo, ancora non riusciva a immaginare cosa dovesse essere stato per loro perdere non solo un figlio, ma il *loro unico* figlio. Lei non si era mai pentita di avere così tanti figli. Per quanta fatica, stress e soldi, quei bambini erano il suo tutto e non lo perdeva mai di vista.

Neppure quando Kara e Jess le avevano fatto balenare davanti agli occhi una proposta davvero allettante la sera prima.

Afferrò il borsone più vicino e se lo buttò sulla spalla, grata del cambio di focus. Bryan era off-limits per ogni ragione che aveva detto a Kara e Jess. «Forza, ragazzi, portiamo le vostre borse in macchina.»

«È un camion, mamma,» sussurrò in falsetto da palcoscenico Maggie. «Il nonno ha detto che è il suo camion.»

«È un SUV, Mags.» Jason sollevò la sorellina tra le braccia, una prima volta per lui, e le tolse il borsone senza che nessuno glielo chiedesse.

La gola di Beth si strinse quando Maggie strillò di gioia, proprio come faceva con Mike. Come aveva fatto con Bryan. E ora con Jason. La sua famiglia si stava ricostruendo. Ritrovava le risate nella vita di ogni giorno. Tornava a essere se stessa. Due lunghi anni e finalmente, potevano andare avanti.

«Sei sicura che non vuoi venire?» chiese Donna mentre John radunava cinque bambini eccitatissimi fuori dalla porta d'ingresso.

«Grazie per avermelo chiesto, ma è il vostro tempo con loro. Non avete bisogno di me in giro. Godetevi l'essere nonni. Viziateli.» Beth scalciò un altro dei giochi di Sherman sotto il divano. O in realtà, pensò che quello potesse essere di Tommy. Forse casa sua sarebbe rimasta presentabile per più di cinque minuti, questo weekend.

«Sì, è una prerogativa dei nonni.»

«E a loro serve. Con me è tutto orari, faccende e letture estive.» Rimise in forma un cuscino sul divano. La prima volta che lo faceva da due anni. «Si meritano una pausa.»

«E anche tu.»

Sistemò un altro cuscino. «Io amo i miei figli.»

«Lo sappiamo che li ami, tesoro.» Donna le posò una mano sul braccio.

«Ma sei umana come tutti noi. Hai bisogno di una pausa. Hai bisogno di rilassarti ed essere te. Solo te.»

Beth non riuscì a rispondere a Donna perché quell'intuizione era troppo travolgente. Aveva bisogno di essere se stessa. Di scoprire chi fosse di nuovo *lei*. E magari persino ridefinire questa nuova *lei*.

Strinse le spalle di Donna e le diede un bacio sulla guancia. «Grazie mille per farlo.»

«Oh, è un piacere, Beth. Vorremmo solo poter fare di più, ma dove viviamo, be', ci sono regole.»

Il bello e il brutto di una comunità per over cinquantacinque era che i nipoti non potevano fermarsi per più di un weekend. Dato che Donna e John vivevano a un'ora e mezza di distanza, non valeva davvero la pena di organizzare quei weekend con regolarità, ed è per questo che questo lungo fine settimana al mare era così apprezzato.

«Spero che tu abbia in programma qualcosa di speciale per questo weekend.» Donna gonfiò un cuscino e si sorrisero. «Ho sentito di quella star del cinema che lavorava per te. Magari c'è qualcosa lì...»

Sì, faceva un po' strano che sua suocera cercasse di fare la sensale.

«Non è niente del genere, Donna. E poi, è partito a girare il suo nuovo film. Stava solo dando una mano a sua sorella. È lei che possiede il servizio di pulizie.»

«Oh. Che peccato. Voglio dire, Michael non avrebbe voluto che tu restassi sola. Ti serve un partner in tutto questo, Beth. Crescere cinque figli è già abbastanza difficile per due genitori, ma per una sola...» Donna le diede una pacca sul braccio. «John e io ci preoccupiamo per te, cara. Sarai sempre nostra nuora, ma non ci dispiace condividere se trovi qualcun altro che ami te e i bambini. Volevamo solo che sapessi che hai la nostra benedizione.»

Beth non riuscì a rispondere. Riuscì a malapena a respirare, figurarsi parlare. Invece, avvolse sua suocera in un grande abbraccio e ricacciò indietro le lacrime. Sarebbe stata così benedetta nella vita, se non fosse stato per quel dannato incidente aereo.

Donna le diede delle pacche sulla schiena, poi si raddrizzò con tutta la risolutezza pratica con cui aveva cresciuto suo figlio. «Allora tu fatti un bel weekend rilassante tutta per te. Mi raccomando, viziati, Beth. Un massaggio, una pulizia del viso. Vai al cinema. Esci a mangiare. Trattati bene.»

«Oh, la mamma l'ha già fatto,» cinguettò Maggie dalla porta. «Bryan l'ha costretta. Poi ha portato i maschi a fare shopping così noi potevamo devolvere le uova.»

Donna alzò un sopracciglio verso Beth.

«*Dissolvere* le uova. Stavano facendo un esperimento sugli effetti della soda sui gusci d'uovo per far vedere come influisce sui denti.»

«Sì ed era schifoso. Non berrò mai più soda perché voglio tenermi i denti. È per questo che il nonno non ne ha? Ha bevuto tanta soda?»

A John era capitato una volta, per sbaglio, di togliersi la dentiera davanti ai bambini. Non si erano spaventati e lo pregavano di toglierla ogni volta che lo vedevano.

«Perché non glielo andiamo a chiedere, Maggie?» Donna tese la mano e, quando Maggie vi si aggrappò, guardò Beth sopra la spalla. «Ci vediamo domenica sera, Beth. Fai qualcosa di speciale questo weekend.»

Kara aveva fatto un'ottima proposta.

Per un attimo, Beth ci pensò. Prendere al volo il primo aereo per la costa ovest e andare a trovare Bryan sul set.

Era un pensiero allettante.

Un weekend tutto per lei. Nessuno a cui rispondere o per cui preoccuparsi o da recuperare a casa di un amico o da accompagnare a un'attività. Poteva pensare solo a se stessa e a ciò che voleva. A ciò di cui aveva bisogno. Perché, per quanto detestasse ammetterlo, sì, di Bryan ne aveva bisogno. Aveva bisogno di quel contatto umano. Di quel contatto fisico. Non aveva mai realizzato quanto fosse importante abbracciare. Quanto le sarebbe mancato. Ma con la morte di Mike, si era spalancato davanti a lei un mondo nuovo di vuoto e solitudine e in queste ultime due settimane, Bryan ne aveva colmato una parte.

Era una donna adulta. Poteva prendersi questo weekend per sé. Nessuno avrebbe mai dovuto saperlo. Solo lei e lui e—

E i paparazzi. Già i servizi sul fatto che Bryan fosse sul set erano arrivati persino ai suoi telegiornali locali. La stampa era ancora interessata a ciò che faceva, dove andava, con chi andava.

Dunque, per quanto volesse andare, non l'avrebbe fatto. Oltre al fatto che Bryan aveva rispettato il suo desiderio ed era partito, avrebbe dovuto salire su un aereo. Sarebbe stato più difficile che essere una donna disinvolta.

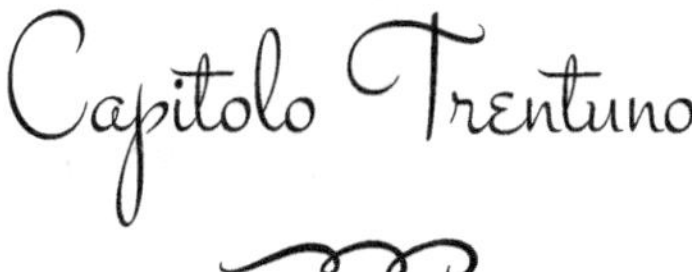

Capitolo Trentuno

«Stop!»

Bryan prese un respiro profondo e cercò di non lanciare un'occhiata di traverso a Carina. Lei stava sabotando apposta la scena.

PJ uscì da dietro la macchina da presa. «Carina, non puoi sederti a cavalcioni su Bryan. Non è nel copione e Megan non lo farebbe.»

«Megan è un po' troppo riservata.» Carina, senza muoversi di un millimetro da dove era incollata sulle sue ginocchia, tirò fuori un rossetto dalla tasca posteriore e se lo spalmò sulle labbra rifatte al silicone.

Bryan cercò di non conarsi. Detestava davvero il sapore del rossetto. Le donne sicuramente lo mettevano per se stesse e non per gli uomini, perché nessun tipo che Bryan conoscesse aveva mai detto quanto fosse buono il sapore del rossetto di una donna dopo averla baciata.

PJ si strappò il berretto da baseball e si asciugò la fronte con l'avambraccio. Erano solo le otto e trenta e già gli animi si surriscaldavano. «Megan *deve* essere riservata. È anche per questo che lei e Mike non finiscono a letto insieme subito.»

«Be', secondo me dovrebbero. Darebbe un po' di pepe a questo film.» Lanciò a Bryan una rapida occhiata dall'alto in basso.

Dio, no. Bryan cercò di non agitarsi. Meno scene d'amore doveva fare con Carina, meglio era.

Tossì per coprire una risatina. Eccolo lì, con una delle donne più belle del pianeta, in un lavoro per cui più di metà della popolazione maschile avrebbe ucciso, e lui stava cercando di trovare modi per *evitare* di baciarla.

«Allora non avremmo un film.»

Carina alzò gli occhi al cielo, poi fissò intenzionalmente la sua bocca prima di far scivolare la gamba sul suo grembo, lentamente, con l'invito ancora negli occhi. «Penso che ne avremmo uno migliore.»

«Be', sarebbe diverso, questo è sicuro.» Bryan si alzò e colse al volo lo sguardo che Carina lanciò al suo cavallo. *Spiacente, bellezza, ma lui non sta reagendo a te.* Probabilmente la prima volta che le capitava.

PJ annuì a Bryan e lasciò uscire un lungo sospiro. «Va bene, allora. Riprendiamola da quando Mike sorprende Megan in giardino.»

«E se Bryan facesse quella scena senza maglietta?» Carina tirò l'orlo della sua T-shirt. «Quello sorprenderebbe davvero Megan e magari la farebbe pensare al sesso un po' prima. In questa trama ci vuole un po' per arrivarci.»

«Carina, facciamola come è scritta, okay?» PJ si rimise il cappello in testa e ne abbassò la visiera. «Stiamo costruendo la tensione sessuale per il grande colpo al momento giusto. Se lo anticipiamo, la diluiamo.»

Carina fece una smorfia. «Scommetto che PJ non scopa da anni,» borbottò. «Che ne sa lui di tensione sessuale?»

Bryan scelse di ignorarla. Il fatto era che si sentiva come se *lui* non sapesse cosa fosse, perché Carina non gli piaceva così tanto che, per quanto gli importava, avrebbe potuto essere un uomo. Okay, forse stava esagerando, ma cercare di tirar fuori un po' di attrazione per lei stava mettendo alla prova i suoi muscoli attoriali in un modo che non aveva previsto. Dopotutto, chi *non* vorrebbe spupazzarsi una donna bellissima?

Lui, a quanto pareva, se la donna non era Beth.

Bryan tenne la maglietta addosso, alla lettera e in senso figurato, superò le manie da diva di Carina e portarono a casa la scena per la giornata. Due ore in più di quanto ci sarebbe dovuto volere, ma almeno quella era fatta. Perché aveva accettato di farlo, di nuovo? Ah, già. Perché lavorare con Carina Dempsey in una delle sue celebri commedie romantiche avrebbe dovuto fargli bene alla carriera.

Cominciò a chiedersi perché. Certo, lei era l'attrice più hot di Hollywood in quel momento, ma lui non era esattamente uno sprovveduto nel reparto "richiestissimi". Un film con lei. Questo soltanto, e poi avrebbe vissuto e sarebbe morto per i propri meriti. Sperava solo di sopravvivere a questo film, perché se una sola scena lo riduceva così, non vedeva l'ora che il resto finisse.

Avrebbe dovuto restare da Beth e finire le sue quattro settimane. O, diavolo, starsene a casa e pulirsi il suo posto per vincere la scommessa di Mac invece di venire qui prima. In che diavolo di testa era?

Stavi scappando. Da Beth e dai bambini e da tutti quei legami.

Sì, era così. E allora? Non stava per scusarsene né per farsi mettere i sensi di colpa dalla sua stessa, maledetta coscienza, per l'amor del cielo. *Non* voleva quella vita da classe media, e quello era tutto ciò che Beth aveva da offrire. Faceva schifo, ma era così. Almeno era onesto con se stesso, e con lei. Le loro vite erano su strade diverse.

«Okay, ripassiamo i movimenti di scena per la cucina.» PJ diresse la troupe a spostare le camere da un'angolazione diversa. «Dai, Bryan, vediamo quanto sei bravo in cucina.»

In cucina era dannatamente bravo; chiedere a Beth.

Certo, era dannatamente bravo anche in un gazebo e su un portico, e sarebbe stato assolutamente perfetto in una camera da letto se solo fosse mai riuscito a portarci Beth.

La punta delle dita di Carina gli camminò sull'addome. «Non vedo l'ora di fare un po' di cucinato in cucina con te, Bryan,» disse con un quasi fusa.

Lui non disse una parola.

«Restiamo fedeli al copione per questa, 'kay, Carina? Così magari chiudiamo prima.»

«Ti va di uscire dopo? Sgranocchiare qualcosa?» Ignorò volutamente PJ —e non stava parlando di cibo.

«Grazie, ma ho altri piani.» Tipo tornare subito su un aereo. Aveva lasciato Beth e i bambini per questo? In che cosa aveva sperato?

Non aveva sperato. Aveva reagito. Al fatto che Beth gli avesse chiesto di andarsene. Alla fuga da tutto ciò che lei rappresentava, tutto quello che non voleva nella sua vita.

Tranne che voleva Beth.

Voleva i suoi bambini.

Merda. Era proprio incasinato. E non nel modo in cui Carina ovviamente voleva, mentre gli girava intorno, trascinandogli la mano sull'addome. *In basso* sull'addome.

«Che cosa puoi mai avere da fare che sia più divertente che stare con me?»

Non aveva nessuna intenzione di ricordare a Carina che erano a meno di un'ora di macchina da San Francisco. Non proprio un buco di città. «Cose.»

Lei si morse il labbro inferiore. Sì, prendersi un due di picche era decisamente un'esperienza nuova per lei. Lasciò cadere la mano—proprio davanti, su di lui, ma quello non avrebbe fatto che confermare che non aveva alcun interesse a iniziare qualcosa.

«Okay, allora. Immagino che troverò qualcos'altro da fare. E per il resto del tempo in cui giriamo insieme.»

«Penso che sia la cosa migliore.» Sperava solo che fosse abbastanza professionale da non lasciare che questo offuscasse il loro rapporto di lavoro. Anche se in quel momento stava cavalcando l'onda, un solo flop poteva danneggiarne la commerciabilità; doveva saperlo. Lui di certo non aveva intenzione di mandare a rotoli il film—né di scoparsi la protagonista.

Aveva bisogno di parlare con PJ. Il regista aveva riorganizzato il piano di lavorazione quando lui si era presentato in anticipo; ora Bryan capiva perché. Qualunque cosa pur di evitare di lavorare uno a uno con Carina. Be', non si poteva evitare. Contrattualmente, non era previsto per un'altra settimana e aveva delle cose da sistemare a casa.

Sarebbe tornato indietro.

Capitolo Trentadue

«Fammi capire una cosa.» Liam porse una fetta di pizza a Bryan. «Sei tornato qui per via di una donna e però sei qui a giocare a carte con noi?»

Bryan addentò la sua pizza preferita. Per quante città avesse visto—Roma compresa—niente reggeva il confronto con la pizza di Vinny all'angolo della casa in cui era cresciuto. «Eh, già.»

«E perché hai fatto 'sta cazzata?» chiese Sean, distribuendo la prima mano della serata. «Cioè, lo so che siamo *prima i fratelli che le zoccole*, ma se questa tipa era abbastanza in gamba da farti dire di no a Carina Dempsey, allora dico che dovresti farti vedere per stare seduto qui con noi. Voglio dire, siamo belli, ma giochiamo totalmente nella tua stessa squadra.»

«Senza contare che siamo parenti.»

«Già, anche quello. È un po' sbagliato.»

«Un po'.»

Bryan rise. Poteva sempre contare sui suoi fratelli perché lo rimettessero in riga. Niente come la famiglia ti riportava coi piedi per terra e non ti lasciava passarla liscia. Come quando aveva nominato Carina. C'erano state un paio di sopracciglia alzate, ma tutto lì.

«Allora che ci fai seduto qui?» Sean guardò le carte. «E già che ci sei, metti l'ante.»

«Certo.» Bryan controllò le sue carte. I quattro erano jolly e lui ne aveva due. Con il sette scoperto, aveva un tris. Non una mano male da cui partire.

Andò anche meglio nelle due successive, perché uscirono altri due sette. Pokerissimo.

Così simbolico da far paura. Vinse la mano con quelle carte—le sue ultime due erano un re e una regina di cuori—e non ebbe bisogno che l'universo glielo ripetesse.

Prese un'altra fetta di pizza, cambiò le sue fiches e decise di chiuderla presto lì. Amava i suoi fratelli, ma avevano ragione. Che cosa ci faceva lì quando la persona con cui voleva stare era a pochi chilometri di distanza?

Beth spense la TV. Sul serio, non avrebbe dovuto starsene seduta lì al buio con un bicchiere di vino che si stava sorseggiando da quattro ore guardando una maratona di film di Bryan Manley. Poteva pure chiamarsi masochista.

Diede un'occhiata all'ultimo messaggio che i ragazzi avevano mandato. Si stavano divertendo sulle giostre del lungomare, anche se Maggie diceva che non erano così divertenti senza Bryan in giro.

Un sacco di cose non erano così divertenti senza Bryan in giro.

Sospirò e si tirò su dal divano, tirandosi la T-shirt giù sulle cosce. Addio lingerie sexy. Meno male che Bryan non era lì per quel solo motivo.

E quello era l'unico motivo per cui le veniva in mente di essere contenta che non fosse lì.

Prese il bicchiere di vino e la scodella di popcorn a metà. Che serata eccitante stava venendo fuori...

Fece uscire Sherman. Neanche al cane piaceva la quiete della casa. Aveva preso a seguirla in giro come, be', un cucciolo—come non aveva mai fatto nemmeno quando *era stato* un cucciolo—e perfino la signora Beecham si era degnata di raggomitolarsi sullo schienale del divano invece che nella casa delle bambole di Maggie, come per assicurarsi che in casa ci fosse ancora *qualcuno*.

Sarebbe stato così quando i ragazzi sarebbero cresciuti e se ne sarebbero andati?

Datti una calmata, Hamilton. Sei ancora abbastanza giovane per trovare qualcuno. Quando i ragazzi saranno un po' più grandi, riusciranno a gestire il fatto che esci con qualcuno.

Be', non avrebbe trovato nessuno stasera ed era ora di chiuderla lì.

Posò la scodella e il bicchiere nel lavello e fece rientrare Sherman, poi lo mise nel trasportino. Senza Jason con cui accoccolarsi, il terrier avrebbe girato per casa cercando il suo amico. In passato aveva passato più di una notte insonne, finché non aveva capito che, mettendo una delle magliette di Jason nel trasportino e chiudendolo dentro, Sherman dormiva come un bambino, e così poteva farlo anche lei.

«Notte, Sherman. Sogni d'oro.» Stava parlando al cane di sogni. Forse avrebbe dovuto fare qualcosa di speciale l'indomani. Passare l'intera giornata alla spa. Guidare fino in centro e vedere uno spettacolo. Qualcosa, invece di passare il tempo a struggersi per casa, a guardare i muri e a conversare con gli animali.

Spense la luce della cucina e stava attraversando il soggiorno semibuio per salire le scale davanti quando suonò il campanello.

Diede un'occhiata al cellulare. Dieci e quarantasette. Chi le suonava alla porta alle dieci e quarantasette di un venerdì sera?

Kara, desiderosa di trascinarla fuori per una serata bollente.

Beth andò verso la porta. A Kara sarebbe servito di lezione se lei avesse aperto conciata così.

Solo che... non era Kara.

Capitolo Trentatré

«Bryan.»

«Ciao, Beth.»

Ci poteva giurare. Lei sembrava uno straccio e lui... Lui appariva bello da togliere il fiato come sempre. Anche stanco di viaggio e con i vestiti sgualciti, Bryan apparve strepitoso.

«Che cosa ci fai qui? Pensavo stessi girando il tuo film.»

«Lo ero. E adesso sono tornato.»

Non si mosse dal portico di casa sua. Non mosse un muscolo, in realtà. Tenne le mani nelle tasche dei pantaloni e inclinò la testa un poco verso destra, con i piedi piantati ben saldi a un centimetro dalla soglia.

Lei, invece, non riuscì a stare ferma. Si spostò da un piede all'altro, si torse le mani, poi le mise sui fianchi, poi dietro la schiena, poi le incrociò davanti... Non riuscì a trovare una posizione comoda. «Ma... perché?»

Lui prese un bel respiro. «Posso entrare?»

«Oh, ehm, sì. Certo.» Lei fece un passo indietro, grata di aver spento le luci. Non voleva che lui la vedesse con quella stupida, vecchia T-shirt lisa che aveva pescato in fondo all'armadio.

«I bambini sono a letto?»

«Oh. Non sono qui. I miei suoceri li hanno portati al mare per il weekend. Tornano domenica sera.»

«Quindi sei da sola?»

Il battito del cuore di Beth triplicò. Era sola in una casa buia, praticamente senza niente addosso, con Bryan Manley, l'uomo che desiderava più di ogni altra cosa e che, se quello che lui aveva detto sul suo deck l'altra notte era vero, la desiderava allo stesso modo. «Sì.»

Bryan tirò fuori le mani dalle tasche e se ne passò una tra i capelli. «Gesù, Beth. Dovevi proprio dirlo?»

«Me l'hai chiesto tu.»

«Lo so. Ma era perché non pensavo che la risposta sarebbe stata sì.»

«Mi dispiace, ma non ti sto seguendo. Perché sei qui?»

«Questo. Questo è il motivo per cui sono qui.»

Gli bastarono due passi e l'ebbe tra le braccia. Un altro secondo e la stava baciando. Mezzo secondo dopo, lei ebbe il tempo di riprendere il senno quanto bastava per perderlo di nuovo quando il bacio passò da *ciao* a *bollente* nel respiro successivo.

Dio, lo voleva. Ne aveva bisogno. Aveva bisogno di lui.

«Beth, dimmi di fermarmi,» gemette lui mentre le passava le mani sulla schiena, giù fino al sedere e poi, oh grazie, Gesù, sotto la T-shirt.

Lei scosse la testa e gli succhiò il labbro inferiore fra le labbra. Non aveva alcuna intenzione di dirgli di fermarsi. Non adesso. Non avrebbe dovuto presentarsi se non avesse voluto questo.

La tirò contro di sé. Oh sì, lo voleva eccome.

«Ti voglio, Beth. So che ho detto che non dovrei, ma ti voglio, e non riesco a smettere di pensare a te.»

Le parole furono incredibili, e così le sue mani e le sue labbra e il suo odore e il suo sapore e, grazie al cielo, lui non riuscì a fermarsi, perché lei non sapeva cosa avrebbe fatto se lo avesse fatto.

Beth gli avvolse le braccia intorno alle spalle e vi premette contro i seni dolenti. Dio, voleva che la toccasse lì. Ne aveva bisogno. Era passato un tempo infinito dall'ultima volta che aveva desiderato le mani di qualcuno su di lei. E le sue labbra e la sua lingua...

«Bryan, toccami. Per favore.» Non aveva voluto pregare, ma quel *per favore* suonò proprio come una supplica e, curioso, non le importò.

Bryan capì. Le incupò la nuca con entrambe le mani e le sfiorò il naso col suo. «Lo farò, Beth. Lo farò. E tante altre cose... se me lo permetti?»

I suoi occhi verdi danzarono tra i suoi, in cerca di una risposta. Beth non fu del tutto certa della domanda, ma sapeva che qualunque cosa Bryan le avesse chiesto di fare quella notte, l'avrebbe fatto. E il giorno dopo pure. Anche domenica, fino al momento in cui i bambini fossero tornati a casa.

Ora *non* era il momento di pensare ai bambini. Era il momento di pensare solo a lei e a Bryan e a ciò che potevano fare l'uno per l'altra, all'altra e insieme.

Ma Bryan smise di baciarla. «Beth. Tesoro. Mi dispiace. Non dovremmo. Non avrei dovuto...»

«Non voglio sentirlo. Sei venuto qui per un motivo. Qual era, Bryan?» Non stava giocando. Lei, più di molti altri, sapeva quanto in fretta la vita potesse finire. Non aveva intenzione di sprecare un altro minuto della sua in *dovrei*. Era tempo di *potrei*, e lei voleva un *potrei* con Bryan.

Gli affondò le dita nei capelli e tirò. «Dimmi, Bryan. Che cosa ti ha fatto lasciare il set e tornare qui? Stanotte? Alle undici? Nella tua città natale così lontana dalle luci di Hollywood?»

Lui le cercò gli occhi ancora una volta, poi prese un respiro profondo e fu come se avesse preso una decisione grande e solenne.

«Tu, Beth. Avevo bisogno di te. Di vederti. Stare con te.» La voce gli si abbassò. «Toccarti.»

«E adesso che sei qui? Adesso che mi hai tra le braccia?» Gli accarezzò la nuca e, se non si sbagliava, sentì un brivido attraversarlo.

Lui le prese la guancia nel palmo e le sollevò il mento col pollice. «Ti voglio. Lo sai.» Le premette contro la parte inferiore. «Diamine, non è che sia un gran segreto. Mi hai talmente incasinato dentro che non riesco a pensare ad altro e a nessuno che non sia te.»

«Neanche a Carina Dempsey?» Okay, non avrebbe dovuto buttare lì il nome dell'attrice. Bryan non le stava chiedendo di sposarlo. Diamine, non era nemmeno sicura di cosa le stesse chiedendo, ma Carina o qualsiasi altra donna non c'entravano nulla.

«Chi?» Bryan le regalò quel mezzo sorriso spavaldo per cui era famoso e a lei fece l'effetto che faceva a milioni di altre donne.

Ma milioni di altre donne non sono tra le sue braccia, quindi perché diamine stai blaterando di un'attrice quando quest'uomo ti ha appena detto che ti vuole?

«Lascia perdere.» Gli spostò indietro i bellissimi capelli dalla fronte e lasciò che le dita gli tracciassero piano l'orecchio.

«Beth...» La sua voce fu bassa. Quasi un ringhio.

«Sì?»

«Se continui a farlo...»

«Questo?» Tracciò il bordo esterno dell'orecchio così leggero che sembrava quasi non lo stesse toccando. Ma lo stava toccando. Lo sapeva.

E lo sapeva anche lui. Rabbrividì ancora e le premette contro la parte inferiore ancor di più.

Il suo cazzo si gonfiò contro la sua coscia. «Vedi cosa mi fa?» sussurrò quasi con sofferenza. «Non c'è nessuna Carina, nessun'altra attrice. Nessun'altra donna. Solo tu. E io. Qui. Adesso.»

E questo sarà tutto rimase non detto, ma nella testa le risuonarono anche le parole di Kara. *Ritagliati questo tempo per te. Goditi quello che Bryan ti sta offrendo per il semplice piacere di farlo.* Non dovevano esserci legami a lungo termine. Nessun grande, grandioso progetto di vita. Solo due persone che si desideravano e che passavano il tempo a esplorare quel desiderio.

«Ti voglio, Bryan.» Ecco. L'aveva detto. La palla era nel suo campo.

Lui la prese e corse. O meglio, corse con *lei*. La sollevò tra le braccia come Jason aveva fatto con Maggie, ma lì finivano le somiglianze, perché lo sguardo negli occhi di Bryan diceva che di certo non la vedeva come una sorella.

«Va bene la tua stanza?» chiese, dirigendosi a grandi passi verso le scale dell'ingresso.

«Be', di sicuro non quelle dei bambini.»

Si fermò ai piedi della scala e il sorriso gli si spense mentre le cercava di nuovo gli occhi. «Intendevo solo, visto che era la tua stanza e di tuo marito...»

Se non avesse già provato qualcosa per lui, quello l'avrebbe fatto succedere. Gli accarezzò la guancia. «Va bene, Bryan. Mike sarebbe felice per me.»

«Allora è un uomo migliore di me, ma non sarò così nobile da rifiutarti.» Prese i gradini a due a due e percorse il corridoio a lunghi passi, oltrepassando le stanze dei bambini, finché, finalmente, raggiunse la sua.

La luce della luna filtrò dalle porte-finestre che davano sul balcone e scintillò sul letto. Aveva scelto ante a vetri sfaccettati proprio per questo motivo; amava il disegno che la luna proiettava sul letto, come in una fiaba.

Un po' come quella notte.

Bryan la posò sul letto, poi si sedette accanto a lei, sfiorandole la guancia col dorso delle dita quasi con reverenza. «Sei sicura, Beth. Non posso farti molte promesse, ma *posso* prometterti che ti voglio. Che non c'è nessuno con cui preferirei essere qui.»

«Shh, Bryan.» Lei gli passò le dita sulle labbra, sentendo i brividi quando lui le baciò. «Non ti sto chiedendo la fiaba. Sono solo così felice che tu abbia deciso di tornare. Per tutto il tempo che vorrai restare.»

Gli occhi di lui le tornarono a correre sul viso e Beth ebbe quasi paura di respirare, temendo di farlo scappare. Lo desiderava così tanto, desiderava così tanto *questo* che spaventò quasi *se stessa*. Non lo aveva programmato. Non lo aveva voluto. Non ci stava nemmeno davvero pensando. Tutto ciò che aveva voluto fare era aiutare i suoi figli ad andare oltre le conseguenze dell'incidente di Mike e a proseguire con le loro vite. Non aveva veramente pensato di avere anche lei quella stessa possibilità.

Bryan le scivolò una mano tra i capelli e la tirò a sé per un altro bacio. Niente parole, niente preamboli, solo un bacio di cruda fame, sincero come il Vangelo.

Beth fu completamente con lui.

Si distese mentre lui le premeva addosso, volendo—no, *avendo bisogno*—di sentirlo sopra di lei, e in qualche modo riuscì a sollevarsi la T-shirt fino a poco sotto i seni. I suoi seni dolenti che chiedevano solo il suo tocco e il suo bacio e, *oddio*, la sua lingua e le sue labbra.

Si sarebbe accontentata delle sue mani, così quando lui le fece scorrere lungo i fianchi, Beth inarcò il corpo contro di lui, desiderando quella sensazione su tutto il resto di sé.

«Dio, Beth, sei così ricettiva.»

«È quello che mi fai, Bryan.» Ansimò quando le sue dita le danzarono sul ventre, con una sensazione che andò dritta al centro, e Beth non poté evitare i brividi che la pervasero e la pelle d'oca che le fiorì sulla pelle, facendola rabbrividire.

«Hai freddo?» chiese Bryan fermando le dita.

«Lo avrò se smetti di farlo.» Si mosse a destra e a sinistra per chiarire il concetto e, da uomo intelligente qual era, lui riprese ad accarezzarla mentre le labbra cercavano le sue.

Poté abituarsi eccome a baciare Bryan Manley.

Stava baciando Beth.
Beth Hamilton.
Vedova, madre di cinque figli.

Quella da cui aveva giurato che sarebbe rimasto lontano.

La stampa ci sarebbe andata a nozze, se l'avesse saputo.

Mac ci sarebbe andata a nozze, se l'avesse saputo.

Non l'avrebbe saputo. *Nessuno* l'avrebbe saputo. Si trattò solo di lui e Beth e di questa incredibile chimica tra loro.

Le risalì la T-shirt sulla pelle liscia del ventre. Cinque figli e la donna non sembrò averne portato in grembo nemmeno uno.

Lei gli ansimò in bocca quando il pollice le trovò il capezzolo e, santo cielo, che cosa gli fece quel suono. Il suo cazzo divenne duro così in fretta che fu pronto a essere dentro di lei subito. All'istante. Desiderò sentirla attorno a sé, accoglierlo, prenderlo nella sua parte più intima.

Dio, quanto la desiderava.

Rallenta, Manley. Goditela, su. Ti dovrà bastare per un sacco di anni perché 'sta roba non succede ogni giorno—né ogni settimana o mese. Hai dei piani, amico. Grandi piani. E non includono sei traini al seguito.

Zittì quella voce. Bel modo di ammazzare il momento. Non stava chiedendo a Beth di passare il resto della vita con lui—e lei non gli stava chiedendo di chiederle questo—quindi perché imboccare quella strada?

Perché vuoi passare il resto della vita con lei, sei solo troppo cocciuto per ammetterlo.

Non cocciuto, *intelligente.* Determinato. Focalizzato. Aveva un piano. Dopo aver vissuto quasi nella povertà durante l'infanzia e l'adolescenza, Bryan non lo avrebbe *mai* fatto di nuovo, e quel lavoro era il mezzo per garantirsi il futuro e la serenità. Un paio di milioni in banca e finalmente avrebbe potuto riposare più tranquillo.

Beth si mosse sotto di lui e Bryan si strappò con la testa dal futuro per tornare all'hic et nunc. Aveva Beth Hamilton che si contorceva nel letto sotto di lui. Le sue gambe gli si sentivano così bene contro, e ogni fremito del suo addome quando lei ansimava gli accarezzava il cazzo come nient'altro avrebbe potuto.

Era stato lui a ridurla così. *Era stato lui* a farne una donna ansante, ansimante, fremente, che appariva così incredibilmente bella sul copriletto blu—aveva avuto ragione, il blu le donava.

Si sollevò quel tanto che bastò per staccarle le labbra e godersi la vista di lei che apriva gli occhi per capire perché si fosse fermato.

«Che c'è?»

Le baciò la punta del naso. «Volevo guardarti.»

Lei arrossì. Incredibile che dopo cinque figli e un matrimonio sano, Beth arrossisse ancora. «Perché?»

«Perché sei così bella, e ho fantasticato così tanto su questo che faccio fatica a credere di essere qui. Che stia per succedere.»

Lei gli portò di nuovo la mano alla guancia. Dio, adorò quando lo faceva, con gli occhi scuri e concentrati—e intensi—fissi nei suoi. «Ti prego, non dirmi che ci hai ripensato.» Le cosce si serrarono sulle sue. «Non credo che potrei sopravvivere se lo facessi.»

Se lei gli avesse stretto i fianchi così forte quando lui fosse stato dentro di lei, *lui* non sarebbe sopravvissuto. Il suo cazzo era già così duro da far male, e le dita gli prudettero per chiuderle sul seno.

Così le lasciò fare. E fu ricompensato con la mossa più sensuale di inarcarsi e torcersi che avesse mai visto. E con i gemiti di Beth, inoltre. Be', un lungo, doloroso gemito intervallato da una serie di respiri ansanti mentre le passava il pollice sopra il capezzolo. «Ti piace?»

Lei si morse il labbro inferiore e gli occhi le tremarono aperti. «Uh-huh.»

Glielo sfiorò di nuovo.

Lei si lamentò piano e si inarcò nella sua carezza.

«La prendo come un sì.»

Allora lei lo guardò, e lo sguardo che aveva negli occhi lo inchiodò dov'era. «Oh Dio, Bryan, non fermarti.»

«Questo?» Le sfiorò di nuovo il capezzolo.

«Quello, baciarmi, toccarmi... qualunque altra cosa tu voglia farmi.»

Lui volle fare molto di più.

«Okay, Beth, non dire che non ti avevo avvisata. Adesso scivola fino al fondo del letto e lascia che ti faccia vedere come si fa.»

Capitolo Trentaquattro

Santo cielo, Bryan le mostrò come si faceva davvero.

Quest'uomo avrebbe saputo far piangere un usignolo.

Le fece piangere delle parti. Una parte in particolare, tutta formicolante e dolente.

«Oh mio Dio, Bryan.» Emise gemiti ansimati di puro piacere quando Bryan abbassò la bocca sulle sue cosce. Non era nemmeno al suo centro e già lei era in fiamme. «Toccami. Per favore.»

«Lo farò, piccola. Non essere così impaziente.»

Riuscì a ridere. Due anni. Vediamo *lui* dopo due anni di castità forzata.

Riuscì a ridacchiare di nuovo. Dubitava fortemente che Bryan avesse mai avuto anche solo due *minuti* di castità forzata.

Lui agganciò le dita all'elastico delle sue mutandine e Beth sentì l'umidità intriderle. Non sapeva quanta preliminare avrebbe retto, perché desiderava Bryan troppo, ma chiedere una sveltina era proprio fuori luogo in questa loro prima volta insieme.

La prossima volta però...

«A cosa stai sorridendo?» sussurrò con un ringhio dannatamente sexy.

«A te. Lì.»

Si dondolò un po' sui talloni e la guardò. *Tutta*. «E guarda te. Lì.» Le tirò giù le mutandine. «*Ora* guarda te.»

Gliele sfilò dalle gambe, poi le fece scorrere i palmi su per le cosce, oltre le anche, fino alla curva della vita, accendendo sotto la pelle un fuoco che lei non provava da due lunghissimi anni.

«Dio, Beth, sei persino più bella di quanto avessi immaginato.»

«Avevi immaginato questo?»

«Questo? No. Non avrei mai potuto inventarmi *questo*. Quello che avevo immaginato non ti rende giustizia e se avessi saputo, *davvero* saputo, quanto sei bella, non me ne sarei mai andato.»

«Ma te l'ho chiesto io.»

«E io avrei dovuto cercare di farti cambiare idea.»

Sorrise. «Ma non l'hai fatto perché sei partito per la stessa ragione per cui ti ho chiesto di andare.»

«Una ragione che non è cambiata.» Le tolse le mani di dosso. «Devo andarmene?»

Gli afferrò le mani e gliele posò sul seno. «Smettila di parlare, Bryan. Tu sei qui e i ragazzi no, e abbiamo questa notte. E domani, se vuoi.»

«Domani notte?» Alzò un sopracciglio sopra quel suo sorriso di lato.

Beth rise. Era così bello ridere. «Certo. Domani notte. Se pensi di esserne all'altezza.»

Guardarono entrambi la sua zona inguinale. Oh sì, era più che pronto.

«Non è un problema.»

«Lo vedo.» Beth si tirò su a sedere. «Ma non proprio come vorrei.» Sbottonò i suoi shorts.

I suoi addominali si contrassero, dandole abbastanza spazio per infilare le dita sotto l'elastico.

«Dio, Beth, è fantastico.»

«Non è niente rispetto a quello che ho intenzione di farti.»

«Non sarei mai dovuto andare via.»

Fece scorrere la zip. «Ssshhh. Quel che è fatto è fatto. Adesso siamo qui. Godiamocelo.»

L'aiutò a spingere gli shorts giù dai fianchi. «Ho tutta l'intenzione.»

Se li tolse con un colpo di piede, poi avanzò sul letto a carponi, cavalcò le sue gambe e afferrò la T-shirt con i denti.

La sua barba di un giorno le raschiò il ventre, facendola contorcere. «Bryan! Fa il solletico!»

Si fermò con la T-shirt tra i seni. «Questa non l'avevo ancora sentita.»

Inarcò le sopracciglia. E tornò subito a graffiarle la pelle col mento, avanti e indietro sul seno. E poi sui capezzoli.

Oddio, la sensazione... Beth smise di dimenarsi. Invece afferrò le lenzuola e si aggrappò come se ne andasse della vita, perché se avesse continuato così, poteva davvero spiccare il volo dal letto.

Le sue labbra presero il posto del mento.

Oh. Mio. Dio. Beth serrò le gambe perché il pulsare lì era semplicemente folle.

Tirò il suo capezzolo, poi lo lasciò. «Così ti piace?»

Aprì la bocca ma non uscì nulla. Le aveva tolto il fiato e la voce.

«Ah, lo prenderò come un sì, anche questo.» Poi passò all'altro.

Quando fu pronto a scendere sulla clavicola e sul collo e sulla mascella e su tutta una serie di altri punti deliziosi, Beth a stento riusciva a tenere salda la sanità mentale, figurarsi le lenzuola. In qualche modo, le dita le erano migrate tra i suoi capelli e non mollava la presa. Soprattutto quando lui, esasperante, si rifiutava di baciarla.

«Bryan.» Gli tirò i capelli.

«Mmmmm.» Lo mormorò contro la sua gola, e le sue labbra e la sua lingua e il suo respiro caldo non la facevano impazzire neanche lontanamente quanto quella vibrazione contro il polso della carotide.

«Bryan, baciami.»

«Lo sto facendo.» Le succhiò il collo.

«Ehi!» Si contorse. «Niente succhiotti!»

Si appoggiò sui gomiti e la guardò. «Perché no? I succhiotti sono divertenti.»

«Tranne che tutti sapranno da dove mi è venuto il mio. O se lo chiederanno, ed è quasi peggio che saperlo.»

«Ah.» Ancora quel gioco di sopracciglia. «Ti vergogni di me.»

«Non prendermi in giro, Bryan. Sono seria.»

Il suo viso perse l'aria canzonatoria. «Mi dispiace. Hai ragione. Stavo solo scherzando. Non avevo intenzione di lasciarti un succhiotto.»

«Oh. Va bene allora.»

«Be', almeno non lì.» Abbassò le labbra sotto il seno. «Non dove tutti possano vedere. Ma qui...» Le succhiò la pelle in bocca... e continuò a succhiare.

Oh Dio, quel richiamo in basso nel ventre...

Il desiderio la travolse e lei gli incorniciò la testa tra le mani. Dio, sì, voleva che la marcasse. Solo loro lo avrebbero saputo, e lei avrebbe avuto un promemoria fisico di stanotte, anche se solo per un po'.

Le infilò una coscia tra le sue e lei la strinse. «Oh, Bryan...» Non riuscì a trattenersi dal gemere il suo nome. Le sembrava così dannatamente bello averlo addosso. Tra le gambe, mentre la baciava, la teneva.

«Di' di nuovo il mio nome, Beth. Adoro come lo dici.» Le baciò di nuovo il capezzolo e risalì fino al collo, ogni centimetro percorso che le faceva rabbrividire la pelle la costringeva a sussurrare il suo nome con un sussulto.

Le baciò la fossetta sotto l'orecchio, poi tracciò con la lingua il bordo e Beth serrò di nuovo le cosce.

«Mi vuoi?» le sussurrò all'orecchio.

Emetté una specie di risposta, metà gemito, metà miagolio, e sentì il suo sorriso contro la guancia.

«Tieni a mente quella sensazione,» sussurrò prima di allontanarsi.

Completamente via. Nel senso che scese dal suo corpo e dal letto.

«Dove vai?» Dio, non l'avrebbe lasciata così, vero?

«Proprio qui, piccola.» Prese i suoi shorts e tirò fuori dalla tasca qualcosa che lanciò sul letto accanto a lei.

Preservativi.

«Così tanti?» O aveva un'alta opinione di sé o aveva un'idea straordinaria su *di lei*.

«Non preoccuparti, Beth, li useremo proprio tutti.»

«Bryan, lì ce n'è almeno una dozzina.»

«Uh-huh.» Tornò a strisciare sul letto, la cavalcò di nuovo, il suo cazzo sporgente proprio sopra il punto che lo desiderava così tanto dentro, e strappò la confezione con i denti. «Vuoi fare gli onori?» La porse verso di lei.

Le mani di Beth tremavano mentre lo srotolava, impacciata. *Ci mancava.* Non sapeva essere sciolta nel momento, ma lei e Mike non li usavano da più di dieci anni. Non è che avesse tutta questa pratica.

«Non devi essere timida con me, Beth.» Le coprì le mani con le sue e lo fece scorrere fino in fondo. «Mi piace che tu non sia abituata a farlo. Mi piace sapere che sono l'unico uomo, oltre a tuo marito, ad essere stato in questo letto con te.»

«Credevo avessi detto che non eri generoso come lui. Sei disposto a condividere i cosiddetti onori?»

«Piccola, stare con te è già un onore. Tutto il resto è un dono e sono così grato che tu mi permetta di essere qui così con te. Per desiderarmi abbastanza da accogliermi dentro. So che non sei il tipo da rapporti casuali e sono commosso da questo regalo.»

Continuò a parlare di doni e generosità come se lei stesse facendo chissà quale sacrificio, ma la realtà era che Beth desiderava Bryan con una passione che aveva creduto di aver perduto.

«Fammi l'amore, Bryan.» Aprì le gambe e le braccia. E il cuore.

Perché Bryan aveva ragione; non era il tipo da avventure e, per fare questo, per essere così aperta e così accogliente e disponibile, e non sentirsi impacciata o timorosa o nervosa, significava che teneva a lui. Più della sua persona pubblica, più di un uomo capace di portarla alla soddisfazione fisica, lei *conosceva* Bryan e le piaceva *quel* uomo. Voleva *quel* uomo.

Amava quell'uomo.

Quell'ammissione s'insinuò in lei mentre lui scivolava dentro di lei e, per Beth, fu la cosa più naturale del mondo, sia essere così intimamente con Bryan sia riconoscere i propri sentimenti per lui. Non ci fu panico, né preoccupazione, né indecisione. L'atto di amarlo emotivamente le fu naturale quanto amarlo fisicamente, così le due cose divennero una sola.

E dove le aveva già sentite, quelle parole?

Il respiro di Bryan gli si mozzò in gola mentre scivolava dentro Beth. Dio, quanto avrebbe voluto non dover indossare quel dannato preservativo. Lei era l'unica donna con cui desiderava stare pelle contro pelle. Ma quello era tutto un altro livello di fiducia ed emozione e lui fu solo grato che lei fosse abbastanza aperta per questo.

Lei si strinse attorno a lui quando cominciò a muoversi e Bryan dovette chiudere forte gli occhi: il piacere era così intenso, l'emozione così potente, che temette gli stessero salendo le lacrime agli occhi.

Le scivolò le mani tra i ricci, quei ricci morbidi e setosi che lo avevano stuzzicato per così tanto. Non avrebbe potuto immaginare quanto fossero perfetti. Non così. Non senza toccarli e inspirare il profumo del suo shampoo e sentire le ciocche sottili accarezzargli il viso. Le baciò la linea della mandibola, poi lungo l'attaccatura dei capelli, desiderando baciarle ogni centimetro del viso, ma sentendosi attratto in modo così forte dalle sue labbra che dovette trattenersi a forza, o avrebbe potuto spaventarla con la passione con cui voleva reclamarle.

«Baciami, Bryan,» gli sussurrò mentre le sue mani gli afferravano i dorsali e scivolavano giù sul sedere, stringendolo come i suoi muscoli interni stringevano lui. Gli avvolse le gambe intorno alle cosce e lui sentì le sue caviglie incrociarsi, le cosce allargarsi, permettendogli di affondare più in profondità, e il simbolismo non sfuggì a Bryan.

E non solo non gliene importò, ma lo accolse con gioia. Voleva essere così vicino a Beth, così preso in lei, da non capire dove finisse l'uno e iniziasse l'altra. Era davvero un dono, il fatto che lei gli permettesse di essere così con lei.

Ed era anche dannatamente eccitante. Soprattutto quando di fatto gli prese la bocca con la sua—non che lui non fosse d'accordo, ma avrebbe voluto ricominciare dal lobo dell'orecchio e lei su quello non ne volle sapere.

Così Bryan si lasciò prendere.

Beth lo baciò con una passione che lui aveva sognato e anche di più, perché non aveva voluto permettersi di immaginare che sarebbe stato così. Ma Beth era tutto ciò che lui desiderava che fosse. Sexy e generosa e desiderosa e volitiva e capace di prendere tutto quello che lui aveva da darle.

Affondò dentro di lei, desiderando essere vicini quanto due persone potessero esserlo fisicamente, desiderando sentirla attorno a sé, che lo accoglieva, che lo voleva, bisognoso di quel contatto tra loro, e quando lei gridò il suo nome, il collo arcuato mentre le unghie gli rigavano la schiena, le cosce che lo serravano a ogni affondo, andandogli incontro movimento per movimento, il sudore che rendeva scivolose le loro pelli mentre scorrevano l'uno sull'altra, Bryan sentì un'ondata d'emozione rotolargli addosso come un'onda sulla riva, e non riuscì a contenere i brividi che lo scossero né il bisogno di martellarla dentro, di sentirla, di darle lo stesso piacere che lei dava a lui, e gli ci volle tutto per non venire fino a quando non la sentì iniziare a tremare, il respiro corto, a piccoli ansimi, il suo nome perso in mezzo a essi. Bryan li spinse entrambi ancora un po' più in là, un po' più in alto, finché, alla fine, non poté più fermarlo. Non poté arrestare quella corsa che era meglio di tutte le montagne russe su cui avevano viaggiato. Le sensazioni lo travolsero e, per qualche secondo—per un istante breve come mai gli era capitato prima—Bryan credé di poter vedere il proprio futuro distendersi davanti a sé, come se il cielo gli stesse offrendo uno scorcio di ciò che poteva essere.

E poi venne. Quel momento di torsione allo stomaco in cui l'orgasmo lo investì e Bryan non vide altro che l'interno delle proprie palpebre mentre doveva spingere dentro di lei per placare quel dolore incredibilmente, sorprendentemente intenso che non avrebbe mai voluto finisse.

Non deve finire...

Non seppe se fosse stata lei a sussurrarlo o se l'avesse pensato lui, ma l'idea restò con Bryan mentre sentiva i brividi scuoterla, la sentiva chiamare il suo nome in un modo che garantiva di prolungargli l'orgasmo—cosa che accadde —poi la avvolse fra le braccia così strettamente da impedire a entrambi di andare in pezzi, nel dopo, finché non si sistemò a cucchiaio dietro di lei, baciandole la guancia, l'orecchio, la spalla, le dita intrecciate alle sue sul seno, il piede che le accarezzava le gambe lisce mentre ci avvolgeva sopra il proprio. Per un momento, solo uno piccolissimo ma c'era, Bryan fu sul punto di dire le tre parole che non aveva creduto avrebbe mai detto.

Quasi.

Ma non lo fece.

Idiota.

Capitolo Trentacinque

Era a letto con Bryan Manley.

L'uomo che amava.

Beth lasciò che il sorriso le incurvasse le labbra nella luce del primo mattino. Lui dormiva alle sue spalle, il viso affondato nei suoi capelli, i soffici sbuffi del suo respiro che le solleticavano la curva della spalla, ma Beth non aveva alcuna intenzione di muoversi. Era innamorata di Bryan Manley. E non *del* Bryan Manley, l'idolo di cui milioni di donne credevano di essere innamorate, ma del Bryan Manley che puliva i bagni e le aveva salvato il cane e aveva insegnato a suo figlio a costruire uno stenditoio. Che colorava con sua figlia e non aveva problemi a mettersi un diadema o a fare un tè finto per rendere felice una bambina—*la sua* bambina. *Quello* era l'uomo di cui era innamorata.

Sfortunatamente, *quell'*uomo era anche la stessa persona dell'idolo, e l'idolo aveva sogni che non includevano figli, cani e feste del tè.

Quel fine settimana fu un dono. Un momento sospeso nel tempo. Lei decise che l'avrebbe goduto finché l'aveva e l'avrebbe custodito quando lui se ne fosse andato. E lo avrebbe lasciato tornare a quella vita senza mettergli pressione.

«Ti sento pensare.» Adesso il suo respiro le solleticò l'orecchio.

Lei alzò la spalla. «I pensieri non si sentono.»

«Altroché. Il tuo respiro è accelerato e ti si muovono le dita.»

«Quello non è sentire; è percepire.»

Lui le posò il palmo sul seno. «Il sentire ha molto da raccomandare.»

Lei appoggiò la mano sulla sua e gliela premette contro. Lui poteva pensare che gliela stesse spingendo sul seno per motivi sessuali, ma in realtà la stava premendo contro il cuore, perché è lì che lui sarebbe stato per sempre.

«Ah... È vero ciò che si dice.»

«Ah sì?»

«Le grandi menti *la* pensano allo stesso modo.» Le strinse piano il seno.

Okay, quindi non era solo perché lo portava nel cuore che voleva che lui la toccasse lì.

Si strusciò contro di lui, all'indietro. Già, un'altra parte di lui era sveglia quanto lei.

«Dio, Beth, non farlo. Non so se sono rimasti preservativi.»

«Non ne abbiamo usata una dozzina.»

«Quasi.»

«Bryan, stai esagerando. Non sei Superman.»

«Ma potrei interpretarlo sullo schermo.»

Si mosse di nuovo, una volta. Forte. «Provocatore.»

«Spero, in senso buono.»

Lei si mosse ancora. «Parrebbe di sì.»

«Intendevo per te. Se sei troppo indolenzita, Beth, o troppo stanca, o stufa di me...»

Lei si voltò così in fretta che capì che lui non se l'era aspettato. Gli prese il viso fra le mani. «Bryan Matthew Manley, non *osare* dire una cosa del genere. Ho scelto *te* come primo uomo nel mio letto dalla morte di mio marito; non è stata una decisione che ho preso alla leggera. Sono molto felice che tu sia qui e sei il benvenuto a restare finché vorrai.»

Quello fu il problema; lui volle restare per sempre. Ma lui non *faceva* le cose per sempre. Non qui e non in quel momento della sua carriera. Il titolo di L'uomo più sexy del mondo per People era dietro l'angolo, secondo il suo agente, una volta uscito quel film; non voleva fare nulla che potesse metterlo a rischio. Una moglie e cinque figli lo avrebbero escluso dalla gara—

Ehi ehi ehi! Una moglie e dei figli? Quindi ci stai pensando, eh?

Lui non seppe che diavolo stesse facendo; sapeva solo che non poteva farlo lì, in quella cittadina. Era lì per il fine settimana; punto. Poi sarebbe tornato alle luci roventi, ehm, alle luci della ribalta di Tinseltown, e sulla sua strada, in ascesa, nella carriera.

Accidenti, aveva avuto l'intenzione di tirare fuori la sua scala dal capanno e spostarla nel garage. Le grondaie avrebbero avuto bisogno di essere pulite prima dell'autunno.

«Okay, a cosa stai *pensando* tu adesso? Ti si è appena stampata un'espressione buffa in faccia.»

«Alle grondaie.»

«*Alle grondaie?* Voglio dire, so di essermi lasciata un po' andare stanotte, ma non credo che niente di quello che abbiamo fatto possa essere classificato come da bassifondi, ti pare?» Beth si mordicchiò il labbro inferiore.

Quel gesto fu sexy. Tutto ciò che faceva era sexy. Baciarlo, gemere il suo nome, slacciare i suoi pantaloncini... Anche raccogliere i giochi di Sherman e stendere il bucato risultavano sexy quando li faceva Beth.

A proposito di Sherman, si sentì qualche zampettare in cucina. «Il cane è sveglio.»

«Anche Mrs. Beecham. Ed è per questo che Sherman è sveglio. Le piace punzecchiarlo la mattina.»

Bryan inarcò la schiena. «Neanche a me dispiace un po' di punzecchiare al mattino.»

Beth alzò gli occhi al cielo con un sorriso. «Devo lasciare uscire Sherman o il suo "Hallelujah Chorus" inizierà da un momento all'altro.» Lo baciò in fretta—troppo in fretta—e scese dal letto.

Raccolse la sua T-shirt.

«No.»

Lo guardò con la maglietta sulle braccia, pronta a infilarci la testa. «No?»

«Non metterla. Non puoi lasciarlo uscire così?»

«Nuda?»

Lui non seppe se a lei desse più fastidio l'idea o il fatto di essere davvero nuda davanti a lui. «Sì, nuda. Voglio pensarti mentre vai in giro così e io sono l'unico che può vederti.»

«Eh, odio infrangere la tua fantasia, Bryan, ma giù le tende sono tutte aperte. L'intero vicinato potrebbe godersi lo spettacolo se scendessi così.» Si infilò la maglietta. «Però terrò giù le mutandine, se questo ti fa sentire meglio.»

La piccola peste uscì dalla stanza con un sorrisetto da furbetta mentre lui stava ancora cercando di assorbire quel colpo, mentale e visivo.

Se ne andava per casa senza le mutandine. Quelle che lui le aveva sfilato.

Bryan gemette mentre sorrideva. Dio, era divertente. E incredibile. E assolutamente perfetto. Beth era assolutamente perfetta. E forse, se non avesse avuto una famiglia già pronta, avrebbero potuto provarci davvero.

Sul serio? Hai intenzione di scaricare i figli?

Si mise seduto e si passò le mani tra i capelli. No, certo che no. Beth e i bambini erano un pacchetto unico e, a dirla tutta, i suoi figli gli piacevano. Gli piacevano davvero. Jason, che voleva fare l'uomo ma aveva bisogno di qualcuno che gli mostrasse come si fa. Kelsey, con la femminilità in arrivo e il bisogno di una guida su come non comportarsi con i maschi adolescenti arrapati. I gemelli, con la loro energia e il desiderio di essere visti come individui pur restando una squadra... Lui e i suoi fratelli erano così vicini d'età che avrebbe potuto dar loro consigli. E poi c'era Maggie. Dolce, affettuosa Maggie, che voleva solo un papà che la abbracciasse.

Lascia stare, Bryan. Li vuoi. Non è solo una scappatella per te. Vuoi Beth e i bambini e dovrai trovare un modo per averli perché non sarai capace di allontanarti da loro. Non se vuoi essere l'uomo che dici di essere.

Si alzò in piedi e inarcò la schiena, un paio di contratture da sciogliere per via di certe posizioni di ieri notte...

Dio. Ieri notte. Non era mai stato più perfetto. Più vero. Più naturale. Beth provava qualcosa per lui. Lo sapeva, come sapeva altrettanto bene che lei non l'avrebbe mai detto. Lei rispettava la sua decisione di pensare alla carriera, e amava i suoi figli abbastanza da non trascinarli nel circo che avrebbe potuto diventare.

Ma poteva onestamente dire di volere che *questa* fosse la loro relazione? Quel fine settimana e magari uno o due in più nei prossimi anni, finché i bambini non fossero più grandi e per conto loro? Diamine, per Maggie mancavano altri tredici anni.

No. Non poteva permettere che questo fosse tutto. Voleva Beth nel suo letto ogni notte e ogni mattina. La voleva a casa sua tutto il tempo, a occuparsi delle piccole cose che a lei riuscivano molto meglio che a lui. Voleva i suoi figli che correvano in giro durante il giorno e che si buttavano sul divano la sera con una ciotola di popcorn per guardare qualche sit-com scema e raccontare la loro giornata. Voleva perfino Sherman e Mrs. Beecham, anche se avrebbe cercato di farli andare d'accordo invece di farli rincorrere per tutta la casa.

Voleva Beth e la sua famiglia... perché diventassero la sua famiglia.

Appoggiò un braccio allo stipite e vi posò la fronte, guardando il giardino sul retro. C'era lo stenditoio che lui e Jason avevano costruito. La staccionata che lui e i gemelli avevano sistemato quando Sherman era scappato. Il prato dove si era messo in posa per le foto per gli amici dei bambini.

Il patio dove aveva baciato Beth.

Che diamine avrebbe fatto, adesso?

Capitolo Trentasei

Bryan non ricordò un giorno più perfetto, eppure era iniziato in modo così banale, così da «periferia». Be', dopo che aveva fatto di nuovo l'amore con Beth. Due volte.

Okay, quello non era stato poi così banale, ma dopo... Be', okay, *dopo* la doccia che avevano fatto insieme, e *dopo* il sesso orale che le aveva fatto sotto la doccia... *poi* era diventato banale. Aveva fatto uscire di nuovo Sherman, dato da mangiare al cane e al gatto, perfino infilato un paio di carote nella gabbia dei criceti, recuperato il giornale dal portico e glielo aveva letto ad alta voce mentre lei gli preparava delle omelette per colazione, anzi, per brunch.

Certo, si era assicurato che lei stesse seduta sulle sue ginocchia mentre mangiavano, ma comunque... periferia in pieno.

Cominciava quasi a piacergli, la periferia...

Poi erano andati in bicicletta e avevano deciso di fare un giro in una cantina locale. Be', ne avevano visitata metà. L'altra metà del tempo se l'erano passata a baciarsi tra i filari e nelle cantine, quando riuscivano a sgattaiolare via da tutti.

Bryan sorrise mentre versava il Cabernet che avevano comprato nei bicchieri nuovi che avevano trovato nel negozio di souvenir—nuova relazione, vino nuovo, bicchieri nuovi. Così aveva detto il proprietario, e lui e Beth si erano limitati a sorridere e a stare al gioco.

Ma Bryan aveva riflettuto parecchio su quella parola. Relazione. Gli scivolava dalla lingua con facilità—be', dalla lingua mentale, perché non era pronto a dirla a voce alta. Diamine, non sapeva nemmeno se *riuscisse* a dirla, perché una relazione richiedeva due persone, e lui non era sicuro di come Beth volesse chiamare questa cosa tra loro. Non sapeva nemmeno se tra loro *ci fosse* una cosa o solo un evento di un fine settimana.

Quanto era strano? Era abituato a dover respingere le donne, e invece lì era con una donna con cui voleva fare l'esatto opposto, e non aveva la minima idea di cosa lei avrebbe pensato dell'idea di stare in una relazione con lui.

«Non so se sia abbastanza caldo.» Beth portò i piatti del take-away italiano che avevano preso lungo la strada per tornare—

Indietro. La strada del *ritorno*. A casa di Beth. Quello non era casa.

Ma potrebbe esserlo...

«Va bene. Se sono ancora buoni come li ricordavo quando ci lavoravo al liceo, non importerà che non siano bollenti.»

«Credo che il mio forno abbia qualcosa che non va. Sembra fare i capricci. L'altro giorno ho dovuto buttare via una teglia intera di brownies perché fuori erano duri come la pietra ma dentro era ancora tutto crudo, tipo pastella.»

«Pastella?» Prese i piatti di pollo alla Marsala, il preferito di Beth. Non lo sapeva, ma ora che lo sapeva non l'avrebbe dimenticato. «Non credo che tu lo intenda nel modo in cui pensi.»

«Pastell-*a*. Cioè, come impasto, non una *batteria*.» Si sedette. «Be', io ho una fame da lupi, quindi non mi importa quanto sia caldo o meno.»

«Posso garantire che qui dentro non c'è cavallo, quindi su quello stai tranquilla.»

Lei fece una smorfia mentre infilzava un pezzo di pollo. «Se non avessi così fame, forse mi avrebbe fatto passare l'appetito.»

«Tesoro, dopo stamattina, non credo che *niente* ti farà passare l'appetito.»

Dio, amava quando arrossiva. Tirò la sua sedia in modo che lei fosse accanto a lui.

«Che stai facendo?» strillò lei aggrappandosi ai braccioli.

«Ti voglio accanto a me.» Le avvolse un braccio attorno alle spalle e la tirò il più vicino possibile, per quanto le sedie lo permettessero.

Non bastava.

«Oh.» Il suo sguardo sorpreso si sciolse in un gran sorriso.

Amava vederla sorridere ancora più di quanto amasse vederla arrossire.

Amare. Stava usando quella parola parecchio.

«Il tramonto è bellissimo.» Fece roteare il bicchiere di vino mentre lo guardava.

Lui guardò lei. «Tu sei più bella.»

Ed eccola di nuovo con quel rossore.

«Dio, Beth, lo sai che effetto mi fa?»

«Che cosa ti fa *cosa*?»

«Quel sorrisetto segreto che ti viene e il modo in cui mordicchi l'interno del labbro e il rossore che non sai nascondere.»

«Mi hai guardata molto da vicino.» Ed eccola a mordicchiarsi il labbro.

«Non riesco a *non* guardarti, Beth. Non posso farne a meno. Sto con te e tutto ciò che voglio fare è guardarti.»

«*Solo* quello vuoi fare?»

«Okay, non *solo*, ma sì, mi piace guardarti. Non perché tu sia bella fisicamente, anche se lo sei, ma perché mi piace vedere *te*. Beth Hamilton, la donna. Di te non mi sazio.» Le baciò la fronte, indugiando mentre il suo profumo lo riempiva, quel suo shampoo al lillà e il sapone alla rosa e l'essenza stessa di lei.

«Ti voglio, Bryan.»

Lui spalancò gli occhi e guardò i suoi occhi scuri in cui il sole al tramonto si rifletteva come un fuoco dentro di lei.

«Non sono tornato solo per fare l'amore con te, lo sai,» disse.

«Lo so. Ma non vuol dire che non possiamo farlo, vero?»

«Oh, e adesso chi prende in giro chi?»

«Spero di poterti stuzzicare sempre.» Si voltò sulla sedia e gli afferrò il viso con entrambe le mani. «Andiamo di sopra, Bryan. Ho desiderato stare nuda con te tutto il giorno.»

«Questo avrebbe scioccato gli altri della visita in cantina.»

«Da qui il motivo per cui non ti ho spogliato davanti a loro. Ma ora qui non c'è nessuno e il nostro weekend è quasi a metà. Ti voglio. Voglio essere vicina a te. Più vicina che due persone possano essere.» Lo baciò e Bryan fece fatica a riprendersi quel tanto che bastava per portarli dentro, perché per un attimo aveva avuto mezza idea di prenderla lì, sul terrazzo.

Beth non vedeva l'ora di portarlo di sopra e di spogliarlo. Cioè, *letteralmente* non vedeva l'ora e, per la prima volta in vita sua, fece l'amore sulle scale dell'ingresso.

«Hai tenuto dei preservativi in tasca tutto il giorno?» disse quando si sedettero, anzi si afflosciarono a metà sui gradini dopo una delle sessioni d'amore più inventive che lei avesse mai avuto. Meno male che aveva fatto mettere una doppia imbottitura sotto la moquette.

«Ti lamenti?» Le afferrò il mento e glielo scosse in modo giocoso. «Questo non sarebbe successo se non l'avessi fatto. E allora dove saremmo?»

«Di sopra?»

«Tranne che *qualcuna* non riusciva ad aspettare così a lungo, vero?» Bryan si chinò e la baciò di nuovo, un altro bacio da togliere il fiato che lei sentì fin giù alle dita dei piedi.

Era quasi stata per dirgli che lo amava. Quasi aveva detto quelle tre parole, e solo quel briciolo di sanità che le era rimasto mentre lui la faceva impazzire di piacere l'aveva trattenuta dal gridarlo quando era venuta. Invece aveva gridato il suo nome. L'aveva ringhiato. Gemeva. Ansimava. Lo sussurrava a fatica. Ma non gli aveva detto che lo amava. Non voleva rovinare il momento e non si sarebbe concessa di pensare al perché donare a qualcuno uno dei doni più grandi—il suo cuore e la sua fiducia—avrebbe rovinato un momento di tale piacere. *Goditi il weekend*; le parole di Kara erano diventate il suo mantra.

«Andiamo, signorina Impaziente. Ti voglio nuda su quel letto.» Si alzò in piedi e le tese la mano.

«Nuda sulle scale non ti basta?» Beth ci mise tutta la sua calma ad alzarsi. L'imbottitura non era così spessa in certi punti come in altri.

«Oh, è stato fantastico, non fraintendermi.»

Come se potesse. Aveva ringhiato il suo nome per tutto il suo orgasmo. Non sapeva che *Beth* potesse avere così tante sillabe.

«Ma...?»

«Ma voglio sdraiarmi accanto a te. Sentirti contro ogni centimetro di me. Voglio poterti avvolgere tra le braccia e tirarti a me e intrecciare le dita tra i tuoi capelli e accarezzare il tuo corpo e avvolgerti con le gambe in un modo che le scale non consentono. E magari ci sono un paio di cose nuove che voglio provare con te.»

Beth rabbrividì per l'anticipazione. «Oh? Tipo?»

Le strinse la mano e accelerò il passo. «Lo vedrai, Beth. Lo vedrai.»

Aveva ragione, era proprio la signorina Impaziente. Beth corse in camera sua in tutta la sua nuda gloria e si lanciò sul letto.

«Fammi l'amore, Bryan.»

Lui aveva tutta l'intenzione di farlo.

E proprio mentre la ricopriva, proprio mentre cadeva in quel primo bacio selvaggio e incredibilmente sexy, gli arrivò chiaro. Stava *facendo l'amore* con Beth. Non stavano facendo sesso o giocando o rimorchiando o comunque gli altri volessero chiamare quel sollievo a un desiderio e il farsi stare bene a vicenda, no, lui stava *facendo l'amore* con Beth Hamilton. Le stava donando il suo cuore e voleva custodire il suo. Voleva custodire *lei*. Per il resto delle loro vite.

«Bryan? Stai bene?» chiese lei quando lui smise di muoversi. Quando smise di baciarla e accarezzarla e... respirare.

Voleva Beth per sempre. E l'idea non lo spaventava più. La voleva nella sua vita, e la prospettiva di non averla era peggio che non ricevere mai più una sceneggiatura, perché poteva vivere senza fare film, ma non poteva vivere senza Beth.

«Bryan? Ho fatto qualcosa di sbagliato?»

«No, tesoro, non hai fatto nulla.» Lei aveva fatto tutto giusto. «Io...» Non ci riuscì a dirlo. Non ancora. Doveva prima capire cosa significasse per lui. Cosa significasse per loro. E poi c'erano i ragazzi da considerare.

«Tu cosa?»

Guardò il suo viso preoccupato. Quel viso caro, splendido, sexy, meraviglioso, appassionato, e sorrise. «Mi si è tolto il fiato per un momento. Solo a guardarti... Mi togli il respiro, Beth.»

Le lacrime le spuntarono agli occhi.

«Accidenti. Non volevo farti piangere.»

Lei scosse la testa e sorrise. «No, sono lacrime buone. È una cosa bella.»

«Se lo dici tu.» Le scostò i capelli dal viso e guardò quegli occhi castani scintillanti nei quali avrebbe voluto perdersi per il resto della vita.

Avrebbe dovuto dirglielo. Lei doveva saperlo, no? Doveva leggerlo stampato sul suo viso? Lui la amava. Amava Beth Hamilton.

E non lo spaventava.

No, lo caricava. Gli dava speranza e uno scopo e un senso di appartenenza che, fino ad allora, non aveva capito di non avere. Aveva pensato che i suoi fratelli, sua sorella e sua nonna fossero tutta la famiglia di cui avesse bisogno. Tutti i legami e le radici che volesse nella sua vita, ma, Dio, quanto si era sbagliato.

«Stai cominciando a farmi paura, Manley.» Beth si morse il labbro superiore.

Quella era nuova. E non voleva essere la causa di alcuna preoccupazione. «Ti sto solo guardando. Stupito di essere qui. Che tu sia qui.»

«Perché? Non può essere una sorpresa, o non saresti mai tornato.»

Quanto si sbagliava. Nulla lo avrebbe tenuto lontano; ora lo vedeva. Era attratto da Beth come se la sua vita ne dipendesse.

E forse... solo forse... era così.

«È qui che ti sbagli, Beth. Sono dovuto tornare. Quello che c'è tra noi è troppo forte. Dovevo scoprire cosa c'era qui.»

«E...?»

Sentì che lei tratteneva il respiro, lo tratteneva, come se la sua risposta fosse importante per lei.

Lei lo amava. Lo seppe allora. Sicuro come sapeva di amarla, sapeva che Beth amava lui.

Si chinò e la baciò. Non il bacio pieno di passione, da non-saziarsene-mai che il suo corpo avrebbe preteso di lì a poco, ma un bacio da promessa. Uno che diceva che lui la custodiva e la stimava e l'avrebbe onorata per tutti i giorni delle loro vite, se lei glielo avesse permesso.

Santa miseria. Come avrebbe fatto a realizzarlo? C'era ancora il circo della sua vita con cui fare i conti. Non era così ingenuo da pensare che una dichiarazione d'amore avrebbe fatto sparire tutti i problemi, ma un modo doveva pur esserci.

Suo marito l'aveva trovato. L'uomo era stato costretto a viaggiare molto come pilota; aveva lasciato Beth da sola con i figli a crescerli da sé. A gestire tutti i problemi e le questioni e tutto il resto che capitava mentre lui era via, e lei lo aveva amato abbastanza da piangerne ancora la morte due anni dopo. Beth sapeva amare in quel modo; era qualcosa che Bryan avrebbe dovuto imparare, se voleva un futuro con lei. La domanda era: lei lo avrebbe voluto, un futuro con lui?

«Stai pensando di nuovo.»

«Ah, quindi ora *tu* puoi sentire i *miei* pensieri?» Si costruì addosso quel sorrisetto spaccone, bisognoso della sua maschera per proteggerla dai pensieri che gli affollavano la mente. Perché *dovrebbe* volere un futuro con lui? Aveva già detto che non poteva affrontare di nuovo un circo mediatico, e anche se si fosse ritirato oggi, la stampa gli starebbe addosso a chiedersi *perché* si era ritirato, cosa avrebbe fatto dopo e se Beth fosse il motivo. Poi ci sarebbero state le storie sul passato di lei, e i ragazzi sarebbero stati trascinati di nuovo in tutto quanto. *Certo* che lei non lo vorrebbe. Forse questo weekend era tutto ciò che poteva reggere. Forse era tutto ciò che voleva. Un tempo da ricordare insieme che sarebbe dovuto bastare per il resto delle loro vite, perché impegnarsi in modo permanente era troppo faticoso.

«Bryan? Stai bene? Non vuoi più farlo?» Le sue mani si fermarono nella piccola della schiena di lui e Bryan dovette riportarsi al momento presente.

Non andarti a cercare i guai prima. La nonna lo aveva sempre detto. Gli ripeteva che a volte era troppo introspettivo.

«Certo che voglio farlo, Beth.» Tirò fuori di nuovo quel sorrisetto spaccone, il suo scudo contro il mondo, quello che copriva ciò che provava dentro e lasciava pensare a tutti che stesse bene.

E nessuno lo aveva mai capito. Nemmeno la nonna.

«Non me la bevo. Puoi sorridere così al resto del mondo e fargli dimenticare cosa ti hanno chiesto, ma non con me. Che succede, Bryan?»

Okay, quindi Beth faceva eccezione a quella regola. Sembra fosse un tema ricorrente, quando si trattava di lei.

«Non succede nulla, tesoro. È che ho una voglia matta di baciarti, quasi temo di rovinare tutto.»

«Rovinare tutto?» Beth scosse la testa. «Quanto vino hai bevuto stasera? Non potresti rovinare questo neanche se ci provassi.»

Lui era abbastanza sicuro di sì, motivo per cui non disse nulla e lasciò che fossero le sue azioni a parlare, cullandole la testa tra le mani e baciandola. Un bacio profondo, da «eccomi qui», in cui riversò ogni goccia di emozione che provava.

Dovette sorridere quando lei lo guardò con gli occhi velati, il fiato corto e le dita tremanti contro la sua guancia.

«Oh. Mio. Dio,» disse quando finalmente riprese fiato.

Almeno uno dei due riusciva a parlare. Lui... Quello che provava per lei, le possibilità che gli si aprivano... Era incapace di parlare.

«Immagino che questo significhi che la cena si raffredderà?» Inclinò la testa di lato e si morse il labbro inferiore—di proposito.

«Sì, ma non preoccuparti. Ti compro di nuovo il pollo alla Marsala domani sera.»

«E se invece volessi qualcos'altro?» La luce birichina nei suoi occhi era proprio ciò di cui lui aveva bisogno.

Dio, l'amava. «Ci conto, donna.»

Capitolo Trentasette

La domenica pomeriggio arrivò fin troppo in fretta.

Bryan si appoggiò al tronco con Beth tra le braccia mentre intorno a loro il parco brulicava di suoni e colori; i resti del loro picnic erano sparsi sulla coperta. La bottiglia di champagne a metà nel secchiello del ghiaccio che aveva portato, le fragole e il cioccolato, il formaggio e l'uva... Tutti gli ingredienti di un appuntamento romantico con un ultimo elemento che gli bruciava in tasca.

L'anello della nonna.

Quella mattina era uscito da casa di Beth per andare a prendere la colazione mentre lei dormiva—l'unico motivo per cui era stato capace di lasciarla era che era tornato a casa per prendere quell'anello—e per tutto il giorno quello gli aveva parlato.

Voleva sposarla. La decisione gli era arrivata nel sonno e, quando si era svegliato, aveva saputo che era la cosa giusta da fare. Si amavano; lo aveva visto nei suoi occhi mentre avevano fatto l'amore la notte prima, lo aveva sentito in ogni carezza. Sapeva perché lei non lo avesse detto, sapeva che non l'avrebbe detto a causa della sua carriera, e quel suo altruismo lo aveva fatto innamorare ancora di più. Doveva sposarla. Doveva tenerla nella sua vita per sempre. Quello contava; il resto erano solo questioni logistiche da risolvere insieme.

Adesso doveva solo capire la logistica del chiederle di sposarlo. Qualcosa di romantico ma non banale.

Si mise a ridere di se stesso mentre stava seduto sulla coperta a quadretti con un cesto da picnic di vimini, il più grande dei cliché. Ma non poteva farci nulla; non aveva tempo di pianificare una proposta elaborata. Non se ne sarebbe andato di qui per tornare sul set senza sapere che Beth sarebbe stata sua per il resto della vita. Poi sarebbe ripartito, avrebbe lavorato come un matto e sarebbe tornato da lei e dai ragazzi il più in fretta possibile.

«Stai pensando di nuovo.» Lei gli accarezzò il polpaccio con il palmo.

Lui le intrecciò le dita tra i capelli. «Se i miei pensieri sono così rumorosi, forse dovresti dirmi quali sono.»

Lei sospirò e si appoggiò alla sua spalla. «Non voglio pensare a quello che stai pensando. Non voglio pensare affatto, perché se lo faccio mi rendo conto che sta quasi finendo. Che i miei figli torneranno presto e tu dovrai tornare al tuo film e tutto questo sarà solo un ricordo.»

Le sue parole furono come un paletto nel cuore. Non voleva che fosse un ricordo—a meno che fosse uno da condividere coi loro nipoti.

«Beth.»

Lei si voltò e gli posò le dita sulle labbra. «Non farlo, Bryan. Godiamoci la fantasia ancora un po'.»

Lui le baciò le dita. «In realtà, è proprio quello che sto cercando di fare.»

Lei ritrasse le dita. «Oh?»

Lui si mosse sulla coperta, cercando di tenerla vicina, prendere l'anello e non rovinare tutto prima di poterle chiedere.

«Bryan, cosa stai facendo?»

«Questo.» Tirò fuori l'anello e lo sollevò. «Beth, ti amo e ti voglio nella mia vita per sempre.» Deglutì una palla di emozioni. «Come mia moglie.»

«Oh mio Dio.» Beth sfiorò l'anello con dita tremanti.

Ma non lo prese.

«Ti amo, Beth.» La sua voce era tremante quanto le sue dita. «Vuoi sposarmi?»

Lei lo guardò, con le lacrime che le salivano agli occhi. «Oh, Bryan.»

Non aveva ancora preso l'anello. E non aveva ancora risposto.

«Mamma!»

A Bryan occorse un secondo in più rispetto a Beth per riconoscere la voce di Maggie e appena fece in tempo a rimettere l'anello in tasca che Maggie si lanciò addosso alla madre.

«Mamma! Mi sei mancata!» Il visino di Maggie era tutto arricciato mentre abbracciava Beth con tutta se stessa.

Bryan la capì fin troppo bene.

«Bryan!»

«Ehi, Bryan è tornato!»

Tommy e Mark si lanciarono su di lui e all'improvviso la coperta da picnic fu invasa dagli Hamilton.

E la loro madre non gli aveva ancora risposto.

«Cosa ci fai qui, Bryan?»

«Sei tornato per sempre?»

«Ti sono mancata?»

«Sherman è rimasto sorpreso di vederti?»

«Hai pulito i capelli di Mrs. Beecham dalla mia casa delle bambole? Credo che ci stia facendo il nido.»

«I gatti non fanno i nidi, stupida.»

«Non chiamarmi stupida.»

«Beh, lo sei se pensi che i gatti facciano i nidi.»

«Mamma, Mark mi ha chiamata stupida.»

«Ma lo è!»

«Ragazzi! Maggie!» Bryan si alzò in piedi. «Nessuno è stupido solo perché non sa qualcosa. È un'opportunità per imparare, e un'opportunità per voi di fare i fratelli maggiori e insegnare qualcosa di nuovo a vostra sorella.»

Allungò la mano per aiutare Beth ad alzarsi, ironicamente prendendole la sinistra. Quella dove voleva mettere il suo anello.

Lei non aveva ancora risposto.

E non lo fece per le successive tre ore e mezza, finché non misero a letto i bambini, i nonni se ne andarono e un silenzio imbarazzato fece il suo ingresso in salotto quando Beth scese dopo l'ultimo abbraccio di Maggie.

«Ha detto che aveva paura che non sarei stata qui quando fosse tornata.» Beth afferrò un cuscino dal divano e se lo strinse addosso mentre si sedeva a gambe incrociate in un angolo.

«Ansia da separazione?»

«Sì. Ce l'hanno tutti, ma Maggie è la più espansiva. I gemelli si sono addirittura infilati nello stesso letto mentre leggevo il fumetto della buonanotte.

Hanno iniziato subito dopo la morte di Mike e, mi pareva, si era attenuato circa quattro mesi fa.»

«E adesso lo fanno di nuovo.»

«Be', almeno per stanotte.»

E se lo avesse sposato e la frenesia mediatica avesse fatto la stessa cosa a loro? Non aveva bisogno di dirlo, ma aleggiava tra loro come un enorme, gigantesco blob di non-se-ne-parla-Manley.

«Non hai risposto alla mia domanda.» Lo si poteva pure chiamare masochista. Ma se quello era la fine del suo sogno, voleva che fosse tutto scritto nero su bianco.

«Lo so.»

«E?» Il fatto di doverla pungolare così non prometteva bene.

Nemmeno il grande respiro che prese, né il modo in cui si voltò a guardarlo con il cuscino stretto all'addome. Protettiva. Sola.

«Voglio dire di sì, Bryan, ma non posso.»

Gli ronzò la testa; non aveva davvero creduto che lei avrebbe detto di no. Sapeva che ci sarebbero stati problemi, ma si aspettava un compromesso di qualche tipo. Magari persino parlare di uscire dall'industria. Ma non aveva mai davvero creduto che l'unica donna che avesse mai voluto sposare lo avrebbe rifiutato.

«... se fosse solo per me, rischierei, ma i bambini, Bryan.»

«Rischiare? Rischiare?» Bryan si sporse in avanti. «Non ti ho chiesto di rischiare con me, Beth. Ti ho chiesto di sposarmi. Io non sto rischiando con te; voglio passare la vita con te. Voglio far parte della tua famiglia. Non sto rischiando come... come... in una partita a poker. Sono serissimo e sì, hai ragione. Se tu lo vedi come un rischio allora forse non è una buona idea.»

Lei posò la mano sul suo ginocchio e lui ebbe voglia di toglierla via di scatto, perché era troppo doloroso sentirla toccarlo sapendo che non avrebbe avuto il diritto di farlo quando se ne fosse andato.

«Non mi stavi ascoltando.»

«Ti ho sentita.»

«No, hai sentito solo una parte di quello che ho detto.» Posò il cuscino da parte. «Voglio dire di sì, Bryan. Lo voglio. E se fosse solo per me, lo farei in un battito di ciglia. Perché ti amo.»

«Lo so che mi ami. Non avresti fatto l'amore con me ieri sera se non fosse così. Allora perché stai dicendo di no? Ti rendi conto che sei l'unica donna alla quale l'abbia mai chiesto?»

A peggiorare le cose, lei gli appoggiò il palmo sulla guancia. E lui glielo lasciò fare.

«Lo so. E amo il fatto che me l'hai chiesto, ma la tua vita, Bryan... Ne abbiamo parlato. Non posso sottoporre i bambini a tutto questo. Hanno vissuto sotto i riflettori e non l'hanno presa bene. Maggie ha ancora gli incubi.»

Bryan chiuse gli occhi per un secondo, imponendosi di calmarsi. Doveva pensare ai bambini. Come genitore, anche se acquisito, doveva pensare al loro benessere. «Non me ne hai menzionati da quando sono qui.»

«Bryan, sono solo poche settimane.»

«Che non ne ha avuti. Da quando sono qui, giusto?»

«Be', no, però—»

«Niente però, Beth. Forse ha smesso perché mi vuole nella sua vita.»

«Oh, questo ti vuole eccome. Ti vogliono tutti. Ti amano. Ma non capiscono davvero cosa comporti il tuo stile di vita. Io, invece, sì. Ci sono già passata. Ogni mossa sotto esame. Ogni parola commentata e analizzata e magari stravolta in un significato completamente diverso perché fa notizia. Non immagini quante volte abbia dovuto spegnere la televisione quando arrivava un servizio o avvistavano i miei figli e venivano spiattellati sullo schermo. Avresti detto che Mike avesse svaligiato Ft. Knox o si fosse scolato un fusto prima di salire su quell'aereo, a giudicare dalla copertura dell'incidente. Ovunque ci girassimo, c'erano telecamere. E la tua vita invita le telecamere. I bambini non lo capiscono, ma come loro madre devo capirlo io.»

«Ma magari sarà diverso adesso che ci sono io nel quadro.»

«Che tu sia nella nostra foto non è il problema. È l'altra foto in cui sei che sarà il problema.»

«Allora lascio.» E accidenti se non lo intendesse davvero. Beth e i bambini erano più importanti di qualsiasi film.

«Questo peggiorerebbe solo la situazione. I media ci salterebbero sopra.»

«Okay, allora finisco questo film e poi basta. Mi ritiro.»

Lei inclinò la testa e, dove prima lo trovava carino, adesso no. Adesso voleva che lei lo assecondasse e vedesse la sua logica, non che gli tenesse testa.

«Bryan, non ti lasceranno andare. Il fatto che tu ti ritiri farà notizia. E il motivo per cui ti ritiri farà ancora più notizia. Non potremo evitare i riflettori se ti dico di sì.»

Aveva ragione e non era un'argomentazione che non si fosse fatto anche lui, ma maledizione, perché doveva essere o l'una o l'altra? Perché non potevano scendere a compromessi e trovare una soluzione? Lei lo amava, lui amava lei, ai bambini lui piaceva, e Dio sapeva quanto lui amasse loro... Non poteva finire così.

«La luce dei riflettori costante non è giusta per i ragazzi, Bryan. È già abbastanza difficile destreggiarsi nell'adolescenza con Twitter e Facebook, e cielo non voglia che facciano qualcosa di imprudente online e la stampa lo venga a sapere. Cose che noi facevamo da piccoli e che non erano registrate per sempre su YouTube. Non posso rischiarlo, Bryan. Sono finalmente riuscita a portarli fino a qui; essere fidanzata con te potrebbe riportarci dritti al punto di partenza.»

Aveva ragione; lui lo sapeva. I riflettori costanti potevano essere duri da sopportare—e lui li aveva cercati. I bambini, invece... Beth era una madre straordinaria a mettere i bisogni dei figli davanti ai propri—e questo lo faceva solo amarla di più.

Lo spinse anche a fare lo stesso, perché amava anche loro. «Magari quando saranno più grandi—»

«Aspetteresti che Maggie compia diciotto anni? Mancano tredici anni, Bryan. Non te lo permetterò. Meriti di avere una famiglia. Dei figli. Una moglie che possa darti tutto questo senza tutto il bagaglio che mi porto dietro. Io non posso essere quella donna per te.»

La sua voce si incrinò, il primo segno che non era così risoluta nella sua decisione come voleva far credere.

Era difficile per lei quanto per lui. Avrebbe dovuto esserci un po' di conforto in questo... ma non c'era. Non c'era nulla di confortante in tutta questa situazione.

Bryan la strinse tra le braccia. «Non mi scuserò per avertelo chiesto, Beth.»

«Non voglio che tu lo faccia. Ti amo, Bryan. Ma non posso sposarti e non saprai mai quanto mi dispiaccia doverlo dire.»

«Oh, credo di essermene fatto un'idea piuttosto chiara.» Le baciò la tempia e posò il mento sulla sua testa. «Sappi che non è un'offerta una volta e basta.»

Lei si irrigidì. «Per favore, Bryan, non farti illusioni. Non è fattibile. I miei figli hanno già passato abbastanza. Per quanto ti vogliano bene, vivere in un acquario finirà per pesar loro. Ci siamo già passati; lo sappiamo.»

«Odio che lo sappiate.»

«Lo so.»

«Odio che sia la mia carriera a mettersi tra noi.»

«Anch'io.»

«Ma non c'è modo di aggirarla, vero?»

«Non me ne viene in mente nessuno.»

«Ti amo, Beth.»

Lei lo strinse forte. «Ti amo anch'io. Grazie per questo weekend. Per i ricordi. Per avermi fatto tornare a sentire. Per amarmi.»

«Sempre, Beth. Sempre.» Tre parole. Era tutto ciò che riusciva a dire perché le lacrime minacciavano di strozzarlo.

Accidenti. La vita era andata benissimo quando aveva creduto di avere tutto ciò che voleva. Ora che sapeva di non averlo—e che non poteva averlo—avrebbe dovuto adattarsi. Fare dei cambiamenti. Trovare qualcosa che riempisse il vuoto. Non qualcuno, perché nessuno avrebbe potuto prendere il posto di Beth nel suo cuore. Sperava solo che un giorno ci sarebbe stato spazio per qualcun'altra. E per cinque figli diversi...

«Mamma? Dove sei?» Maggie saltellò giù per le scale d'ingresso. Le scale su cui lui e Beth avevano...

Si staccò da Beth. Sarebbe andato bene che Maggie li vedesse così se avessero continuato come coppia, ma visto che non...

«Non riesco a dormire.» Maggie apparve sulla soglia in camicia da notte, i ricci tutti arruffati intorno alla testa e il pollice a metà in bocca. «Bryan!» Il pollice uscì. «Sei ancora qui!»

«Ciao, Mags.» Aprì le braccia. Un ultimo abbraccio. Era tutto quello che voleva da lei.

Lei gli volò in braccio e si aggrappò a lui con forza. «Pensavo te ne fossi andato.»

Un abbraccio non sarebbe bastato. Bryan si schiarì la gola. «No, tesoro. Sono ancora qui.»

«Che cosa facciamo domani?»

Lui guardò Beth sopra la testa di Maggie. «Dammi una mano,» articolò con le labbra, perché onestamente non aveva la minima idea di cosa dire alla bambina.

Beth prese la figlia dalle sue braccia e, davvero, gli sembrò che gli strappasse via il cuore insieme a lei.

Come diavolo avrebbe fatto ad andarsene?

«Bryan ha altri programmi per domani.» Beth sistemò Maggie in grembo.

La testa di Maggie scattò di colpo. «Davvero? Quali?»

«Uh, be', aiuterò mio fratello a trovare qualcosa nella casa dove sta lavorando.»

«Trovare cosa?»

«Non ne sono proprio sicuro. Dobbiamo seguire un sacco di indizi.»

«Come una caccia al tesoro?»

«Uh, sì. Una cosa del genere.» Almeno così aveva detto Sean. In mezzo a una buona trentina di parolacce infilate per buona misura. Lui e Liam si erano offerti di aiutare anche solo per smettere di sentirsele bruciare nelle orecchie. Sean si era fatto parecchio inventivo con i turpiloqui.

«Io sono bravissima nelle cacce al tesoro. Anche Mark e Tommy.» I suoi grandi occhi castani—così simili a quelli della madre—sbatterono contro di lui in un'innocenza tale. Peccato che l'avesse vista in azione e sapesse esattamente cosa stesse tramando.

Il fatto era che a lui non dispiaceva che lei cercasse di intenerirlo. Voleva portarli con sé, lei e i ragazzi. Gli piaceva stare con loro. E, diamine, più occhi c'erano meglio era, alla villa, se quello che Sean aveva detto era vero. Avrebbero avuto bisogno di tutto l'aiuto possibile.

«Tesoro, Bryan deve sbrigarsi così può tornare al suo film. Non può stare a guardare te e i ragazzi.»

«Ma mamma,» sbuffò Maggie con tutta l'autorevolezza che una cinque anni potesse mettere insieme, «è per questo che dobbiamo andarci. Possiamo aiutare e Bryan può tornare al suo film super in fretta.» Guardò Bryan e gli posò la mano sul ginocchio. «Per favore possiamo venire con te, Bryan? Siamo bravi ad aiutare. Proprio come con il filo da stendere. Possiamo aiutarti.»

Come faceva a dirle di no? Non poteva. «Per me va bene se tua madre è d'accordo, Maggie.»

Probabilmente non era corretto rimandare la palla a Beth ma proprio non ce la faceva a dire di no a Maggie. Non ce la faceva.

Lo sguardo che Beth gli lanciò sopra la testa di Maggie diceva che non ce la faceva nemmeno lei e sperava che l'avesse fatto lui.

«Va bene, Maggie. D'accordo.» Beth espirò. «Potete andare tutti e tre. Ma solo per un po'. La villa dei Martinson è un posto molto grande e non voglio che corriate in giro senza supervisione.»

«Che vuol dire senza supe... supewisione?» Il pollice tornò in bocca come se avesse ottenuto quello per cui era scesa e il resto fosse solo riempire il tempo fino a tornare in camera.

«Vuol dire senza qualcuno che vi tenga d'occhio.»

«Ma Bryan ci tiene sempre d'occhio. Vero, Bryan?»

Sul serio, la bambina era meglio di un chirurgo quando si trattava di eviscerarlo.

«È vero, Maggie. Vi tengo sempre d'occhio.»

«Vedi, mamma? Bryan si prenderà cura di noi. Non devi preoccuparti.»

Dalla bocca dei bambini...

Capitolo Trentotto

Beth si preoccupò per tutto il giorno seguente. Si preoccupò che potesse scoppiare a piangere, o che potesse raccontare a Jason e Kelsey tutta la proposta di Bryan, o peggio, che potesse raccontare *a Kara* tutta la proposta di Bryan e allora la notizia si sarebbe sparsa in un lampo per tutto il quartiere e, una volta successo, i media non sarebbero rimasti indietro.

Così tenne la bocca chiusa, le lacrime a bada—appena—e fece finta di vivere la sua giornata come se il cuore non le si stesse spezzando perché un grande uomo stava per volare fuori dalla sua vita. Di nuovo.

Fu lui a risparmiarle il dolore dell'addio. Lei non sarebbe stata capace di reggere quella parte, quindi gli fu grata che avesse lasciato i tre più piccoli nel vialetto al ritorno dalla loro giornata di caccia al tesoro, avesse fatto un cenno con la mano e fosse tornato indietro come se dovesse tornare l'indomani.

Loro due avevano saputo bene che non sarebbe successo.

Ed eccola lì, dunque, il Giorno Uno del Resto della Sua Vita Senza Bryan, e Kara proprio non riusciva a lasciare che quell'uomo se ne andasse in pace.

«Onestamente non riesco a credere che se ne sia andato così. Ero *sicura* che ci fosse qualcosa tra voi due.»

Beth finse di annusare un profumo al banco dei grandi magazzini. Non aveva alcuna voglia di fare shopping, ma al centro commerciale c'era una fattoria didattica e i tre più piccoli avevano supplicato di andarci. Stava pagando Jason e Kelsey perché li sorvegliassero, così da avere un po' di pace e silenzio, *così pensava*. Ma poi s'imbatté in Kara e, non appena *lei* capì che Beth non aveva con sé i bambini, beh, per Kara fu il via libera per aprire le chiuse e tempestarla di domande su Bryan.

«Ha una carriera, Kara. Te l'ho detto. Non puoi fare il pendolare con Hollywood da qui.»

«Balle. Le star del cinema lo fanno in continuazione. Comprano aerei privati e volano per una giornata di riprese. Potrebbe farlo, se volesse.»

Il punto era che lui l'avrebbe fatto, se Beth avesse detto di sì. Lei lo sapeva con la stessa certezza con cui sapeva che Kara avrebbe spifferato tutto a tutti se le avesse parlato della proposta. Così non disse nulla su entrambi i fronti e cercò di lasciar cadere la questione, perché, davvero, ne aveva bisogno. Aveva passato le ultime quaranta e passa ore a rimuginare sulla sua risposta e non era più vicina a una decisione di quanto non fosse stata quando gli aveva risposto.

«E potreste andare in trasferta con lui. Voglio dire, *è* estate. I ragazzi non hanno scuola né lavoro e tu sei un'insegnante, quindi sei libera... Non pensavo fosse così volubile. Pensavo avesse sostanza. Che non fosse tutto Hollywood. Dio, non penserai che si stesse prendendo gioco di noi, vero? Che ci usasse come ricerca per il suo prossimo ruolo?»

«Bryan non è così. Gli piacevate tutti.» Alcuni li aveva addirittura amati. «Ma è la sua carriera. Non si discute con il successo.»

Kara alzò le spalle. «Non capisco proprio. Voglio dire, tu sei una gnocca, i ragazzi sono fantastici, e non è che tu stia puntando ai suoi soldi. Mike vi ha lasciati a posto.»

Se così si poteva chiamare l'essere vedova e senza padre.

Beth si morse la lingua per non essere sarcastica. Kara aveva buone intenzioni. Tutte le sue amiche le avevano, ma tutte pensavano che due anni fossero abbastanza e che fosse ora di voltare pagina. E sebbene Beth fosse pronta ad andare avanti—il suo tempo con Bryan lo aveva dimostrato—non avrebbe semplicemente dimenticato Mike. Non avrebbe detto: «eh be', avanti il prossimo». Lo aveva amato e le sarebbe mancato sempre. Era stato il suo amico, suo marito, il suo amante e il padre dei suoi figli. Le doleva che non li avrebbe visti crescere, che non avrebbe conosciuto i loro nipoti. Che i suoi figli non avrebbero conosciuto Mike come uomo quando sarebbero diventati adulti. La morte faceva schifo e non c'era un accidenti che Beth potesse farci.

Ma potresti fare qualcosa riguardo a Bryan...

«Allora pensi che potresti essere pronta a uscire con qualcun altro?»

«Qualcun altro? Io non stavo uscendo con Bryan, Kar.»

«Lo so, ma cioè, capisci. Hai rimesso piede in sella, per così dire, anche solo a guardare. E lui era bello da guardare, devi ammetterlo.»

«Sì, lo è.» Anche in sella, era stato magnifico, ma quello non lo avrebbe ammesso.

«Quindi, se spuntasse un altro bel ragazzo, non saresti contraria a uscirci.»

«Kara, mi hai già combinato un paio di appuntamenti al buio. Non sono andati granché. Neanche l'ultimo. Perché non lasciamo che sia il destino a decidere e vediamo che succede?»

«Tutto bello e buono, ma non ti vedo fare programmi per andare a fare il giro dei locali col destino tanto presto.»

Fare il giro dei locali. A Beth vennero i brividi. Non ci sarebbe andata con nessuno. «Non ho tutta questa smania di uscire con qualcuno, grazie tante.»

«E dove lo incontri, allora, qualcuno?»

«Perché dovrei? Me la cavo benissimo così.»

«Balle. Sei stata sola troppo a lungo e ho visto come guardavi Bryan. Stai uscendo dal guscio, Beth. Devi battere il ferro finché è caldo, prima che ci stai troppo comoda dentro.»

Beth smise di cercare di nascondere i brividi. Non era affatto pronta per la scena dei single. Dubitava che lo sarebbe mai stata.

Per fortuna, ci fu un trambusto fuori dal negozio: una pattuglia di addetti alla sicurezza corse oltre, urlando, manganelli alzati, e Beth non dovette rispondere a Kara. Poi scattò un allarme in tutto il centro commerciale e Beth non fu più così grata. I suoi figli erano là fuori.

Corse fuori dal negozio e svoltò a destra verso la fattoria didattica—nella stessa direzione in cui stavano correndo le guardie.

Ed era anche dove le guardie si erano fermate. E dove tenevano un tizio a faccia in giù sul pavimento, braccia dietro la schiena, un paio di ginocchia a immobilizzarlo e due di loro che parlavano con... i suoi figli.

Oh Dio.

Beth si fece largo tra la folla che si era radunata. «Jason! Kelsey! Tommy! Mark! Maggie!» Erano tutti lì, seri, mentre rispondevano alle domande delle guardie.

«Salve. Sono la madre dei bambini. Che cosa è successo?» Doveva toccarli uno per uno, radunarli attorno a sé come un'anatra madre che li mette sotto le ali e non le importava. Doveva assicurarsi che i suoi piccoli stessero bene.

«I suoi ragazzi hanno fatto una gran cosa, signora,» disse una delle guardie. Sul distintivo c'era scritto Hinkle. «Hanno visto questo tizio con un martello—»

«Voleva spaccare la vetrina dei gioielli, mamma!» Maggie saltellava. «Tommy l'ha visto e l'ha detto a Jason e Kelsey. Kelsey è corsa al punto informazioni, e Jason ha messo il piede davanti così il tizio è inciampato. È un eroe!»

«L'ho visto anch'io!» disse Mark, contrariato di non avere avuto un ruolo nel racconto di Maggie.

«Non è vero!» disse Tommy. Ma certo.

«Altroché. Per questo ti ho dato una gomitata così lo vedevi anche tu.»

«Non è vero!»

«Invece sì!»

«Ragazzi, non è importante adesso,» disse la guardia, e li spinse più in là dal tizio a terra. «Dobbiamo farvi fare un passo indietro così possiamo tirarlo su.»

Sì, *lo era* importante, e i loro volti si rabbuiarono quando la guardia li liquidò così, su due piedi. In quel momento, era la cosa più importante del loro mondo, e sentirsi messa da parte così... Bryan non l'avrebbe fatto.

Bryan. Dio, non riusciva a smettere di pensare a lui.

«Signora,» disse un'altra guardia, «se lei e i ragazzi poteste spostarvi al negozio di orsacchiotti, vorremmo farle qualche domanda.»

«Ma la mamma non sa niente. Non ha visto. Io e Tommy abbiamo visto.»

«E Jason,» intervenne Maggie. «Non dimenticare Jason. Lui è il vero eroe.»

Beth spinse i ragazzi verso il negozio, passandogli le mani sulle spalle. «Jason, stai bene?» Avrebbe voluto urlargli che avrebbe potuto farsi male e che avrebbe dovuto stare fuori e lasciare che se ne occupasse qualcun altro—le stesse parole che aveva detto a Mike la mattina in cui lui aveva preso quel dannato volo all'ultimo minuto—ma non lo fece a causa dell'espressione fiera sul suo volto. Jason stava davvero sorridendo alla gente e si sentiva proprio bene con se stesso, e Beth non glielo avrebbe rovinato per nulla al mondo. Però, Dio santo... avrebbe potuto farsi male.

«Sì, mamma, sto bene. Il tipo doveva guardare dove metteva i piedi.»

«Guardava,» disse Tommy. «Guardava gli orologi.»

«Macché. Erano gli anelli con diamanti. Sono più facili da portare via e costano molto di più.»

«Tu credi di sapere tutto.»

«Ne so molto più di te, Tommy.»

«Non è vero.»

«Invece sì.»

«Ragazzi.» Imitò il gesto di Bryan e posò le mani sulle loro teste per farli voltare a guardarla. «Basta litigare. Dite solo la verità alle guardie e poi possiamo andare a casa.»

«Ma io non voglio andare a casa.» Maggie tirò la maglietta di Beth. «Voglio giocare con i capretti.»

«Si chiamano così,» disse Tommy.

«Ehi, è vero. Lo sapevi davvero.» Mark sembrava sorpreso. Beth non capiva perché; erano stati nella stessa classe fin dall'asilo.

«Davvero? È un nome buffo.» Maggie infilò la mano in quella di Tommy. «Grazie per avermelo insegnato. Proprio come diceva Bryan.»

«Dovremmo chiamarlo.» Questo venne da Kelsey. Perché Beth non si stupiva che quello fosse il primo commento di Kelsey su tutta la faccenda? «Dirgli quello che abbiamo fatto.»

«Vuoi dire, quello che ha fatto *Jason*,» disse Maggie, spostando ora la mano e la sua fedeltà verso il fratello maggiore.

«Ho aiutato anch'io. Sono corsa a chiamare le guardie giurate.»

Maggie aggrottò la fronte e si toccò il labbro. «Hai ragione. L'hai fatto. Anche quello era importante.» Cercò la mano di Kelsey. «Ho i fratelli e la sorella più coraggiosi del mondo.»

Ovviamente fu proprio allora che la guardia cominciò a fare domande a Beth. Le riuscì a malapena di concentrarsi su ciò che le chiedeva mentre cercava di non piangere per tutte le emozioni: paura, orgoglio, amore, e il cuore che si scioglieva a vedere i suoi figli fare squadra.

E poi arrivò un giornalista, che le piazzò un microfono sopra la testa della guardia. Beth era quasi certa che violasse ogni sorta di regola e che potesse perfino avere ripercussioni su un eventuale processo—

Oh, cavolo. Un processo. Come testimoni, i suoi figli avrebbero dovuto deporre. E Jason aveva fatto lo sgambetto al tipo—sarebbe stato il testimone numero uno.

Oh Dio. La stampa si sarebbe buttata a capofitto su tutto questo.

Un forte ronzio le riempì le orecchie man mano che tutte le conseguenze le si chiarivano. Ciò che stava per abbattersi su di loro. Di nuovo. Le domande invadenti. L'interesse senza fine. Le troupe e i furgoni delle news appostati fuori casa sua.

Beth ebbe voglia di piangere. Aveva detto no alla boccia di vetro di Bryan e si era ritrovata con una tutta sua.

Ci volle un'ora e mezza e il dare il suo numero di cellulare a sei persone diverse prima di riuscire a portar via i ragazzi di lì. Ci vollero altri quaranta-cinque minuti perché se la sfogassero abbastanza da permetterle di infilare una parola. Solo due, ma ottennero l'effetto desiderato. «Gelato?»

La conversazione virò sui gusti e Beth poté finalmente tirare il fiato. Avrebbe dovuto parlare con Jason e Kelsey. Metterli in guardia sulla stampa. Anche i gemelli. Maggie era l'unica a non essere stata parte del tentato furto sventato, ma visto come stava facendo il tifo per ciascuno dei suoi fratelli, Beth aveva il presentimento che avrebbe dovuto avvertire anche lei. Non ne era affatto felice.

Non avrebbe dovuto preoccuparsi.

E questo la preoccupò.

Si erano appena seduti al tavolo della gelateria che l'argomento tornò a galla. A quel punto, Beth aveva imparato a memoria la sequenza degli eventi, quindi non si sorprese quando i ragazzi deragliarono un po' dal tema.

«Quindi pensi che vorranno intervistarci di nuovo?» Kelsey fu quella che sollevò l'argomento che Beth temeva.

«Be', può darsi, tesoro, ma non dovete dire loro nient'altro. Siete tutti minorenni, quindi, tecnicamente, devono passare da me. Li terrò più lontani possibile.»

«Ma io voglio parlare con loro. Diventeremo famosi.»

«Davvero?» chiesero i gemelli. «Forte!» Si batterono il cinque.

Stavano parlando di nuovo in coro.

«Scommetto che ti danno una medaglia, Jason,» disse Maggie, la fan numero uno del fratello.

«Nah, ormai non danno più medaglie a nessuno.» Ma a Jason non sembrava dispiacere l'idea.

«Magari anche uno show tutto tuo in TV!» Maggie rimbalzava sul sedile. «Tipo un ragazzino detective che ferma i ladri prima che possano rubare qualcosa. Non sarebbe fantastico?»

«E Bryan potrebbe fare il tuo capo o qualcosa del genere,» disse Mark.

«Già, così potremmo rivederlo,» aggiunse Tommy.

«Mamma, quando torna Bryan? Voglio raccontargli tutto dei miei fratelli e di mia sorella. Sono degli eroi.» Maggie rivolse a Beth quel suo viso serio e gli altri quattro la imitarono.

«Io... non lo so, Mags.»

Bugiarda! Di' la verità ai tuoi figli. Che l'hai rifiutato per tenerli lontani dai riflettori e guarda adesso! Non vedono l'ora di andare in TV. Felici di essere eroi. Forse dovresti rivalutare la tua decisione, Elizabeth.

«Possiamo chiamarlo?» Kelsey tirò fuori il telefono. «Oh. Giusto. Non mi ha dato il suo numero.» Guardò Beth. «Te l'ha dato a te, mamma? O chiamo l'impresa di pulizie e glielo chiedo?»

Cinque facce attente e piene di speranza la fissarono. Cinque ragazzi che volevano vedere l'uomo che Beth aveva mandato via. L'uomo che aveva detto di amarla e di volerla sposare. Che voleva una famiglia con lei. *Questa* famiglia.

«Ehm, ragazzi. Ho un'idea migliore. Che ne direste di andare a *trovare* Bryan?»

Capitolo Trentanove

«Stop!» PJ tirò fuori un gran sospiro frustrato.

Il numero quattrocentosettantadue, se il conto di Bryan era giusto.

Se non era giusto, ci andò vicino. Questa scena stava andando a rotoli a ogni battuta. Carina proprio non voleva seguire la sceneggiatura. Se non fosse stata un'attrice di grido, l'avrebbero messa alla porta alle otto e cinque di stamattina, dopo il quinto ciak.

«Carina.» Il leggendario «aplomb» di PJ era svanito. «Non intendo cambiare i dialoghi, quindi o lo fa a modo mio oppure restiamo qui fino a mezzanotte; a questo punto non mi interessa. Io *porterò* questo film in tempo, quindi scenda dal piedistallo e faccia la scena com'è scritta.»

«Fa sembrare il mio personaggio una smidollata.»

«No, affatto. La fa apparire disposta a scendere a compromessi.» Cosa che Carina, palesemente, non sapeva fare. «Ed è per lei che il pubblico farà il tifo, quindi se vuole un pubblico adorante, farà come è scritto. E se vuole lavorare ancora, farà quello che dico io.»

Ahi. Male. Bryan si preparò all'impatto.

E non tardò ad arrivare.

«Non ho bisogno di te, PJ Cartwright.» Carina lanciò il coltello che stava tenendo nel lavello della cucina con un *clang* rimbombante. PJ avrebbe dovuto ringraziare le sue stelle che non gliel'avesse tirato addosso. Anche se era un coltello di scena, la punta era appuntita. «Davvero pensa che *lei* sia quello per cui la gente va al cinema? La maggior parte non ha la minima idea di chi sia il regista. Sanno chi sono le star e io sono la star di questo film.»

Bryan si trattenne dall'alzare la mano per ricordarle che era presente, solo perché si sentì in imbarazzo per PJ. Il tipo aveva già mal di testa a sufficienza con Carina nelle giornate buone; Bryan non voleva peggiorare la situazione. Ma, oh, cosa non avrebbe dato per ridimensionare un po' Carina e ricordarle che *lui* si stava prendendo un sacco di clamore per essere l'interesse amoroso del film. Che questa sceneggiatura era il suo trampolino verso la celebrità e lo sapevano tutti. Aveva tanto riconoscimento di nome quanto lei, per quanto riguardava questo film, quindi era meglio che si desse una regolata, perché qui c'era anche un altro nome e perderla forse non avrebbe avuto lo stesso impatto che nei suoi altri film.

No, quel piccolo dettaglio se lo sarebbe tenuto per sé. Niente aizzare il leone che dorme.

Che ora stava ruggendo.

«Io *non* tollererò questo.» Tese la mano verso la sua assistente. «Sto chiamando il mio agente.»

La povera ragazza, che probabilmente aveva pensato di aver vinto alla lotteria quando era stata assunta come assistente di Carina Dempsey, dovette correrle dietro per porgerle il telefono.

Calò il silenzio sul set, tutti con lo sguardo su PJ.

«Bene. Splendido. Come vuole.» Si sistemò il berretto da baseball. «Tutti in pausa. Tornate tra due ore. Finiremo stanotte.»

Bryan si strofinò la nuca mentre scese dallo sgabello maledetto su cui era appollaiato negli ultimi quindici ciak. Il sedere gli doleva, ma se lo sarebbe massaggiato in privato. Non aveva bisogno che qualcuno twittasse *quella* foto.

Annuì a Josh. «Sarò nel mio trailer, se qui le cose si sbloccano.»

«Va bene. Ah, e hai delle visite. Te lo stavo per dire quando chiudevamo la scena.»

Visite? Chi sarebbe andato a trovarlo sul set?

Per un istante, il cuore—e l'immaginazione—gli balzarono in gola, pensando, pregando e sperando che fosse Beth, ma ricacciò via subito quel pensiero. Probabilmente Liam. E che non fosse Sean. Aveva una caccia al tesoro da vincere, se volevano avere una speranza di recuperare l'investimento su quella proprietà su cui stava lavorando.

Forse era il suo agente. O la sua PR. O magari entrambi. Non avevano una riunione in programma, ma chi lo sapeva? Forse c'era qualche grande novità sulla sua carriera che Don voleva comunicargli di persona.

Afferrò una bottiglietta d'acqua uscendo dal set e la tracannò. Le luci erano roventi e in quella scena aveva un paio di monologhi lunghi. Ovviamente neanche questo rendeva felice Carina. Pensava che la conta delle battute sparisse quando iniziavi a guadagnare milioni, ma a quanto pare non nel caso di Carina.

Bryan scrollò le spalle, riavvitò il tappo sulla bottiglia vuota e la lanciò nel cestino mentre passava.

«Due punti, Manley!» urlò uno dei microfonisti.

Sorrise e fece pollice in su al tipo—Rick. Peccato che Carina non capisse che la camaraderia faceva bene a un set.

No, stava ancora lavorando per portarselo a letto. Da quando era tornato qui, Bryan aveva dovuto dare la buonanotte presto solo per evitare di doverla rifiutare di nuovo. Non voleva dirle che non gli faceva alcun effetto.

Scosse la testa mentre si avvicinava al suo trailer. Aveva il presentimento che nessuna donna gli avrebbe fatto effetto per molto tempo. Se mai.

Allungò la mano alla maniglia. Non dopo—

Beth.

Era lì. Nel suo trailer. In cima ai gradini.

Bryan strabuzzò gli occhi. Due volte.

«Ciao, Bryan.»

Era decisamente Beth.

«Ciao, Bryan!»

E i ragazzi.

«Woof!»

E Sherman.

Bryan afferrò il corrimano per restare in piedi mentre cercava di elaborare il fatto che le sei persone che desiderava più vedere al mondo erano nel suo trailer. E non si irritò neppure alla vista del cane.

«Uh, ciao, ragazzi.»

«Io non sono un ragazzo, sciocco!» Maggie fece spuntare la testolina ricciuta sopra la rampa delle scale, il suo sorriso birichino e gli occhi scintillanti che lo fecero ridere.

«No, Mags, tu non sei proprio un ragazzo.» Le scompigliò i ricci e riuscì a salire il resto dei gradini con le gambe tremanti. «Che cosa fate qui?» Guardava tutti loro, ma la domanda era rivolta solo a Beth.

I cinque ragazzi iniziarono a parlare tutti insieme. Qualcosa sul centro commerciale e lo zoo e un martello e dei gioielli e... delle guardie?

Guardò Beth. «Di che cosa stanno parlando?»

Con una calma che *sapeva* finta, per i bambini, perché lui vedeva quanto la sconvolgesse la storia che gli stava raccontando, Beth gli narrò del tentato furto e dell'eroismo dei ragazzi.

«E volevamo venire a raccontartelo perché tu stai lavorando e non puoi tornare a casa per sentirlo» disse Maggie, arrampicandosi sulle sue ginocchia quando lui si sedette al tavolo.

Casa. Dubitò che lei o gli altri ragazzi avessero colto quella scivolata, ma lui sì. E anche Beth.

Voleva chiedere a Beth che cosa significasse. Perché fosse lì. Perché prolungasse l'agonia. Ci voleva un taglio netto; era quello di cui avevano bisogno.

Ma forse non aveva detto ai ragazzi della sua proposta—il che avrebbe avuto senso—ed era venuta per loro. Erano certamente elettrizzati di raccontargli tutto e lui fece tante feste quante erano appropriate, lieto di vedere l'orgoglio di Jason in sé stesso, e Kelsey raggiante quando toccò a lei, e i gemelli che dicevano come si erano messi d'accordo per avvisare Jason e Kelsey, e l'orgoglio di Maggie per i suoi fratelli.

Sherman si infilò sotto il braccio di Bryan e si accucciò in grembo con Maggie.

«Pensi che daranno una medaglia a Jason?» chiese Maggie. «Io voglio che gli diano un programma in TV. E tu potresti recitarci, anche.»

«Se non gli danno una medaglia, dovrebbero.» Bryan annuì a Jason. «È stato un gesto davvero coraggioso. Non molti si metterebbero in mezzo così. Sono fiero di te.» Sì, gli si inumidirono gli occhi mentre lo diceva. Non aveva alcun diritto di essere fiero del ragazzo, ma lo era.

E se il sorriso che si allargava sul volto di Jason voleva dire qualcosa, ne era felice.

«Allora possiamo andare a festeggiare?» Mark si mise a carponi sul sedile a semicerchio e posò una mano sulla spalla di Bryan. «La mamma ha detto che aver preso il cattivo è una buona ragione per festeggiare.»

«Abbiamo già mangiato il gelato» disse Tommy.

«Sì, ma non è una *vera* festa. Le vere feste hanno fuochi d'artificio e salve e parate e cose così.»

«Qui non c'è nessuna parata. Dovevamo restare a casa se ci volevano fare una parata.»

«A me piacerebbe stare su un carro. Come Miss America. Potrei mettere una corona e una fascia e salutare tutti con la mano.» Maggie si mise ad allenarsi a mandare baci lì, nel suo trailer, facendo scoppiare a ridere tutti.

«Be', sui fuochi d'artificio e le parate non so, ma potremmo uscire a cena e vedere che dessert speciale hanno per gli eroi. Che ne dite?» Stavolta evitò di guardare Beth. Aveva portato i ragazzi lì; lui avrebbe passato con loro tutto il tempo possibile. Tutto il tempo possibile con *Beth*.

«Evviva! A me piacciono le feste!» Maggie saltò giù dalle sue ginocchia, Sherman al seguito. «Ma che facciamo con Sherman? Lui non può andare al ristorante.»

«Niente paura. Conosco qualcuno che sarà felice di fargli compagnia.» Mandò un messaggio a Josh, sorridendo quando ricevette il segnale d'intesa. Le migliori duecento dollari che avesse mai speso.

Poi scrisse a PJ. Al diavolo, se Carina poteva mandare all'aria il programma, lui non sarebbe rimasto seduto ad aspettare che si degnasse di presentarsi. Disse a PJ di avvisarlo quando Carina fosse stata in condizioni di lavorare e sarebbe tornato. Non potevano allontanarsi troppo, ma poi, le duemila che stava per spendere al primo ristorante che avesse trovato per un dessert-montagna di lava al cioccolato con stelline, ricoperto di panna montata e gelato, avrebbero reso qualunque cosa avessero mangiato la festa perfetta.

Beth fece una gran fatica a tenersi insieme. Si era sbagliata. Sbagliatissima. Questo era ciò di cui i suoi figli avevano bisogno. Bryan era ciò di cui avevano bisogno. Il senso di famiglia. Lo shock per la morte di Mike era stato ciò che li aveva fatti deragliare tutti, non necessariamente la copertura della stampa. Certo, non aveva aiutato, ma quando aveva visto come avevano reagito all'attenzione positiva dopo la rapina...

«Dobbiamo parlare.» Bryan lo sussurrò all'orecchio mentre un piatto gigantesco di stelline scintillanti arrivava al loro tavolo.

«Torta lava!» strillarono i gemelli.

«Gelato!» Nessuna sorpresa che fosse venuto da Maggie.

Jason e Kelsey cercavano di fare i distaccati invece che impressionati dal dessert mostruoso e Bryan sembrava terribilmente fiero di sé.

O forse era solo felicissimo. Lei sperò che fosse così.

Annuì ma non aveva idea di quando avrebbero parlato. Con cinque ragazzi intorno—nel suo trailer—la privacy sarebbe stata difficile.

Intimità, impossibile...

Beth non riuscì a trattenere il rossore. Sì, aveva pensato ai suoi figli quando aveva deciso di portarli lì, ma non era riuscita a zittire quel briciolo di consapevolezza quando aveva capito che, se tra lei e Bryan avesse funzionato, se lui fosse stato disposto a prendersi tutti loro dopo che lei lo aveva rifiutato, lei avrebbe potuto fare l'amore con lui per il resto della sua vita.

Dio, ti prego, fa' che dica di sì.

La torta fu—manco a dirlo—un successone e i ragazzi discussero di quale fosse la parte migliore durante il tragitto verso l'auto.

Quella era l'unica occasione di privacy che avrebbero avuto, così Beth tirò Bryan per il braccio e rimasero indietro rispetto ai ragazzi.

«Ehmm, Bryan?»

Lui posò la mano sulla sua. «Sì?»

«Spero che non ti dispiaccia che siamo spuntati qui.»

«Lo sai che no. Mi fa piacere vedere i ragazzi. Ma mi sto chiedendo il perché. Pensavo che fosse tutto deciso quando sono partito.»

Si morse il labbro. A lui faceva piacere vedere i ragazzi, ma non disse nulla sul vederla. Non suonava come se volesse che cambiasse idea.

«E per Sherman?»

«Che cosa?»

«Ti dispiace che lo abbiamo portato?»

«No.»

«Non ho trovato nessuno che lo prendesse con così poco preavviso e il veterinario era chiuso per la notte.»

«Non è un problema, Beth. Sherman è il benvenuto quanto tutti voi.»

Okay, quello suonava un po' più positivo.

Poco più avanti, Maggie strillò e scivolò giù dal fianco di Jason. Per fortuna Kelsey le afferrò la mano prima che corresse nel parcheggio.

Beth non aveva molto tempo.

«Allora, ehm...» Si sistemò i capelli dietro le orecchie e fece un bel respiro. Bryan la guardava in attesa. «Quella domanda che mi hai fatto l'altra sera?»

«Sì?»

«E se...» Fece un altro respiro profondo. Dio, era così che si era sentito lui a chiederle di sposarlo? E lei lo aveva rifiutato? Che idiota. «E se volessi cambiare la mia risposta? Posso?»

«Cambiare la tua risposta?»

Non capiva se la stesse prendendo in giro o se stesse cercando di capire cosa gli stesse chiedendo.

Scelse la seconda ipotesi solo perché la prima era troppo dolorosa da contemplare. «Sì. E se volessi dire di sì?»

Oh, no. Non era confuso. Sapeva esattamente cosa gli stava chiedendo.

«È questo che *vuoi* fare, Beth?»

Dio, sì, lo era. «Sì.»

Bryan si fermò. Le staccò la mano dal braccio—non si era neppure resa conto che fosse ancora lì—e se la portò alle labbra. La baciò. «Sono le due parole più dolci della lingua inglese, Beth.»

Il respiro le si mozzò. Non le stava dicendo di togliersi dai piedi.

«Vuoi sapere quali sono le *tre* più dolci?»

Lei annuì—perché non riusciva a parlare—ma già lo sapeva. Voleva solo sentirgliele dire. Di nuovo.

Bryan baciò l'anulare della sua mano sinistra. «Ti amo.»

Il respiro le s'impigliò in gola e riuscì a dirglielo a sua volta. «Ti amo, Bryan.»

«E io amo anche Bryan» disse Maggie, che in qualche modo era riuscita ad avvicinarsi senza farsi notare. «Questo significa che vi sposerete, mamma?»

Jason arrivò di corsa, lanciando un'occhiata a Bryan. Uno sguardo decisamente adulto, da uomo, mentre si rimetteva in braccio la sorellina. «Certo che sì, nanerottola. È quello che fanno le persone quando si amano.»

«Bene, allora sposerò Bryan, perché anch'io lo amo.»

«Sciocchina» disse Mark, scuotendo la testa.

«Già, non puoi sposarlo se lui sposa la mamma.»

«Invece sì.»

«No che non puoi.»

«Sì che posso.»

«No che non puoi.»

Per la prima volta, Bryan non intervenne per spegnere il battibecco. No, stavolta intervenne per baciarla. Proprio lì, davanti ai suoi figli e a tutti nel parcheggio e a qualunque fotocamera puntata su di loro. Nel giro di secondi sarebbe finito su internet.

Ma a Beth non importò. Questo era ciò che voleva.

Ed era ciò di cui avevano tutti bisogno.

Epilogo

«Tre quattro battono due assi, Maggie.»

«No, non è vero.»

«Invece sì.»

«No che no.»

«Invece sì.»

«Vado a chiederlo a papà.» Maggie si tirò su sbuffando e se ne andò a grandi passi verso il giardino, dove Bryan stava di nuovo rinforzando la recinzione. Sherman stava diventando un vero e proprio piccolo scavatore di gallerie e Bryan stava seriamente considerando di far mettere un muro di cemento, affondato per quasi un metro nel terreno.

Beth non era sicura che sarebbe stato abbastanza profondo per Sherman. Soprattutto da quando il Chihuahua si era trasferito nella casa accanto.

«Mamma, Maggie ha torto, vero?» chiese Tommy. «Bryan ha detto che i quattro battono gli assi se ne hai di più.»

«E quando Bryan vi ha insegnato a giocare a poker?» Hmm... Bryan era un patrigno fantastico ma avrebbe dovuto rivedere alcuni punti fini dell'educazione. Tipo niente gioco d'azzardo sotto i ventuno anni.

«Non ci ha insegnato lui. Stavamo guardando quando giocava con zio Sean e zio Liam. Maggie origliava.»

Ah, già, la partita di poker mensile. Avrebbe dovuto ripensare al portare i bambini se tutto ciò che facevano era spiare i ragazzi. Ma era bello ritrovarsi con le cognate e la Nonna.

Beth sorrise e si accarezzò il ventre. Non vedeva l'ora di condividere la sua notizia con tutti loro. Soprattutto con Bryan. Tra sette mesi, lui avrebbe finalmente avuto un figlio tutto suo da amare.

Non che avrebbe amato meno i suoi. E, davvero, non erano più soltanto suoi. Erano dei Manley anche se non portavano quel cognome.

Anche se Bryan aveva detto qualcosa l'altra sera...

Guardò la foto di Mike sul caminetto e provò quel dolore familiare al pensiero che lui non fosse lì a vedere crescere i suoi figli.

Andò verso la sua foto e posò un bacio sulle dita che poi premette sulle sue labbra. Lui le mancava ancora, ma andava avanti. Era ciò che avrebbe voluto. Non riusciva quasi a credere di essere stata benedetta due volte nella stessa vita, per amare ed essere amata da due uomini così meravigliosi.

La porta scorrevole in cucina si aprì. Beth si voltò di scatto. A Bryan non sarebbe dispiaciuto vederla davanti alla foto di Mike—dopotutto, lui aveva insistito perché il caminetto restasse com'era per il bene dei bambini. «Non voglio che si dimentichino del loro padre. Se fosse capitato a me, sarei distrutto. A me sta bene averlo lì. I bambini devono conoscere il loro papà.»

Lo aveva amato ancora di più per averlo detto e aveva il presentimento che quella fosse stata la notte in cui questo piccolino era stato concepito.

Si affrettò a tornare in cucina.

Bryan alzò le mani. «Lo giuro. Non ho insegnato loro a giocare a poker. So come comportarmi.»

«Lo so che lo sai, tesoro.» Gli passò le braccia attorno, senza badare al fatto che fosse tutto caldo e sudato. «Vi spiavano te e i tuoi fratelli.»

Bryan sogghignò e intrecciò le braccia basse sulla sua schiena. «Certo che sì. Da Mark e Tommy non mi aspetterei di meno.»

«In realtà, è stata Maggie. È stata lei a insegnare *loro*.»

Adesso scoppiò proprio a ridere. «Dio, quella ragazzina è uno spasso. Meno male che ce n'è solo una. Non so cosa faremmo se ce ne fossero di più.»

«Eh...» Beth si morsicò il labbro inferiore e lo guardò in su.

«Eh, cosa?» I suoi splendidi occhi verdi si socchiusero.

«Eh, questo.» Gli prese la mano e gliela fece scivolare sul ventre.

Quegli splendidi occhi verdi si spalancarono. «Beth... Stai dicendo... Vuoi dire... ?»

Annui, sentendo le lacrime riempirle gli occhi. Era sempre stata un disastro ormonale e sentimentale con le altre gravidanze. «Sì.»

«Oh Dio, amore. Ti amo.»

Le frasi di due e tre parole più dolci del mondo.

Fine

* * *

Grazie per aver letto! Mi aiuterebbe molto se potessi lasciare una recensione dove hai acquistato questo libro, così altri lettori potranno scoprirlo più facilmente. E se vuoi leggere altre mie storie, gira la pagina!

QUELLO CHE UNA DONNA
MERITA
JUDI FENNELL

Serata tra ragazzi... più una

«Credo, cari fratelli, che vi si debbano prendere le misure per le uniformi delle Manley Maids.»

Liam Manley si morse la lingua all'annuncio di sua sorella Mac, mentre posò la mano vincente sul tavolo da poker di panno verde. Li aveva giocati—lui *e* i suoi fratelli—e li aveva messi nel sacco per bene.

A poker, ci sapeva fare. Chi sapeva perfino che giocasse a poker?

E quella scommessa... Quattro settimane di servizio di pulizia gratuito per la sua azienda contro le loro case di vacanza e le costose auto sportive. Perché Liam si sentiva un pollo?

«Io un grembiule non me lo metto.» Bryan, il più giovane dei Manley, suonò così offeso che Liam si morse la lingua ancora più forte—per non ridere di lui. Sembrava quasi che Mac gli avesse chiesto di indossare... be'... un grembiule.

Sean, il fratello di mezzo e compagno di sconfitta, continuò ad accatastare le fiches, evitando la scala a colore al jack di Mac come la peste e tenendo la bocca chiusa.

La bocca di Bryan pendeva aperta. Da un momento all'altro quel suo fratello da cinema avrebbe cominciato a boccheggiare come un pesce. Dov'era una macchina fotografica quando gli serviva? Bry avrebbe pagato qualsiasi cifra pur di tenere *quella* foto poco lusinghiera fuori dalla stampa e a Liam non sarebbe dispiaciuta una nuova vasca idromassaggio per la casa che stava ristrutturando—anzi, che aveva appena *finito* di ristrutturare, il che significava che aveva un po' di tempo libero.

Non c'era momento migliore per cominciare a ripagare la scommessa ridicola. «Quando vuoi che iniziamo, Mac?»

«Ho uniformi in più, quindi quando avete tempo.»

Uniformi in più? Da quando aveva qualcosa in più, quando si trattava dell'azienda?

C'era qualcosa che non tornava.

Non avrebbe mai pensato che Mary-Alice Catherine ricorresse a colpi bassi per costringere i fratelli maggiori a fare ciò che voleva. Diamine, quando erano andati a vivere con la Nonna dopo che i genitori erano stati uccisi in un incidente d'auto, si erano praticamente pestati i piedi pur di prendersi cura della loro sorellina. Ora lui sarebbe andato a inciampare in scope, mocio e aspirapolvere. Ugh.

«Ehi, posso occuparmi di casa mia?» Quello fu Bryan, che cercò qualsiasi spiraglio pur di uscirne vincitore.

«Le toglieresti il lavoro a Monica pur di svicolare dalla scommessa? Davvero?» Fu il turno di Mac di restare a bocca aperta.

«Non sto svicolando da niente.» Ma Bry non sembrò felice. «Puoi contare su di me anche per lunedì. Ho un mese tra un progetto e l'altro e cercavo comunque qualcosa da fare.»

Liam dubitò fortemente che la scelta di Bryan sarebbe stata quella di fare la domestica. Non lo sarebbe stata nemmeno per Liam. Però, aveva fatto la scommessa...

E anche lei.

Finì la birra, poi raccolse le carte, trascinando per ultime sulla panno la mano vincente di Mac. Lo sguardo di Bryan rimase su quelle carte per tutto il tempo. Quello di Sean restò sulle fiches. Probabilmente erano le fiches impilate nel modo più maniacale nella storia del gioco.

«Non sapevo che avessi uomini che lavorano per te, Mac.» Liam tenne la voce piatta. Controllata. E se ci fu il minimo accenno d'altro, be', gli andava bene che Mac pensasse fosse rabbia per la sconfitta. Ma perché mai Mac A) avrebbe voluto così tanto giocare a poker con loro quando non poteva permettersi di perdere in contanti, e B) fare quella scommessa *e* vincere? C'era del marcio in casa Manley.

«Che... cosa?»

Già, quello sguardo sbigottito nei suoi occhi confermò esattamente ciò che lui aveva pensato. Non *c'erano* uomini assunti dalla Manley Maids, quindi quelle uniformi non erano «in più». Le aveva fatte preparare in anticipo. Per loro.

Mac aveva pianificato tutto. La sua vittoria non era stata un colpo di fortuna. L'avrebbe messa alle strette se avesse avuto una prova diversa dall'istinto, ma non l'aveva. E Dio sapeva che non poteva sempre fidarsi del suo istinto. Lo aveva già tradito in passato.

«Lascia perdere.» Mescolò le carte incriminate con le altre quarantasette, poi batté il lato lungo del mazzo sul tavolo. «Lunedì ci sarò.»

E avrebbe sfruttato la monotonia senza cervello delle pulizie per inventarsi un modo di farla pagare a sua sorella.

Con gli interessi.

Royally Sunk

Con l'acqua alla gola

Reel è un tritone senza coda, ed Erica è terrorizzata dall'oceano. Solo una cosa potrebbe convincerla a entrare in acqua: una pistola. E solo una cosa potrebbe farcela restare: il sexy tritone che le salva la vita, solo per poi rischiare la propria.

Profondo blu selvaggio

Valerie è una principessa sirena bloccata nel cuore del paese. Rod è il principe che parte per salvarla. Ma riusciranno a sventare il complotto di un usurpatore e a tornare nell'oceano prima che la sua coda, e la sua pretesa al trono, svaniscano per sempre?

La pesca perfetta

Logan è fuggito dal circo; tutto ciò che vuole è una vita normale. La donna nuda che compare sulla sua barca è tutto fuorché normale. Soprattutto quando Angel si rivela essere una sirena... con un'arrabbiata creatura marina alle calcagna.

Amore tra gli scogli

La principessa Mariana non finge, è un'artista per davvero, e sta per dimostrarlo con la statua che sta scolpendo su un'isola deserta. Il problema è che Jace si sta nascondendo proprio lì, quindi l'unica cosa che libererà Mariana dalla sua prigione dorata è la stessa che farà uccidere Jace. L'amore è già abbastanza complicato, ma quando le previsioni del tempo annunciano uno tsunami, l'amore è davvero sugli scogli.

Smuovere le acque

Leggete dell'Incidente che ha reso Erica terrorizzata dall'oceano, del motivo per cui Valerie, la principessa perduta, fu ritrovata, e di come Michael, il giovane figlio di Logan, trovò una sirena. Le storie dietro le storie.

Bottled Magic

Sogno un genio

La fortuna di Matt è finalmente cambiata quando la genio Eden fugge dalla sua bottiglia e gli finisce letteralmente in grembo. E giura di non tornarci mai più. Sfortunatamente per entrambi, il tizio che ce l'aveva rinchiusa la rivuole indietro e non si fermerà davanti a nulla per riaverla.

Il genio ha sempre ragione

Samantha eredita la tenuta di suo padre, con tanto di genio che deve servire un ultimo padrone prima che la sua schiavitù abbia fine. Sam è più che disposta a liberare Kal, finché il suo avido ex non decide che se non può avere Sam, non l'avrà nessuno.

Il mio adorabile genio

Zane ha ereditato la villa di famiglia, di cui non vede l'ora di sbarazzarsi per mettere a tacere le voci sulla folle storia della sua famiglia. Peccato che la genio, causa di quelle voci, sia stata liberata per scatenare ancora il caos. Solo che questa volta, è con il suo cuore che sta giocando.

Ogni tuo desiderio è un suo ordine

Scoprite come Kal finì imprigionato nella sua lanterna e perché deve servire 1001 padroni. È la storia dietro la storia...

<u>Once-Upon-A-Time Romance</u>

La bella e il migliore

Di giorno Jolie è una chef a domicilio, di notte una scrittrice di romanzi rosa. Così, quando ottiene un ingaggio per il sexy e solitario artista Todd, ha l'eroe perfetto per il suo libro. Finché Todd non lo scopre e la caccia dalla sua cucina, dalla sua casa, e dal suo cuore.

Se la scarpetta calza

C'era una volta, tanto tempo fa, in una terra lontana, una ragazza di nome Cenerentola. Questa non è la sua storia. Questa è la storia di Lucinda Isabella Casteleoni, che, come la sua omonima, ha una matrigna cattiva, due sorellastre pacchiane e innumerevoli ore di duro lavoro che la aspettano (senza entusiasmo). Ma a differenza di quella principessa delle fiabe, il Principe Azzurro di Bella non si vede da nessuna parte. Finché un vecchietto dagli occhi verdi scintillanti non apre un negozio di scarpe in fondo alla strada. E allora la magia ha inizio...

Attraverso il vetro piombato

Un viaggio accidentale nell'Inghilterra medievale costringe Kate, dirigente pubblicitaria, a cercare freneticamente un modo per tornare a casa... Ma potrà portare con sé il sexy cavaliere dall'armatura scintillante di cui si è innamorata?

<u>Beefcake, Inc.</u>

Figo e Frittella

Lara vuole che i suoi cupcake abbiano successo. All'esotico spogliarellista Gage non dispiacerebbe assaggiarli, ma i suoi turni di lavoro per pagare le spese mediche del nipote non gli lasciano il tempo di farlo. Finché, a una festa, muscoli e cupcake non si incontrano e, *oh*, che delizia!

Figo e Fraintendere

Quando Bryan scambia Jenna per una prostituta e lei si rende conto che lui è il padre di suo figlio adottivo, gli equivoci e le incomprensioni iniziano a moltiplicarsi. Ma tra loro sta crescendo anche qualcos'altro. A volte, una svolta sbagliata può rivelarsi quella giusta...

Figo e La Fiamma

Tanner vuole che la sua ex moglie esca per sempre dalla sua vita, ma quando la nonna di lei ha un ictus e lui deve fingere di essere ancora innamorato di Juliet, può rischiare di riprovarci con l'unica donna che non ha mai smesso di amarlo?

Figo e Fiocco di Neve

Gina ha una cotta per Darien da sempre, fino al giorno in cui lui l'ha umiliata a scuola. Quindici anni dopo, lui la lascia indifferente. Darien, spogliarellista esotico, è tornato in città per sistemare alcune cose. Una è il casino che ha combinato con Gina anni prima... e *magari* riaccendere la fiamma che un tempo ardeva tra loro. Ma l'unico modo per sciogliere il ghiaccio attorno al cuore di Gina è alzare la temperatura, sia sul lavoro... che fuori.

<u>Manley Maids – Italiano</u>

Cosa succede quando tre fratelli irresistibilmente sexy perdono una scommessa a poker contro la loro intraprendente sorella? Vengono assunti per la sua impresa di pulizie. Ora, i Manley Maids sono al vostro servizio. Soddisfazione garantita.

Quello che una donna vuole

Sean, proprietario di un resort, progetta di acquistare una tenuta storica per farsi un nome e guadagnare milioni, così vi si trasferisce con il pretesto di ripulire il posto per aggirare l'unica condizione dell'eredità. Ma l'erede Olivia e il suo serraglio gli entrano sotto la pelle, e scopre che la scommessa a poker che l'ha messo in questo guaio non è l'unica a cambiare le carte in tavola.

Quello che una donna ha bisogno

La star del cinema Bryan vuole fama e fortuna, non una replica della sua infanzia "normale" e squattrinata. Dopo il clamore mediatico che ha circondato la morte del marito, Beth ha bisogno di una vita normale per sé e per i suoi figli, e la star del cinema che ha perso una scommessa e deve pulirle casa, con i paparazzi al seguito, non fa al caso suo. Ma mentre il flirt si trasforma in seduzione, Bryan deve convincere Beth di essere più uomo che domestico. O attore. Perché sta interpretando il ruolo del protagonista in una Cenerentola al contrario, e potrebbe essere il ruolo di una vita.

Quello che una donna merita

Liam non ha pazienza per le donne che spendono i soldi di un uomo senza pensare minimamente a un vero lavoro. Ma per onorare la scommessa, Liam non solo deve tollerare la socialite Cassidy, ma dovrà anche ripulire dopo di lei quando suo padre le taglierà i fondi. Senza soldi e senza una casa da pulire per Liam, Cassidy non ha altra scelta che accettare un'offerta di lavoro: come nuova domestica di Liam. Ma quando tra loro scoccherà la scintilla, sarà vero amore o solo un'altra relazione complicata?

Che donna

MaryAlice Catherine è pronta a pulire la casa dell'amica di sua nonna, solo per scoprire che il presuntuoso nipote della donna, per cui aveva una cotta da ragazzina (e lui l'aveva sempre saputo), vive lì, e lei è mortificata. Jared la ricorda diversamente; Mac era sempre stata una tipetta autoritaria, ma non le permetterà di dettare legge adesso. Ma con due di loro che vivono nella stessa casa, non si sa chi avrà la meglio.

Quello che un figo vuole

Beckett è pronto a pagare il debito per la sua scommessa a poker persa. Solo che non si era reso conto che avrebbe dovuto farlo con il suo cuore. Jennifer è quella che gli è sfuggita e ora è proprio lì, davanti a lui. A casa sua. Che lui è lì per pulire. Jennifer non può credere che il cattivo ragazzo del liceo per cui aveva una cotta pazzesca sia in casa sua, ma se c'è una cosa che il suo ex marito le ha insegnato, è che non può fare affidamento sui cattivi ragazzi. Finché Beckett non mette tutte le sue carte in tavola e si rivela essere qualcuno su cui, dopotutto, Jennifer può scommettere.

Ecco Judi!

L'autrice pluripremiata e bestseller Judi Fennell ama ridere e ama l'amore, quindi non sorprende che ci sia un po' di entrambi in ogni libro che scrive. Date un'occhiata alle sue fiabe con un tocco originale per assaggiare le sue commedie romantiche e paranormali leggere e ironiche. Dai tritoni al largo della costa del Jersey Shore, ai geni con tappeti magici, agli spogliarellisti à la Magic Mike, e ai domestici virili il cui motto è *Soddisfazione Garantita*, c'è sempre una risata e un amore da vivere.

E, nel suo abbondante (?) tempo libero, aiuta gli autori con tutti gli aspetti della scrittura e dell'autopubblicazione con la sua azienda di formattazione, design di copertine e promozioni, servizi editoriali, consulenza e audiolibri, www.formatting4U.com.

Judi vive nella periferia di Philadelphia con un serraglio di amici a quattro zampe, e il giorno in cui queste creature inizieranno A) a cantare, B) a cucire vestiti o C) a pulire la casa sarà il giorno in cui si ritirerà dalla scrittura...!